编外神探

第一季

捉影

冯华◎著

天津出版传媒集团
百花文艺出版社 天津人民出版社

图书在版编目（CIP）数据

捉影 / 冯华著. -- 天津：百花文艺出版社，2018.12
ISBN 978-7-5306-7592-2

Ⅰ. ①捉… Ⅱ. ①冯… Ⅲ. ①长篇小说—中国—当代 Ⅳ. ①I247.5

中国版本图书馆CIP数据核字(2018)第267860号

捉影
ZHUOYING
冯华著

责任编辑： 马 畅
封面设计： 王超男
出版发行： 百花文艺出版社
地址： 天津市和平区西康路35号　　**邮编：** 300051
电话传真： +86-22-23332651（发行部）
+86-22-23332656（总编室）
+86-22-23332478（邮购部）
主页： http://www.baihuawenyi.com
印刷： 三河市金元印装有限公司
开本： 710 × 1000毫米　1/16
字数： 355千字
印张： 22.5
版次： 2018年12月第1版
印次： 2018年12月第1次印刷
定价： 49.80元

如有印装质量问题，请与三河市金元印装有限公司联系调换
地址：河北省三河市杨庄镇杨庄村
电话：（0316）3605243　邮编：065200

目录

CONTENTS

引子

碎片迷踪

1

社区民警马一路与江小流的相识，像是一个偶然，又像是命运。

马一路的照片和电话印在所辖社区的各个小区门口，江小流住的明月花园也有。

江小流拨打马一路的手机说有警情，问马一路能不能上门查看。马一路听到电话里是一个年轻姑娘的声音，态度平静，甚至有些漠然，心里难免有点儿起疑。

马一路本来是个很热情的年轻人，当了两年社区民警，见识了太多鸡毛蒜皮、假冒伪劣的所谓警情，为此浪费了无数的时间和精力，没成绩就不提了，还屡遭所里老同志们的嘲笑。

“你真上过警校？”所里的侦查员周到经常这么调侃马一路，“我女儿从幼儿园毕业都比你成熟老到。”

马一路的梦想是有朝一日成为一个超级厉害的刑警，所以当初才选择了警官学院。

可想而知这话有多扎心。

好在马一路很善于自我疗愈，偶尔情绪低落了，一篇朋友圈的鸡汤文都能让他重新振奋。他想自己才 27 岁，还很年轻，只要想成熟，总会成熟起来。

成熟之路就从日常工作开始。起码得先口头核实一下到底是什么警情，而不该一听说有警情就屁颠屁颠地跑过去。

“能不能说一下是什么警情？”他用尽可能成熟的语气问。

“不能。”对方回答得干脆利索。

马一路一愣：“为什么？”

“你是警察，你负责鉴定。”

马一路被噎了一下，想了一下居然觉得挺有道理。

“那你打电话是……”

“我叫江小流，住明月花园 9 栋 604。你要是不来，我就打 110 了。”

江小流的话听上去像是有点儿威胁的意思，实际上她的语气还是那么平静，甚至是漠然。可这种平静和漠然，却透出一种让人无法忽视的警惕。

马一路投降了。

“我十分钟后就过去找你。”马一路的语气有点儿像软语相求，“中午忙得还没吃上饭，方便面刚泡好。”

“明月花园 9 栋 604，到了按门铃。”江小流说完挂断了电话。

马一路如他承诺的一样在十分钟内吃完了方便面，然后出发前往明月花园。

半小时后他将为这桶匆忙吃下的方便面感到后悔，因为呕吐的时候会比较不方便，可接电话的时候怎么会预料到这一点，毕竟不是每个社区民警都会遇到一个江小流。

明月花园的门口，马一路在警方宣传画上龇牙笑。马一路暗自在心里对自己敬礼。没办法，对于自己的警察职业，他始终保持着这种神圣感。

马一路在楼下单元门外按了 604 室的门铃。他特地把脸对着摄像头，准备自我介绍一下，可江小流没给他这个机会，立刻把单元门打开了。

电梯到了 6 楼，马一路刚从电梯里出来，就看见 604 的门开着，一个人从里面闪出来，立刻又把门关上。

之前马一路根据电话里的声音在脑海里简单勾勒了一下江小流的容貌，以为会是个御姐，没想到完全不是。

江小流一米七的个头，很瘦，不知道有没有 100 斤。穿一身灰色暗格薄棉家居服，皮肤苍白，连嘴唇都没什么血色。整张脸上最醒目的，是那双漆黑的眼睛，即使在光线不那么充足的楼道，也会被那双眼睛的光亮灼伤。

此外，她身上有种稚嫩的气质，看上去还不足 20 岁。

马一路迟疑了一下，“请问你是不是……”

“我是江小流。”简明扼要的风格，和电话里一样。

“流水的流还是……”

“对。”

“我是咱们社区的分管民警马……”

马一路打算按常规做个自我介绍，却被江小流打断了。

“我给你打的电话，我知道你是谁。”

“你是给我打了电话不错，可刚才我一按门铃你就开门了，问都没问一句。”马一路试图解释，“万一按门铃的不是我呢？”

江小流冷淡地说：“门铃上有摄像头，我看见你才开门的。”

马一路讪笑：“咱们又没见过……”

“放心，”江小流面无表情，“你和门神广告上长得一样。”

“门神广告？”

“小区门口的告示栏。”

“哦……”应该指的是社区安全宣传招贴。

马一路犹豫着该不该拿自己的照片开个玩笑，平时对付社区的大妈们很有效果，可以加深印象，缓和气氛。

江小流没给他这个机会，“还有什么问题？”

“看照片也会认错人的。”

“我不会。”江小流的回答轻松而坚决，有种“这就是标准答案”的意思。

马一路被噎住了。

一只苍蝇从他面前嗡嗡地飞过，马一路赶紧挥手驱赶，以此掩饰自己被噎住的尴尬。

江小流的目光紧紧追随那只苍蝇，看了一会儿，又转脸看着马一路，似乎在等他发言。

马一路没明白江小流的意思，愣愣地想，下面该怎么继续和这个怪女孩儿对话。

江小流开口了：“你没看见苍蝇？”

“看见了。”马一路诚实地回答。

“不想说点儿什么？”

马一路想了想，说：“好大一只。”

江小流看马一路很认真的样子，又想了想，“算了，我还是打 110 吧。”

说完江小流转身拉开自己家的房门，准备进去，这下马一路有点儿急了，伸手拉了江小流一把。

“我就是警察，我都来了还打110？”马一路真不明白为什么。

江小流回头看着马一路，用不带任何主观羞辱的语气羞辱了马一路：“一点儿警察的气质都没有，我觉得你处理不了这事儿。”

马一路的脸红了。一着急就脸红，也是他被所里老同志们笑话的原因之一。

“就因为一只苍蝇，就下结论说我没有警察气质？”马一路受不了这种羞辱，尤其来自于这样一个看上去还不足20岁的陌生女孩儿，“小妹妹，你也太武断了。”

江小流慢条斯理地说：“第一，我不是你妹妹；第二，我不小，我已经满22岁零30天外加一小时二十八分了；第三，不是一只苍蝇……但这不是重点。”

“那什么是重点？”

“重点是……”江小流说了一半，又看了一眼马一路，改了主意，“好吧，你跟我上楼。”

马一路本来还想问为什么要跟江小流上楼，却看见江小流已经转身走向步行楼梯，只得把那句为什么咽了回去，跟着江小流上楼，一面又回头张望江小流家的房门，门虚掩着，没锁。

“你家还有人吗？”马一路好心地提醒，“要不要把门锁上？”

前面的江小流头也不回地说：“问题真多，就是问不到点子上。”

马一路刚恢复常色的脸又红成了猪肝。江小流这句信手拈来的评价，简直像复制了派出所所长彭大勇对马一路的总结。

马一路是彭大勇亲自从警官学院挑到所里来的，起初是为了补充所里的刑侦力量。几年之后，原本信心满满的彭大勇泄气了，对马一路做出如上结论后，马一路的刑侦梦破碎，从此锁定在社区民警的岗位上。

这一走神，马一路差点儿撞到江小流。江小流已经停下脚步，站在704门外的电箱前。

“你看。”江小流语气闲闲地说。

马一路看看电箱，又看着江小流。

“再给点儿提示？”

江小流盯着马一路看了两秒钟。

“别看我，看 704 的电表。”

马一路面红耳赤，转向电表。又一只苍蝇嗡嗡地飞过，马一路没顾上去赶，凑近电表看，电表上的红色指针正好转过一圈。马一路盯着电表，暗自盘算江小流到底希望他看到什么，发现红色指针又转过一圈。那只苍蝇（也可能是另外一只）在空中盘旋片刻后，居然大大方方地落在马一路的脸上。马一路伸手把苍蝇赶开的同时，眼睛盯着电表，忽然明白了刚才江小流为什么说那只苍蝇不是重点。

重点是：今天是 3 月 2 日。

今年的农历新年比较晚，2 月中旬的年，进入 3 月还没结束。说来也巧，今天正好是正月十五元宵节。

除了节令晚，这个冬天还格外冷。1 月里接连下了两场大雪，最低零下十度的气温，在宁江这样的长江沿线城市算是少有的寒冬了。为此宁江全城动员扫雪，路边的雪堆看上去简直像在东北。2 月气温虽然有所回升，但又遭遇了好几次北下的冷空气，一直到春节长假结束，某些背阴处的积雪还没化完。

马一路穿过明月小区来找江小流时，看见小区里向阳的花园里，两棵早梅已经开放，一棵朱砂梅红里透紫，一棵小绿萼碧中翻粉。而几米外背阴处的一棵蜡梅却也黄灿灿开得正旺。马一路心里还感慨了两句大自然的丰富和包容。可再丰富再包容，在这个还有些冷风嗖嗖的天气，在这样一个高档小区的干净楼洞里，那些飞来飞去的苍蝇，确实显得有些奇怪。

“这个天怎么会有苍蝇？”马一路刚提出问题，看着电表上一圈又一圈从他眼前掠过的红色指针，忽然灵机一动，“电表跑这么快，家里开空调了吧？”

“704 从来不用空调。”江小流难得这次没怼马一路，“不光空调，连冰箱都不用。从搬进来到上个月，每个月电表不会超过 20 度，也就是说每天平均不到一度。可从我昨天上楼看过电表到现在为止，电表已经跑了 21.375 度了。”

江小流看一眼电表的读数，又补充道：“现在是 21.376 度。”

马一路站在那儿认真思索了一会儿，努力消化江小流所说的内容。

“所以你给我打电话，”马一路试探地问，“是想投诉 704 的电表坏了？”

江小流盯着马一路看，马一路又一次产生被高强度探照灯灼烧的感觉。他想江小流一定是对他的问题不太满意，虽然从江小流的表情中，也看不出她有什么明显的情绪。

一只苍蝇又试图在马一路头顶降落，马一路恍然大悟。

“我知道了！你怀疑苍蝇是从704飞出来的！你想投诉704影响楼洞环境卫生……不对，你认为704家有问题！”

“什么问题？”

“能不能听听你的想法？”

江小流看了马一路一眼，没说话，转身往楼下走。

“你去哪儿？”马一路不得不问。

“等我一下。”

这也算是回答？

马一路悻悻地看着江小流下楼去了。从见到江小流开始，马一路就不由自主地陷入这种被动的境地，让他来他就来，让他上楼就上楼，让他等着就等着。在两人的每一次对答中，马一路的智力显而易见地处于弱势地位。作为一名警察，是可忍，孰不可忍！

马一路下了决心，在接下来可能发生的任何事件中，他都要尽量表现得成熟、冷静、淡定——最好能比江小流更淡定。刚想到江小流的淡定，江小流已经沿着步行楼梯上来，回到马一路面前，手里多了一把钥匙。

“谁的钥匙？”

江小流没回答，直接把钥匙插进了704家的门锁。

“你怎么有704的钥匙？”马一路有点儿发懵，“这合适吗？”

钥匙咔嗒、咔嗒地转了两圈，锁开了。

“2014年6月704家搬进来的。6月17日他们把备用钥匙交给我保管。我从来没用过，所以才打电话请你来做个见证。”

“见证什么？”

“704的老太太有三个儿子，老大在美国，老二在澳大利亚，老三在北京，只有老太太和一个住家保姆住这儿。老太太坐轮椅，平时不出门，但每周三和每周五上午必定出去一趟。周三早上八点出门，去医院开药，她有糖尿病和高血压，药一天都不能停。周五早上七点一刻出门，去旁边巷子里一家汤包店吃汤包，这么多年风雨无阻，唯一的例外就是过年汤包店不开门。这周三和周五她都没出门，而且从周二晚上开始，我在家就没听见过轮椅的响动。我上来敲过两次门，也没人回应。”

江小流一口气说完，马一路终于有点儿明白江小流的思路了。

“所以你怀疑老太太……病倒了？”

“进去看看就知道了。”

“你是说……咱们直接进去？”

“主人给我的钥匙，你又是社区民警，不直接进去难道要砸门翻窗户？”

“说得也对。”

“到底进不进？”

马一路迟疑了一下，“我今天没带执法记录仪……”

“没关系，”江小流说，“我就是记录仪。”

几天后马一路才真正明白江小流这话里的意思。

的确，马一路和江小流的相识，看上去是一种偶然，其实……是命运。

2

彭大勇走进房间，普克还是和从前一样正在画画。

画的也仍然是达利的那幅《记忆的永恒》，俗称的“大软表”。也和从前很多次一样，画面刚完成了上方的天空、海洋以及远处的悬崖，中景处悬挂变形软表的树枝刚起了个头。

彭大勇一般都是周末来看普克，今天才周五。但接下来的两天他要在所里值班，所以利用午饭后的休息时间过来一趟。

之前彭大勇偶尔来晚的时候，不仅能看到树枝上悬挂的软表，还能有幸看见画面正中那个躺着的怪物。最晚的一次，普克已经开始画怪物脸部那排长而细密的睫毛了。

然后一切周而复始。

只要夜晚到来，普克上床睡觉，这一天的记忆又将在睡梦中清零。第二天醒来，普克会忘记昨天发生的所有事情。

乐观地看，普克的每一天都和刚出生的婴儿一样新鲜。

但在彭大勇眼里，就没有那么清新了。对他而言，这绝对是个悲剧。

而且悲剧已经持续了很多年。

那年普克刚满 30，现在他已经 42 岁了。42 岁是普克目前的生理年龄，但心理上，普克仍停留在 12 年前的 30 岁。准确地说，停留在普克三十岁那年的夏天，一个星期六的傍晚。

那个傍晚彭大勇和普克加班审完一个嫌疑人，彭大勇请单身的普克去家里吃便饭，被普克谢绝了。普克说有一个朋友要出国，他答应了要去朋友家参加饯行派对。

正是在那个派对上，普克认识了米朵。那时候米朵刚从医院辞职，而普克改行当上刑警不久，他们都对对方感到好奇。后来他们恋爱，再后来他们结了婚。他们之前各自经历了很多，认识之后又一起经历了很多。

但他们并没有像童话里的那句结束语一样，“从此幸福地生活在一起”。

现在普克独自坐在窗前，背对着彭大勇画画。每次彭大勇看见这一幕，都免不了幻想普克转回头时，停滞的时间会重新开始流动，普克的记忆会重回他的脑海。

彭大勇故意清清嗓子，发出点儿声音。这是他坚持多年的测试，既可以测试普克的记忆是否继续倒退，也可以测试事情是否向好的方面发展。

普克听到声音，回头看了一眼，没停下手中的画笔，只对彭大勇笑了笑，“大勇来了。稍等一下，我把这笔画完。”

测试的第一个结果：普克还认识彭大勇，至少说明他的记忆没有继续倒退。

彭大勇走到普克身后，看普克画画，继续他的测试。

“你不好好上班，躲这儿画什么破画？”

普克耐心地解释：“不是破画，这是西班牙画家萨尔瓦多·达利的超现实代表作《记忆的永恒》，再说我也不用上班。”

“为什么不用上班？”彭大勇故意诱导普克，“想起来了，今天是星期六。”

“不对，今天星期五，正好是元宵节。”

“你肯定记错了，再好好想想。”

普克终于放下他手中的笔，站起来，转身面对彭大勇。

“其实本来我觉得今天是星期六，天很热，昨天咱们说好今天要加班审嫌疑人，晚上我还要参加一个朋友的派对。可一早起来，我发现自己在这个叫作精神康复中心的地方，窗外的树叶还没发芽。有个自称医生的人跟我说我病了，而且病了很多年，现在只能留在这里接受康复治疗。我当然不信，和他争辩，他摆出很多证据说服了我。所以我知道虽然我曾经是个刑警，但现在并不是我所认为的 2006 年，而是 2018 年。我不用去局里上班，今晚也不用去参加朋友的派对。我现在能做的就是听从医生的安排，服从管理，接受治疗。”

彭大勇听普克心平气和地说完，沉默了一会儿说：“纠正一下，你现在还是个刑警，只是暂时不用上班。”

普克笑了，“这话你是不是每次来都得重说一遍？”

彭大勇也笑了，“差不多吧。”

“我一点都不记得。”

“所以还得继续……休养。”

“你现在还干刑警吗？”

“转岗了。本人现在是光明路派出所所长，比你记忆中出息了，手下管着二十几个民警、好几十个协警。”

“可你说过你这辈子就喜欢当刑警。”

“我靠！”彭大勇脱口而出，“还不是因为你小子扔下我跑这儿疗养来了！”

说完彭大勇就后悔了，不过只后悔了一秒钟。他知道，即使这句话里藏着不负责任的抱怨，明天普克也会忘记。

普克正要说话，彭大勇的手机响了。他拿出手机看了一下来电，上面是马一路的名字。

彭大勇对普克解释：“马一路的电话，我接一下。”

“听你的语气，我认识？”

“所里一个小年轻，我跟你提过几次，做梦都想干刑侦，就是脑子不太灵光。人是好人，我给弄去当片警了，应付婆婆妈妈正合适！”

说着，彭大勇接通了马一路的电话：“喂，马一路……”

电话里传来马一路明显带着哭腔的声音。

“彭、彭、彭、彭、彭……”除了一连串的“彭”，一个别的字都没有。

彭大勇一下子来火了，“彭你个头！你小子平时不结巴呀！还他妈哭哭啼啼的，有话就说，有屁就放！”

电话那头忽然传来一种奇怪的声音，彭大勇拿着手机一下子没反应过来。

旁边的普克侧耳倾听，“听上去吐了，可能有情况。”

普克的提醒让彭大勇清醒了。他克制自己，尽量使语气缓和。

“小马，出什么事儿了？是不是身体不舒服？”

电话里又是一阵呕吐声，此起彼伏，激烈程度可以用惊天动地来形容。普克凑近彭大勇，仔细辨识手机里的声音。

“两个人，还有一个女性，比较年轻，也在呕吐。”

彭大勇拿着手机不得不提高音量，大声问：“马一路，你在哪儿？和谁在一起？要不要叫救护车？”

马一路在电话里哭了起来，“彭所，太、太可怕了……”

一句话没说完，马一路又哇哇地吐起来。彭大勇听到马一路哭，一方面知道马一路的安全没问题，另一方面又对他的软弱感到恼火。

“马一路，你给我听着，不管碰到啥事儿，你是个警察，你都给我保持冷静，就你这怂样，你还想……”

手机里的嘈杂声打断了彭大勇，接着一个年轻的女声接替了马一路的哭声。她的语气很平静，只是像被捂住了鼻子，听起来有点儿齉齉的。

“马警官是我叫来的。我叫江小流，住在明月花园9栋604。现在我和马警官在9栋704我的楼上邻居家，704的老太太死了。马警官有点儿控制不住，现在我应该打110还是等你们派别人来处理？”

彭大勇看一眼身边的普克，把手机切换成外放模式。

“除了你和马警官，现场还有别人吗？”

“还有老太太的尸体。”

“你们没动尸体吧？”

“想动也动不了。”

“现场任何东西都别碰！”

“除了大门和主卧的门把手，什么都没碰。”

彭大勇想想还有些不放心，“再确认一下，老太太确实死了？”

“死得不能再死了。”

“马一路在哪儿？”

“我让他到楼道去吐了。”江小流听上去很老练，“我看过 CSI，我觉得我们应该保护犯罪现场。”

彭大勇看看普克。

普克低声问：“我能不能问一句？”

彭大勇赶紧把手机送到普克嘴边，“尽管问。”

普克对着手机提问：“一个老太太死在自己家里，你为什么会认为那里是犯罪现场？”

电话里沉默了一会儿，彭大勇和普克都以为接下来对方会有某种情绪的爆发。

但是并没有。

“因为一个人不可能把自己的头割下来，然后再把胳膊塞进绞肉机里绞碎。反过来的可能性也不大。”江小流在电话那头心平气和地说，“反正我是这么认为的。”

3

其实事情本来可以处理得更漂亮些。事后马一路无数次这样想。

对于一个从小梦想成为神探，一心想当刑警的社区民警来说，遇到江小流，遇到明月花园 9 栋 704 室这样的惨案，难道不是一个天赐的契机？

2018 年 3 月 2 日下午两点十分左右，马一路打开明月花园 9 栋 704 的房门时，曾感受到这个天赐良机的存在。那是一种对刑事案件的强烈预感。虽然后来所里的侦查员周到嘲笑说，马一路所谓的预感，只是他的鼻子履行了正常的身体职能，就像一个饥肠辘辘的人经过一家正在营业的餐馆，闻到了宫保鸡丁的香味，因此断定厨房里正在炒菜。这绝非天赋，只是一种普通人的基本常识。

不过说到底，周到对于辖区内这起从天而降的凶杀案没让他这个老刑侦逮着，却落到马一路头上，还是毫不掩饰他的羡慕、嫉妒、恨。

“这小子真是交了狗屎运！”周到在各种场合不止一次这样说。

“别忘了，他可踩了一脚的蛆！”有人提醒说。

“不就是蛆嘛！”周到愤愤地说，“我他妈还踩过更恶心的玩意儿呢。”

每次听周到发表这种言论，马一路都只是笑笑，然后转身走开，一句反驳都没有。

大家都夸马一路虽然年轻，但心胸广阔，不和老同志较真儿。只有马一路自己知道，那天离开704之后，那些白色半透明的软体蠕虫已经成为他生命中不可磨灭的噩梦，哪怕念头闪过，也能害他立刻产生呕吐的冲动。

还有那种气味。

那是一种什么样的气味呢？

不管有多不情愿，马一路的记忆总是不断重返那一天。

马一路一打开704的房门，立刻就闻到了那种气味。那是一种很难形容的味道，有点儿腥，有点儿臭，却又有一丝丝甜。马一路走进门，站在玄关处使劲儿闻了两下。

“这什么味儿？”他回头看看还在门口没进来的江小流，又使劲儿闻了闻，“你闻到没？”

江小流探头往里张望了一眼，皱了皱眉。

“当然。”

“你觉得是什么味儿？”马一路又深吸一口气，隐隐有点儿恶心。

江小流伸手捂住鼻子，“像初中化学实验课上甲烷的味道……还有高中化学实验课上硫化氢的味道。”

马一路又深吸一口气，咂咂嘴，“我觉得是臭鸡蛋味儿，臭脚丫味儿，还有点儿咸鱼味儿。”

江小流看了一眼马一路，“刚吃过方便面的人，这样联想真的好吗？”

不说还好，马一路忽然觉得方便面的味道直往上涌。

“想起来了，也有氨气的味道。”江小流仍然捂着鼻子，补充道。

马一路想吐，但他忍住了，回头看看门口的江小流。

“你不进来？”

江小流犹豫了一下，走进来，四下张望了一下。三室两厅的户型和她家一样，门口一眼可及处就是客厅、餐厅和厨房。南北通透的结构，两头各有一个阳台，阳台门都关着，能看见朝南阳台上晒着的衣物，松松垮垮的内裤显示那应该是老太太的。

开放式的厨房地上放着一个塑料袋，像是有人刚买菜回来，随手放在那里。

江小流说：“青菜叶全黄了。”

马一路提高声音，大声问：“有人吗？我是咱社区的民警，没人说话我可进来了！”

没有任何回应。

江小流捂着鼻子，熟门熟路地往客厅、餐厅中间的一个过道里走。

马一路说：“你不是说你第一次来 704 吗？挺熟啊！”

江小流回头看了他一眼，“我家住楼下，户型结构是一样的。”

马一路恍然大悟，跟着江小流往里走。过道三米多长，说明房子面积不小。过道尽头有三扇门，朝南的一扇门关着，另两扇门开着，正对过道的是卫生间，朝北是一间卧室，床上的被子看上去很旧，但叠得整整齐齐。

江小流停下，分别指着三扇门对马一路说：“主卧、客卫、次卧。老太太平时住在主卧，里面有一个单独的卫生间。”

马一路脱口而出：“你怎么知道？说不定老太太让保姆住主卧呢。”

说完马一路就后悔了，但说出的话已经收不回，马一路只好自己找补。

“一定是这怪味儿熏的，平时我智商没这么不在线。”马一路还是有些不甘心，“不过从理论上说，我说的可能性也不是没有，对吧？”

出乎马一路意料，江小流并没有嘲笑马一路的意思。

“对。但我在楼下一直到星期二晚上之前都能听见轮椅的声音，老太太肯定住在主卧。”江小流挥手赶开想在她头上降落的苍蝇，“苍蝇更多了。”

直到江小流说出这句话，马一路的警察意识才真正觉醒。

不合节令的苍蝇，古怪的气味，飞转的电表……还有江小流提供的各种违反日常规律的细节。

马一路的心跳猛地加快了。警官学院里学过的那些知识忽然闪现脑海，硫化氢、氨气、甲烷，如果这些标志性的气味混杂在一起，作为一名警察，首先想到的根本不该是什么咸鱼、臭鸡蛋或者臭脚丫，而应该是……

“尸臭！”马一路不小心把自己的心理活动嚷了出来。

嚷完，马一路就担心自己吓到江小流了，下意识地转过身，挡在江小流与主卧的门之间，做好了保护和安慰江小流的准备。

但他立刻发现自己多虑了。江小流站在原地，收回赶苍蝇的手，更紧地捂住鼻子。

“这就是尸体的气味？”江小流说，“快开门看看。”

马一路瞪着江小流，“你……你不怕？”

“看了才知道怕不怕。”

马一路还想说话，江小流催他。

“你不开门我可开了。”

马一路只得下定决心，伸手握住门把手，正想着不知道卧室门有没有上锁，就听见江小流在身后心平气和地提醒。

“怀疑是尸臭了，不该戴手套吗？当心破坏指纹。”

马一路头脑嗡的一下，知道江小流点到了他又一个要害。但此时此刻他实在顾不上解释，或者为自己开脱，只能硬着头皮往前走。

卧室门刚推开一条缝儿，一股更强烈的臭气从里面冲了出来。

伴随着臭气的还有更多的苍蝇，多到当它们疯狂乱飞时，每一只苍蝇翅膀振动发出的声音发出共鸣，仿佛房间里有一架低频马达在工作。

从门口看去，卧室里仍然没人，床上的被子没叠，胡乱摊着，褥子上铺着成人尿垫。靠门右手处有一扇门关着，应该是另一个卫生间。门的上半部是不透明的磨砂玻璃，看上去玻璃像是金黄色，有一种奇特的亮度。

这一次，马一路和江小流几乎同时发现了问题所在。

“卫生间怎么这么亮？”马一路问。

“卫生间开着浴霸，怪不得电表转那么快。”

“难道……老太太洗澡的时候出事了？”

“老太太有保姆。”

马一路感觉脖子后面似乎有一根筋被人拎起来，全身的汗毛都直了。他把目光从江小流脸上挪回卫生间，喉咙里像卡了根鸡毛，说话的声音都变了。

“你往后站站。”

“你别管我，你……”

马一路第一次打断了江小流，甚至有些粗暴：“你是警察我是警察？听你的还是听我的？”

江小流看了一眼马一路，没吭声，往后退了一步。

马一路伸手去拉卫生间的门。江小流在后面正要提醒他，马一路自己反应过来，手在碰到门把手之前停住，想了想，解开警服的扣子，脱下，递给江小流。

江小流接过警服拿在手里。警服下面是件羊绒衫，几个月前马一路过生日时妈妈送的。马一路舍不得弄脏，把羊绒衫的袖子卷上去，贴身是件旧衬衫，马一路把衬衫袖子扯出来裹住手，然后拉开卫生间的门。

你见过海边的台风吗？

马一路见过。

海面看上去和平时差不多，远远地从天际翻起一道白色的花边，一边翻一边向眼前推进。有的半路上就消失了，有的看上去消失了，其实只是低头吸一口气，再往前时，花边像是膨胀了，但仍是花边。

然后你大意了。一低头，走了个神，再抬头时，发现一堵海水建成的高墙已经悄没声息地立在眼前。

不，不是高墙，是一头怪兽，张着没有牙齿的大嘴，等着将你吞噬。你想躲，想逃，想反抗……但是没用。那股力量太强大了，铺天盖地，你在瞬间就被它吞没了。

卫生间的门拉开时，马一路就有这种感觉。

只不过吞噬他的不是海浪，而是已经预料到的尸臭。

马一路没想到，预料到了尸臭，却没料到尸臭的等级。

直到那一刻马一路才知道，看不见、摸不着的气味真的是有力量的。这力量在一秒钟之内就能把一个身高一米八二、年轻力壮的警察打倒。

所谓打倒，并不是一个比喻。

马一路被卫生间里冲出的那股尸臭迎面撞击，站立不稳，一屁股坐在地上。

准确地说，他的屁股并没有直接接触地面。在马一路的屁股和复合木地板之间，像火山爆发流淌出的岩浆一样，涌出厚厚一层蛆虫。

屁股还好说，毕竟隔着裤子。

当马一路跌坐在地时，出于人类的本能，双手伸出去支撑地面，用以保持身体的平衡。用来拉门的右手上裹着衬衫，而左手，就那样毫无遮拦、坦诚真实地按在那层翻滚蠕动的活蛆之中。丰富的体液受到重压，冲破薄膜般的表皮，如同新鲜的葡萄被捏碎时形成的爆浆一样，汁水溅出，伴随轻微但清脆的声响。

马一路在眩晕中低头看了一眼，耳边听到一声惨叫。

隔了一会儿，马一路才反应过来，发出惨叫的并不是江小流，而是他自己。

接着马一路就看到了半小时前他吃下的那桶方便面，呈喷射状从他嘴里喷出来，喷落到他的腿上，眼前的地上。方便面还没来得及消化，混合着胃液，以深黄的颜色和卷曲的形态与满地白色短粗半透明的蛆虫混杂在一起。

然后，坐在地上的马一路看见了和他处于同一水平线上的“老太太”。

一颗孤零零的头，放在洗手池前的轮椅上，同样被无数蛆虫包围，根本看不清模样。马一路之所以认为“她”是“老太太”，完全是下意识地引用了之前江小流提供的线索，以及那颗头的头顶上方没被蛆虫覆盖的花白色烫发的提示。

透过轮椅的空隙，马一路还能看到浴缸边沿卡着一个绞肉机，一条粗壮的、蠕动的“绳索”从绞肉机的入口伸出，一直伸进浴缸。因为重力的作用，“绳索”上不断有蛆虫滚落，露出部分色彩斑斓的皮肤。于是马一路在被电击般的震惊中，还能想明白，那是一条人的胳膊。

接下来的事情，老实说，马一路已经记不清了。

马一路只记得自己给所长彭大勇打了电话，记得自己扶着楼梯吐了很久，吐得看见自己胆汁的颜色，记得自己哭了。这让马一路感到羞耻，但没办法，他真的哭了，虽然他也想不通自己为什么会哭。

对了，马一路还记得一个细节，不仅记得，而且印象深刻。

江小流也吐了，光靠捂鼻子完全不足以阻挡那种气味，任何人从生理上都无法抵御那种袭击。但在生理反应之外，马一路从头到尾没见江小流有过任何情绪的起伏，包括代替马一路与彭大勇通电话时，江小流用的也是之前给马一路打电话说有警情时一样的平静语气。

江小流催马一路打开卫生间的门时，马一路曾问她怕不怕。

“看了才知道怕不怕。”当时江小流这样回答。

在整个事件中，马一路唯一有把握的只有一件事：江小流从没流露过一丝恐惧。

是的，哪怕是一丝丝恐惧，都没出现。

4

“这怎么可能？”彭大勇不相信马一路对江小流的描述，“你都吓成那惨样了，她一个小姑娘能不害怕？”

“彭所，随便您怎么笑话我，我认了，这次我的表现确实有些㞞……”

“没笑话，没笑话。㞞也正常，毕竟你……不是干刑侦的嘛。”

“后来周到他们去现场，也都吐了，他们可是老刑侦了。”马一路还是拐着弯地想给自己找回一点儿面子。

彭大勇对马一路的小心思心知肚明，不予纠缠。毕竟是分尸案，只要死人就是大案，分尸就更别提了。彭大勇更关心接下来案件的侦破。

“回正题。反正我是不信那个江……小姑娘叫什么来着？”

“江小流。不过您见了她别叫她小姑娘，我觉得她好像不太喜欢别人这么叫。她看上去挺小的，但她二十二岁了，我看过她的身份证。”

“你说江小流看到那个现场一点儿都不害怕，这不符合常识。”

“我也这么觉得，但事实就是如此。”

“装的吧？”

“我也这么想过，可应该不是，不可能装得那么像，我可是研究过好几年微表情的。再说如果她其实害怕，为什么要装成不怕？”

马一路说他“研究过好几年微表情”的时候，彭大勇没忍住笑出来了，随即假装清嗓子，扭脸咳了两声，转回头时已恢复了严肃。

马一路盯着彭大勇，“您刚才的微表情就说明，您心里根本瞧不上我，但想想又觉得不该这么打击年轻人……对不对？”

彭大勇这次倒吃了一惊，饶有兴趣地看着马一路。

“您现在的微表情是说，这小子，难得这句话没错。”

“哟嗬，你倒研究分析起我来了？”彭大勇其实是有一丝小尴尬，继而转换谈话方向，“少扯这些有的没的，回正题。再把那天的经过跟我详细说说，最好一个字都别漏。”

“能说的我全都说了，没说的就是我真没记住……不怕您笑话，我都觉得是我的潜意识暗示我赶紧把那些细节忘掉，实在是太吓人、太恶心了！”马一路说这话时，脸色又难看了，他赶紧把下面的话说完，“我为什么再三和您强调江小流一点儿都不害怕，是想让您对她有个客观印象，免得向她了解情况的时候，觉得她太古怪。”

“除了胆儿大，还有什么古怪？”

“我觉得她其实不是胆儿大……”

“不是你说她一点儿都不害怕，那还不叫胆儿大？”

“不一样，我也说不清为什么不一样。这么说吧，我觉得江小流好像……好像……”马一路认真琢磨了一会儿，选择了一个他认为准确的说法，“好像没有感情一样。”

“你这是办案呢还是谈恋爱呢？”彭大勇半开玩笑半认真地说，“这都谈上感情了？”

马一路的脸一下子又涨红了。幸亏周到不在，不然又要嘲笑连幼儿园毕业生都比他成熟了。

马一路红着脸解释给彭大勇听。

“我说的不是那意思。正常人会害怕，会生气，会高兴，会兴奋，会瞧不起人——我可没说您，我就是泛指。反正就是喜怒哀乐吧，只要是个人，总有各种各样的情绪，有情绪就会有表情，就算这人城府深，克制力强，能管得住表情，还有微表情呢……总之所有这些，江小流都没有。”

“你不就是这事儿才认识她的嘛，才两天就摸透她了？”

“我可没摸……透啊。但这个现象太反常了，而且我和她认识的过程也太……极端了。您是老刑侦，您肯定知道在极端事件中更容易了解一个人的真实性格……”

马一路正说到这里，周到走进彭大勇的办公室。

“彭所，那小姑娘来了。”周到说，“是到你这儿还是就在会客室？”

那天彭大勇接到马一路的电话，匆匆离开精神康复中心赶到明月花园，与路上安排警力同时赶往现场的周到一起勘查过 704 的现场后，立刻就给市局刑侦支队打了电话。虽然派出所自己也有侦办刑事案件的职责，但这种确凿无疑的杀人分尸案，必须上报市局，市局刑侦支队也会即刻接手案件，成立专案组，视案情严重程度决定专案组规模。

作为案发辖区的光明路派出所，只能配合市局专案组的侦破工作。如果专案组需要，也会抽调所里的侦查员进组工作。这次周到就作为配合力量，负责案件的外围调查。

对于这样的安排，周到的心情有些复杂。因为所长彭大勇曾想让他培养一下马一路干刑侦，周到坚决不要，理由众所周知。但这个案子就是马一路亲自发现的，摆明了周到不能再拒绝马一路的介入。

“没事儿别乱动，我让你动你再动。”周到无可奈何地对马一路下令，“有情况及时向我报告，听我安排。”

然后马一路就被周到扔到一边，不闻不问了。要是所里有人好奇提起这案子，还表达了对马一路的关切，周到就会抛出那句话。

“不就是蛆嘛！”周到愤愤地说，“我他妈还踩过更恶心的玩意儿呢。”

马一路不会纠正周到，他可不仅是踩了一脚蛆，而是坐在了厚厚一层蛆上，并用没有任何防护的左手与那些蠕动的活蛆来了一次最亲密的接触。

不知案发后这几天周到忙活了些什么，马一路问他，他就让马一路“没事儿别动，我让你动你再动”。马一路只好来找彭大勇，倒不是想告状，主要是想给自己扳回一局。那天他的表情确实太怂了，不亲自把这案子破了，在江小流面前一辈子抬不起头。

正好彭大勇也打算亲自和那位报案人聊聊，于是先和马一路交流一下当天的情况。马一路没说出什么新鲜内容，除了关于江小流性格的部分。

现在江小流来了，彭大勇准备结束与马一路的谈话，和周到一起与江小流好好谈谈。

彭大勇站起来说：“会客室吧，准备点儿茶水点心，给小姑娘压压惊。”

刚说完，彭大勇看了一眼在旁边呆坐着的马一路，“忘了，刚听马一路介绍，小姑娘脾气有些古怪，不喜欢别人叫她小姑娘。”

说完彭大勇就要和周到往外走，马一路急忙起身跟上。周到回头瞥了马一路一眼。

“让你动了吗？”

马一路眼巴巴地看着彭大勇，彭大勇略想了想。

“小马一起吧，”彭大勇说，“毕竟是人家接的案子。”

马一路心里想，这不和周到的那句“那小子真是交了狗屎运”一个性质嘛，甚至比那句更扎心。可现在马一路顾不上自尊，或者说因为这句话而丧失的自尊，远比不上那天在江小流面前丢失的自尊那么多、那么重。

除此之外，马一路还有另一个奇怪的想法。他想让彭大勇和周到他们亲自见证一下，看看江小流究竟是不是他描述的那么特别。他相信只要他们和江小流面对面一次，就会明白之前他的感受。

“江小流一定会令他们受到震动。”马一路在心里说。

事实证明，“震动”这个词的级别实在太低。

5

没有寒暄，谈话就开始了。

不是彭大勇不想寒暄，对警察来说，很大一部分工作是通过寒暄完成的。

可彭大勇的寒暄还没来得及开始，就被江小流的一句话结束了。

“保姆抓到了吗？”

彭大勇一愣，看了一眼周到。周到摇头。一旁的马一路因为一直没得到周到让他动的指令，对于专案组的调查进展并不了解。

“为什么要抓保姆？”马一路忍不住问，“是保姆杀了老太太？”

周到立刻对马一路流露出不屑的语气：“说你幼稚你还不信，这问题是警察该问的吗？”

江小流转脸看着周到，“为什么马警官不能问这个问题？”

“小姑娘，你不懂……”

周到一说出“小姑娘”，彭大勇和马一路对视了一下，马一路的微表情在说：“瞧着吧。”

果然。

江小流对周到说：“第一，我不是小姑娘；第二，你根本不了解我；第三，之前找我谈过话的警察就怀疑是保姆杀的人，你也认为他们幼稚？”

周到被江小流噎了一下，停了停，笑着说：“你说之前找你的警察告诉你，他们怀疑保姆是凶手？”

“我的原话是：之前找我了解情况的警察就怀疑是保姆杀的人。”

“这和我说的有什么区别？”

马一路小声说：“还是有点儿区别。”

周到瞪了马一路一眼，马一路不敢吭声了。江小流看在眼里，不动声色。

“我原话的意思是，警察锁定了保姆是嫌疑人，但他们并没有告诉我。”

“那你怎么知道的？”周到追问。

江小流忽然站起身，走到三个人对面，表情痛苦地皱眉，俯下身子干咳，做呕吐状。

彭大勇、周到和马一路都一愣。

江小流随即又换了位置，从另一个位置走到刚才的地点，昂首挺胸，表情得意。

“鼻炎也有鼻炎的好处啊。”江小流显然在模仿什么人说话，声音还是她的声音，但语气腔调完全是另一个人，还带着山东口音，“下次出差，奶奶的还嫌不嫌我打呼噜了？”

周到脱口说：“老胡？”

江小流没回答，又回到刚才呕吐状的位置，勉强直起身子，上气不接下气。

“我靠得嘞，里面的蛆……得有好几十亿吧？”这次江小流模仿了另一个人，“比老子的精子还多。”

彭大勇没忍住笑了出来，“妈的，一听就知道这是谁了！”

马一路有点儿茫然，“这谁呀？”

彭大勇没理马一路，用胳膊肘碰碰周到，“这次小黄也进专案组了？”

周到点点头，没吭声，盯着江小流看。江小流继续模仿两个警察的对话。

“这都能联想到精子，你不姓黄真没人敢姓黄了！”

“我让你姓行不行？只要你把那些蛆全包圆，你让我干嘛我就干嘛，绝不拖泥带水！”

“我让你现在就把保姆抓回来，你敢吹这个牛？”

“保姆跑不了的。等技侦图侦的兄弟一上阵，她一个保姆能跑多远？”

“真给咱刑侦长志气！整天指望技侦图侦，你就干等着给保姆上铐是不是？嫌疑人都锁定了，咱就不能抢先他们一步把人抓回来？”

江小流就像一个舞台上的演员，一人分饰两角。形象和声音还是她自己，但神情和语气都变成了她塑造的对象。虽然至此她对自己的行为没一句解释，马一路他们还是完全明白了她在干什么。

周到实在忍不住了，从座位上跳起来。“一个老胡一个小黄，真他妈神似！”

江小流瞬间恢复了她平时的冷淡，“别打断我行吗？还没完。”

彭大勇忙说：“您继续，您继续！”

江小流又回到“老胡”和“小黄”的状态。

“怎么抢先？”“小黄”抱怨，“这保姆的信息等于零，身份证件啥资料都没有。”

“不是有小区监控吗？”“老胡”撇嘴，“知道长啥样了，还能找不着人？”

“才说我指望技侦图侦，您不也离不开……”“小黄”说到一半，忽然仰头惊叫，“哟，这不是604的小姑娘嘛，你怎么在这儿躲着？”

江小流回到了自己的状态，像是站在一个高处，低头冷淡地回应两个警察。

“第一，我不是小姑娘；第二，我没躲，我在等你们把蛆清理干净，免得跑到我家；第三，警察聊案情也不看看周围有人没人，太不谨慎了。”

江小流结束了她的“演出”。面前的三个警察都呆了。

马一路呆了一会儿，转脸冲着彭大勇咧嘴笑，“彭所，怎么样？”

彭大勇回过神来，“什么怎么样？”

“江小流没说错呀，”马一路像拿了勋章一样骄傲，“就是专案组锁定保姆是嫌疑人嘛。”

周到也回过神来，却是满脸的不服气。

“马一路，说你幼稚你还不承认，看了个小剧场的表演就当真了！”周到又转脸看着江小流，挤出一个笑容，“你叫什么来着？江、江……”

马一路忍不住提醒他：“江小流。”

“哦，对了，江小流。这名字有点儿怪……哪个流？”

“流氓的流。”江小流抢在马一路之前回答周到，“十秒钟前马一路刚告诉你们我的名字，要么你根本不注重细节，要么你的记忆力不到十秒钟。”

周到有些尴尬，决定改用赞美来掩饰这尴尬。

“你是演员吧？演得真不错，有前途！一看演的就是专案组的老胡和小黄，完全抓住了这俩人的神韵……台词也编得像模像样。”

这意思很明白了，周到认可江小流的模仿能力，但不认可她传达的内容。

马一路在一旁有些急了，一急，脸又涨红了，想为江小流辩解，又不知怎么开口。

江小流扫了马一路一眼，没说话，伸手从兜里拿出手机，解锁，划拉了几下，然后把手机屏幕转向三个警察。屏幕上出现一个视频文件，江小流点击播放。

接下来的几分钟，会议室里像是重放了江小流刚才的表演内容，唯一的区别是声音不同。视频里是真实的老胡和小黄，说着刚才江小流说过的话，一个字、一个停顿都不差。只是大部分时间里，画面里都没出现老胡和小黄的脸，最后小黄发现楼上的江小流时，两人的脸才正式惊讶出镜。

江小流心平气和地说：“不是我编的台词。这算不算证据？”

马一路情不自禁地嚷：“欧耶！绝对算！”

彭大勇和周到同时转头看了马一路一眼，只是两人的微表情不太一样。

彭大勇转回头，用尽可能亲切的眼神看着江小流。

“这确实可以算证据，不过这视频……是你拍的？”

“看最后一分钟，我的声音来源和拍摄角度就知道是我拍的。”

“那你拍这个，有什么……用途？”

“可不能传到网上，保姆还没抓着呢，别给凶手通风报信！”周到忙插话道。

江小流瞥一眼周到，“保姆真是凶手？”

周到一愣，彭大勇在旁边咳嗽了一声。

周到的脸居然也有一点儿红了，清清嗓子说：“这个……这个说法不太谨慎，最多是嫌疑人吧。”

江小流一字一顿地说：“我、不、懂。”

周到的脸一下子红到了脖子根儿。马一路心里有种三伏天喝了满满一罐冰啤的暗爽。

江小流接着说：“我为什么要传到网上？我是拍给马警官看的。”

马一路腾地坐直了，“给我看？”

“让你看看，别的警察也被那些蛆恶心坏了，你用不着太难为情。”

马一路傻乎乎地看着江小流，不知道说什么好。

彭大勇和周到一时也不知该怎么往下接话。他俩眉来眼去交换微表情时，江小流又扔出一颗炸弹。

“你们是不是要抓保姆？”江小流语气闲闲地说，“我可以帮个小忙。”

马一路热切地问：“怎么帮？”

周到不敢再当着江小流的面批评马一路幼稚了，他再糙也能看出江小流对马一路的维护。但周到显然不敢相信江小流的话，眼前这个瘦瘦的、苍白的、只有眼眸黑亮得如同炭晶的年轻女孩儿，浑身上下一股浓浓的冷淡风……

这怎么可能？

彭大勇替周到说出了心里话，只是采用了比较科学的方式。

“那太好了！”彭大勇说，“我们求之不得。你有什么好办法？”

“我可以告诉你们一个电话号码。”

江小流随即报出了一个有四位区号的固定电话号码。马一路想立刻记下来，却一时找不到纸笔，又怕忘了，嘴里念念有词。

江小流对马一路说：“你不用记，在我脑子里，你要随时可以提。”

彭大勇还是对马一路说：“把号码记下来。”然后又转向江小流，用更亲切的语气问，“这个号码能给我们提供什么线索？”

“2016 年 7 月 6 日是个星期三，下午三点一刻左右，我在楼下碰到 704 新来的保姆，她不会按门铃，是我帮她开的门。我们一起坐电梯上楼，我到六楼就下了。下午五点半，保姆来我家敲门，说704老太太已经留下她了。保姆说她是个文盲，也没有手机，想借我手机给家里打个电话报平安。我按她报的号码帮她拨了电话，她是用方言讲的电话，我听不懂，但一会儿可以复述给你们听，你们自己翻译。打完电话她说接电话的是她儿子，还向我道谢，然后她走了。刚才我告诉你们的就是那个号码，时间比较久，我手机里的通话记录已经被顶掉了，你们是警察，可以去查一下，通话时间是2016年7月6日17点32分到35分之间，不会有太大的误差。”

江小流一口气说完。

会议室里一片沉默。

“我没说清楚吗？”江小流问。

“你说你手机通话记录已经没了，可你还能把通话时间精确到分钟？”彭大勇努力让自己保持沉着。

“其实我还可以精确到秒，但我觉得没必要，反正你们可以查。”

“为什么？”

“什么为什么？”

“为什么你能记得这么清楚？当时这件事情对你有什么特殊意义？”

“当时没意义，现在有了。”

“当时没意义，你还专门记下了？”

“用不着专门记。”

“那怎么能记住？”

“我就是能记住。”

“一个和你没啥关系的电话号码你都能记这么清楚，那你……岂不是得记很多东西？”

“只要我看到、听到、闻到……这么说吧，我经历过的一切，我都能记住。”江小流看了斜对面的马一路一眼，“我差不多就算个记录仪。”

马一路目瞪口呆。他想起那天江小流催他进704时，他犹豫地说自己没带执法记录仪。

“没关系，”当时江小流这样说，“我就是记录仪。”

原来江小流既不是在吹牛，也不是开玩笑。

马一路忽然想到，他预料到江小流会带给彭所他们一个“震动”，现在，从彭大勇和周到的表情来看，这哪里是震动？

分明就是一场大地震。

6

玩过切西瓜游戏吧？

各种水果在屏幕中纷纷落下，唰唰切下去，最爽的就是切到西瓜时，那种痛快淋漓的感觉。

明月花园9栋704的杀人分尸案，如同切西瓜一样，轻松地结案了。

案情其实很简单。

704就是第一犯罪现场。老太太为人太苛刻，换过数任保姆，家里三个儿子都失去了耐心。最后这任保姆从老家出来到宁江打工不久，在一家家政中介找活干。这家中介之前给老太太家找过几次保姆都被炒了，这次顺手又推荐给老太太，老太太看中这个保姆便宜就留下了。

保姆是文盲，到宁江后还丢了身份证。中介乐得白捡一次中介费，只要雇主肯接受，根本不在乎手续是否齐全。老太太则一心只想实惠，看中这个保姆便宜，别的不计较。所以在中介和老太太那里都没留下任何身份资料。

明月花园是个半新不旧的小区，小区大门和每栋楼的单元门外都有监控，但画面效果不佳。虽然筛查出保姆的图像，但很难据此图像寻人。

技侦部门在704检出无数保姆的指纹，也有DNA，但保姆没在警方留过底，无法进行数据比对，也无法靠这个找人。

周到把江小流提供的电话号码汇报给专案组，到电信后台查了历史记录。周到惊讶地发现正如江小流所说，她所提供的通话记录几乎分秒不差。

专案组按照这个固定电话顺藤摸瓜，找到了保姆的儿子。儿子是个残疾人，身体很差，母亲为了给儿子攒钱治病才外出打工。那个固定电话其实是邻居家的，他家没钱装电话，也不用手机。

儿子告诉警察，母亲一个月和他通一次电话。最后一次通话时，他听到母亲的雇主（也就是 704 的老太太）对他母亲大发雷霆，要求他母亲交电话费，两人争执起来，电话就挂断了。在那之后，已经有两三个月，母亲没再给他打过电话，他完全不知道母亲和老太太之间发生了什么。

警察正准备在保姆儿子家蹲守布控，保姆蓬头垢面地回来了。她从老太太家逃出来时，什么都没带，只带了自己当保姆挣的所有钱，其中有一部分还被老太太以各种名义扣下了。因为没身份证，也舍不得花钱，加上害怕警察，保姆步行了 700 多公里，一步一步走回家了。

看见家里有警察，保姆立刻明白是怎么一回事。她没跑，也实在跑不动了。保姆只对警察提出了一个条件，如果警察不没收她带给儿子的治病钱（她保证每一分钱都是干净的），她就把杀人经过全告诉警察。警察答应了。保姆把钱留给儿子，被警察带回了宁江。

704 的老太太一个人住着 140 平方米的大房子，每个月有将近 1 万元的退休金。但她家里不用空调，冰箱不通电，当成普通柜子用。所有的电器，能不用就不用。保姆给她洗衣服要用手洗，但用水也不能浪费。

有一次保姆自己洗澡多烧了半壶水，被老太太骂了三天。保姆没手机，用老太太家里的电话偷偷打了几次，后来被老太太发现了。老太太大发雷霆，要求保姆补齐电话费，还要交"滞纳金"。

保姆是文盲，不懂什么是"滞纳金"，但老太太骂她是"小偷"，她完全不能接受。

保姆后来没再用老太太家的电话，但事情并没有因此好转。

事发那天，保姆买菜回来，老太太指责保姆虚报菜金。无论保姆怎么发誓老太太都不信，又翻出"滞纳金"和"小偷"的话题。

保姆热血上头，抓起菜刀扔了过去，菜刀正巧插到老太太的脖颈处。

刀插得太深，当时血并没有喷出来，但保姆立刻明白，没有回头路了。

之前保姆对老太太曾提过一次辞工，老太太威胁保姆，说她三个儿子都是"大人物"，都能把保姆"弄死"，连保姆的儿子也跑不掉。保姆认为自己的命不值钱，但儿子是她的心头肉，所以没敢再辞工。

确实没有回头路了。

保姆把老太太连轮椅一起推进主卧的卫生间，卫生间里有个浴缸，但从来没用过。保姆准备在这里把事情“处理”掉。

在卫生间，保姆把老太太抱进浴缸，菜刀还插在老太太的脖子上。保姆一拔刀，血就喷到了浴缸的天花板上。老太太很快就不动了。

保姆说，本来她还有些犹豫，可拔刀时老太太虚弱但凶狠的眼神，翻出了她心里所有的怨恨。

保姆在农村的时候，每年都要帮人杀猪。她是寡妇，独自养一个残疾儿子不容易，什么活能挣钱她都肯干。

老太太的头没费什么周折就割下来了。

家里有个绞肉机，保姆拿进卫生间，卡在浴缸上。她的想法是，把那些有人类标志的部位绞碎，别的就砍成小块扔掉，反正看上去和猪肉差不多。

卫生间里的灯很暗，老太太为了节电，用的是 5 瓦的灯。保姆为了切割时便于观察，把浴霸打开了。平时老太太绝对不允许用浴霸，这次保姆报复性地开了两盏，很快就把卫生间的温度从冬天变成了夏天。

过于明亮的浴霸灯也带来了副作用。保姆高估了自己帮人杀猪的经验，在强光下用绞肉机绞了老太太半只手之后，因恶心无法进行下去了。

最后保姆弃尸而逃，只带走了属于她的大约 1 万元现金。

这是保姆在老太太家工作的所有积蓄，扣除了老太太的各种“苛捐杂税”，以及她偷打电话产生的“滞纳金”。之所以是现金，因为保姆是文盲，无法到银行开户存钱。

这些钱保姆在回家的路上基本没动，全留给儿子了。

离开时保姆没有关掉卫生间的浴霸，并称这是她对老太太的刻意报复。

“整天让我省电、省电，”保姆带着快意对预审员说，“我就要狠狠地费一次电，看她还扣不扣我的辛苦钱！”

节约了一辈子的老太太，做出了人生最无保留的一次奉献。在自己家的卫生间里，用她的身体滋生供养了那些肥胖的蛆虫。

如果不是保姆故意没关浴霸，这个乍暖还寒的季节，尸体的腐败会迟到很多天。

保姆的出逃本来很顺利。

如果不是江小流提供的那个电话号码，以及那个号码附加的所有信息，即使有小区监控留下的图像，城市各个角落的摄像头能捕捉的画面，对保姆的抓捕也可能遥遥无期。

在这个高度依赖科技的社会，保姆因为不识字而无法使用各种电子技术，也意味着她不会在人海中留下太多自己的痕迹。

如果保姆初来户主家的那天，遇到的是另一个邻居，她的命运很可能会被改写。

然而保姆遇见的是江小流。

江小流对马一路说过，她就是记录仪。

这对落网的凶手来说当然是一种不幸。但对江小流来说，又意味着什么？

7

“意味着她可以当警察呀。”普克惊喜地说，“而且会是个很棒的警察！”

“你别说，我脑子里还真闪过这个念头，可惜就闪了一下，自己掐了。”彭大勇说，“我看完她拍的那段视频的时候，想着这小姑娘真有当警察的天赋。”

“为什么你要把这念头掐了？”普克问。

“因为谁都可能当警察，江小流？”彭大勇语气中透出遗憾，“没可能。”

“为什么？”

“那天她不是在我们面前惊艳亮相了嘛，她一走，一方面周到去查电话了，一方面我也没闲着，查了一下江小流。”

“查出什么问题了？”

“也不是有什么问题，只能说……我这么总结一下吧，江小流可以说是个‘三有’青年，有钱、有闲、有病。”

“这总结有意思。”

“江小流是独生女，家里经济条件很好，父亲搞金融的，母亲是中学老师，全家户口就落在我们辖区的明月花园。五年前江小流 17 岁的时候，一家人出国旅游，在海上出了事情。江小流的母亲去世了，父亲虽然活着，但成了植物人，和那个差不多。”

彭大勇没好意思直说“和死了差不多”，但普克能明白那意思。

“在海上出的事情？什么样的事情？”普克还是和从前一样关心细节。

“具体怎么回事儿我们也不太清楚。你要有兴趣，回头我再问问。”

“假如明天我还能记住的话。”

彭大勇听出了普克语气里的无奈，对普克安慰地笑笑。

“你说这话我就明白你有兴趣了。我帮你记着，问好了一定告诉你，最多再和你介绍一下前史呗。”

“那我就不和你客气了。接着说，为什么江小流就成了三有青年了？”

“母亲没了，父亲实际上失去了民事行为能力，江小流就成了家里全部财产的继承人。具体多少财产不清楚，总之肯定是有钱人。出事是在夏天，江小流参加完高考，全家人一起出去旅游。秋天江小流上了大学，只上了一年多，大二的时候，江小流就退学了。”

“为什么退学？”普克问，“心理打击？还是为了照顾植物人父亲？”

“听说都不是。所里有个民警的家属正好在那所大学工作，据她说，江小流对家庭的变故似乎没什么悲痛之情，挺无所谓的……”

“没什么悲痛之情，还是没表现出悲痛之情？看上去无所谓？”普克插话道。

“看来还是得经常跟你聊聊案子，一说到跟案子有关的事情，你又是原来的普克了！整天看你画画，真够郁闷的。”

“何况总是画不完。”普克显然对江小流真的很感兴趣，“趁我今天的记忆还没清零，赶紧把话说完。”

“到底是真无所谓还是看上去无所谓，外人也说不好。我算是亲自跟江小流打过交道了，这小姑娘……这姑娘确实不简单。记忆力超强就不说了，刚才已经详细跟你描述过了，模仿力也超强，学谁像谁……当然她没法改变声音和容貌，那是电影里的把戏，她的模仿就是神似，不是一般的神，神得不能再神了！”

“这应该还得归功于她超强的记忆力，因为她能记住模仿对象的所有细节，所以可以再现。”

“总之我觉得吧，不能相信江小流的表现。我意思是……怎么说呢？”

“外在表现。”

“就是这意思！江小流心里到底怎么想，外人真不一定能猜出来。她退学也没跟学校说什么理由，就说不想上了，然后就回家了。也没找工作什么的，估计还是因为家里有钱，又没人管，从此就待在家里。我说她有钱、有闲应该没说错吧？”

“你还没解释为什么说她有病。”

彭大勇看一眼普克，脸上掠过一丝犹豫。普克一下子就猜出来了。

“难道她和我一样，有精神方面的问题？”

“咱别用精神这个词行吗？说真的，普克，这么多年了，我一直不相信你真是……我总觉得，肯定是你身体的哪个小零件出了点儿小故障，说不准哪天，可能哪天你打个喷嚏，那小零件就归位了，一切都恢复正常了。”

“精神和物质其实是一回事。一个是基础，一个是上层……不过今天不讨论这个，接着说江小流。看来江小流也是这方面的问题。”普克显得很平静。

“这一点开始我是听马一路说的。马一路说他觉得江小流好像没有感情，当时我没见江小流的面，还损了马一路两句。可后来见了江小流，我觉得马一路没说错。一般人的喜怒哀乐，江小流好像都没有。再后来查她的情况，知道她确实去脑科医院看过病，还做了一阵子心理治疗。我找人去脑科医院问过，诊断她是因重大打击造成的心因性情感缺失。可能治疗也没什么效果，江小流就没再去了。”

“所以真是有钱、有闲、有病。”普克叹气道，“真可惜。”

“你俩倒是有得一拼。”

“可我没钱。”

“反正你也不花钱。”彭大勇笑了。

“谁知道呢？”普克也笑，“说不定哪天我遇到一个喜欢的女人，恋爱、结婚、生儿育女，那时候就需要钱了。”

彭大勇忽然笑不出来了。

今天彭大勇来看普克时，重点在给普克讲704的案子，所以在对普克进行“前情回顾”时，只讲了普克的病，并没对普克提及米朵，普克果然就不记得，他早就遇到过一个喜欢的女人，并且和她相爱，还结了婚。只是他们还没来得及生儿育女，一切就结束了。

这是一件多么令人忧伤的事情。

但因为普克的遗忘症，忧伤和悲痛放过了普克。在他的记忆里，生活永远止步于和米朵相遇相识前的那一刻。

“这样也挺好。”彭大勇看看旁边桌上那张永远画不完的《记忆的永恒》，心里轻声说。

8

马一路用了足足一个星期，才鼓起勇气给江小流打电话。

“你好，江小流，是我。”

“我知道。”

“哦，对了，你当然能记住我号码了。”

“有事儿？”

“我能请你吃顿饭吗？”

“不能。”

马一路一愣，没想到江小流拒绝得这么干脆。

“为什么？”马一路还是厚着脸皮问。

“我请你。”

“为什么？”

“我比你有钱。”

“哦……”

马一路也听说了江小流“有钱、有闲、有病”的传闻。本来他为了面子，还想说自己也不穷，每个月工资也能拿好几千，请江小流吃几顿饭没问题。想想还是算了，用不着在电话里充胖子。

再说马一路也比较了解江小流的行事风格了，虽然他们其实只见过两次面。

第一次在江小流家门口，以及楼上的704，也就是犯罪现场。第二次在派出所会客室。每次江小流带给马一路的都是前所未有的震惊。

这次见面是江小流选的地方。离江边不远的一个酒店，最高层的旋转餐厅。风景很好，白天的时候能看到长江，不过他们吃饭时是晚上，又是个阴天，只能看到外面墨黑的夜。

江小流穿了件灰色大衣，脱了大衣，里面是黑色高领毛衣，更衬出她的瘦和白。

马一路没穿警服。看到江小流的穿衣风格，马一路忽然后悔自己听妈妈的，穿了件印着猫头的卫衣，在江小流面前显得更不成熟了。

果然江小流看见猫头就问："你多大了？"

马一路尴尬地低头看看胸前的猫头，藏又藏不住，只好下意识地夹着两条胳膊，尽可能让猫头不那么显眼。

"我妈给我买的，没办法。"马一路说，"我的衣服除了发的，都是她买的，别的更幼稚。"

"我问你多大了。"江小流解释自己的问题，"你知道我 22 岁，我也想知道你多大。"

"哦，"马一路松了一口气，"我 27。"

江小流又盯着马一路胸前的猫头，"挺好看的。"

马一路拿不准该相信江小流的话，还是她的微表情，犹豫了一下。

"你不信？"

"不是不信，主要是……听你这话像是安慰我，可看你表情又……"

"根本不像要安慰你的意思？"

"对。"

"我确实没想安慰你，我也不会安慰人。"

"为什么？"

"什么为什么？"

马一路又犹豫了一下。

"想说什么就直说吧，你那脑子还是别斟酌了。"

"听说你去脑科医院看过病，真有这种病？没有正常人的喜怒哀乐，什么情绪都没有？"

"差不多这样吧。"

马一路看着江小流，眼神里充满同情。

“用不着同情我，第一，我感受不到你的同情；第二，我这样不挺好吗？”

“有什么好的？”马一路发自内心地说，“一个人没有情感，活着还有什么意思？”

“有情感，活着也不见得更有意思。”

“要是你真感受不到同情，你怎么知道我在同情你？我又没开口说出来。”

“虽然现在感受不到了，但以前感受过。别忘了我能记住所有的事情。”

“你是说，你是靠十七岁以前的记忆来判断现在的情绪？”马一路难得反应快了一回。

江小流盯着马一路看。“看来你也知道我 17 岁时候的事情了。”

马一路点点头。

江小流看上去不想继续这个话题了。

“自助餐，自己管自己的。别给我拿，拿了我也不会吃。”

马一路取完餐，端着满满一大盘食物回到桌前，江小流看看他的餐盘。

“让你别给我拿的。”

“我给自己拿的。”马一路解释说，“别吓着你啊，我特能吃。更别说海鲜自助了！我要天天来吃，都能把他们吃破产！”

“哈，哈，哈。”

“一般人哈哈哈的时候脸上会有笑容。”

“笑谁不会？”江小流冲马一路露出一个“笑”的表情，“毕竟 17 岁以前我也笑过的。”

“算了，你就别演给我看了，好冷。”

嘴上说冷，马一路心里却有些暖暖的。江小流没有情感，却用假笑逗他开心。

江小流立刻收了笑容，低头吃了一口自己盘子里的食物。她拿得太少了，放在盘子里像一小撮猫食。

马一路加大了吞咽的力度，“你吃这么少，我更得多吃点儿，不然性价比太低了。”

江小流索性把手里的叉子放下不吃了，双手托着下巴看马一路吃。

“不好吃。”

“我觉得挺好吃呀。”马一路吃得很奔放，“不好吃你干吗约这家？还这么贵。”

“我好几年没出来吃饭了。以前这个酒店刚开的时候，和我爸妈来过，那时候很好吃，风景也很好。”

马一路忽然吃不下去了，嘴里还塞着一只大蟹脚，从他两排牙齿间龇出来。他正思索江小流这话里的信息，江小流腾出一只手，探过餐桌，用手扯了一下马一路嘴里叼着的那只蟹脚。

“知道我想起什么了？”

“不知道。”

“提醒你一下？”

“你不会是想提醒我……”

已经来不及了。

“老太太那条胳膊。”

绞肉机，肥胖的蛆虫，爆裂的声响，排山倒海的尸臭。

马一路喉咙里发出“咯咯”的声响。

那条大蟹脚和那盒方便面一样，给马一路的呕吐造成了很大的麻烦。

马一路在卫生间里吐的时候想起一件事。

他从小脑子反应就比同龄人慢，成绩也总是跟不上。父母都很纳闷，以他们双方的智商，孩子怎么也不该是这个水平，难道是遗传过程中出了什么岔子？

父母特地带马一路去医院做过检查，医生说马一路没别的问题，之所以反应慢，有一个重要原因是他记忆力比较差。

马一路一直不知道医生的这个观点对不对，但他因此一直很羡慕记性好的人。

直到此刻。

马一路想到，江小流在 17 岁时遭遇了家庭变故，不管是什么原因，她因此失去了母亲，几乎失去了父亲。马一路作为一个记性不好的警察，重温那样一个犯罪现场还会有如此激烈的反应，那么江小流呢？

以江小流那样的超强记忆力，她所遭受的痛苦岂不是会放大千倍、万倍？

江小流的情感阀门就是为此才关闭的吧？

马一路足足吐了半个小时。等他回到座位，心里对江小流更同情了。

江小流用并无歉意的语气说："害你又吐了，下次我再也不提醒你了。"

马一路虚弱地笑笑，"没关系，吐吐就习惯了。"

江小流研究了一下马一路的表情，问："你为什么用这种眼神看我？"

马一路有些心虚，"什么眼神？"

"不知道，反正我的记忆库里没有相匹配的。"

马一路低下头，不敢再和江小流那双炭晶似的眼眸对阵。

"今天太亏了，两人的自助餐，本来我还打算努力努力，一个人把本吃回来，现在全泡汤了。"

"马一路，你们所那个叫周到的刑警为什么瞧不起你？"

"你怎么知道……"

江小流立刻像是周到附体，模仿周到的语气说："说你幼稚你还不信，这问题是警察该问的吗？"活脱脱周到就在眼前。

马一路有些泄气，"可能我……确实比较幼稚吧。"

"他能好到哪儿去？"江小流说，"704的案子又不是他破的。"

"其实周师傅干刑侦很有经验，破了不少案子，我们所的案件侦破率在全市算高的。可惜他不想收我这个徒弟，大概我实在太笨了，他怕我给他丢脸。"

"谁说你笨了？"

"你虽然没直接说，但用行动说了。"马一路并不是抱怨，只是简单地陈述事实，"要不然那天在704，明明我已经出警了，你还一个劲儿想找110。"

江小流看了马一路好一会儿。

"我道歉。"

马一路倒不知道说什么好了："我不是怪你……"

"你根本不笨，就是反应比较慢。"江小流说，"给你时间，你什么事情都能慢慢想明白。"

"完了，完了，看来这辈子我真的当不了刑警了。"

“为什么？”

“等我慢慢想明白，嫌疑人早让别人抓走了。就像704的案子，要不是你送到我嘴边，还在后面推着我往前走，哪有机会轮到我？”马一路有些悲从中来，“江小流，你要是能把你的记忆力让给我就好了，我肯定能成为一个了不起的好刑警！”

马一路还有半句话没说出来。

他想要是江小流能把记忆力给他，江小流就永远不会记得17岁那年发生的事情，也不用被迫关闭情感的阀门。

9

马一路没想到这么快又见到江小流。

派出所接到报警，辖区某小区门口有人打架。马一路带着所里一名协警出警，到地方一看，确实在打架，而且是打群架。

四个不同年龄段的女性同时围攻一个中年男人，警察到了也完全停不下来。马一路一到就忙着先调停劝架，劝架就要先分清敌对双方。可马一路看了一会儿就晕了，还是一起去的协警悄声向他解释，原来这四个不同年龄段的女性原本都不认识，但她们都和那个被围攻的中年男人有“亲密”关系。这种局面大概维持了一阵子，现在终于拆穿了。

问题是拆穿以后的走势无法确定。

中年男人看样子40多岁，其貌不扬。四个和他有“亲密”关系的女性上至50岁，下至20出头，有两个称得上面容姣好，看上去年龄最大的那位也风韵犹存。真不知道他是怎么搞定的。

更让人惊叹的是，四个原本统一战线的女人，打着打着，被男主角几句话一撺掇，居然变节互撕起来，而且撕得相当狂野。

马一路当然不能袖手旁观。

可他本来就反应慢、记性差，四个女人花红柳绿，忽敌忽友，马一路根本搞不清阵营，只想维持公平的结果就是人人都指责他不公平。最后马一路反成众矢之的，被几个女人一通拉扯，警帽被打掉了，脸上脖子上也挂了彩。

旁边的吃瓜群众本来乐得白看一场肥皂剧，后来都看不下去了，在一旁纷纷议论警察太软弱，执法没力度。

要不是跟马一路一起来的协警拿出警棍吼了一嗓子，场面还得继续乱下去。

马一路和协警带着当事人回派出所的路上，唯一的男主角居然趁乱逃跑了。

四个难分座次的女主跟着马一路他们回到派出所，吵吵嚷嚷还在争谁才是正牌女一号。马一路头大如斗，进门看见了江小流。

江小流站在派出所的警务公示栏前，像是在研究上面的内容。

马一路赶紧走到江小流身后，小声问："你怎么来啦？"

江小流转回身，视线落在马一路的脸上。

马一路这才想起，自己的脸让那几位"宫斗"女主抓花了，忙把脸偏到一边，尽量用完好的那半张脸出镜。

"来找你报警。"江小流说。

"啊？"马一路心头一紧，"又有警情？"

"不行？"

"不是不行……"

那几个女人的分贝太高了，马一路想起来事情得有个主次。

"你等一下，我先处理一下她们的事情，再处理你的。"

其实马一路也不知道怎么处理这盘乱局，但至少得提醒她们保持安静。

"这里是派出所，有什么话好好说……"前半句还好，后半句又露怯了，"行不行？"

这简直就是大男生在和胡搅蛮缠的女朋友们告饶。

要是被周到看见，不知会被怎么损。

几个女主角根本不为马一路所动，继续吵。

接警台一个值班内勤是位女警，难得这会儿没别的事情，当事人又都在派出所里，于是不着急不上火，坐着看热闹。

马一路急得不行，低声求女警帮忙："师姐，管管她们，这像什么样子？"

女警笑眯眯地说："这可比电视剧好看多了。一个个演技多好，感情多逼真！"

"这是派出所，这也太有损咱们警察形象了！"马一路是真着急，"群众看见怎么想？”

“来找你的群众也看得津津有味呢。”

马一路回头一看，江小流也在围观几个女人吵架，他忙走过去，想把江小流拉开。

“你别凑这热闹，凶着呢！”马一路凑近了警告江小流，“小心她们伤到你。”

江小流忽然踮脚凑到马一路耳边，微温的呼吸弄得马一路耳朵痒痒的。

“你想办法让她们安静十秒钟，我帮你结案。”

“啊？”

“十秒钟都做不到？那就五秒钟。”

马一路实在想不出更高妙的办法，想起刚才协警的办法，对那几个争吵不休的女人来了一个“狮子吼”。

“太无法无天了！”马一路亮起嗓子，“都给我安静！”

马一路人高马大又年轻，吼起来远比那位50多岁的协警有气势，接待厅里一下子安静了。

马一路赶紧转脸给江小流使眼色，意思是让江小流珍惜这难能可贵的五秒钟。

江小流点点头，转向那几个女人，用一种很正式的语气宣布。

“你们都被渣男骗了。渣男谁也不爱，同时被他骗的至少还有另外三个。”

四个女人一听这话，面面相觑，眼看着又要炸窝。

“等我把你们和渣男的详细关系说清楚你们再吵也不迟。”江小流抢先说。

四个女人互相看看，有些半信半疑，尤其是那个风韵犹存的半老徐娘。

“小妹妹，父母有没有教你不要管别人的闲事？”女人是种古怪的动物，既想永远年轻，在年轻人面前又喜欢倚老卖老，年龄越大越是如此。“徐娘”对江小流显然很不屑，“你才几岁？懂个屁。”

马一路一听，耳朵里响起引线燃烧的声音，知道江小流要扔炸弹了。

果然不出所料。

“第一，我不小，早成年了；第二，我不是你妹妹，你比我妈妈年龄还大；第三，我是不懂你们为什么明知道被渣男骗还要自欺欺人，假装这是爱情。”江小流问，“难道你们是白痴？”

接下来，江小流用马一路已经熟悉的平静语气娓娓道来。从渣男的年龄、姓名以及网名、职业（包括兼职）、住所开始，到在场的四个女人的年龄、姓名或者网名、职业以及与渣男相识及上床的时间，再到渣男给她们分别许下的承诺，以及另外三个没露面的可能受害者的简要情况，一样不落。

江小流一口气说了十分钟，等她说完，全体都傻了。

四个女人的表情简直像见了鬼。

“你、你、你……你怎么知道的？”其中一个惊悚地看着江小流问，“难道你也是……”

江小流打断了她：“都是刚才你们吵架的时候自己说的。我帮你们整理一下信息而已。”

江小流又单独对那个年龄最大的“徐娘”说：“你被他骗了最少 20 万了吧？正好在派出所，顺便报个警，没准儿还能挽回点儿损失。”

江小流走回马一路面前。

“马警官，现在你可以处理我的警情了吧？”

上篇

记忆迷思

1

马一路想找个安静的地方和江小流说话，偏偏所里每个能用的房间都占着，马一路只好把江小流带到了讯问室。

“实在没地方了，你不介意吧？”

“介意我就不来了。”

“你真有警情啊？”

“我第一次给你打电话，你也这么问我的。”

“对不起，对不起，没有怀疑你的意思，就是……”

“你不用解释，反正我也不会生气，你知道的。”

“哦，那你……有什么警情？”

“我们小区对面的广场有个健身馆，叫云中漫步。”

“云中漫步？”马一路来精神了，“我还办过一张卡呢，可惜后来太忙，就去过两次。”

马一路记得很清楚，当时他之所以办这个健身馆的卡，完全是被店名吸引了。从来没见一个健身馆起这么浪漫的名字，让人幻想在这里健身应该如在云端一般轻松舒服。这当然只是一个美好的幻想，所以马一路的热情很快就消退了。

“云中漫步的老板是个女的，叫李雪。”江小流像是为了照顾马一路的反应速度，把语速放得比平时慢，“李雪六年前开的这家健身馆，开业的时候到处发宣传册。李雪带了好几个健身教练在我们小区做促销，我爸爸给我们全家办了三张金卡，我妈妈很不高兴。”

“为什么？”

“我妈妈认为是因为李雪长得漂亮、会说话，我爸爸才会一下子办了三张卡。”江小流像在说别人的事情，“男人真没出息。”

马一路一时没明白，“男人真没出息”这句话，是江小流的妈妈说的，还是江小流自己的观点。他悄悄观察江小流的微表情，什么也看不出来。

“那什么……”马一路想说些什么，显示作为警察的他正在思考。

“我快说到重点了。”江小流显然不希望马一路插话。

“哦，那你继续。”

“我爸爸后来和李雪吃过一次饭，带上了我。吃饭的时候，有个男的来找李雪……现在你要记一下人物关系，来找李雪的人叫卢继平。李雪告诉我爸爸，这是她丈夫。中间发生了一些事情，先不对你说，不然会干扰你。你只要先记住，李雪说那个叫卢继平的男人是她的丈夫就行了。”

马一路急忙在心里默念了好几遍：“李雪的丈夫，卢继平。卢继平，是李雪的丈夫。”

“我记住了，卢继平是李雪的丈夫。”马一路问江小流，“然后呢？”

“前天下午我去云中漫步健身馆，没坐电梯走上楼的。从楼梯出来有个过道通向云中漫步，平时没人走。我听见有人吵架，转过弯一看是李雪和她丈夫卢继平。隔得有点儿远，前面的内容我没听清，只听见李雪让她丈夫滚，她丈夫就滚了，从我身边下楼的。”

“卢继平还挺听话。”马一路想用这个小玩笑表示，他记住了李雪的丈夫是卢继平。

“接下来是重点。”江小流看穿了他。

马一路急忙竖起耳朵，一脸严肃地等着江小流的下文。

“在看见李雪和卢继平将近两个小时后，我在淋浴间听到李雪和一个健身的女顾客聊天，说到婚姻恋爱什么的，李雪告诉那个女顾客，她现在是单身，女顾客就说要给李雪介绍对象，李雪答应了。”

江小流说到这里，停下，看看马一路。马一路想了想，正要开口，江小流又接着往下说了。显然她刚才的停顿是想提醒马一路注意。

“我听见李雪这样说，就在旁边问李雪，她不是有丈夫吗？”江小流继续说。

听到这里，马一路忍不住想，终于发现江小流幼稚的一面了。他立刻找到了一点点自信。

“你这么问，李雪岂不是很尴尬？”

“为什么？”

“这很显然嘛。”马一路假装娴熟老到，“肯定是李雪和丈夫感情破裂，已经离婚了，所以才说自己是单身。”

“这是你的想法，可惜是错的。”

“何以见得？”

“因为李雪告诉我，她的丈夫去世了。”

马一路一愣，略想了想。

“可见离婚对人的刺激有多大！”

“为什么？”

“很多电影和小说里都这样，离婚了，就说对方死了，其实就是恨不得对方死的意思。”

“你又错了。”江小流说，“当时是这样的，注意我俩的对话。”

江小流用她的方式对马一路“情景再现”了当时的场景，还模仿了女淋浴间里特有的一些细节，令马一路“身临其境”。

江小流问：“你不是有丈夫吗？”

李雪一愣。隔着热腾腾的水雾，她有些看不清江小流的脸，下意识地挥手驱赶雾气。

“你丈夫叫卢继平，我见过他。”

可能因为大家都没穿衣服，李雪努力辨认了一下江小流，并没认出来。

但她犹豫了一下，又看了一下左右，显然旁边不止一个人正关注她俩的对话。

李雪抹了一把脸上的水，微笑着说：“不好意思，卢……我丈夫……已经去世了。”

江小流伸手关掉花洒，盯着李雪，“可我两个小时前还见过他。就在楼梯过道。”

李雪继续微笑，“怎么可能呢？他去世一年多了。你肯定认错人了。”

“我不会认错人的，我……”

李雪微笑着打断江小流：“你慢慢洗，我洗好了，我先走了。”

然后李雪又对旁边的熟人笑着点点头，关掉花洒，用毛巾裹住头发，扔下江小流快步走了。走出淋浴间时，她还差点儿滑倒。

江小流结束自己的情景再现，回到马一路面前，马一路明白江小流回到现实中了。

马一路仿佛刚从淋浴间出来，伸手搓搓脸，就差甩掉头发上的水了。他斟酌着应该怎么开口。

江小流读懂了马一路的微表情。

“你觉得这不算警情。”

“也不是说不算，只是……只是……”马一路小心地选择了一个他认为合适的说法，“我知道你刚破了 704 的案子，有点儿上瘾，可这件事情和上次不一样，我觉得……你可能真想多了。”

“第一，我不会上瘾，原因你知道；第二，704 的案子不是我破的，是你；第三，我从来没说这两件事情一样；第四，你根本不知道我是怎么想的，怎么能说我想多了。”

马一路看看江小流，“你生气了。”

江小流看着马一路没吭声。

“又忘了你不会生气。可……我还是觉得你生气了。”

“为什么？”

“每次你说一、二、三、四的时候，我都觉得你是因为生气。”

“我说一、二、三、四，是因为如果我不这样说，我遇到的大部分人都听不明白。”

马一路认真琢磨了一下，“好像有点儿道理。”

“这是事实。”江小流说，“别纠缠这个了，李雪的事情你管不管？”

“我想管也管不了呀。”

“我以为你和他们不一样，看来也差不多。”

说完江小流就要走，马一路急忙绕到门口，挡着门不让江小流出去。

“你看，你看，还不承认生气？你知道我反应慢，一时半会儿想不明白，你得放慢脚步让我跟上，对不对？”

“那你就告诉我是你反应慢。你说想管也管不了，还有什么可说的。”

“以后我再也不这样了，”马一路老老实实地，像个小学生，“现在能不能直接告诉我，李雪的事情你是怎么想的？”

“你先回答我，李雪在她丈夫的事情上撒谎了，你信不信？”

“信，当然信！”马一路斩钉截铁地说，“我绝对相信你的记忆力，你也没理由故意编这种事情撒谎。”

“也就是说，你也认为李雪的丈夫卢继平还活着，对不对？”

这个问题马一路没办法脱口而出，需要时间思索。

“既然你亲眼看见他了，肯定还活着。除非……除非你见到他之后，他突然死了。”

“如果卢继平是我见过他之后突然死的，李雪还是撒谎了，因为她告诉我卢继平已经去世一年多了。”

“我是想开个玩笑……不过开这样的玩笑不太合适。”

还要过很多天，马一路才会真正意识到，关于卢继平的这个玩笑究竟意味着什么。此时他只想知道，江小流到底想让他做什么、怎么做。

“说吧，你想让我做什么？”马一路用不能更直白的方式问，“只要我能做到，一定照办。”

“我又不是你们所长，我没权力要求你做任何事情。”

“那你又……”

“我只是把我看到、听到而且觉得不正常的事情告诉你。你是警察，你来决定要做什么。”

记性不好的马一路忽然想起来，他第一次接到江小流的报警电话时，江小流也说过类似的话。“你是警察，你负责鉴定。”然后马一路就如周到说的那样，“交了狗屎运”，稀里糊涂地破了一个分尸案。

马一路看着等他回答的江小流，认真地想了好一会儿。

“好，”马一路说，“这事儿我来查！”

“查什么？”江小流平平淡淡地问，“怎么查？”

“查……”

查李雪是不是撒谎了？就算她撒谎，能拿她怎么样？

何况生活中谁不撒谎？难以想象一个从来不撒谎的人，如何在这个社会活下去。

马一路毕竟只是个社区民警，而不是思想警察。总不能只为了让江小流满意就夸下海口，过后又无法付诸行动吧。

马一路左思右想，忽然想明白了一个质朴的道理。

其实查什么和怎么查，是一回事，想太多反而成为一种干扰。就像彭大勇和江小流不约而同对马一路做过的评价：问题挺多，都问不到点子上。

马一路决定简化所有程序，用最笨的办法奔向目标。

“你和李雪一个说她丈夫活着，一个说她丈夫死了，那我就查查她丈夫到底是死是活。”马一路不太自信地征询江小流的意见，“你看……这样行吗？”

江小流默默地看了马一路两秒钟，点点头说：“我觉得行。”

马一路心头一喜，江小流简单的一句认可，居然让他找到了自信的感觉。

接着马一路又一忧，“那什么……李雪的丈夫叫卢……刚才我还记着呢。”

江小流冲马一路夸张地露齿而笑。马一路已经摸出规律了，这是江小流凭借过去的经验和记忆来表达嘲笑的方式。

“逗你玩的。”江小流的笑容只展现了一秒钟，又恢复了惯常的冷静，或者不如说是冷漠，“她丈夫叫卢继平，继续的继，平安的平。以后你想不起来任何细节，随时问我。”

“太好了。”马一路的笑容可不是装的，“我这人没别的优点，就是……经拉又经拽，经洗又经晒，皮实！从小我妈就这么表扬我。”

“谁说你没别的优点？你优点挺多的。”

那一刻，马一路的骨头都轻了二两。真想追问江小流，在她眼里自己还有什么优点，但江小流已经把话题转回了原来的方向。

“给你补充一些信息。”江小流说，“李雪和卢继平都不是中国籍，是日本籍。”

“啊？你怎么知道的？”

江小流为马一路再来了一次“情景再现”。

六年前的那天傍晚，还是高中生的江小流跟爸爸一起，与李雪吃饭。

隔着江小流，马一路都能看到李雪的“巧笑倩兮，美目盼兮”。

马一路甚至怀疑，江小流的爸爸就是为了抵御李雪的诱惑，才特意带上女儿的。

江小流的爸爸还特别向李雪介绍了自己的幸福家庭，李雪显得很羡慕，盛赞江小流的爸爸事业家庭双丰收。江小流爸爸自然要谦虚几句。

“李总也很能干呀，年纪轻轻就开了这家健身馆。规模不小，得投不少钱吧？”

“是呀，所以压力特别大。更要感谢您雪中送炭，一下子支持了三张金卡。”

“这也是缘分。正好开在我们家对面，要是太远了，想支持也支持不上。”

“本来真考虑过另外一个地点的，和房东没谈好，正好这里有个更合适的，就改到这里了。这就是传说中的有缘千里来相会吧？”

江小流的爸爸和李雪相谈甚欢，那时候的江小流是什么心情和表现？马一路暗自期待那一幕。

中间有一小段是江小流主动省略的。“这段很无聊，也没用，不给你放了。”对江小流来说，回顾过去，就像播放储存在记忆卡里的影片一样自然吧。

“注意下面，”江小流事先提醒马一路，“卢继平来了。”

江小流的爸爸讲了一个金融圈的笑话，李雪一边笑一边巧妙地夸赞江小流爸爸的幽默感，赞了一半，李雪的笑容僵在了脸上。

江小流的爸爸顺着李雪的目光一看，是他不认识的一个男人。这个男人直接在李雪身边空着的椅子上坐下，还笑着把手搭在了李雪肩膀上。

李雪的第一反应是怒，伸手挡了一下男人放在她肩膀上的手。

江小流的爸爸注意到李雪的反应，但作为一个成熟的社会人，他并没有直接干涉，而是谨慎地看着李雪问：“这是李总的……”

江小流的爸爸其实是等待李雪的回答，但李雪没吭声，坐在她旁边的男人却回答了江小流爸爸的问题。

“我是她老公。卢继平，继续的继，平安的平。”卢继平热情地把手伸过来，要和江小流爸爸握手，“您是雪儿的朋友？”

通过江小流神似的再现，马一路看见，旁边李雪的脸上掠过一丝厌恶的表情。

但李雪随即掩饰了这一丝厌恶，微笑地看着江小流的爸爸，而不是自己的丈夫。

“我和朋友一起谈点儿事情。”李雪淡淡地说，“你去忙你的吧。”

卢继平笑着用一种夫妻间很自然很亲密的语气对李雪说：“你看我这记性，正好和朋友在这里吃饭，偏偏忘了带卡……”稍停了停，他又转向江小流的爸爸，笑着问，“或者，我干脆把朋友叫过来，我们并个桌？远道而来的朋友，总不能让人家买单。”

江小流的爸爸愣了一下，看了看李雪。李雪似乎在思索，没说话。

江小流的爸爸多少有些尴尬，“这个……听李总的，我都可以。”

卢继平对江小流爸爸说：“是我和雪儿在日本的老朋友松岛先生，当初雪儿入日本籍多亏他帮忙……”

李雪忽然站了起来，“你过来一下。”

李雪并没有看卢继平，也没叫卢继平的名字，说完就离开了餐桌。卢继平笑着和江小流的爸爸打了个招呼，也跟着离开了。

直到此时，江小流才第一次出现在这段记忆中。

江小流扭头看着李雪和卢继平的方向，回头对爸爸说：“这个男的是来要钱的。”

江小流的爸爸也看了一眼，神情明显有些黯淡。

“一会儿别跟阿姨说这话。”

“我还以为应该叫姐姐。”

江小流的爸爸向李雪他们的方向张望了一眼，叹了口气，没说话。

江小流又往那边张望。那时候的江小流显然还没关闭情感阀门，脸上写着好奇和羡慕。

“她很漂亮。胸好大，腿好长。”

“别乱说。”

“阿姨是不是不喜欢这个男的？”

“嘘……回来了，别说了。”

李雪一个人回来了，坐回自己原来的位置。

“不好意思啊，太不礼貌了。”李雪的表情和语气都很歉疚，“咱们继续吃咱们的。”

“这有什么不礼貌，”江小流的爸爸和李雪客气着，“其实大家并个桌也没关系，今天算我请客好了。”

“那怎么行？”李雪态度莫名的坚决，“说好我请您的。”

“卢继平走了！”江小流忽然插话，“他不是说也和朋友在这里吃饭的吗？”

“江小流，不要管大人的闲事。”江小流的爸爸有些尴尬，一边阻止女儿一边对李雪解释，“李总别介意，这孩子从小记忆力太好，过耳不忘，说话又没遮拦，经常得罪人。”

“小妹妹真厉害。”李雪的笑容里带着惊讶，“你怎么知道我先生叫卢继平？”

“第一，我16岁了，不小了；第二，刚才爸爸说你是阿姨，那你就不能叫我妹妹；第三，你老公自己说他叫卢继平的，继续的继，平……”

“好了，好了，江小流，大人说话小孩子不要插嘴。”江小流的爸爸显然怕女儿令李雪更尴尬，急于转换话题，和李雪开起了玩笑，“原来李总不是中国人是日本人啊，失敬、失敬。”

“您真会开玩笑，”李雪显得有些在意，认真解释，“我当然是中国人了，只不过前些年入了日本籍，谋生而已。”

“李总先生也是日本籍吗？”

“嗯……”李雪含糊地将这个话题带过，转向江小流，态度亲切又诚恳，“你不喜欢我叫你小妹妹是吗？那就叫你江小流同学，好不好？”

江小流在这里结束了她的情景再现。马一路简直有些欲罢不能。

“完了？”

“李雪帮我叫了她说好吃的甜品，再后来都是我爸爸和李雪调情，和卢继平没关系了。”

“调情？你爸爸？和李雪？”

“要不然你以为我妈妈为什么会派我盯着爸爸？”

“原来你爸爸……”

马一路及时地刹车，江小流又回到了她那面无表情的表情，和她再现的那个16岁的江小流判若两人。马一路感觉有些恍惚，差点儿忘了自己要做什么。

江小流不会忘。

“卢继平是死是活，就看你的了。”江小流抛出她的结束语，“有消息通知我。”

江小流走了，留下晕乎乎的马一路，以及他脑海中塞满的各种信息。

2

马一路失眠了一晚，也没想出什么好办法完成江小流交给他的任务。

他想过，就以警察的身份去云中漫步直接问李雪。可李雪已经告诉过江小流，她丈夫去世一年多了。马一路去问，李雪为什么会改口？

何况马一路凭什么去问李雪这样隐私的问题？他想不出合情合理又合法的理由。

查户口？

云中漫步虽然在光明路派出所的辖区，但李雪是日本籍，应该没有中国户口。即使换国籍之前有中国户口，后来也没销户，入日籍后也不会再更新中国户口的信息。换句话说，卢继平的生死，不会反应在李雪的户口中。

假装去健身，找健身馆的人私下打听？

既弄到想要的答案，还不惊动李雪本人。马一路自信没这个能力。

马一路还有更多想不明白的事情。

比如：就算马一路运气好，得到了真实答案，又能怎么样？

卢继平还活着，证明李雪的确对江小流撒谎了。然后呢？逼李雪向江小流道歉？

卢继平确实死了，证明李雪没撒谎，那就意味着要么是江小流撒谎，要么是江小流的记忆出了问题。马一路接下来该怎么应对江小流？

想得越多，马一路的头越大。一夜没睡好，昏昏沉沉到所里上班，迎面碰到所长彭大勇，马一路忽然眼前一亮。

马一路一心想当刑警，对刑侦圈里的各种八卦格外关注。他早听说过彭大勇以前干刑侦的时候，和一位名叫普克的刑警搭档。普克擅长推理，彭大勇擅长找人。只要普克锁定了嫌疑目标，哪怕天涯海角，彭大勇也能把人弄回来。

可惜后来普克因病退隐，彭大勇没滋没味又干了两年刑侦，转行到了派出所，听说很多老刑侦都为此感到遗憾。马一路没赶上彭大勇的辉煌时代，但他知道彭大勇招他进来的时候就是想补充所里的刑侦力量。彭大勇后来改让马一路当社区民警，马一路明白，自己一定是让彭大勇失望了。

猎手可以转行，但本能和经验不会消失。

想到这一点，马一路眼前冉冉升起一颗救星。

马一路追到所长办公室，把他的难题交给了敬爱的所长彭大勇。以他的记忆力，当然不可能把细节全部还原，但大体意思彭大勇还是听明白了。

听完，彭大勇上上下下把马一路打量了一个遍。

马一路浑身发毛，"彭所，您这眼神……挺吓人的。"

"马一路，今年贵庚来着？"

"2、27……您问这个干吗？"

"有女朋友了，还是单着呢？"

"单、单着呢。"

"打毕业就一直单着呢吧？难怪。"

"也不是，中间有过一个，几个月就分了。"

"那就赶紧再找一个吧，老大不小的了，老单着不人道。"彭大勇抛出重点，"别盯着那个小……江小流了。听我的，你俩不合适。"

马一路一听炸了。

"彭所您这是什么意思？您以为我……我对江小流……我、我、我……"

彭大勇笑眯眯地看着马一路，"平时不见你结巴，一沾上江小流就结巴。是不是这么一回事？"

"那是因为……因为……"

"因为什么？别着急，慢慢说。"

"因为……"马一路面对彭大勇的故意挑衅，为了自己的尊严绞尽脑汁，憋出一句，"因为江小流就是个执法记录仪！"

"这哪儿跟哪儿？"

"因为江小流是执法记录仪，所以一沾上江小流就沾上案子。一沾上案子我就激动，一激动我心里就乱，一乱我就结巴！您身为一个老刑侦，不帮我指明方向，还对我冷嘲热讽，您还让不让我成长了？”

“哟嗬……”

“您别哟嗬！这才几天就忘了704的案子了？要不是江小流给我打那个电话，咱们能那么快就把那么大的案子破了？做人怎么可以一点儿感恩之心都没有？”

“这跟感恩有……”

“就算不感恩，您想想江小流那脑子，那记性，那性格！她是那种没事儿找事儿、胡说八道的女孩儿？她连正常人的喜怒哀乐都没有，难道她还瞎编出这样的段子来忽悠我玩？”

平时在彭大勇面前不敢多说话的马一路一连串甩出这么多句子，明知道其中的逻辑有问题，也顾不上那么多，结果怎么样也不敢奢望。马一路在心里说：江小流，我尽力了。

没想到还真起了作用。

“行，我就帮你查查这个卢……”

“卢继平！继续的继，平安的平！是日本籍！”马一路又惊喜又好奇，“您打算怎么查？我也跟您学学思路。”

“你先告诉我，你脑子里哪根筋指挥你找我帮你查人的？”

“我听人说，您以前干刑侦的时候，特别擅长找人。再难找的嫌疑人，天涯海角您也能薅回来！还听说您和以前的搭档珠联璧合，破过好几个大案。”

彭大勇听马一路说完这些话，一丝回忆飘过脑海。他沉默了一会儿，叹了口气。

“两个小时后，回来听下文。”彭大勇说。

马一路还想跟彭大勇学思路，彭大勇眼睛一瞪，马一路生怕到手的鸡蛋又打了，乖乖地离开了所长办公室。

这两个小时，马一路心里跟猫抓似的，调解一起闹离婚的夫妻纠纷都没法专心。时间一到，马一路顾不上那两口子还在没完没了地互相指责，扔下他们，直奔彭大勇办公室。

马一路想了一晚上不知道怎么入手的事情，彭大勇两个小时就解决了。

“卢继平确有其人。”彭大勇开门见山，“也确实死了。车祸。”

“真死了？”马一路先是震惊，接着是怀疑，“您查的这个卢继平，真是云中漫步那个李雪的丈夫卢继平？会不会是重名？”

“废话！”彭大勇对马一路的怀疑很不屑，“这点儿基本功都没有，当年怎么行走江湖？”

彭大勇查到的资料相当具体。

卢继平原籍达州，1979 年生。2001 年大学毕业后去日本留学，一年后与一个日本公民结婚，三年后归化日本，放弃中国国籍，注销了原中国户口。2007 年与中国去日本留学的李雪在中国登记结婚。此后多次往返中日两国边境。再次出现在中国的官方资料中，则是 2016 年 11 月 11 日，在达州因车祸意外死亡。达州公安局应卢继平家属和日本保险公司的要求，出具了意外死亡证明。

“现在还怀不怀疑是重名？”彭大勇没掩饰自己那一丝得意，“哥的江湖传说可不是混出来的。”

马一路佩服得五体投地。公安系统有内网，可以查到一些公民信息，马一路考虑过这个办法，但卢继平如果不是中国籍，马一路就无从下手了。此外彭大勇得到的信息显然不仅来自于公安系统，甚至不限于中国国内。

“您是怎么查出这么多信息的？就靠咱们内网不可能这么具体呀。”马一路相当眼馋。

“说这话，算你还有点儿脑子。”彭大勇用卖关子的办法来延续那一丝得意，“光靠内网找人，人人都是彭大勇了。”

“您就指点指点我吧，彭所，不然以后工作上再有类似的任务，我还是不知道怎么办。”

马一路说得很恳切。彭大勇看着马一路，想了想，眼神变得温和了一些。

“还行，不是只要结果不管过程的人。”彭大勇婉转地表扬了马一路，“你知道一个好刑警的基本要素是什么？其实不是智商、体力。”

“那是什么？”

“刨根问底，永不言弃。”彭大勇说，“今天从你身上，算是看到了一丝苗头。”

“彭所，您意思是……我也能当刑警？”

“我可没那么说，我原话是……”

彭大勇说了一半忽然笑了，回忆了一下，模仿江小流情景再现的方式，想重现刚才他与马一路的对话。

“你知道一个好刑警的基本要素是什么？不是脑子，也不是身体……”

“彭所，刚才您不是这么说的，您说的是……”

“让我说完！”彭大勇愣了一会儿，“妈的，我刚才咋说的来着？这么精彩的句子，自己都忘了！”

“要是都能情景再现，人人都是江小流了。”马一路也借鉴了一下刚才彭大勇自我吹嘘的句式，还更上一层楼，“可世上只有一个彭大勇，也只有一个江小流。”

“这他妈的应该算个马屁吧？”

“算！”

“算你老实！以后别学这些，对你没好处。”

“我记住了。彭所，您到底怎么查出那些信息的？”

“这个先放放。你先告诉我，按现在查到的情况，卢继平应该已经死了，可江小流一口咬定她亲眼看见卢继平还活着。你到底信哪边？”

马一路半天没说话，这个问题问到了关键。

马一路说：“我信事实。”

“和我玩文字游戏？”彭大勇不上当，“现在一死一活两个说法，没有中间地带，卢继平不可能既活着又死了。我说卢继平死了，江小流说卢继平活着。你选谁？”

马一路又思考了足足三分钟。彭大勇饶有兴趣地等着，也不催他。

“彭所，您以前就经常说我问题挺多，就是老问不到点子上。其实我现在脑子里就全是问号，一时半会儿也理不清楚。我就说我想清楚的部分。江小流的记忆力是咱们都见识过的，主观上我相信她说的话。您是我领导，也是我的偶像，我当然更愿意相信您的调查。但这里面还有个区别，如果是您亲眼看见卢继平死了，您和江小流可能就平起平坐了……我的意思说清楚了吗？”马一路说。

“不怎么清楚。”彭大勇不动声色。

“那我再想想怎么解释……”

“虽然说得不怎么清楚，可我差不多明白你的意思了。”彭大勇打断马一路，“总之，你就是相信江小流的超强记忆力，认可卢继平还活着，对不对？”

“除非有铁证，证明江小流的记忆力出错了。”马一路说，“就算是电脑也可能出故障，但得有证据说明电脑是出故障了才行。”

彭大勇看着一脸坚持的马一路，一个奇妙的想法忽然闯进他的脑海。

马一路以为彭大勇生气了。

“云中漫步肯定有监控，要是能查到监控视频，不就知道江小流有没有记忆力出错了？”马一路像在自言自语，其实是试探彭大勇，“就是不知道这种情况咱们去调监控合不合适……”

“别耍花腔了，”彭大勇看出了马一路的用意，“我忽然有个想法。你现在能不能给江小流打个电话，让她跟咱们走一趟。”

“去哪儿？”

“能，还是不能？”

马一路立刻掏出手机，不再啰唆，直接拨打江小流的号码。

电话几乎是立刻接通的，仍是江小流惯有的冷漠语气。

“有结果了？”江小流直接问。

“我也不知道算不算有结果，”马一路观察了一下彭大勇的微表情，语气谨慎，“但我们彭所想请你跟我们……去一个地方。”

“好。”

“你都不问一声去哪儿？”

“去了不就知道了。”

3

李雪开车去健身馆上班之前，绕了一下道，先去了另一个地方。

3 月的宁江风景很美，空气透明，阳光灿烂，风里飘着晚梅的幽香。再过一阵子，满城的樱花也要开了，会让人误以为是在日本。

李雪的车开进她在郊外的别墅小区后，春天的感觉更强烈了。

除了各种植物的芬芳，还有另一种难以言述的气息在空气中流动。

这样美好的春天，没有理由不微笑。李雪驾车进小区大门时，一边对门口的保安点头微笑，一边这样想。

李雪在这里有一幢独栋别墅。

从车道驶入车库时，车库门稍微卡了一下。

很快就好了，并没有故障，只是不常在这里住，车库门开关比较少的缘故。

车停好。开门走进别墅内，静悄悄的，阳光从窗外洒进来，落了一地。

李雪侧耳听了一下，除了客厅里那个落地座钟发出的钟摆声响，没有别的任何声音。

当初装修的时候，用了质量最好、价钱最贵的双层玻璃，隔音效果确实不错。何况这里远离城区的喧嚣，即使开窗，也只会听到鸟鸣。

李雪穿过客厅，走过一条细长的通道。通道里光线比客厅暗，眼睛一下子有些不适应，李雪摘掉了脸上的墨镜。

通道尽头是一扇门，打开门，连接的是地下室。

李雪走进地下室，关上门，特别试了试门能否锁死。

没问题。没有钥匙，插翅也飞不出去。

地下室堆放着一些杂物，但并不乱。有两个窄窄的半窗，光线能够进入，也只有光线能自由进入，厚厚的中空玻璃把声音和风都挡在窗外。

李雪沿着台阶一步一步走下来。

原本安静的地下室发出了一些声响，是李雪脚步之外的声音。

李雪走到地下室台阶下的角落，这是地下室光线最暗的地方，暗到李雪看不清那里应该看见的物体。李雪不得不拿出手机，打开了手机上的电筒。

哦，还在。

和一根金属下水管绑在一起，上面罩一个卡通抱枕的枕套。没办法，当时找不到更合适的东西，必须罩起来，别墅里又没有麻袋。

李雪弯下腰，伸手拎起那个卡通枕套的长耳朵，仿佛接下来，一只兔子就会跳出来。

当然并没有兔子，只有一个嘴巴被胶带封得严严实实的男人。

男人坐在地上，被绳子一圈圈绑在下水管上。眼睛并没有蒙，枕套一摘掉，男人就看见了李雪，立刻像不倒翁似的小幅度晃起来。

显然他想说话，但除了“唔唔嗯嗯”的声音，什么声音都发不出。

李雪用手机上的电筒凑近他，他的眼睛受到强光刺激，不得不把脸转开。

李雪轻声问：“要是我把胶带撕下来，你能不能好好和我说话？”

他使劲儿点点头。

“我都不敢相信你了……”李雪有些犹豫。

他急忙使劲儿点头，又摇头，又点头，不知道怎么表达才好。

李雪又犹豫了一会儿，还是叹了口气，伸手去撕胶带，他疼得发出“嘶嘶”的声音。

“是不是有点儿疼？”李雪语气温柔，带着一丝歉疚，“你知道，这都是你自找的。”

他仍然侧着脸，电筒的光太强，没办法直视李雪。

“别照我眼睛，”他终于能说话了，声音因为缺水有些嘶哑，“电筒关了行吗？”

李雪关了电筒，他转过脸来，总算能够近距离看着李雪了。

那眼神还是让李雪有点儿难过。

“要不是你太过分，没完没了，我也不会这样。”李雪轻声说，“何苦呢？”

他无奈地咧嘴笑了一下，轻声说了一句什么，李雪没听清。

“你说什么？”

“我说……”他又说了一次。

李雪凑近他一些，他突然用头狠狠向前一撞，额头撞到李雪的太阳穴，李雪疼得尖叫一声，头昏眼花，接连倒退几步，跌坐在地，太阳穴疼得像要炸了一样。

他的头也撞疼了，但抵不上心头的恨，“李雪你这个臭婊子，有本事你弄死我！不弄死我，看我以后怎么弄死你！”

直到李雪扑上去，抓起旁边地上厚厚一卷胶带，再次封住他的嘴，并且缠了一圈又一圈，最后把他的脸变成了一只半透明的皱巴巴的肉粽。

李雪摸摸被撞的太阳穴，就这么一下，已经鼓起了一个大包，碰一下就疼得直吸凉气。

李雪捂着太阳穴，看着他，有种恨铁不成钢的失望。“你看，就是这样。卢继平，这么多年，你没有一次不让我失望。”

李雪站了起来。

地上的卢继平又像不倒翁一样乱晃，牵动下水管发出声响。

李雪捡起刚才扔到地上的卡通抱枕套，卢继平又被连头带身子罩上，像一只胖兔子，看上去有点儿萌。

李雪苦恼地看着这只胖兔子，心乱如麻。这时她的手机响了起来。

李雪看看手机来电，一边转身往楼梯台阶走，一边接通电话：“喂？喂？能听见……信号不太好，我在地下室……”

李雪沿着台阶走上去，打开反锁的门，离开地下室。

“咔嗒”一声，门从外面锁上了。

地下室又重回宁静。

4

彭大勇带马一路和江小流去的地方是精神康复中心。

普克住在那里接受康复治疗，已经十年了，一直没有起色。无论新的一天普克经历了什么，一觉醒来，他总会回到12年前，他与米朵相识前的那一刻。

十年来，彭大勇坚持来看普克，也坚信有一天普克会找回他的记忆，重返当下的生活。

这种坚持随着时间的流逝，一点点被抽空，到现在几乎沦为了一种习惯。

直到那个奇妙的想法闯进彭大勇脑海。

一个丢掉了记忆的人，和一个丢不掉任何记忆的人，如果他们相遇，会发生什么？

彭大勇自私地想，这会不会是一个天赐的机会？也许江小流能把普克从12年前带回来。

在车上，彭大勇给马一路和江小流简单介绍了普克的身份背景。马一路听了心情很复杂，有终于见到传说人物的兴奋，也有为其命运感慨的不安。

“原来是这样！”马一路说，“只听说他在疗养，没想到居然是在……”

马一路把剩下的话咽了回去，小心地从后视镜中看看坐在后排的江小流。

江小流已经看见了。

“这个康复中心我去住过几天，”江小流还是那样若无其事，“说不定我见过他。”

彭大勇心里多少有点儿紧张。他还没对江小流透露过自己的想法，也不知道是否应该提前透露。

“他叫普克，普通的普……”

“克服的克。是你的老搭档，推理很厉害，你们一起破过好几起大案。”

“彭所放心，你说过好几遍了，江小流不会忘的。”

彭大勇闭嘴了。

江小流却转向了马一路，“你还没说卢继平的事情。”

马一路赶紧看彭大勇。

“别急，待会儿见了普克，我当着你们的面一起说。”彭大勇尽量往后拖。

“为什么？这事儿和他没关系。”江小流问，“而且你今天跟他说了，明天他就忘了。”

“他忘了，有人可以再告诉他呀。”彭大勇婉转地透露自己的打算，“普克除了会忘事儿，所有的刑侦技能都在，说不定能给你帮上忙。”

马一路插话道：“我知道了，彭所，您是想让普克来判断卢继平到底死没死，是不是？”

彭大勇瞪了马一路一眼，“好好开你的车！”

江小流在后排说：“没什么可判断的。卢继平没死。”

马一路闷头又开了一会儿车。

“明白了！我终于明白了！”他忍不住嚷了出来。

“明白什么了？”彭大勇问。

马一路又从后视镜里瞟了江小流一眼。江小流没说错，马一路虽然反应慢，只要给他时间，他总能想清楚。

“明白您的良苦用心了，彭所。”马一路信心满满地说，“我觉得行！”

这下彭大勇知道马一路真明白了。

“你真觉得行？”

“肯定行！”马一路斩钉截铁地说，“绝对行！”

“你俩到底在说什么？”江小流看看彭大勇，又看看马一路，“听不懂。”

“一会儿你就懂了。”马一路信心满满。

马一路第一次来这个精神康复中心，感觉和以前去过的精神病院大不相同。那里更像一个白色的监狱，这里则像一个舒适的农庄。看到这样的环境，马一路心里好受了一些。不知为什么，想到江小流和普克各自的遭遇，马一路总有些心疼。

普克住的是一个单间。彭大勇他们刚来到普克的房间外，正碰到普克的主治医生从里面出来。医生有些意外彭大勇今天来这么早，告诉彭大勇，每天一次的例行程序刚刚结束，普克在里面心情很低落。

所谓例行程序，就是每天睡醒之后的身份确认。用各种证据向普克证明，现在不是普克所认为的2006年那个夏日的周六，他不用赶到局里和搭档彭大勇加班审问嫌疑人，傍晚也不用去参加那个将和米朵相识的派对。

之后必定是一段情绪低落期，有时长有时短。再之后，普克将接受现实，开始进入治疗的部分，做手工、画画、园艺、锻炼……然后迎来又一个夜晚，又一次遗忘现实。

坐在窗前的普克听到门响，回头看见彭大勇，惊喜地起身迎上来，脸上带着一种小孩子受到委屈的无辜和焦虑。

马一路情不自禁盯着普克看。他清瘦苍白，看上去不像40多岁，毫无中年油腻男的气息，让马一路感觉很亲切。

“大勇！”普克显然清楚地记得老搭档，而且记得两人的亲近关系，“你来得正好！什么都别问，就告诉我今天是哪一年！”

彭大勇伸手拍拍普克的肩膀，他回答普克的方式本身就说明了很多。

“普克，你真是在精神康复中心接受治疗。刚才那个自称是你医生的人，真是你的主治医生。现在也确实和他说的一样是2018年而不是2006年。咱们不用去局里加班审嫌疑人，今晚你也没有什么派对。一句话，医生说的全是实情。”

普克怔怔地看了彭大勇一会儿，表情从迷茫到失望，从无奈到冷静。

“这就是证据链中压死骆驼的最后那根稻草吧？”普克笑了，只是笑容有些无奈，“我好像只能接受现实。”

彭大勇还没来得及回答，江小流忽然开口了。

“什么叫证据链？”江小流问普克，“别用度娘的说法。”

普克转脸看着江小流，脸上掠过一丝困惑，彭大勇猜出为什么了。

“度娘就是百度，是现在年轻人要贫嘴的说法。”

“哦，搜索引擎。证据链就是……”普克略想了想，没费什么力气就找到了表达方式，“早上醒来我发现自己在一个陌生的房间，桌上的台历显示今天是 2018 年 3 月 13 日星期二。接着有个自称医生的人让我看了他的证件和我的就诊病历，证明我在这里已经住了将近十年。然后我的搭档走进来，回答了我还没问出来的问题。这些信息串在一起，对我来说就形成了今天的证据链。”

“明白了，比度娘清楚。”江小流依次指着彭大勇、马一路和自己，“你的搭档彭大勇现在是光明路派出所所长，大个子叫马一路，是光明路派出所的社区民警。我叫江小流，住在明月花园 9 栋 604 室，归他们派出所管。上上个星期五，也就是 2018 年 3 月 2 日，我给马一路打电话报案，我们是这样认识的。”

“江小流？好名字。”普克说，“‘不积小流，无以成江海’，应该是你父亲给你取的名字。”

“你怎么知道？”江小流脱口说。

“还是证据链。”普克对江小流微笑，“中国人习惯从父姓，你父亲姓江，小流汇成江海，连名带姓，传承和发展都有了。充满期盼，柔中透刚，符合慈父对女儿的拳拳之情。”

“就不能是她妈给她起的名字？”马一路小心地插话。

“不是不可以，但和父亲起名的概率相比低很多，所以我说应该而不是绝对。”普克对马一路同样有耐心，“江小流问我怎么知道，说明我猜对了。”

江小流怔怔地看着普克，像是忘了要说什么。

“你好，江小流，”普克对江小流伸出右手，“你的介绍也很清楚。你报的是什么案？”

江小流迟疑了一下，伸手与普克握手。

“算是杀人分尸案吧。我不太懂你们专业的说法。”江小流解释，“我家楼上 704 室的保姆把老太太杀了。”

“案子江小流已经帮我们破了。前几天我特地来告诉过你，还想知道细节回头我再跟你细说。”彭大勇说。

彭大勇的说明令普克有些惊讶，更加专注地看着江小流。

“你帮大勇他们破的案？”

“算是吧。”

“你应该不是警察，但你记忆力非常好。”

“彭所告诉你的？”江小流话一出口，随即又想明白了，“不对，就算以前他告诉过你，你也忘了。那你是怎么知道的？”

“很多事情都可以用到证据链，你进门以后的所有信息都是有用的。”

“你看出我记忆力好不奇怪，为什么知道我不是警察？因为我长得不像？”

“很多人也说我长得不像警察，但我就是警察。我知道你不是警察，因为你说你不太懂我们专业的说法，这句话出卖了你。”

“怪不得彭所说你是个厉害的刑警。”

“可惜那是以前了。”普克的笑容有些惆怅。

“我也来过这里，”江小流说，“不过只住了几天，而且没见过你。”

普克有些惊讶，“你是为什么来这里？”

马一路在旁边一直只顾得上膜拜，实在忍不住了，急着插话：

“你俩正好相反！正好可以互补！”

普克好奇地打量着江小流，“我是记忆缺失，你是……”

“我什么都记得，”江小流说，“想忘也忘不了。”

“有意思！”普克更有兴趣了，“虽然严谨地说，并不是正好相反，但……”

普克这时意识到了什么，转头看着旁边暗自激动的彭大勇。彭大勇读懂了普克的眼神，克制着自己的情绪，默默点头。

江小流观察着他俩的反应，“又来了！”

普克没明白，“什么又来了？”

江小流把过来的路上，彭大勇和马一路那段让她困惑的对话，用她的方式为普克再现。

没有一句多余的解释，等江小流结束“回放”停下来时，普克已经完全明白她在做什么了。

“她在还原你们之前的对话？”普克问彭大勇。

“一个字都不差。”彭大勇说，“我都习以为常了。”

普克又看看马一路和江小流，他刚认识他们不久，但经过半小时的交谈，已对他们的语言和神态有了初步印象。

“没想到你有这样的天赋，江小流。”普克说，“我看出来了，刚才你不是你自己，你同时是你们三个人。”

江小流淡淡地说：“人再多也一样。”

“我证明！”马一路显得很自豪，“昨天一大堆女的吵了好久，吵得我头都炸了，江小流几分钟就把她们说的所有信息都整理清楚了，比电脑还厉害！”

普克目不转睛地看着江小流，思索片刻。

“大勇，你带他们来，是想让我和江小流合作，是吗？”普克问。

“合作什么？”江小流问。

彭大勇先没回答江小流的问题，他有些紧张，凝神看着普克。

“你觉得怎么样？”

“你想当警察吗？”普克转向江小流。

“不想。”她回答得很干脆。

彭大勇对江小流赔着笑脸说：“江小流先别急，这事儿咱们再商量。”又对普克说，“关键是，普克，你还想不想和从前一样，当一个好刑警？”

“当然想。”普克说。

马一路在一旁正看得激动，彭大勇转向了他。

“马一路，我要交给你一个光荣而艰巨的任务，你干不干？”

“干！”马一路想都没想就回答道。

“你还不知道是什么任务。”

“反正我知道彭所不会坑我！”

彭大勇拍拍马一路的肩膀，“行，没看错你！”

彭大勇再次转脸看着江小流，脸上写满了诚恳。

“我知道这事儿有点儿悬，可我得试试。”彭大勇说，“江小流，你也看见了，普克是我的老搭档，以前是特别优秀的刑警。马一路呢，我从警官学院招来的时候，就是想让他干刑侦的，他自己更别提了，一直想干刑侦，一直没能如愿。原因是什么你知道吗？”

“知道。”江小流说，“你们嫌他笨，其实他不是真笨。”

“他要真笨我能招他进所？”彭大勇尽量让自己的态度显得更确定，“他以前就是没遇见那个对的人，现在这个人出现了……不对，不是一个，是两个。”

马一路隐隐意识到了什么，脸像下了锅的龙虾一样慢慢变红，直到不可能更红的程度。

“怎么样？江小流，现在你再想想，愿不愿意帮马一路一把？”彭大勇盯着江小流不放，“和之前你帮他一样。”

江小流想了想，平静地回答：“愿意。”

从精神康复中心回来的路上，三个人都很沉默，就像暴风雨来临前，那种令人躁动令人不安的沉默。

还是马一路打破了这沉默，对江小流提出一个问题。

“真是你爸给你起的名字？”

“对。”

“江小流，不积小流无以成江海……这名字还真是挺巧的！”

“不是巧，是文化。”

“你和你爸感情很深吧？”

江小流看了马一路一眼，转脸看向车窗外，像是不打算回答这个问题。

马一路后悔失言。

气氛变得有些微妙。彭大勇察觉到了。

“我的名字简单，没啥好解释的。”彭大勇半开玩笑半认真地问，“马一路，你这名字藏着啥典故？不会那时候你父母就预见到‘一带一路’了吧？”

马一路还真没问过父母自己名字的由来。

马一路从后视镜里悄悄瞥一眼江小流，江小流仍看着车窗外。

“估计是……”马一路忽然灵光闪现，“‘一路上有你’的意思。”

那一刻，马一路心里涌起对父母的无限崇拜。

原来那么久之前，父母就预料到儿子的生命中会出现一个江小流了。

彭大勇看见马一路开着车，嘴角慢慢往上咧，哪里想得到马一路此刻的心理活动。

一路上有你。这感觉真好。

5

彭大勇的感觉也很好。

因为他调动了所有的能量，把那个奇妙的想法变成了现实。

当警察多年，彭大勇很擅长“搞关系”，但目的总是很简单。当刑警是为了破案，当所长是为了派出所的大局。

曾有个领导这样点评过彭大勇：

“彭大勇貌似粗人，实则粗中有细。脑袋里的心思不多，可惜全用在工作上了。”

彭大勇听了哭笑不得，真不知道这算是对他的表扬还是否定。

彭大勇是一个务实派。把普克、马一路和江小流“撮合”到一起，成立一个“探案小分队”，是彭大勇这辈子最不务实的创意。

为了这个创意，彭大勇层层找关系，最后找到了省厅刑侦局的赵政委。

赵政委在市局当领导时，对普克印象深刻。后来普克因病休养，他不仅多次看望，还从他的位置给普克提供了很实际的帮助。

调到省厅任职前，赵政委还对普克没能康复感到遗憾。

彭大勇来找赵政委，算是遭遇层层障碍之后的孤注一掷。

所幸这一掷，终于命中目标。

听完彭大勇的详细介绍，赵政委慢悠悠地说：“所以，你这个想法可以叫作‘唤醒普克’项目。”

一听这话，彭大勇知道事情成了。

“对，就是‘唤醒普克’！”彭大勇如遇知音，“其实办案啥的不重要，起码眼前不重要。等普克回来了，等于咱们刑侦局找回一个好刑警，这比啥不强？”

赵政委一脸严肃地说：“我不同意你的说法。”

彭大勇一愣。

“找回普克，那可是相当于找回好几个优秀刑警。”赵政委笑了，“你敢不同意我的说法？”

彭大勇笑得合不拢嘴，“不敢，绝对不敢！”

赵政委又说：“听你刚才的介绍，这个项目的好处还不止一个。除了唤醒普克，说不定还能培养出两个年轻人。”

彭大勇明白赵政委指的是马一路和江小流。这次他没敢拍胸脯。

“那俩我可真不敢保证。”彭大勇说，“说白了，他俩其实是唤醒普克的道具。不过这意思千万不能让他俩知道，特别是那个江小流，她要是撂挑子，唤醒项目就得昏睡百年了。”

彭大勇的方案其实很简单。和江小流签署派出所的协警合同，把江小流变成所里的临时工。

马一路本来就是警察，普克虽然因病休养，刑警的身份还在。将普克借调到所里，由民警马一路和协警江小流辅助其办案、工作，利用江小流超强的记忆力，刺激、找回普克丢失的记忆，直到普克“醒来”。

派出所的正式警察编制有限，大量的一线工作都由协警配合民警执行。这样的安排，既合法合理，又安全可靠。

彭大勇把自己的安排告诉江小流时，江小流问他什么叫“协警”。

“说白了，就是临时工。”彭大勇多少有点儿了解江小流了，知道江小流不会在意这一点，“以后你真配合他们办案，得有一个合法身份，不然没法让你介入案件调查。”

江小流果然不在意这一点。

“临时工最好，”江小流说，“要是终身制我才不干呢。”

“还有一点，得跟你实话实说，”彭大勇趁热打铁，“协警的收入……”

“我不要钱。”江小流直接说，“我有钱。”

“那可不行！不要钱肯定不行，那也违反国家劳动法，总得意思一下。”

“那就给我一元钱。”

江小流看过新闻里有人起诉大机构时，经常索赔一元钱，对此印象深刻。

彭大勇被逗笑了，虽然江小流根本没有逗他的意思。

最后彭大勇按所里协警最低收入水平和江小流签了约。江小流唯一对彭大勇提出的要求就是不穿制服、不坐班。

这本来就不是彭大勇希望江小流做的事情。至于他希望以后江小流具体做什么，现在彭大勇还没想清楚。

对江小流的安排相当顺利，倒是彭大勇没太放在心上的马一路出了点儿小麻烦。

马一路得知他、江小流和普克的三人小组正式成立，兴奋之余，对彭大勇提出他最关心的问题。

“彭所，那我以后就是刑警不是片警了，对不对？”

“这个……其实刑警片警有啥区别？都是所里的人。”

“您这意思是，我还得当我的社区民警，不让我当侦查员？”

“你也知道，一个派出所，处理的就是那些鸡毛蒜皮的事情……704 那种大案，一万年也就那一回！”

“到底是让我干刑侦还是管社区？您给句实在话。”

“反正你就配合普克和江小流，他们有啥需要你就尽量满足，他们要是太离谱了你就及时制止……不行，你得及时上报，报告我之后，我让你制止你就及时制止。”

马一路张口结舌，瞪着彭大勇。

“我明白了，什么三人小组？其实我就是他俩的保姆，连片警都不如！”

“不能这么说。你也知道，普克和江小流再聪明再有天赋，说白了都是病人……不派个妥当的人照顾他们，借我个胆子我也不敢放手呀。再说，那个江小流就是冲你来的，你不用解释，我知道你俩没啥事儿，但你不能否认，江小流就是冲你才接受那个临时工的身份的。你想想，人家一个有钱有闲有病的三有青年，愿意为你当临时工，难道你连这点儿奉献精神都没有？”

马一路脑子跟不上彭大勇的速度，听上去觉得挺有道理，可还是有些说不出的委屈。

“您的意思是，除了保姆，我还是个诱饵……”

马一路嘀咕了两句，还是无可奈何地接受了彭大勇的安排。

无论如何，能和传说中的偶像以及现实中的偶像一起工作，对马一路来说，算得上一种梦想实现。

搞定了江小流和马一路，剩下就是普克了。

普克这方面的工作，说起来最简单，但又最复杂。

简单是因为彭大勇与普克多年的默契，彭大勇想说什么，对普克一点就通。复杂的是，今天普克什么都明白了，但睡一夜醒来，一切又要从头开始。

但也正是因此，才会有了三人小组的特殊组合。彭大勇寄希望于未来。

当下，彭大勇要给三人小组的工作找一个起点。起点是现成的，就是卢继平的事情。

彭大勇把情况对普克做了说明，普克立刻心领神会。

“你想让我们就从调查卢继平开始，”普克说，“但你其实并不真的认为这是个案子。”

“对。说白了，卢继平是死是活，最多证明李雪有没有撒谎，撒谎算什么案子？”彭大勇直言不讳，“但我希望你把这事儿当案子来办。”

“你希望用这件事调动我的刑侦技能，帮我找回记忆。”

“顺便也给那两个年轻人教点儿刑侦技巧，特别是江小流。反正她闲着也是闲着。”

“明白了。就从卢继平开始？”

“就从卢继平开始。”

6

车驶上自己家别墅的车道时，夕阳即将沉落。

李雪看见隔壁姓赵的男邻居在自家的院子里，正走向地下室的半窗。

两家之间只隔着一道花墙，很容易过来。平时两家人没交往，李雪只知道男主人姓赵，是做土方工程的，家里一辆路虎一辆宝马，女主人很爱吃醋，看见李雪就没好脸色。

李雪急忙按响了喇叭，连按了好几声。

姓赵的邻居听到喇叭急响，回头看见李雪，停下了脚步。

李雪坐在驾驶座上思索了两秒钟，没熄火，拉好手刹，开门下车。

走向邻居时，李雪已经用亲切的笑容掩盖了内心的紧张和焦虑。

“我这喇叭出问题了，碰一下就响个没完。”李雪笑着解释道，“不好意思，没吓着您吧？”

“没事儿，自己家门口，吓不着。”男邻居 50 出头了，身材保养得算是不错，除了一个微微鼓起的小肚腩。和李雪说话时，目光很自然地将李雪上下打量了一番。

李雪微笑着说：“那就好。”

男邻居指着李雪的太阳穴，那里有一大块青紫，用粉底也没完全盖住。

是卢继平的功劳。

“受伤了？”

“哦，没事儿……健身的时候不小心撞了一下。”

“听说美女是开健身馆的？难怪身材这么好！”

“谢谢，您的体格也不错，身手一定很灵活。”

说这话时李雪有意无意地扫了一眼两家之间的花墙。男邻居忽然回过神来，发现自己站在李雪家的院子里。

“哦，我家的猫越狱了，我看看有没有跑到你家。”男邻居笑着说，“没顾上和美女邻居打个招呼。主要也是平时很少照面，想招呼也招呼不上。”

“是呀，平时我来得少。”李雪说着，在自己家院子里张望了一下，“应该不会在我这儿吧？我这儿不开伙，也没什么好吃的。”

男邻居似乎对找猫并不是很关心，摆出了闲聊的架势。

“平时确实很少看你过来，偶尔来也是周末，”男邻居对这个话题饶有兴趣，“这两天倒是看你天天来。”

李雪稍停顿了一下，不动声色道：“都说房子老空着不住也不好，准备收拾一下，过一阵子就常来住了。”

男邻居没有掩饰自己的惊喜，“是吗？那太好了，以后可以常照面了。俗话说远亲不如近邻……我姓赵。”

男邻居要和李雪握手，李雪用眼角飞快地扫了一下男邻居身后、他家的方向。

大门开着，女主人果然在里面露出半张脸，有意无意地向这边张望。

李雪伸出右手，男邻居以为能握住李雪的纤纤玉手了，谁知那只手越过他，举起来，对他老婆摆了摆。

“你好！”李雪对邻居家的女主人大声说，脸上摆放着再坦荡不过的笑容，“你先生说你家的猫逃跑了……是只什么样的猫？”

李雪的热情使女邻居放松了警惕，从自己家门里出来，走到花墙边。

“就是只中华田园猫，黑白花的，逮着机会就往外跑。”

男邻居赶紧把悬在半空等待与李雪相握的手缩了回去，假装挠头，讪讪地转身面对老婆。

“好像没在这儿。”

“黑白花，我记住了。要是看见一定帮你们捉回去。”李雪又对仍站在她家院子里的男邻居点点头，“以后再聊。”

男邻居这才意识到自己仍在别人家院子里，而老婆的目光还隔着花墙灼烤他。

“好好好，以后再聊。”

男邻居匆忙地往花墙走，看样子还想翻墙回去，李雪笑着叫住他。

“我先把车停进去，您走车道吧。”

李雪回到车上，将车驶入车库，看着男邻居离开她家的院子，慢慢降下车库门，脸上的笑容这才凝结。

男邻居真是来找猫？或是借找猫来近距离观察什么？因为平时不住这里，院子并没有打理，只有草坪，没什么会遮挡视线的障碍。站在花墙那一边，完全就能看清这边的院子里有没有猫。

当然也有可能，她这两天的频繁出现，引起了男邻居的关注。从他老婆的眼神就可以看出来，这个男人对于异性缺乏免疫力。

何况是李雪这样的女人。

李雪迅速下车，从车库内的通道门进入客厅。

日落时分，客厅里光线已经很弱了。李雪站在客厅内环顾四周，一切都和走的时候一样。

李雪稍微松一口气，走向通往地下室的通道。打开地下室的门之前，她停下来侧耳倾听，里面很安静。但开门那一刻，李雪还是犹豫了一下。

说不清为什么，李雪打开过道里储物间的门，从里面拿出一根高尔夫球杆，拎在手里。这才打开地下室的门锁，走进地下室。

地下室的半窗是唯一的光源，此时的光线已经很暗，提前进入了夜晚。

李雪没开灯，反手锁上地下室的门。这时她听见脚下传来轻微的声响，就在台阶下原本绑着卢继平的方位。

像只地鼠一样蜷在地上的卢继平功亏一篑。他用了整整一个白天的时间，好不容易将捆在水管上的绳子磨得只剩最后一丝束缚。

李雪却在这个时刻回来了。

听见李雪快步走下台阶的声音，卢继平没有停下，拼命想磨掉那一丝束缚。半张脸都被胶带封住，只留两个鼻孔呼吸。在他极力想磨断绳子时，身体因运动而缺氧。卢继平觉得自己像一条河滩上的鱼，一边蹦跶一边奔向死亡。

卢继平终于磨断最后一丝绳索时，李雪正好拎着高尔夫球杆冲到他面前。

卢继平的手自由了，但他已经筋疲力尽，连撕开胶带让自己大口喘息的力气都没有。他伸手想把李雪绊倒，为自己争取逃离的机会，却只是轻轻地握住了李雪的脚踝，像温柔的触摸。

倒在地上的卢继平看见了李雪拿在手里的高尔夫球杆，冷冰冰地泛着金属的光泽。

李雪如同避开一条毒蛇，从卢继平手中抽出脚踝，跳开两步。虽然地下室光线昏暗，她仍看清了局面。李雪找来新的绳子，把卢继平拖到水管旁。这一次她用了双倍的绳索，捆得更加结实，卢继平靠着水管坐得笔直，仿佛那是他的脊柱。

完成这些事情，李雪的喘息声明显变重。她长年坚持瑜伽和力量训练，以此保持最佳身材，体力远比一般女性好。这沉重的喘息，更多地来自内心的焦灼和挣扎。

天色越来越暗，半窗里透进来的已是路灯微弱的光亮。

李雪在卢继平对面一尺远处坐下，面对面看着他。几天的时间，卢继平已经憔悴得快认不出来了，眼里的凶悍和愤怒也已消失，变成了可怜巴巴的哀求。

看着这张脸，李雪心里忽然涌上说不出的难过。毕竟从这张脸上能看到女儿的影子。

卢继平想说话，但他张不开嘴，胶带封了好几层。

李雪轻声说："你肯定很想说话。因为你知道女人的软肋，你一开口，过错都成了我们的，你是全世界最无辜的人。"

卢继平努力摇头，和不摇也差不多，几天的囚禁使他的体能消耗殆尽。但什么都不做，眼睁睁等死，绝不是卢继平的为人之道。

是的，死亡。

卢继平从李雪眼睛里读到了这个词的信息。他忽然失禁了。

李雪也从卢继平眼睛里看出，他读懂了她的目光。

李雪眼泪汪汪地看着卢继平，声音温柔得如同催眠。

"卢继平，下辈子咱们互相躲着点儿，谁也别再遇见谁。"李雪轻声说，"永别了。"

7

马一路和江小流一大早约在明月花园门口碰面，他们要一起去精神康复中心见普克。见过普克之后怎么办，两人还都不清楚。

"走一步看一步，反正没啥急事儿等着你们办。"彭大勇是这样叮嘱马一路的，"你只要记着我交给你的任务就行。"

"不是说要办卢继平的案子吗？"马一路有些困惑。

"小声点儿，让周到听见不光笑话你，连带我也笑话了！"彭大勇并不是危言耸听，"这也能叫案子，警察要忙死了，天天处理'案子'，就别吃饭睡觉了！"

只能说是处理和卢继平相关的事宜，彭大勇让马一路牢记这一点。

马一路心里当然会有点儿挫败感。好在他已经调整过心态。虽说是当保姆，做诱饵，毕竟是给普克、江小流当保姆、做诱饵。就像很多人愿意给大明星当助理，明知自己不可能变成大明星，但能沾到一点儿星光，也算实现自我价值了。

江小流又是一身黑和灰，一股浓浓的性冷淡风。这是彭大勇有一次和马一路说漏了嘴，不小心说的，说出来就后悔了，再三叮嘱马一路，千万别告诉江小流。

其实马一路觉得江小流这种风格对他来说很性感。他也不知道为什么会有这种感觉。

也许就是萝卜青菜，各有所爱吧。

江小流问马一路怎么去精神康复中心，马一路忙拿出手机，打开叫车软件。

“我叫辆快车吧，挺远的，坐公交去还得倒腾。”

“为什么要叫快车？”

“出租车不好等，再说快车有优惠券，便宜。”马一路有些不好意思，“彭所没说可以报销车票，能省一点儿是一点儿。”

江小流对马一路的不好意思熟视无睹。

“你不是会开车吗，为什么咱们不开车去？”原来她是这个意思。

“所里的车肯定不能用，我又没车。”

“你没车，我有。”江小流问，“就是不知道哪辆车能开？都在车库停了好几年了。”

结果是开了一辆八成新的奔驰。另一辆全新的特斯拉，买的时候刚刚进入中国市场，基本没开过，当然早就没电了。

江小流告诉马一路，特斯拉是爸爸准备送给她的 18 岁礼物。江小流本来准备满 18 岁去考驾照，结果 17 岁那个夏天父母出事，车就一直停在车库再没开过，江小流也没考过驾照。

说这些时，江小流还是那张风轻云淡的脸，像在说别人的事情。

“回头特斯拉充好电你试试，看哪辆车开得顺手，就开回你家，用起来方便。”

“那怎么行？”

“为什么不行？反正我也不会开车，也没驾照。”

“你现在 22 了，可以去学车考驾照了。”

“不想学。”

“为什么？”

“没兴趣。”

“为什么没兴趣？”

“不为什么，就是没兴趣。”

“你不是情感缺失吗？看来对事情的态度还是有区别呀。”

“是有区别。我是情感缺失，不是缺心眼。我也知道活着得吃饭，不吃会饿死。这不代表我对吃饭有兴趣，懂了吗？”

这个话题聊不下去了。马一路想了半天，又找了一个。

“待会儿见了普哥，咱们怎么开场？”

“念错字了吧？他叫普克，不是普哥。”

“我那不是……尊称嘛，怎么说他也是刑侦圈叱咤风云的前辈！”

“那你应该叫普叔、普爷、普老师……各种虚头巴脑的叫法我可以告诉你100个。”

“所以你不喜欢别人叫你小妹妹、小姑娘……我还是老老实实叫他普克算了。”

“待会儿见了普克，你就站在我旁边。你那记性，听我说好了。”

他们到康复中心的时间很早。这是头一天江小流的意思。本来马一路建议稍微迟点儿去，不是想偷懒，是希望普克完成每天的身份认知后再接受他们的新信息，那样可能会容易一些，但被江小流否决了，并且没对马一路解释理由。

马一路悲伤地发现，现在自己已经适应了服从江小流的新角色。

普克果然还没来得及进行新一天的身份认知，于是直接由江小流和马一路接手这项工作。江小流从医生那里要来了普克在康复中心的相关资料。他们走进普克的房间时，普克起床不久，坐在桌前，看着桌上的台历陷入深深的思索。

江小流一身黑和灰，马一路则身穿警服，抱着江小流从医生那里要来的资料。普克看着这两个陌生人，茫然而警惕。

江小流对普克说：“普克你好。我叫江小流，他叫马一路。我们又来看你了。”

“但我……不记得见过你们。”普克环顾自己的房间，“我也不记得这是在哪儿。为什么桌上放着2018年的台历？”

“这就是我们来的原因。普克，你是个刑警，但你生病了。你的记忆停在

2006 年，其实现在已经是 2018 年。这里是精神康复中心，这些年你一直在这里接受治疗，但你的记忆并没有恢复。你的老搭档彭大勇现在是派出所所长，马一路是他所里的民警，我是刚签了合同的临时工。今天彭所没来，但你可以当面和他说话。”

说到这儿，江小流拿出手机，打开微信，连接彭大勇进行视频通话。

彭大勇很快出现在江小流的手机屏幕中，江小流把镜头对准普克。

彭大勇在手机里对普克说：“普克，江小流已经告诉你了吧？她说的是真的，你确实在精神康复中心接受治疗，现在也确实是 2018 年而不是 2006 年。今天咱们不用去局里加班审嫌疑人，晚上你也不用去参加派对。还有什么问题你都可以问江小流和马一路，现在他俩是你的新搭档，你可以像信任我一样信任他们。”

江小流挂断手机，示意马一路抱着那堆资料走到普克面前。

“这是康复中心和你有关的医疗资料，是我们从你的主治医生那里要来的。你的主要症状就是记忆退化，不管新的一天发生什么，你总会回到 2006 年。所以医院准备了这些资料，每天你醒来都要帮你进行身份确认。今天这件事情由我和马一路来做，以后只要见面我们每天都会做，因为现在我们三个是搭档。”

“什么性质的搭档？”

“我是那种什么都能记住、什么都忘不掉的人，所以彭所希望我能帮你找回记忆，而你能帮我们学习怎么当刑警。我并不想当刑警，但身边这位马一路特别想。就是因为他，我才无意中帮派出所破了一个分尸案。现在有一个新的案子等着咱们一起去破。”

马一路忙在旁边补充道：“其实还不够立案的条件，但确实有疑点，彭所希望咱们先谨慎调查。”

整个过程中普克一直认真地听，偶尔问一句。直到此时，他明显流露出兴趣了。

“调查什么？”普克问。

江小流正要开口，马一路却跃跃欲试，抢先开口。

“江小流的特点刚才她自己介绍了，记忆力特别好。可我得再强调一下，她的记忆力不是特别好，是好得超出你想象。有这个前提，才会有后面我要说的事情。”

“好，我记住了。”普克说。

“辖区有个健身房，老板是个女的，叫李雪，她丈夫叫卢继平。江小流以前和她爸爸一起见过李雪，也见过卢继平。那是好几年前的事情。前几天江小流又在健身馆见到卢继平，但后来江小流问起李雪，李雪却说她丈夫卢继平已经死了。”

江小流补充说：“我是见过卢继平后两个小时左右问李雪的，李雪说她丈夫去世已经一年多了。”

马一路继续说：“之前已经有好几次事情证明江小流是不会看错人、记错事的，所以我倾向于相信卢继平还活着。可彭所查了一下卢继平的情况，证实卢继平确实死了……”

江小流转脸看着马一路。

“这件事情你没告诉过我。”

“一直想说，没逮着机会，现在正好，同时告诉你和普克，算是咱们三人组合的正式开始。”

接着马一路把彭大勇查到的关于卢继平的情况如实说了。普克和江小流都听得很认真，一直等马一路说完。

“就这些了。我也不知道彭所怎么查得这么详细，”马一路一脸羡慕，“请他指点，他也不肯告诉我。”

普克笑着说：“找人可是一门大学问，不是三言两语就能指点清楚的。以前我和大勇办案子，找嫌疑人都是他的事情。”

“但这是不可能的，卢继平肯定没死，”江小流虽然平静但很坚持，“起码在 2018 年 3 月 10 号下午 3:52 的时候还没死，再往后是死是活我就不知道了。”

普克想了想，转向江小流。

“所以你认定李雪在撒谎？”

“对。”

“可彭所查到卢继平 2016 年在达州死了，当地公安局还出过因车祸造成的意外死亡证明，总不可能是假的吧？”马一路又困惑又纠结。

“为什么不可能是假的？”普克问。

“警方出假证明？没理由呀。”马一路说。

“从逻辑上说，理由可以不止一个。警方有可能误判，当事人有可能作伪，第三方信息有可能传递错误……不能因为自己是警察，就认定警方提供的内容一定是事实。”

“所以你同意我说的，卢继平没死对吗？”江小流马上问普克。

“这也不是我的真实表达。事实上，在证据链不完整之前，我不能推断结果。”

“那应该怎么办？”江小流也有些茫然了，“难道只有找到卢继平让他站在你们面前，才证明我说的是真的？”

“这当然是一种最直接的办法，但不是最有效率的办法。”

“为什么？”

“假设在你所说的时间你确实见到了活的卢继平，但在那之后卢继平因为某种原因死了，你就永远没有办法证实你所见的事实了。”

江小流一下就听懂了普克的话，马一路却已经有些跟不上思路了。

“能不能……慢点儿说？”马一路虽然不好意思，但还是鼓起勇气，“我脑子反应比较慢，我也想跟上你们。”

普克对马一路温和地笑笑。他有一种能够洞穿人心的眼神。

“我换个说法可能更清楚一些。如果我们确信卢继平在某个时间点之前活着，但已有证据显示他在那个时间点之前死了，而我们现在很难找到卢继平本人，不管是活人还是尸体，那就可以尝试去找那个时间点之前，卢继平活着的证据，或者去推翻卢继平已死的证据。”

马一路绝望地咽了一口唾沫。他更糊涂了。

江小流却立刻接话：“我们可以去达州找证据，证明卢继平的死亡证明是假的。”

“这种思路是有罪推定，是我们最大的忌讳。正确的思路是，我们去达州寻找证据，证明卢继平的死亡证明是真的。”普克纠正江小流说。

“这不还是一样吗？”马一路已经尽力了。

“我懂了。虽然做的事情一样，但出发点不同，性质就不一样了。”江小流反应过来了。

普克看看江小流，眼里充满了赞赏。

“江小流，你真的很有刑警的天赋。大勇为什么只让你当个临时工？”

马一路凑到普克耳边悄声说：“说来话长。”

其实马一路还有一个没说出的念头：即使现在告诉普克了，明天他照样还是会忘。

江小流的注意力全放在卢继平身上。

“那我们就去达州找证据！”江小流已经掏出了手机，“现在就买机票。”

马一路急忙拉住江小流，把手机硬塞回江小流的包里。

“彭所说了，有任何动向我都得向他及时汇报，哪能说走就走？”

“那你现在就给彭所打电话。”江小流又把手机掏出来了。

马一路又把江小流的手摁了回去。

“这么复杂的状况电话里说不清，等我回去当面和彭所报告了再说行吗？”

“没什么复杂的，你说不清我说。”

马一路瞟了旁边的普克一眼。

“我是正式工，你是临时工，听你的还是听我？”马一路鼓足勇气呵斥江小流。

江小流一愣。

马一路的语气立刻又软了：“没有歧视你的意思，我就是……就是……”

普克忽然插话：“既然是三人小组，就要取长补短、互相配合，这应该也是大勇的初衷。”

江小流看看马一路，又看看普克，收起手机，“我听普克的。”

马一路手捂胸口，心在滴血。

“为什么？普克站我这一边，说明我是对的！”

“你只要结果，我要的是过程。”

“所以就算你内心确定李雪撒谎了，”普克看着江小流，他的记忆一再回到过去，似乎并没有影响他对当下的好奇，“你也想弄清楚她为什么撒谎、如何撒谎，你想找到现象之下埋藏的真实，哪怕这个真实和你的生活无关。”

江小流看了普克好一会儿，点点头。

“真奇怪。”江小流说，“普克，你好像能看穿我的身体，看进我心里去。”

马一路不合时宜地想到，关于他的名字，他还真回家请教了父母。

结果并不是什么“一路上有你”，或者更有文化的典故。

很简单。多年前，父亲每天上班都要坐一路公交车。某一天，父亲在一路车上遇见了母亲，之后对母亲死缠烂打，直到两人“终成眷属”。

为了纪念第一次的相遇，他们给儿子起了“马一路”这个意味深长的名字。

8

有一段时间李雪经常上微博，想通过微博为云中漫步做做宣传推广，后来发现，喜欢刷微博玩手机的，并不是健身馆的目标客户，李雪就不再浪费时间和精力在微博上，只是偶尔浏览一下热点新闻，或者看看关注对象的近期动态什么的。

李雪很少发微博，也几乎从不评论或转发。但现在她忽然有很强的冲动，想去那个叫作“我的邻居是个傻叉”的营销账号下说点儿什么。

比如吐槽一下那个赵姓男邻居，借口找猫来撩她。或者吐槽他那个眼袋比眼睛还大的老婆，防贼一样防她这个被撩对象。

“有没有搞错？我可是受害者！”李雪在心里对邻居的老婆竖起中指，“管好你的老公，或者把他阉了，总被男人这样盯着，我也很烦的！”

当然，李雪不会真把这话对邻居的老婆说出来。

相反，在院子里看到邻居老婆躲在窗帘后悄悄观察她，李雪还大大方方地对邻居老婆摆摆手，脸上绽放出一个最亲切的笑容。

女人长得美看起来是一件幸事，其实未必。不费吹灰之力就能赢得男人的好感和照顾，却也会不费吹灰之力就为自己招来同性的敌视。

简直是自然规律，没道理可讲。

就像李雪明明送给邻居老婆的是笑容，在对方眼里却成了挑衅。

“得意什么呀得意？不就长得漂亮点儿。”窗帘后的邻居老婆有些愤愤不平，“从来没见有老公，八成是外围！”

男主人下意识地为美邻辩护：“别瞎说，不能见一个漂亮女人就说人家是小三或外围。你想想，有这么漂亮的小三，男人还不得天天过来约会？”

老婆更不平了。

“就你们男人那点儿出息！怪不得这两天心情这么好，美女邻居要搬过来常住了，可以天天见面了是不是？”

“谁跟你说她要搬过来常住了？”

“别装了！你以为那天你装着找猫去撩人，我没听见你俩说的话？”

“谁撩人了？真是去找‘警花’的……”

“养只母猫还起这么个名字，你说你那趣味，我都怕儿子瞧不上你这个爹！”

“儿子比我还喜欢‘警花’呢，只要回家天天抱着睡觉。要不然我急得满世界去找‘警花’？”

“谁知道你是不是故意撵到隔壁去，好给自己找个借口翻墙头！”

“我的天哪，你们女人脑子里都装些什么？邻居再漂亮也是邻居，兔子不吃窝边草的道理，兔子懂难道我不懂？”

“泥腿子才洗干净几天，就忘了兔子的繁殖能力有多强了？打个洞就能生一窝！”

“你看你，越扯越没边儿了。”

“赶紧把咱家猫找回来，不然晚上儿子从学校回来，发现猫丢了肯定跟咱们急！”

“那我再去邻居家看看？没准真跑到她家去了，这两天她天天过来，说不定‘警花’也想去邻居家串串门。”

“你说的是猫还是你自己？”

“女人真是不可理喻……”

“照照镜子吧。人家年轻貌美身材好，自己又有大别墅，脑子坏掉了才会对你这个中年油腻男感兴趣！”

“本来不想去了，让你这么一说，我还非去不可了！”

为了证明自己目的纯正，或者为了证明自己虽然人到中年但并不油腻，男邻居说到做到，又一次翻过两家之间的花墙，进入了李雪家的院子。

李雪家的车库门关了一半。男邻居犹豫了一下，找到一个合情合理的方式。

"'警花''警花'！"男邻居唤了两声他家的猫。

没有任何猫或人的回应。

男邻居看看半开的车库门，一弯腰钻进了车库。

车库里停着李雪的车，是辆实用的SUV。车熄了火，但后备厢开着。

"就说不会是小三或外围嘛，"男邻居心里嘀咕，"有这么实在的小三，我也找一个。"

男邻居走到车后方，看看敞开的后备厢，后备厢里放着大罐小罐，看上去像是装修用的建材涂料。

"看样子真要过来住了。"男邻居心里继续嘀咕，"不知道到底有没有老公……"

男邻居正探头往后备厢里看，忽然听到背后有人轻轻咳嗽了一声，吓了一跳。

回头一看，是李雪。没穿外套，一件焦糖色紧身针织衫，绷出恰到好处的曲线。两手都套着长袖乳胶手套，头上还裹了条毛巾，像准备做清洁的女工，又像刚刚出浴的女王。

"不好意思，不好意思……"男邻居再自来熟也知道擅闯别人家车库至少不礼貌，现场发挥编了个小谎，"刚才在院子里错眼看见我家'警花'跑过来了，赶紧追。看车库门开着，就进来看一眼。"

"'警花'？"李雪微微皱眉。

"哦，就是我家的猫。黑白花，母的，所以叫'警花'。"为了强化刚才的谎言，他索性把戏演下去，四下张望着大声唤他家的猫，"'警花'，咪咪！'警花'，咪咪……明明看见你过来了，别捣蛋，快出来！"

李雪没吭声，看着男邻居把戏演足。

男邻居唤了一圈，走回李雪面前，看见李雪脸上少有的没有笑容，知道自己有些过了。

"又看花眼了，真对不起！"男邻居用一种婉转的方式表示自己对李雪并无威胁，"年龄大了真是不行，眼睛也花了，心也软了……这猫养了七八年了，跟自己孩子差不多了。"

不知是他的策略生效，还是就因为看出他用了策略，李雪的表情放松了一些。

李雪用安慰的语气说：“那是挺着急的。您要不放心，到我家找找看？”

“那怎么行？不行，不行……”

当然不行。李雪只不过欲擒故纵罢了。

“这样吧，等我忙完手头的事儿，我一定在家里好好找找，说不定真偷空跑进来藏哪儿了。”李雪的建议简直不能更体贴了，“您看好不好？”

“那当然好，就是太打扰你了……”男邻居就坡下驴，趁热打铁，看看后备厢里那些瓶瓶罐罐的材料，“这是准备重新装修还是……”

“没那么麻烦。不是一直没怎么住嘛，有些地方受潮了，准备稍微处理一下。”

男邻居正好明目张胆地打量李雪，上上下下至少扫了两个来回。

“不会你亲自动手吧？”

“小修小补的，自己随便弄弄。”

“要不要我帮忙？好歹我是个男人，这种粗活儿可以交给我！”

李雪极力克制自己不流露出真实情绪，也假装看不懂男邻居的不堪。

“真是远亲不如近邻，好感动！不过我自己也有男人的，我要是做不了，可以交给他。”李雪笑着说。

“噢……”男邻居拉出长长的一个音，用恍然大悟的表情掩饰自己的尴尬，“那我就不多事了，啥时候有需要打个招呼，就一堵墙，方便！”

李雪笑得更灿烂了，“墙可不是用来爬的，您这年龄，万一摔着了，倒让我心里过不去呢。下次有事儿您按个门铃，欢迎常来！”

李雪送走男邻居，才发现被卡住的车库门。她责备自己太粗心，居然没注意车库门没关上。

接下来，一定要备加小心，绝不能再出疏漏。

这个插曲虽然让人讨厌，但李雪没心情纠缠，她还有更重要的事情要办。

锁好车库门，把后备厢里的东西都拿出来。除了重新粉刷墙面需要的涂料和各种工具，还有漂白粉、消毒剂以及用于稀释喷洒的喷雾瓶。把所有的东西搬进客厅，转移到地下室，一系列动作让李雪出了一身汗。她忽然想到刚才男邻居献殷勤时说的话。

“要不要我帮忙？好歹我是个男人，这种粗活儿可以交给我！”

她又想起当时自己一语双关的回答。

“真是远亲不如近邻，好感动！不过我自己也有男人的，我要是做不了，可以交给他。”

男邻居不算笨，这句话一出就明白了局面，及时撤了。其实现在想来，如果真有一个可靠的男人，能帮李雪解决这种“粗活儿”，她一定会真的“好感动”。

可惜……正好相反。

地下室的光线又暗了下来，正适合完成李雪接下来做的工作。

等待地下室黑透的时间里，李雪做了一个小小的化学实验，她将一小包鲁米诺配制成试剂，装入玻璃喷雾瓶。

天彻底黑了。

李雪将鲁米诺试剂按她的记忆区域进行喷洒，点点蓝色荧光给黑暗的地下室增添了一丝奇异的童话色彩。

CSI 真是很有用的教材。原来无论多小心，还是很难不留下痕迹。

值得庆幸的是，这一切发生得虽然仓促，但李雪都做了心理准备。更值得庆幸的是，卢继平给自己织了一件隐身衣，现在这件隐身衣却变成了送给李雪的礼物。

所以，不要紧张，所有的事情都来得及处理。

李雪准备开始干“粗活儿”。她用上了平时练瑜伽的呼吸，这种深长的呼吸可以帮她保持头脑的清醒以及身体的安宁。

忽然，一声细细的、娇弱的叫声在黑暗中响起，李雪全身的汗毛都立了起来。

又是一声。

像是“叽叽”的声音，但绝不是鸟叫。

又一声。

这次李雪听出来了，是猫！一只不“喵喵”叫而“叽叽”叫的猫。

李雪不得不打开地下室的灯。她在台阶下一个放杂物的纸箱里看见了那只黑白花猫。

原来冤枉了男邻居，“警花”真的躲到了李雪家的地下室。

“警花”是只很乖的母猫，眼睛里的美瞳全开了，有种惊人的纯净。

李雪犹豫了一下，伸手抱起“警花”,“警花”非常温顺，一看就是家养的猫，对人充满信任。

李雪发现“警花”的脚上有血迹，一个爪子肿得像花式小馒头。

难怪叫声那么娇弱，听上去就像孩子在向父母撒娇哭疼，充满了委屈。

不知道是在外面受的伤，还是在李雪家地下室受的伤。

更不知道它是什么时候来的，经历了什么，看见了什么。

虽然是一只猫，但……

李雪低头看着怀里的猫。它的委屈得到了呼应，感受到李雪的体温，打起了幸福的小呼噜。仿佛它是李雪养的猫，是李雪养的孩子，而不是那对邻居夫妻的。

但李雪还是迅速从这种温柔的幻觉中醒来。她提醒自己，自己是有孩子的。

虽然每个不了解李雪的人都会认为她年轻得像没结过婚的女人，但她的女儿已经九岁，是一个特别单纯的三年级小学生。

正是因为李雪的不单纯，才在这样一个世界，给了女儿这样的单纯吧。李雪常常这样在心里自我安慰。

可是卢继平，作为女儿的父亲，却一直在做相反的事情，试图剥夺女儿单纯的权利，毁掉女儿的未来。

一想到这一点，李雪的心立刻变得冰冷而坚硬。

她低头看着怀里的猫。

其实是可以送回邻居家的。即使它躲在地下室的这几天，看见了什么，经历了什么，但它毕竟是一只不会说话的猫……

但邻居那对夫妻，男的本来就像只讨厌的苍蝇，女的则随时准备打翻醋缸。送回受伤的猫，会不会好心不得好报，反而引来新的麻烦?

或者也可以就这样悄悄带出去扔掉。都说猫有九条命，脚上这一点伤应该不会影响它在野外的生存，也算是放生了……

可如何送出去？送出去时被人遇到怎么办？送出去它又跑回来怎么办？

任何一种可能听上去都不会有什么大碍。

但现在，李雪怕的不是大碍，而是所有不必要的麻烦。为了解决那个大麻烦，李雪已经竭尽全力。现在她唯一的希望就是到此为止，所有的事情在这间地下室得到了终结。

好温暖的猫咪。因为舒服和安全打着小呼噜，身体微微震颤，像与李雪的颤抖呼应。

李雪忽然觉得在这里发现这只猫，真像是一种命运的安排。

虽然地下室将被彻底清洗和重刷，虽然李雪身披卢继平转送她的那件隐身衣，但……谁能保证没有意外？万一有一天，仍有人找到这里，鲁米诺也无法分辨出那些漏网的血迹究竟来自于猫还是人。

对不起了，“警花”。

李雪轻轻抚摸着怀里的“警花”，抱着它，走向地下室角落里的工具箱。

中篇

兄弟迷局

1

自从认识江小流，马一路觉得自己像进入一个时光加速器，每一天都有事情发生，每件事情都进展神速。

有时候他觉得这种饱满的生活有些可怕，有时候又觉得认识江小流之前算是白活了。

三人小组的正式运转，本身就是个奇迹。

而这个奇迹居然在继续向前推进。

早上和江小流去康复中心见普克，必须先由江小流对普克做“身份确认”。平心而论，这项工作如果由马一路来完成，也许他们会进入一个时光减速器。但马一路确实没想到，普克那么快就接受了江小流塞给他的信息，并且大加赞赏。

看见江小流和普克之间那种天然的默契，马一路心里的滋味相当复杂。

但江小流没给马一路太多的时间让他顾影自怜。不是普克的劝说，他们当天就该飞到达州了。结果也只推迟了一天，三人乘坐了第二天最早的航班。

三个人的机票都是江小流买的，她出钱。

“我有钱。”她说。

“这不合适……”连彭大勇都过意不去，“起码我可以想法解决马一路的费用。我看看能不能找个电信诈骗的案子，如果有达州的受害人，就名正言顺地去了。”

“不用，我说了我有钱，一辈子都花不完。”江小流云淡风轻地说。

彭大勇还有什么可说的？他只要解决该由他解决的事情就好了。

“我得给普克买个手机，”江小流又补了一句，“以后每天见面都要给他洗脑，我得设计一个更有效率的方案。”

“洗脑？”

“就是身份确认。”

“明白了，确实像洗脑。”

“你了解普克，你说给他买个苹果 X 好，还是买最新款的华为？”

彭大勇看了一眼桌上自己那个五年前买的三星，不知为什么心里掠过一丝悲凉。

“普克不一定会用智能手机，别忘了他每天都得从 2006 年开始。”因为想到自己的三星手机太旧有些分神，彭大勇说这话时没太过脑子。

“你忘了我不会忘的。”果然江小流抓住了漏洞，“普克不会用，我会教。”

彭大勇得经常提醒自己，别再让江小流抓住他话里类似的漏洞。怎么说他现在也是江小流的领导，江小流是他手下的临时工。

说到临时工，普克在马一路和江小流离开康复中心后，立刻联系了彭大勇，问了很多问题，其中就有关于“临时工”的问题。

普克在电话里有些激动。

“这么好的人才，你怎么才让她当个临时工？”

“能让她当临时工都是看在马一路的面子上。”

“为什么？”

“像她这种有钱有闲有病的三有女青年，凭啥要干警察这种活儿？还不是因为想帮马一路当上刑警。说白了，反正也闲着没事儿，就陪马一路玩玩呗。”

“江小流有病？你是指她超强的记忆力？”

“不是。你们今天见面聊了挺多，你没觉得她有什么异样？”

“她确实记忆力惊人，头脑清晰，思路敏捷……这应该不算异样吧。”

“你没觉得这女孩儿有点儿……怎么说呢？冷若冰霜、麻木不仁？”

“是特别冷静，没有情绪起伏……”

“对了！这个说法比较准确，江小流的病就是她没有情绪起伏。说白了，就是没有正常人的喜怒哀乐，有点儿像机器人。”

“是天生如此还是……”

“听说是她父母出事之后才这样的。那年她 17 岁。”

“她父母出什么事了？”普克问。

“我也只是听说。当时一家三口乘游艇出海，三人先后落海，只救起来两个。她母亲的尸体是几天后在海滩上找到的，父亲成了植物人。”

普克在电话那边思索片刻，问了彭大勇一个很敏感的问题。

“是意外吗？”

彭大勇用半开玩笑的语气说：“谁知道。你可以问问江小流。”

普克当真了，“正好我们要一起去达州，我找机会问。”

彭大勇本想阻止普克真的当面问江小流这种问题。普克是个极聪明的人，逻辑严谨，但有时他又像活在自我的世界里，对于社会的人情世故，不是那么关注，有时甚至显得愚钝。

但彭大勇还是放弃了劝阻。反正今天说过的事情，明天普克醒来又会忘记。

彭大勇用一个他关注的问题转移了普克的注意。

“没想到你真愿意和他们一起去达州。”达州的线索是彭大勇给的，但彭大勇自己并没当成线索，只是想堵上马一路的嘴，“有这个必要吗？”

“本来我也没注意，但听到那个细节就觉得有必要了。”

“哪个细节？”

“保险公司。”

彭大勇回忆了一下。

“你怀疑卢继平有可能是骗保？”

“正常情况下不会有这种怀疑。”此时普克不像个在精神康复中心住了十年的病人，刑警的职业素养占据了他整个人，使他与过去完美对接，“因车祸死亡的人很多，因车祸死亡又有保险的人也很多。但一个因车祸死亡、办了保险并且在事后又被人看到还活着的人，只有两个可能，一是认错了人，一是骗保。骗保至少占了 50% 的概率，值得考虑。”

“如果卢继平真是骗保，总得有个人真在车祸里死掉才行。公安局出死亡证明可不是白出的。”

“所以更值得去看看。”普克说，“但我没把关于骗保的思路告诉江小流。”

“为什么？”

“她虽然非常聪明，有天赋，但毕竟是外行，是一张白纸。我不希望她先入为主，养成有罪推定的习惯。”

彭大勇放心了。有普克把关，江小流和马一路也翻不出什么大浪。跑一趟就跑一趟，最后查出来是虚惊一场也没什么，不会惊动任何人，最多就当两个小年轻陪普克去达州旅游了。以前普克最大的业余爱好就是旅游，自从他到康复中心，已经被困在那里十年了。

“好，那你们就跑一趟达州，”彭大勇对普克拍了胸脯，“其他所有手续、程序我负责搞定。”

彭大勇说到做到，一天之内搞定了所有他能想到的环节。

因此第二天一早，马一路和江小流到康复中心接了普克直奔机场，一切顺利。

对普克的“洗脑”比前一天更快。江小流根据与普克的交流，稍微调整了方案。她发现普克注重逻辑、关注细节，做好这些就会事半功倍。

准备办登机手续时，马一路照例去经济舱的队伍排队，被江小流叫回来了。

“走这边。”江小流指的是头等舱和商务舱的柜台，“这边人少。”

“人少也不行，那是头等舱和商务舱通道，警察也没这个特权。”

“咱们就是商务舱。这趟航班没有头等舱。”

“啊？咱们是……商务舱？”

机票是江小流得到彭大勇首肯后，直接用手机买好的，当时只要了马一路和普克的身份证号。马一路本来还想要求自己来买，这样可以累积里程，累积几十年也许能换到一次升舱机会……但实在没好意思开这个口。

没想到江小流居然买的商务舱。

就算江小流有钱，主动承担路途费用，可……商务舱！

“几张……商务舱？”

“咱们三个人，当然三张。”

“来回都是……商务舱？”

“回程时间还没定，到时应该能订上。”

“那得……多少钱？”

江小流瞥了马一路一眼，马一路也想矜持一点儿，可实在控制不了自己震惊又心痛的表情。

“没多少钱。”江小流淡淡地说。

“我这辈子……还没坐过商务舱呢。”马一路自言自语。

“我也没坐过，公款私款都没坐过。听说飞机餐比经济舱好多了。”普克忽然冒出一句。

马一路平生第一次坐上了商务舱。

飞机还是一样的飞机。但马一路发自内心地觉得，在天上的感觉怎么那么飘。

商务舱的飞机餐果然比经济舱好。

2

宁江到达州是两个半小时的航程，江小流和普克用了两个小时来讨论谋杀。

话题是江小流引出来的。她对普克简单介绍了704的案件，这算是她与马一路相识以及三人小组成立的基础背景，基本上每天都要重复一次，每次普克都听得都津津有味。

然后江小流对普克说出了自己的困惑。

“杀人为什么要分尸？”江小流在新闻里常看见类似的报道，“我一直想不通那个保姆为什么要把老太太的头割下来，还把胳膊塞进绞肉机里绞碎。”

“分尸通常有两种原因。”普克和江小流是并排的座位，他尽量把声音压低，不至于引起周围乘客的关注，“一是为了毁尸灭迹，完整的尸体无论怎么处理都很容易被发现，尸体被发现就意味着案子破了一半。另一个原因是凶手杀人后的恐惧或自责，分尸可以使受害者被物化……”

“物化？”

“想象一下你面前不是一个死去的人，而是一堆无特征的肉，接下来你会想到什么？”

“菜市场的肉摊。”

“这就是物化。把尸体变成物体，会减轻凶手的罪恶感。但从实践来看，更多的分尸还是为了毁尸灭迹。”普克举了江小流已经很熟悉的案例，“比如你家楼上的保姆，她割了老太太的头，试图把老太太的手绞碎，因为头和手、脚这些部位，是最容易暴露人类特征的，需要单独处理。”

马一路忽然从两人的座椅之间探出头。他坐在江小流和普克后排的座位，实在忍不住。

“保姆承认她是想把手绞碎，全身剁成小块，冒充猪肉扔到垃圾堆。”说到这时马一路略有一丝晕机的感觉，他赶紧环顾一下四周的环境，用商务舱的现实驱散对那些蛆虫的回忆，“脑袋本来想煮熟，肉掏掉，只剩个头骨，悄悄找个野地埋起来……以前她帮人杀过猪，做过卤猪头。”

普克点点头，“这个思路是对的。”

马一路愣了一下，小心地补充：“对凶手来说是对的，你是这个意思吧？”

普克叹气道：“可惜她没能完成这个工作。”

可惜？

马一路差点儿要嚷出来。江小流冷淡地瞟了他一眼，显然对普克的说法不以为怪。

马一路忽然意识到，江小流和普克只是在谈“专业”问题，这种时候也许不必过于“道德正确”。

马一路只好在心里反复默念一句话：他俩都是病人，不要和他们计较。默念几次之后，心里确实平和多了。

江小流又对普克提了一个“专业”问题。

“只要尸体不被发现，”江小流问，“凶手是不是就平安无事了？”

马一路立刻回答：“不一定！”

“为什么？”

“反正不一定！”

“给个理由。”

马一路憋了半天，挤出一句：“天网恢恢，疏而不漏。”

江小流看了马一路一眼，掉转视线转向普克，显然她更期待的是普克的回答。

“首先，想让尸体不被发现，难度就非常大。”普克说。

“碎尸不是个好办法，可以沉到水里。”

“迟早会浮起来。”

“就算浮起来了，如果被鱼吃光了呢？”

“吃光了肉，还有骨头，有骨头就有身份信息。”

“烧掉。浇上汽油彻底烧成灰。”

“即使殡仪馆的火化炉也要烧很久才能把尸体烧成灰，这样的骨灰里也可以找到身份信息。”

“埋起来，埋三米深。”

“埋的过程就有被人看到的风险，之后还有被动物刨出来的风险，即使腐烂了也有城市开发建设挖地基挖出来的风险。”

马一路忍不住说：“别琢磨这些了，告诉你，现在技术侦察很厉害，你以为没痕迹了，技侦图侦电脑网络一起上，全现形了！”

普克点点头，继续往下说。

“就算尸体不被发现，能真正逃掉的凶手也很少。”普克说，“是不是因为天网恢恢，就见仁见智了。”

“那到底为什么？”江小流追问，“如果我杀了人，哪怕你们找到我，我也死不承认，你们又找不到尸体……章莹颖不就是这样？”

“章莹颖？”那是去年发生的事情，对普克来说自然是一片空白。

马一路又能接上话了，把网上看到的关于章莹颖的新闻罗列了一堆。中国女性访问学者章莹颖在美国神秘失踪多日后，警方锁定了嫌疑人，一个与章莹颖同校的美国博士克里斯滕森，但克里斯滕森始终拒不认罪。警方虽然认定章莹颖已经遇害，但无法找到章莹颖的尸体，案件至今没有结果。

普克听完马一路的介绍，说：“现在还不能说嫌疑人能不能平安无事。如果警方能够得到充分的证据链，没有尸体、不认罪，并不能排除定罪的可能。当然这也和警方的办案策略以及陪审团的态度有关，毕竟那是美国，和中国有所不同。”

普克当刑警之前在美国留学，那时候他和警察这个职业一点儿关系都没有。最后选择回国并改行成为一名刑警，有着复杂的个人原因。普克没对江小流和马一路提及，因为觉得与眼下的话题无关。

江小流对他们的答案仍然不满足。

“如果是在中国会怎样？”江小流再次强调，“我杀了人，把尸体藏得很好，谁也别想从我嘴里套出实情，你们拿我怎么办？”

“需要一条很长的证据链。”普克不厌其烦，事实上，这也是他最有兴趣的话题，“凶手杀人有动机，有行动，有工具，有痕迹，有目击证人……这些都可以构成证据链的一环。”

“假如这些都没有，或者都找不到呢？”江小流不依不饶。

“在美国咱不知道，在中国基本不可能！到处都是摄像头，人人都有手机，每个手机都是定位系统。根本不用现金，任何消费都有记录。出行买机票火车票长途汽车票，都得要身份证。住酒店更不用说了，酒店前台来个吸过毒的登记，三分钟警察就过来带到派出所做尿检了……怎么可能不留下任何痕迹？”马一路明显有些自豪，“这么说吧，别让警察盯上你，盯上你了，抓你是分分钟的事情。”

“要是你们根本没发现尸体，凭什么会盯上我？不盯上我，怎么会找到我的动机？怎么会找到作案工具和痕迹？”江小流坚持她的问题。

普克明白江小流的困惑在哪里了。

“江小流，你是不是想知道，世上有没有完美的谋杀？没有动机，没有尸体，没有痕迹，没有目击者。”

“就是这个意思！”

“完美的谋杀，理论上是存在的，现实中很难。”

“为什么？”

“人是社会关系的总和，只要活着，就会留下关系的痕迹。”

江小流有些不服气，“现实中不是还有很多杀人案始终没破？”

“只要时间还在向前，就不能说始终。现在破不了的疑案，不代表未来也破不了。”普克说。

江小流想了一会儿，摇摇头说：“我不信。”

这时马一路感觉肩膀被人撞了一下，回头一看，是他邻座一个中年男人，从衬衫到腰带到手表，一看就是有钱人，不像马一路这种白“蹭”商务舱的。

“不好意思啊，是不是我们吵着您了？”马一路很自觉，毕竟他们聊了一路的话题对正常人来说相当惊悚，“我们这就闭嘴。”

中年男人却显得很客气，“没关系，没关系，你们聊你们的，不影响我。”

“那咱们继续吧，小声点儿就行。”江小流的兴致仍然很高。

普克虽然也时常浸沉在自我世界，到底比江小流要成熟。

“我们下飞机再聊吧。这是公共场所，还是商务舱。”

江小流忽然凑到普克耳边：“这个男的从头到尾竖着耳朵听，有时候咱们声音小，他还把身体歪过来凑近听，还闭着眼睛假装打盹……肯定有鬼。”

“当警察切忌有罪推定，更不能把全世界都当成目标。”普克轻声回答。

江小流不吭声了，但还是回过头，悄悄瞟了后排马一路的邻座一眼。

江小流和中年男人的目光正好相遇。男人愣了一下，急忙把脸转向窗外。

江小流又想对普克耳语，这时机长的通知声响起。

飞机已到达州上空，准备降落了。

马一路恋恋不舍。

“坐商务舱，怎么一眨眼就到了？感觉飞得比经济舱快似的。”

邻座的中年男人一定不这样想。

飞机一落地，他就像个没见过世面的乘客一样，匆匆起身，拿好行李，等着下机。

机舱门打开，他几乎是拨开站在门口含笑送别乘客的空姐，一路小跑地跑进了通道。

刚走出通道他就打开手机拨了一个号码。马一路他们在后面落得有些远，不然也许能听到中年男人是如何从偷听他们的谈话中获益的。

“马上停止原计划，一分钟都别拖！”中年男人焦急地在手机中指挥，“那办法风险太大，行不通的，赶紧把人放了，别的事情以后再想办法……”

3

卢继平的原籍是达州下属的河西市，一个县级市。马一路率三人小分队到达州后，直接从机场坐出租车前往河西。

本来马一路想问问有没有长途汽车，江小流的一句话打消了他的念头。

“没车真不方便，”江小流看着机场外排队等候的出租车说，“只好坐出租车了。”

马一路最近终于对一句网络流行语有了切实的感受。

“贫穷限制了我的想象力”，原来是真的。

两个半小时的出租车，下车时江小流想用手机支付。

“支付宝行吗？”

司机面无表情地看着江小流，摇头。

“微信呢？”

司机还是摇头。

“有没有 POS 机刷卡？”

司机继续摇头，这次添了两个字：“现金。”

“我没带现金，”江小流也和司机一样面无表情，“怎么办？”

司机没说话，调转目光，看看普克，又看看马一路，视线停留在马一路身上。

马一路这才意识到付账是自己的责任。瞟了一眼计价器，暗中指望这样的“大额消费”能打个折。

“多少钱？”马一路问。

“600。”司机说。

“凭什么？”马一路要不是被安全带固定着，肯定撞到天花板。

“跑长途就这价，不商量。”

马一路指着计价器喊：“计价器显示 482，就给 482！”

司机淡淡地吐出一句：“你试试。”

普克看马一路的脸已经红得像高血压犯了，不忍心地插话：“我们是警察。”

司机看都不看普克，“身上没钱的别说话。”

普克闭嘴了。司机仍盯着马一路。

“给，还是不给？”司机说，“600 整。这就是达州的规矩。”

马一路正想拍案而起，后面江小流忽然从脖子上摘下一条项链递给司机。

“项链一万二买的，抵你 600。”

司机正要接项链，马一路一把抢过项链，塞回江小流手里，咬着牙，掏出钱包，数出 600 元，狠狠地拍到司机手上。

“车票！”马一路咬牙切齿。

“没票。”司机对答如流。

“强龙压不过地头蛇，今天算你狠！”马一路用一种电影里复仇者的语气，一字一顿，“看我怎么投诉你。”

司机数了一下钱，又吐出两个字：“随便。”

三人下了车。马一路拿出手机正准备拍下出租车的牌照，出租车一踩油门跑了，马一路的照片拍糊了。正懊恼间，听见江小流的声音。

“拍这个干吗？”

“连车票都不给，我把他车牌拍下来，起码知道投诉谁。”

“你拍照片能有我记得全吗？”

马一路回头看看江小流，愣了。

是呀，他又忘了，有这么一位活生生的“执法记录仪”，还愁找不着投诉对象？

这时普克说：“这其实也是个试金石。”

马一路又一愣，“试什么？”

“一个城市的文明和治安水平，看出租车司机就能有个大致的判断了。”普克说，“司机不像是专门为难咱们，应该真是他们这里的规矩，或者说是常态。”

“我只能记住我看见的，可你能看见我看不见的。”江小流看着普克。

“人不可能用肉眼识别所有的信息，很多时候必须借助归纳推理来认识世界。”

江小流默默地点头。

马一路的心还在滴血，心疼他付出去的那600元真金白银。

“说这些都没用，都是纸上谈兵。”马一路没好气，“又治不了司机。”

关键是拿不回被掠夺的真金白银。

“那就说点儿有用的。”普克说，“司机对我们此行是有贡献的。”

“贡献？”

“司机的表现提醒我们，假如卢继平真的还活着，他选择在这里出车祸就是有道理的。”

“什么道理？”

江小流却立刻明白了，“你是说，因为这里乱？”

“至少比宁江乱多了。”普克环顾四周，他们被出租车扔在县城的十字街头。“出租车不在正确的位置下客，路口南北向是红灯，但已经有好几辆电瓶车直接过去了，东西向是直行绿灯，但有车不顾左转红灯强行左转……再进一步看，对于这样的混乱，大家都显得很适应，说明这就是他们的日常。”

马一路隐约想到什么，却又想得不清楚，怕丢脸不敢说出来。

江小流又有了她的理解：“如果卢继平还活着，说明他的车祸就是骗局，在这里实施骗局比在宁江容易，对吗？”

“前提是卢继平如果还活着。”普克强调，“我们来这里，就是为了查证这一点。但只是一种可能性，别当成既成事实。”

“不做有罪推定。”江小流说，“我记住了。”

“进步很快。”普克赞赏地对江小流点头。

江小流歪着头，盯着普克看。她的脸上并没有写着惊讶，但普克看出来了。

“你虽然记录下了所有的信息，但没对信息进行加工处理，信息就是无用的，有时候未经处理的庞大信息反而会成为干扰。”普克说。

江小流沉默了一会儿。

“怎么才能像你一样，一边记录一边加工？”

“主要是训练，也需要一些天赋。任何事情都需要天赋。”普克说，“但江小流，不是人人都能有你这样的天赋，我也很羡慕你。”

马一路心里忽然找到了平衡。

是啊，不是人人都能像江小流，连普克都羡慕她呢。

这时马一路的手机响起提示音，他拿起手机一看，有一条微信的新消息。打开微信，发现是江小流转账给他 600 元。

马一路的脸瞬间涨红了。难道江小流看出刚才他的心在滴血了？太丢人了。好歹他也是个一米八二的大块头男人，再说他又是个正牌警察，江小流只是个临时工。

还没来得及给自己找到台阶，江小流已经若无其事扔下这事儿不管了。在她眼里，这本来就不是什么事儿。

“接下来咱们去哪儿？”江小流直接问普克。

“听马一路的。大勇说达州这边的信息来源都给你了。”

马一路急忙在心里命令自己放下那600元，放下出租车司机，放下面子，放下这些乱七八糟的干扰，集中精力处理达州之行的核心任务。

之前彭大勇通过各种关系网络得到的卢继平的信息，全部在这里。

卢继平原籍达州，1979年生。2001年大学毕业后去日本留学，一年后与一个日本公民结婚，三年后归化日本，放弃中国国籍，注销了原中国户口。2007年与中国去日本留学的李雪在中国登记结婚。此后多次往返中日两国边境。再次出现在中国的官方资料中，则是2016年11月11日，在达州因车祸意外死亡，之后达州公安局应卢继平妻子李雪和日本保险公司要求，出具了意外死亡证明。

这些信息看起来简单，其实来自好几个不同的系统和部门，不是那么容易查到，更不容易在那么短的时间内获得。这只是水面上的冰山，水面下隐藏着大量的旧日经验、人际关系、方式方法。不夸张地说，这是一个江湖。

这也是为什么马一路再三追问但彭大勇从未正面回答的原因。

彭大勇采用了更直接的方式给马一路布置了工作。既是为了配合马一路的能力水平，也是尽可能减轻马一路的工作难度。

除了上述卢继平的信息之外，彭大勇给了马一路一位具体经办人，河西市公安局的一个同行，彭大勇叫他老张。从老张接待马一路他们的态度来看，他与彭大勇之间存在很深的交情，但对细节秘而不宣。

有了老张的帮忙，一切都变得简单多了。

虽然是周六，老张还是安排他们见了处理卢继平车辆事故的交警。他们首先看到了卢继平的车辆事故责任认定书。按责任认定书上的说法，卢继平从达州租车自驾到河西时，因车辆制动系统失灵，造成车辆在高速行驶中撞上护栏，事故引发大火，驾驶员当场死亡。车上仅驾驶员一人。事故未造成其他人员伤亡。经交管科认定为意外事故，特出具了车辆事故责任认定书。

当时处理事故的交警告诉他们，事故很严重，但是情况很简单。车完全烧毁，驾驶员整个烧焦炭化，无法辨认。根据车辆残存信息找到租车行，通过租车人留下的资料才认定驾驶员为日籍华人高桥俊男。高桥俊男在租车行留下的紧急联系人为达州河西市的本地居民卢继安。高桥俊男成为日本人之前，名叫卢继平，与卢继安是同胞兄弟。

普克听到卢继平的兄弟卢继安的名字，自言自语：“卢继平，卢继安，平平安安。那么卢继平应该是哥哥。”

交警听见了普克的自言自语。

“确实是。不过兄啊弟啊都差不多，他俩是双胞胎。”

这次不仅是普克，江小流和马一路都注意到这个特别的小信息。

“双胞胎，那应该长得挺像吧？”马一路问。

“不是挺像，几乎一模一样。”交警回答道，“反正我看照片肯定分不清。”

马一路立刻转脸看江小流。

“你在健身馆看见的会不会不是卢继平，是卢继安啊？”

江小流愣了一下，“这我就不敢说了。反正当时看肯定是卢继平……”

交警听见马一路与江小流的对话，有些好奇。

“卢继平不是已经死了吗？”

普克对马一路和江小流使了个眼色，“这个先放一下。我先了解一点儿别的信息。”

“刚才你说你看照片肯定分不清楚。我想你准确的意思应该是，你见到了其中一位真人，也同时见到了两人的照片，这两个印象合并，你认为根据照片分不清他们，对吗？”普克问交警。

“那当然，总不可能同时见到他俩吧？”交警特别回忆了一下，看来这件事情他是有印象的，“当时我们根据租车行的紧急联系人信息联系到卢继安，卢继安来处理后事，还带来了他们兄弟俩的合影，还有别的一些相关材料。”

“但是按你的描述，车烧毁很严重，驾驶员烧焦炭化，无法辨认，怎么确认车上的人就是卢继平呢？即使车是卢继平租的，开车的也可能是别人。”

“我们当然不能听卢继安嘴上一说就确认是他哥死了，”交警理直气壮道，“我们也通知了卢继平的老婆，名字我忘了……”

“李雪。”江小流插话。

“对，好像是这个名字。长得很漂亮，就是从你们宁江赶过来的。”交警说到李雪长得很漂亮时，说得很顺嘴，看来李雪的漂亮对男人而言是毋庸置疑的事情。“她也确认死者就是她丈夫卢继平。”

“这还是和卢继安对卢继平的确认是一个道理。”

“对呀，既然烧焦了，谁看的效果都差不多吧。”马一路附和江小流。

“他老婆是从尸体手上的戒指认出他的。是个钻戒，挺大一颗钻戒，这一般不会认错吧？”交警脸上明显有些不快了，“他老婆还给我们看了两人的结婚照，男的手上戴的钻戒和现场的一样。有租车行信息，有兄弟确认，有老婆确认，有物证，这证据链还不够充分？我们河西不比你们宁江，公安也就这水平。”

最后这句，明显有些没好气了。

还是老张拍肩膀拉关系地打圆场，才缓和了气氛。老张给马一路使眼色，暗示他们说话注意点儿分寸。

江小流没明白老张的暗示，还想说话，马一路悄悄扯江小流的袖子，江小流用眼神问他怎么了，他像打哑语一样，做了几个手势，江小流都看不懂。

马一路只好俯身凑到江小流耳边，跟她咬耳朵。

“不能太伤人家的自尊，咱们这是求人家帮忙。”

江小流忽然像换了一个人，脸上带笑，用一种亲切真诚又有些娇弱的眼神看着那位交警，柔声说：“谢谢您帮忙，真是麻烦您了！”

马一路和普克都是一愣，那位交警也愣了一下。江小流从露面之始就一副爱谁谁的冷淡表情，说话直不愣登，让人不快。突然这样，交警一下子有些没转换过来。

普克随即就反应过来了。这是江小流在模仿她记忆中的某位女性，以此缓解他们与交警之间出现的紧张气氛。普克也知趣地配合。他不擅长寒暄、客套，但对于文字的敏感，使他可以轻松把握语言的情绪转换。

“俗话说远香近臭，其实宁江的问题我们这些宁江人最清楚。”普克说。

交警的情绪明显好转，接过了普克递的台阶。

“那还是不一样。我们河西小地方，和宁江没法比。”

“去过宁江吧？”普克趁势引导谈话方向。

“去过一次，十几年前了，那时候就是大城市的气派。”

“现在去变化更大了。有机会一定再去看看。”

“行，有机会一定去。”

“你说卢继平的老婆李雪是从宁江过来的，是谁通知她的？”

“电话是大队一个同事打的，当时和我一起处理这事儿。”

“卢继平是日本籍，没有中国的身份证，人又烧焦了，当时你们怎么知道他老婆是谁，在哪儿？”

“我们先通知卢继安来认人。卢继安认完人，说哥哥死了，得通知嫂子来处理后事。”

“那卢继安自己没给嫂子打电话？还是你们都打了电话？”

交警认真回忆了一下。

“好像卢继安没打电话，就是我那个同事打的。我记得打完电话他还和我说，打这种电话折寿，特别是给卢继平老婆这种女人打，更吃不消，应该让卢继安通知的。”

“吃不消的意思是……”

“他说一般人听完都哭哭啼啼，卢继平老婆在电话那头一声不吭，愣了好久。隔着电话他都能看见那女人伤心的样子。”

“一声不吭，也可以是无动于衷，不一定就是伤心吧？”

“要是无动于衷，就不会连夜坐飞机赶过来了吧？我记得她坐的是最晚的航班，到河西都凌晨了。何况后来她确认是她丈夫的尸体后，我们都见到了，应该不是一般的伤心。”

“那李雪是什么时候来认人的？”

“她凌晨到了先在酒店住下，第二天一早来的。”

“一来就认定是她丈夫了？”

“还真不是。第一次来看了一眼就受不了，换谁也受不了。我们就问她要不要缓缓再说，她同意了，回去歇了半天，下午又来，这次确认了，场面很崩溃。”

“很悲痛？”

“悲痛欲绝。”交警说到这里情不自禁地皱眉，仿佛仍能体会到那天的气氛，“按说我们整天处理这些事情，早麻木了。她和别的女人不一样，不是那种哭天抢地，就是……怎么说呢？反正你看她哭，你就知道她心碎了。”

普克也跟着交警皱眉，点点头说：“能想象，有些人就是很有感染力。”

交警似乎想为李雪辩解似的：“但她不是装的，一看就是真的。况且她也犯不着装，那时候就我们在，保险公司还没来。”

普克一直等待的信息终于来了。他能感觉到脊柱里一股电流直窜后脑，脑海里闪过小小的火花，但脸上仍是风平浪静的样子，连马一路和江小流都没察觉到他的兴奋。

普克不动声色地问："应该是日本的保险公司吧？"

"对，卢继平是日本公民，在日本买的保险。"

"听你意思日本的保险公司也派人到河西了？"

"对，比卢继平老婆晚了几天。来时卢继平老婆已经回宁江了。"

"卢继平买的是什么保险？能赔多少？受益人是谁？"

"这我们就不清楚了，本来也不是我们该管的，何况小日本说日语，听着就烦。"

"那你们怎么沟通？"

"带了个中文翻译，假洋鬼子一个。还对我们的处理不满意，说三道四的，我们几句话就顶回去了。"

"保险公司对你们的处理不满意？具体哪点不满意？"

"说尸体火化太快，他们来不及取样送回日本对比 DNA，对比牙齿。那尸体还用我们火化？直接就在车上火化了。"

"那你们……怎么应对日本人的？"

"已经烧了。就这个结果。反正找他们要赔偿金的也不是我们交警。小日本还说事故有蹊跷啥的，也让我们顶回去了。"

"他们认为有什么蹊跷？"

"屁蹊跷！说车辆烧毁的程度太严重……车上带着个备用油箱，能不严重？"

"备用油箱？是放在车顶还是哪里？"

"就放在车的后排。这卢继平要么是命不好，要么就是找死。一辆八成新的车，偏偏制动坏了，时速 120 停不下来，满箱油，还把备用油箱放在车里。"

"有没有可能……真是找死？"

"那就不归我们管了。反正事故没牵累到别人，所有的证据都很齐全，我们这样结案没问题就行了。"

"那保险公司肯定要为难保险受益人了吧？"

“这我不知道。”

“日本的保险公司来人的时候，李雪已经回宁江了，是不是就由卢继安来协助保险公司办理理赔手续了？”

“对，全程都是卢继安在跑他哥的事情。”交警叹气道，“看得出来兄弟俩感情不错，尤其又是双胞胎，年纪不大就……所以说，我心里倒真希望他们狠狠敲小日本一记竹杠。”

交警对日本的态度毫不掩饰地呈现给普克他们了。

本来就是周末，又快到晚饭时间了，交警开始频频看手机，老张在一旁给马一路他们使眼色，普克明白该鸣金收兵了。

“还有最后一个小问题。”普克抓紧时间，“事故车辆制动坏了，时速120停不下来，驾驶员难道没用手机向外面求救？比如说打110什么的。”

“没有。”交警的语气很肯定，“烧毁的车上根本就没找到手机，除非烧成灰了。”

普克笑了，“那不可能。”

交警也笑了，“就是。手机又不是纸糊的。”

“太感谢了！”普克和交警握手，“要是还有什么不清楚的，我们再来打扰。”

交警总算完成了这次的接待任务，但显然也有一丝好奇。

“没问题，老张的朋友，一句话。”一直陪同的老张及时对交警做了个拱手抱拳的动作，交警也点头领情，“不过我没搞明白，你们到底来查什么案子？”

马一路、江小流和普克一时都不知怎么回答。老张果然经验丰富，及时接球。

“小兄弟，回头我请你喝酒，咱们慢慢聊！”

4

从交警大队出来，天已经黑了。

“接下来呢？”江小流好像完全感受不到饿，还不想结束这一天的工作，“我觉得应该去找卢继安。”

“现在？”马一路的肚子早就轰鸣如雷了，因此在这句问话里加了好几个问号。

“对呀，只有看见卢继安，我才知道自己到底有没有认错人。”江小流还是没注意到马一路因饥饿产生的悲愤，“既然拿到卢继安的电话和地址了，正好去当面核实。”

老张也饿了，而且三个人的行李还在他车上。

“先给你们找个酒店住下，然后我做东请你们吃个便饭。”老张建议道。

“酒店我已经订好了。”江小流看一眼马一路，又对老张补充道，“不过还是要谢谢你。”

马一路对老张笑，“别看我年轻，已经有跟班跑腿的，啥事儿都不用我操心。”

“你是说我吗？”江小流问。

马一路赶紧收了笑绷起脸，“我饿晕了，产生了幻觉，瞎说的。”

普克和老张都笑了。

普克说：“一来大家都饿了，二来晚上确实不适合上门调查……”

“为什么？”江小流问。

“你想想，天都黑了，突然几个人闯到你家来找你问东问西，本来想和你说点儿啥的，一紧张啥也不说了。”马一路解释道。

“为什么要紧张？”江小流问。

“我又忘了，你不是一般人，是二班的。”马一路张嘴深情地唱起来，“没有忧伤，没有恐惧，没有渴望，也没有……”

马一路眼角余光看了一眼江小流，不敢再唱了。

“咋不唱了？”老张笑着问。

“饿，只能唱唱空城计了。”

老张笑着说：“我是地主，我拍板了。现在就去吃饭，吃完饭你们回酒店休息，天大的案子明天再查！”

吃饭的时候，老张对于马一路他们来调查的细节一句都不问，只告诉他们，河西这边有任何需要都对他直说，他想办法解决，实在搞不定的也没办法。

对于下午在交警大队的一丝不愉快气氛，老张特别提了一句。

“小地方就是这样，有些事情真是得过且过，太较真了那就是找气伤神。”老张的无奈胜过不满，也许长久生活在这样的环境里，真的适应了，“别跟他们一般见识，咱们心里有谱就行。”

“你也是这里人，你和他们不一样。”江小流说。

“要不然你们彭所找我？他可是老江湖，看人一等一厉害！”

“大勇可不光看人厉害，”这是普克发自内心的感受，“要说人间烟火，谁也没他嗅觉灵敏，看得透。而且绝对忠诚，值得信任。”

老张一拍桌子，“冲你这句话，你就是朋友了！”

马一路立刻觉得一种自豪感涌上心头，挺起胸膛，“我是彭所亲自从警官学院招的！”

老张瞟了马一路一眼，“看来老彭也有走眼的时候。”

马一路一呆，老张哈哈笑了，亲热地拍拍马一路的肩膀。

“开个玩笑，小伙子一看就是好女婿的料。”

“为什么马一路是好女婿的料？”江小流的反应很灵敏，“而且这和彭所招他有什么关系？”

马一路脸又红了，恳求江小流：“别闹，别闹……求你了。”

“喏，就是这样……”老张模仿马一路求江小流的语气，只是夸张了好几个层级，“别闹，别闹，求你了……”

连普克都忍不住笑了起来，“真有些神似，就是太夸张。”

马一路急于转移目标，情急中想到一个救场的办法，指着江小流。

“要说模仿，谁能超过江小流，我把头给他。”

老张一脸的不以为然，“这才是夸张。一个小姑娘，学学偶像唱歌我还信……”

马一路一听“小姑娘”三个字，立刻紧张地转头看江小流，并把手指压在嘴唇上示意她不要和老张较真。

然而已经晚了。

“第一，我不是小姑娘，我是正式签了协警合同的临时工；第二，我没有偶像，当然不会学偶像唱歌；第三……”江小流起身走到包间的空处，“马一路说得不夸张。”

然后江小流就用她最初震惊彭大勇和周到的方法，原样重现了下午在交警大队的一幕。不仅仅是普克与那位交警的谈话，也包括江小流、马一路以及老张的各自表现。

全套走完，差不多半小时。包间里一片沉默，老张彻底看傻了。

马一路看看老张的表情，强忍得意，尽可能低调地炫了一句：“怎么样？”

“太厉害了。江小流，你根本就是个执法记录仪！”普克赞叹着。

“我认识马一路的时候，就对他说过这话。”江小流说。

老张好不容易才说出话来。

“奶奶的，我跟人套近乎的时候真是这德行？”他使劲儿搓一把震惊的脸，“以后我得改改，太恶心人了。”

普克其实已不是第一次领教江小流的这种特长，但今天还是第一次全程看到。早晨他们出发前，江小流给他洗脑时，曾介绍过自己的超常记忆。当时因时间有限，没做过多的渲染，此刻算是有了实证。

只不过对普克来说，这个实证的有效期只有一天。

由于江小流对下午整个谈话过程的再现，老张全神贯注，此时才注意到交谈中普克重点关注的那些信息。

老张直截了当地问普克：“卢继平这小子是在诈死骗保吧？”

“你觉得可能性有多大？”普克反问老张。

“八九不离十。”老张给出了相当肯定的回答，“这事儿要让我处理，不可能当成意外事故。”

普克点点头。

“大勇有没有告诉你，我们为什么来河西？”

“就说要查个人，也就是卢继平。”老张说，“别的一概没提，我也没问，这都是多少年兄弟的默契。”

“主要彭所也真不知怎么说，这件事情本来就……”马一路看看江小流，谨慎地斟酌用词，“一言难尽。”

“不用解释，我和老彭是过命的交情，又都是刑侦出身。”说到刑侦，老张想到了另一个问题，皱眉转向普克，“卢继平要是诈死，那真死的是谁？”

“来之前大勇问我，值不值得跑一趟，当时我想的就是这个问题。”

他俩说话的时候，江小流和马一路一直在听，马一路更多地是努力让自己跟上节奏。

江小流此时听出些名堂了。

“普克说我们来是为了找到卢继平已死的证据，不是为了找他活着的证据。你们是不是觉得已死的证据不足？”江小流问。

普克和老张对视了一眼。

普克对江小流说：“说说你的想法。”

“我不懂车，听上去觉得车祸里巧合太多，车祸后续的不确定因素更扎眼。”江小流试探地做出她的推测，“卢继平租车留了弟弟卢继安的信息做紧急联系人，出事后是自称卢继安的人来处理后事。但他俩是双胞胎，长得几乎一样，交警很难确认来处理后事的到底是卢继安还是卢继平本人。”

马一路也有些跟上了，“这么说还真说得通！”

江小流有些没把握地看着普克，“就不知道这样是不是又算有罪推定？”

“你并没有下结论，只是提供一种可能性，很好。”

江小流得到普克的肯定，语气更确定了。

“这个事故有两种可能性，如果真是意外，没什么可说，死的就是卢继平，先不去讨论。如果是假的，死的就不是卢继平，那又有两种可能。一个可能，死的是卢继安，毕竟兄弟俩长得一样，做假比较方便；另一个可能，死的是另一个冤死鬼。”

普克和老张都看出江小流进了状态。老张暗自对普克竖了大拇指。

“继续说。”普克鼓励江小流道。

“我觉得还是卢继安替死的可能性更大，他俩是双胞胎，不管是验尸还是保险理赔，肯定更方便更顺手。顺便说一句，我父母出事后，保险公司也赔了一笔钱。”江小流说到自己父母的事情，像说卢继平的事情一样冷漠，“意外身故理赔是很麻烦的。用一个完全不相干的人冒充自己，卢继平的风险更大。”

“我同意这看法。”老张插话道。

“如果死的是卢继安，刚才我们从交警手里得到了卢继安的手机号码、身份证复印件和家庭住址。家庭住址就是身份证上的地址，不可能做假。手机号码有可能真是卢继安的，但手机当然不在卢继安手里，要么在卢继平手里，要么在家人手里……”

“卢继安这年龄应该有家有老婆，等你分析完我马上查一下。”老张说。

“如果手机号码其实不是卢继安的，就是卢继平本人的……”江小流说了一半，停下想想，又纠正了自己的想法，“死的是卢继安，就说明是卢继平骗保，那卢继平肯定不会给租车行留一个自己的号码，所以号码一定是卢继安的。”

“思路正确。”普克说。

“刚才我想过立刻去找卢继安，或者打卢继安的电话要求见他，现在看来不能这样做。”

“我是说今晚不合适嘛，不过……”马一路终于可以刷一下存在感了，同时也想借此强调一下，他才是正牌警察，“再说说你的理由？”

“如果手机在卢继平手里，一接我们这电话，马上就有思想准备了。”江小流说，“如果手机在别人手里，比如说卢继安的老婆手里，也许他老婆也是参与者，那也同样会打草惊蛇。”

老张和马一路同时开口：“他老婆？也是参与者？”

“还不知道卢继安有没有老婆，不过我觉得有老婆孩子的可能性更大。”对于这个推测，江小流的语气相当确定。

“为什么？”连普克也加入了老张和马一路，一起问。

江小流停顿了两秒钟，垂下眼睛看着自己的手，两排长而密的睫毛在苍白的脸上投下一小片阴影。短暂的静默，她似乎在思索别的事情。

然后江小流抬起眼睛，仍是那种事不关己的语气。

“我们现在说的是卢继安替卢继平去死以骗保的可能性。卢继平骗保不用说了，目的很明确。卢继安呢？就算能骗到钱，也不可能在地下花那笔钱。”

老张一拍桌子，“有道理！相当有道理！”

普克思索片刻，“有没有可能死的虽然是卢继安，但他并不是主动配合卢继平，完全是无辜受害？”

江小流愣了一下，“这我倒没想过……”

马一路终于找到了一个他相对自信的点。他下意识地模仿江小流的说话方式，而自己却并没有察觉。

“我觉得这可能性有，但比较小。”

马一路停下来。他等着有人问“为什么”，但大家只是默默看着他，并没人发问。

马一路只好自己接上刚才的话。

“为什么可能性比较小呢？在交警那儿的时候，你们在聊，我就看看那个车祸的详细资料，内容比较多，我就不一一列举了，只说说重点。第一，卢继安是老司机，有处理应急事故的能力。第二，GPS 显示从开车到撞车跑了 100 多公里，河西是个小地方，有山有平地还有河，就算刹车失灵，就算非撞不可，跑这么远，怎么也能找个相对安全的地方去撞，偏偏走了那条最危险的山路。第三，就算车上没手机，没别人，又不是在无人区开车，难道不能开窗求救？第四……第四……”

马一路忽然忘了下面想说的内容，本想一气呵成，不得不停下来。

江小流接上了马一路的话：“我不懂车，问你一个问题。”

“你问，尽管问！”马一路很高兴他的陈述也得到了江小流的关注。

“那辆车的刹车坏了，但能不能减速呢？”江小流问。

马一路一拍脑袋，“第四，停不了车也可以减速，只要有两年开车经验的都能做到！”

普克和老张都笑起来了。

“小伙子不错，也能一二三四嘛。”老张看上去喜欢开玩笑，三位客人中，他好像认准了调侃马一路最安全，“又忠厚，好女婿的料没跑了。”

马一路的脸又红了，还好普克把话题又拉回了严肃的轨道。

“小马的分析我认可。”普克一严肃，大家不由自主都跟着严肃起来，“假设一，卢继平制造车祸骗保，则较大可能引发假设二，弟弟卢继安配合哥哥卢继平骗保。假设二成立，是否能得出假设三，卢继安的家人也是参与者，或者至少是知情者，就要看明天了。”

老张起身说：“你们聊几句，我马上回来。”

老张拿着手机离开了包间，剩下马一路他们三个人。

“老张去查卢继安有没有老婆孩子了。”江小流说。

“你怎么知道？”马一路还是会为江小流的迅速反应感到吃惊。

“之前谈到卢继安是否有家人，老张就说他一会儿去查。刚才我考虑明天的工作，又和这个问题紧密相关，加上老张出去时特地带上了手机。这就是逻辑。”普克替江小流回答。

马一路盯着江小流问：“你真是这样想的？”

江小流点点头。

马一路看看普克又看看江小流，没有掩饰他的羡慕和绝望。

“我怎么做才能也像你俩一样思考问题？”

“训练会有帮助。”普克似乎永远能认真回答他接收的任何问题，“另外，就算做不到，也不必妄自菲薄。你有你不可替代的思维优势，我和江小流同样做不到。”

江小流听了这话，显然有一丝怀疑，转脸看着马一路，马一路更不自信了。

“我？思维优势？不可替代？”马一路好像在质疑别人似的质疑自己，“这不可能。”

这时老张正好推门进来，听到了马一路最后半句话。

“啥不可能？”老张说，“干过刑侦的都知道，这世上没啥不可能的！卢继安的家庭情况有了。老婆是河西中医院的推拿师，叫袁丽丽，33 岁。和卢继安生了个儿子，五岁。顺便整了个小道消息，卢继安和袁丽丽的儿子好像有孤独症，不过没确诊，对外也没承认，但上不了幼儿园，一直在家待着，大家都这么传。”

“那家里应该有人照顾这孩子吧？”普克问。

“卢继安的父母都在，而且都和卢继安一家住在一起。卢继安的父亲前几年脑溢血瘫在床上，估计是卢继安的母亲在照顾老伴和孙子。”老张说，“地址就是你们手里的地址，没换。不过你们要上门去找，我就不作陪了。河西小地方，我一露面，不复杂的事情就复杂了，复杂的事情会更复杂。”

“明白，明白！已经非常感谢了。”马一路真心实意地向老张道谢，“万一还有需要帮忙的地方，少不了还要麻烦您！”

“一句话，不跟我开口我还生气呢。”老张笑着说，“等于把我当外人了。”

“那我们一定不见外，多多麻烦您。”

老张指着马一路对普克、江小流说：“看，我说小伙子是块好女婿的料吧？

就可惜我女儿早恋，早早找个男朋友拴死了……要不然咱俩合谋挖个墙角？”

马一路顿时又手足无措，简直拿老张没办法。

“现在你明白你的思维优势在哪儿了吧？”普克笑着问。

马一路茫然地摇头。

“你身上有我和江小流都不具备的人间烟火气。”普克的语气说明了他的尊重，“大勇看出来了。没有你，我和江小流寸步难行。”

5

马一路他们远赴达州的同时，派出三人小分队的彭大勇也没闲着。

派出所的日常工作要处理，上级布置的各种任务要完成，千头万绪，没个消停。好容易偷个空，彭大勇给刑侦科的周到打电话，问他在哪儿。

周到压着嗓子告诉彭大勇，他正在盯一个辖区吸毒人员的梢，看能不能把供毒的上线逮了。

彭大勇听见周到电话里传来水流声。细听了一下，猜出周到正在一个公厕的阁间里，旁边有人在撒尿。

“今天放过那孙子，”彭大勇好像闻到了尿骚味，下意识地扇扇风，“反正还有下一次。你先回来，有事儿请你帮忙。”

周到一进彭大勇办公室，就抽抽鼻子，嗅啊嗅的。

“闻个屁啊，我这儿又不是公厕！”彭大勇笑骂道。可能是因为干刑侦出身，对侦查员总比一般下属来得亲近，私下里说话也比较随便。“刚才闻了多久？还没闻够？”

周到一路闻到彭大勇面前，还要往彭大勇脸上凑，彭大勇一巴掌打过去，周到笑着躲开，往彭大勇对面的椅子上一坐，脚跷到办公桌上。

“刚才电话里听你客客气气说，有事儿请我帮忙……”周到舒舒服服地靠着椅背，仰望天花板，“感觉不正常，所以嗅嗅风向。”

“你这鼻子有时候比狗还灵，有时候又忒他妈的不管用！”

“啥时候不管用了？”周到不服气。

“比如 704 的案子……”

一说 704，周到就蔫了，也不仰望星空了，脚也从办公桌上拿下来了。

“没完没了是吧？”周到是发自内心的没好气，“尽拿这事儿刺激我！”

704 的案子是周到心头永远的痛。

作为一个派出所的老牌侦查员，发生在辖区内的碎尸大案，居然从他眼皮底下错过，不可忍。

更不可忍的是，居然落到了那个被周到认为最不具备刑侦素质的马一路手里！

世上还有比这更不公平的事情么？

彭大勇扫了一眼周到，揣摩火候差不多了。

“不过现在倒是有个机会……”彭大勇半遮半露，“任何一个老刑侦都不会错过。”

周到果然上钩，“啥机会？”

“雪耻的机会。”

“雪……啥耻？”

“哟嗬，还跟我矫情！那就没必要提了。”

“哎呀彭所，你就别卖关子了行不行？我矫情，行了吧？我他妈的心里憋屈想雪耻，行了吧？求您点拨一二！”

彭大勇看出周到果然被调动起来，一股子即将上场的斗牛犬气息，这才不动声色地布局。

“马一路的新身份，你肯定知道了吧？”彭大勇问。

周到一听马一路就满脸不以为然，含糊其辞：“嗯……”

“没兴趣算了……”

“知道了，知道了！”周到无可奈何，只得强迫自己放下成见，“听说你安排去照顾你以前那位老搭档普克了，还有那个稀奇古怪的小姑娘。说心里话，当个保姆啥的，马一路还真挺合适。”

“别老瞧不起人家马一路，就这个观点，人家就和你英雄所见略同！”

“啥观点？”

“当保姆。”彭大勇趁马一路不在，使劲儿往他头上戴高帽，反正也不用交税，“当保姆也立志要当个尽职尽责的好保姆，这就是境界！”

“好，好，好，他境界高，我没境界。”周到心里惦记着彭大勇画的大饼，“雪耻的机会呢？该甩出来了吧，再不出来我可继续去蹲公厕了。”

彭大勇特地起身，绕过办公桌去关上办公室的门，这才走回办公桌前，半边屁股歪坐在桌上，和周到只保持 30 公分的距离，脸上的笑容全收了，一脸严肃。

“辖区里有个健身馆叫云中漫步，熟不熟？”

“美女老板开的那家？”看彭大勇一脸严肃，知道终于到正经事儿了，“半生不熟吧，碰巧哪天不太累，就去撸撸铁。”

“看来美女就是生产力，连你这么懒的都去撸铁……老实交代，是不是冲着那个美女老板李雪？”

“你也知道她叫李雪，说明对她也有关注。”周到的语气不是很过硬，“这和你要说的机会没关系吧？”

“关系大了。”

“真的假的？”周到一愣，“李雪和 704 的案子有关系？”

“别惦记你的 704 了，那案子盖棺定论了。”彭大勇又好气又好笑。

“那……”周到眼睛转了几圈，“又有新案子？”

彭大勇迟疑了一下。虽然普克愿意和江小流马一路跑去达州，但仅凭江小流的一己之言，就断言李雪涉及一个新案子，作为一个老刑侦，彭大勇真不敢这么说。

彭大勇选择了一个稳妥的说法。

“先别问那么多。你要是信任老哥我，就按我的要求去办件事，而且得办得干净利落，有理有据，不能留什么把柄。”彭大勇压低声音，显得很谨慎。

周到观察彭大勇的表情，也压低了声音，小心翼翼地问：“勇哥，嫂子挺好的，可不能辜负人家，喜新厌旧……”

“滚你一边儿去！”彭大勇骂，“老子真有那心思，也用不着你上阵，肯定亲自出马，要不然有个屁的乐趣！你他妈别瞎联想！”

“又不是案子，又不是花花肠子……你就直说吧，急死我了！”

彭大勇终于点题。

“想个好办法，把云中漫步最近的内部监控记录弄回来。”彭大勇拿出手机翻看了一下备忘录，“也不用太多，从 3 月 9 日开始就行。大门、二门……凡是和健身馆外有连接的所有通道，只要有监控的地方都要。”

“就这个？”

“关键是不能打草惊蛇。直接跑去找他们安保要，那我也会，用不着找你了。”

“蛇？”周到很敏感，“你是说不能惊着李雪这条美女蛇？”

“别咬字眼儿。核心意思你懂，得用合法合理的办法，让我看见云中漫步所有通道 3 月 9 日开始的监控记录。”彭大勇再次强调，“而且不能让云中漫步的任何人起疑。”

“这事儿吧，弄监控不难，是咱辖区的，难的是……”

“你就说，行，还是不行？”

“刚才你说这事儿和我雪耻有关？保证不是蒙我？”

“我这样子像蒙你？特地把你从公厕招回来蒙你？”

周到研究了一下彭大勇的表情和眼神。

“行。”

“你不行咱所就找不出个行的人了。”彭大勇并不意外，毕竟做足了前戏。以他对周到的了解，知道肯定行。“那就去吧。早弄回来，早回公厕办你的事儿去。”

“现在就去？这么急？”

“既然要办，当然越快越好。”彭大勇没告诉周到，马一路他们已经到达州去了，能两边同步进行，当然是最佳节奏，“除非你想不出好办法完成任务。”

“等着！”

扔下两个字，周到痛痛快快地走了。

彭大勇笑了。

可是感觉这个笑容还挂在脸上，周到又垂头丧气地回来了。

“啥情况？”彭大勇心里有点儿打鼓，“这么快就弄到手了？”

此时离周到让彭大勇“等着”还不到两个小时。彭大勇不是个乐天派，但还抱着一丝幻想。

周到耷拉着脑袋说："巧不巧的，记录没了。"

"没了？没了的意思是原来是有的，你一去查就消失了？还是你惊动了不该惊动的人，人家这么告诉你的？"

"肯定没惊动什么人，可……听那意思，记录原来应该有的，现在不知怎么找不着了。"

"谁跟你说这话的？"

"就是云中漫步管监控的工作人员。"

"那还没惊动他们？"

"真没惊动！按我的计划……"

"我不想听你的计划，我就想拿到监控记录！"

"我知道你不想听我的计划，那你就相信我，我肯定没惊动他们，他们本来也准备调记录给我了，一查硬盘，机器是好的，所有的数据全没了，完全没有历史记录。"

"以前呢？以前也这样？"

"不是，以前一般能保存一个月左右，然后新的覆盖旧的。管机器的人说前几天还调看过记录，都正常的，所以也是一脸懵圈。"

"懵给你看的吧？"

"真不是！我这点儿眼力都没有，你还派我这活儿，那是勇哥你眼瞎！"

"你……"

"勇哥你的眼当然不瞎，所以你必须相信我的话儿，监控记录没了，不是我惊动的。"

"那你的意思是……"

"我不知道你到底要查啥事儿，从这情形看，你想查的事儿，有人不愿意让你查。"周到确实不是想为自己推卸责任，在他看来如此简单的一件事情没办成，他比彭大勇更郁闷，"当然也有可能就是个巧合，可干刑侦的不能这么想。"

彭大勇想了一会儿，冷静了一些。

"行，我知道了。辛苦你，你去忙活你的吧。"

"可这事儿……"周到反而有些不甘心了，"要不我再从外围摸摸底？看看到底是有人删了还是……"

“先别动了。”因为和周到关系近，彭大勇顺嘴说出了自己的心理活动，“等我和普克聊过再说。”

周到一愣，“这事儿和普克有关系？那肯定涉刑了。”

彭大勇也一愣，“谁说的？”

“跟刑事不沾边你能拉上普克？”周到显然也很了解彭大勇与普克的旧交，“普克那身体状况，不是你眼里的大事情不可能和他聊！”

彭大勇没吭声，主要是还在犹豫，不知该不该对周到交底儿。

周到一看彭大勇没否认，预感得到了进一步的证实。

“不会跟你搞的那个三人小组有啥关系吧？”三人小组的成立，在所里算是近几天的热点，从来没有过类似的先例，大家私下都有不少猜测。这种时候周到倒是替彭大勇说话，说彭所看中的是江小流的好记性，说到底全是为了所里的工作。“要和三人小组有关，那就铁定和马一路那小子有关。”

彭大勇再不说话不行了，只得警告周到。

“不许找马一路麻烦，更不许追着他刨根问底，他可没你那应付讯问的经验！”

“看来真有事儿！而且不是小事儿！居然交给马一路不交给我！”

“人家马一路好歹撞上一个704，你呢？”彭大勇故意阴阳怪气道，“自己辖区弄个监控都弄不来……”

“记录删了能怪我？”

“不怪你，只能怪你运气不好咯。”

“运气不可能一直不好。下次你再安排个活儿给我试试，看我怎么亮瞎你的眼睛！”

周到嘴里说着豪言壮语，多少有些灰溜溜地离开了彭大勇的办公室。

彭大勇陷入思索。

监控记录莫名其妙消失，究竟是简单的巧合，还是有人刻意删除？

听周到的意思，管监控的工作人员对此也不知情。要么是工作人员撒谎，要么是删除记录的人行事格外谨慎。难道就因为江小流3月10日那天见过她认为是卢继平的人一面，才有了现在的后续？

如果真是这样，说明此事确实暗藏玄机。

彭大勇想起普克对他说过的话。如果江小流见到的人真是卢继平，就有可能是骗保事件。如果卢继平骗保，则意味着真有一个人替他死去。按这个逻辑，到时候很可能演变成一起刑事案件。再回头审视监控消失的事情，原本不起眼的细节将变成重要的证据。

证明李雪身上藏有秘密的证据。

彭大勇很想立刻和普克聊聊。

看看时间，普克他们应该已经到了达州下属的河西。普克自己没有手机，彭大勇想象了一下和反应慢半拍的马一路通电话，或者和冷冰冰像机器人的江小流通电话，都不由地打了个哆嗦。

何况以彭大勇对普克的了解，此时普克必然已全心投入河西的调查，不如等晚上他们回酒店后再和他联系。

最后彭大勇想，江小流说得对，是该给普克买个新手机了。

6

晚饭后，老张开车将马一路他们三人送到江小流订的酒店就走了。

这是河西最好的酒店，虽然没挂星，但硬件设施全是按照五星级酒店的标准来的，只是配套的软件服务仍是河西这种县级市应有的水平。

酒店价格虽然没有宁江高，但也贵得超出了马一路的预期。再听到江小流说订了三个房间，马一路到底没绷住，试图劝江小流退一间房。

“你住一间，我和普克住一间，这不正合适嘛。”马一路只要和江小流商议事情，总像在恳求，“退一间吧，又不能报销，能省一点儿是一点儿。”

“不退。”江小流干脆利落，“各住各的，不用你出钱。”

“我知道你有钱……”马一路还想劝说江小流，简直是苦口婆心，“可也用不着跟钱有仇，不花完不甘心是不是？”

江小流看一眼马一路，“你知道我有钱？”

“知道……一点点……听说的。”

“那你有没有听说，我的钱，我一辈子都花不完？”江小流语气淡淡地问，毫无炫耀的意思。

马一路张了几次嘴，想不出该怎么回答江小流这个简单的问题。

这次普克站在了江小流这边。

“这次就按江小流的计划住吧。”普克有他的考虑，在河西的这半天调查，已经得到不少新信息，他需要空间和彭大勇单独交流，“不过晚上睡觉之前，咱们还得碰个头，商量一下明天的具体方案。”

马一路却没有轻易放弃立场，想出了一个自认为过硬的理由，转脸看着普克说话，只用眼角的余光观察江小流。

“别忘了，晚上你一睡，早上醒来就回到2006了。”马一路略带夸张地威胁普克，“说不定半夜起来撒尿就忘了你是谁、在哪儿、要干什么了。咱俩一个房间，我可以帮你完成身份确认，又方便又安全，还能省下一间房费。”

“这倒是需要考虑的……”普克犹豫了。

“那也该我考虑，不用他考虑。”江小流插话。

“为什么？”马一路的微表情里有一丝悲愤。

“因为我记性比你好。”江小流说，“你不一定能记全的事情，我一定能记全。”

“我看过你怎么帮普克洗脑了，我已经记住所有的程序了！”马一路仍在负隅反抗，“不让我试一次，你怎么知道我不行？”

“好呀，你现在就把今天早晨我和普克对话的全部过程复述一遍。”江小流并没有抬杠的意思，心平气和但又相当坚持，“允许你漏掉个别不影响逻辑的字词。”

马一路被江小流逼得非表现一下不可了，深吸一口气，调动全部脑细胞，正要当场演练，关键当事人普克被逼无奈发话了。

“小马，我要和你们彭所商量工作，咱们就各住各的。你想试的事情，不住一间房也能试，比在酒店大堂合适。”

还有什么好说的？

一进房间，马一路就被那张KING SIZE的大床惊着了，扔下行李，冲上前，把自己狠狠抛在床上，连打了几个滚，居然都没滚下床，可见KING SIZE不是白叫的。

“有钱真好！”马一路发出舒服的叹息，“真开眼界……”

隔壁就是普克住的房间。

办入住手续时，江小流特地让前台给普克开通了长途电话功能。这么多年，彭大勇的手机号从没换过，也因此成为普克尚未遗失的记忆中一个安全的标记。这对普克来说很重要，其实对彭大勇也一样。

普克刚拨通彭大勇的号码，彭大勇就接了，说明他正在等普克的消息。

“都好吧？”

“都好，放心。”

男人间的亲近和默契，似乎就是这样言简意赅。

隔着 12 年记忆的空白，依然如此。

接下来彭大勇把周到去弄监控但空手而归的事情简要说了。

“周到怎么处理的我没问，但以我对他的了解，不是他操作的问题。”

彭大勇之所以不打听周到如何去合法合理查监控，是基于多年基层工作的经验。

有些事情可做不可说，有些事情可说不可做。这种分寸很微妙，关键在于把握分寸的人。彭大勇认为周到就是这样可以让他放心的人，就像普克也认为彭大勇是这样的人。

他们都谨慎地守好自己的边界，给对方留下自由行动的空间。

普克果然并不追究这个问题。

“那你认为是纯属巧合还是有人刻意为之？”

“不好说。周到也挺沮丧，还想从外围再摸摸底，我让他先别动，和你商量了再说。”

“不着急摸底，删都删了。如果真是有人刻意，一着急反而让对方占了主动。”

“我也是这意思。周到有句话我觉得很有道理，他说这事儿可能就是个巧合，但干刑侦的不该这么想。”

“对。至少不能只考虑巧合的可能性。”

“这事儿麻烦在什么地方？周到去查监控不能让李雪知道，我为什么让周到去查又不能让周到知道。”

“是很麻烦，但确实也很必要，至少眼下是这样。”

彭大勇听普克这样说，知道自己对周到隐瞒真相是对的，也隐约意识到，普克他们这一天应该有所收获。

普克尽可能完整而简要地将一天的行程告诉了彭大勇，包括江小流给老张的那场震撼演出。

彭大勇听完居然产生了某种奇特的自豪感。

“老张惊着了吧？”

“我都惊着了。”普克说，“我还对江小流有所了解呢。”

“你那不算。对你来说，每天你都得重新了解那丫头。”

“江小流确实太有刑侦的天赋，以后有机会你就提醒我，千万别把她放跑了。”

“听你刚才的说法，她不仅有个好记性，逻辑能力也不差？”

“逻辑能力相当好，认真培养会更好，只是……”

普克第一次流露出迟疑。彭大勇立刻捕捉到了。

“只是什么？”

“江小流的父母究竟是怎么回事？”

普克他们出发前，他俩就谈论过这个问题，普克果然又忘了。

彭大勇把他知道的信息又一次告诉了普克。江小流一家三口出国度假，在海上出了事故，母亲去世了，父亲现在是植物人。

“你是不是感觉有什么不对？”彭大勇没兜圈子，直接问普克。

“现在我还不能下结论，我再观察观察。”普克对此事显得很谨慎，“肯定是有所感觉才特别问你的。”

彭大勇犹豫了一下，不知该不该告诉普克，这不是普克第一次“有所感觉”了。

彭大勇还是决定暂时不说。

普克是一个直觉敏锐的刑警，但他从来不简单地凭直觉做判断。也许等他的直觉找到证据支持时再讨论这件事情更好。

两人又回到卢继平的话题，这才是普克他们此行的目的。

“本来我真没太当回事儿，现在看来，卢继平骗保的可能性越来越大。”彭大勇说，“而且就像出发前你说的，如果是骗保，那个真死的人就值得查到底。”

“我马上就和江小流、马一路商量一下明天的方案，争取一击有效。”

“有什么需要我配合的？”

“有可能的话，咱俩每天聊的内容你都记一下，回头单独告诉我。”

有些信息是可以和江小流、马一路共享的，有些则不能。

比如对江小流的“有所感觉”。

不用普克解释，彭大勇也明白他的意思。

“明白。还有呢？”

“还有……谢谢你，大勇。”

“谢啥？”

“我觉得自己还是更想当刑警，不想当画家。”

“当画家比当刑警挣钱多多了！”彭大勇笑了。

“没事儿，江小流有钱。你没看见我们房间的大床有多大，睡一家人都够了。”普克也笑。

彭大勇心中一动。

“床大显孤单是吧？要不你告诉我想谁了，我立马给你快递过去！”

彭大勇多么希望普克能说出米朵的名字。

“这个难题还是我自己解决吧，不麻烦你了。”普克回答道。

彭大勇在心里对自己说：“不着急，慢慢来。”

总有一天，普克会找回所有的记忆，会想起他深爱的米朵。

7

这一天结束之前，普克召集马一路和江小流到他的房间开了个三人会议。

核心议题只有一个：明天的行动方案。

江小流到底没经验。

“地址有，电话有，明天又是星期天，直接去家里找，还需要什么方案？”

“当然得有，越是简单的事情越要做出复杂的预案。”马一路表现出很有专业素养的样子，“当警察就得这样。”

“那好，听听你的复杂预案。”

马一路想了想，脑子里毫无复杂预案的影子。

“咱们还是听普克的吧，普克最有经验。”

普克也不揭穿马一路的小心思。时间不早了，一早起来到现在还没休息过，普克已经很困了。

累，不是问题，普克担心的是睡眠将带来的遗忘。

“怕自己睡着，我就开门见山了。”普克说，“明天的行动方案其实很简单，复杂的是咱们的心理解读。我先说简单的部分。明天去卢继安家，有几种可能。一是见到卢继安，二是见到卢继平，三是既见不到卢继安也见不到卢继平，只见到卢继安的家人。还有最后一个可能就是闭门羹，那咱们再想别的办法。只要有人在，不管是哪种情况，咱们三个各司其职，重点完成自己要完成的任务。”

普克给江小流的任务就是记录，用她的眼睛、耳朵甚至鼻子记录她脑海中的一切细节。

普克负责寻找问题、提出问题、推进问题，以获取需要的任何线索。

马一路则负责感觉。

“感觉？”马一路怎么也没想到普克会给他布置这样一个任务，“感觉什么？”

“你不用去管感觉什么。”普克用尽可能通俗易懂的方式解释，“感觉就是感觉，是你第一时间身心的感受。和理性无关，和逻辑无关。你不需要思考，只要感受并且接受这种感受，然后记下来告诉我们。”

“这……有用？”马一路觉得不可思议。

“有用。比如说你现在的感觉，是不是有些不可思议？”普克观察马一路的表情，“这种感受让我明白，在我的视角看来合乎逻辑的事情，在你的视角却不可理解。”

“就算得到这个结论，对我们要查的事情有什么帮助？”江小流问。

“如果你是一名刑警，永远记住一句话，”普克说，“人是一切社会关系的总和。这不是我说的，是马克思说的。你会发现，人和人之间充满关联，而答案就存在于那些关联中。”

马一路努力思考了一下，没完全明白，但他还是做出了承诺。

“行，别的我不敢说，这个任务我肯定能完成！”

“我也保证完成我的任务。”江小流说，“但我还有一个问题。”

“什么问题？”

“你说我们有可能见到卢继安，也有可能见到卢继平。但我们怎么知道见到的到底是卢继安还是卢继平？如果不知道怎么分辨，又怎么采取不同的对策？”

马一路这次反应奇快。

“普克刚才不是说了？咱们只要各司其职，完成自己要完成的任务就行！也就是说，不管见了谁，反正你记录，我感觉，普克找问题，最后咱们回来一起做拼图游戏找答案……普克，这么理解对不对？”

“完全正确。”

马一路瞬间又要飘了。普克没给他太多的时间飘，抓紧抛出了接下来的话题。

“刚才说了简单的部分，现在要说得相对复杂，这次需要我们互相配合。”普克说，“老张已经给了我们明确的信息，河西是小地方，人与人之间的关系紧密，消息流通肯定也快。他不陪我们去卢继安家，就是出于这种考虑。我们三个陌生人，要拿出一个过硬的理由上门，还要经得起门内可能出现的各种情况的询问，这是一个难点，处理不好，既可能破坏调查，也可能给别人的正常生活造成不必要的麻烦。”

马一路有些意外，“不能以警察的身份上门？”

刚问完，他自己又回过味儿了。

“是不太合适，又没立案，又没实证，还得防止打草惊蛇。”马一路心里有些发毛，“可……我就是个警察，也只会当警察，让我演别的身份，就怕……”

“所以我说需要一个过硬的理由，除了能让对方接受，咱们自己也能基本过关。”普克说，“坦白说，我和马一路差不多，没什么表演的天赋，基本只能演自己。”

马一路苦苦思索，想出一个方案。

“能不能假装查电表？查水表？查煤气？”

“查什么表都用不着三个人一起上阵。”

“广告商给小区业主送福利行不行？说白了就是下鱼饵。”

这种事情经常在辖区发生，时不时还会引发矛盾和纠纷，马一路作为一个社区民警，对此颇有些经验。如果一定得演戏，这个角色勉强将就。

“不是不可以，但要准备好商品资料，还要准备相应的福利。”普克有些犹豫，“这个需要时间，还不知道对不对卢家人的胃口，对方不感兴趣，还是进不了门。”

“保险。”江小流说，“特别是针对儿童大病就医的医疗保险。”

普克一听，脑中火花一闪。

“这个办法可行！好主意！”

“保险倒是可以，老张说卢继安的父母和他们一起住，父亲脑溢血瘫在床上……”马一路有些困惑，“可为什么要强调是针对儿童的医疗保险？”

“卢继安和袁丽丽有个五岁的儿子，上不了幼儿园，外面传说孩子有孤独症，但他们自己不承认。”江小流解释说。

“就是说……他们不愿面对儿子生病的现实？”

“或者说，不愿接受这个现实。”普克说，“这是很多为人父母都会经历的心理过程。不愿接受，意味着抱有幻想，也就意味着会抓住一切希望，哪怕是一根稻草。”

“这个我看行！”马一路一拍大腿，可还没兴奋起来，又转喜为忧，“我可没有推销促销的经验，也从来没买过保险，啥都不懂啊。”

江小流很淡定，“不懂可以学。”

普克也有些担忧，“但时间不允许……”

“临阵磨枪，不快也光，我今晚现学，明天现卖。”江小流说，“而且我家买过保险，我见过不止一个公司的保险推销员，我记得他们。”

普克和马一路都明白江小流所说的“我记得他们”，也就意味着，江小流能够重现他们。

两个人一下子轻松了许多。

“你负责业务介绍和推销，我呢？”普克问。

“你是业务经理。经理负责寒暄，不用介绍业务。反正到我家的就是这样。”

“我呢？”马一路试图用自嘲掩饰心虚，“我这块头，要不演个打手保安啥的？”

“又不是黑社会。保险公司有安保部，但不会上门推销。”江小流似乎没领悟到马一路的自嘲。

普克盯着马一路看，忽然笑了起来。

“有了。”普克笑着说，“有个安全的角色，适合你本色出演。”

“什么角色？”

“司机。”

“去我家的都是两个人，一个经理一个业务员，没有带司机的。”江小流有些迟疑。

普克看出，江小流确实在很大程度上依赖她的记忆来认识世界。记忆中有的，她一点就通；没有的，则需要针对性的引导。

“没关系，只要合乎逻辑和情理，不一定完全按照你记忆中的来。”普克耐心地解释，“这个世界是丰富多样的。”

“那我就没意见了。”

“其实有个司机可能更符合咱们的实际状况。咱们三个都没有河西口音，当地人一听就知道咱们是外地来的。咱们就以外地保险公司来河西拓展业务为由上门介绍保险，不以推销为重点，尽量减少对方的戒备感。既然是外地来的，带一位司机跑长途就合情合理了。”普克说。

马一路这次反应迅速，“那咱们是不是得租辆车开上？”

“如果跑长途，租河西的车就不合理了。”江小流说。

普克马上想到了解决方案。

“给老张打个电话，问问他能不能找到一辆达州牌照的车。”

老张果然是个万金油，电话里立刻表态没问题，明天早晨保证把车开到酒店门口。

三个人具体商议了明天上门介绍推销保险的详细环节，具体到每个人该做什么、该说什么。论细致和谨慎，江小流和普克差不多无可挑剔，马一路基本插不上话，但这丝毫不影响他参与的热情。

别说，马一路还真的发挥了他的重要作用。

“江小流，你说要现学现卖保险业务，这我绝对相信！”马一路说，“但我怀疑就算你满口保险知识，人家也不会相信你是个保险业务员。”

“为什么？”

“就冲你现在脸上的表情。不光是现在的表情，是你一贯的表情。”马一路撇撇嘴，有种客户附体的即视感，“你要用这副表情给我推销保险，信不信我直接给你轰出去？”

普克研究了一下江小流的表情。

“确实。我没买过保险，但也知道推销不能用这种姿态。”

“不就是因为我没感情吗？这个简单，我的记忆库里装着别人的感情。”

江小流按照她的记忆，找到她认为最热情的一位保险业务员，只模拟再现了一分钟关于人身意外保险的内容，马一路和普克就服气了。

“够了，够了！”马一路略带夸张地阻止江小流，“你再推销几句我也想买了。”

江小流立刻回到了自己。

马一路忽然觉得，他还是更喜欢江小流做她自己的感觉。

一切准备就绪，最后的工作只剩江小流的。她要连夜查找、搜集并学习关于儿童重大疾病医疗保险的相关资料。

普克的眼睛都快睁不开了，但他还有些恋恋不舍，似乎不想结束这一天。

马一路看出了普克的倦意，拉江小流走，江小流走到门口，停下来，回头看着普克。

“别担心，”江小流对普克说，“我会帮你记住一切。晚安，明天见。”

这样一句告别，如同一剂最好的安眠药。

普克一上床，立刻沉沉睡去。

8

天快亮的时候，江小流被急促的敲门声惊醒。

江小流连夜准备资料，才回房间睡下没一会儿，听到敲门声，迷迷糊糊地去开门，完全没注意，习惯裸睡的她，浑身上下只穿着一条小内裤。

敲门的是马一路。他一边等江小流开门，一边着急地回头张望，紧盯普克的房间门。

江小流从里面打开房门。马一路听见门响，回头一看，整个人像触电似的呆住了。

江小流睡眼惺忪，“怎么了？”

马一路呆了两秒钟，又像触电似的，大幅度地仰头望着天花板。用力之猛，江小流都听到了马一路的颈椎发出“咔嗒”的声响。

震惊的马一路还怕不够，仰着头，转体180度，背对江小流。

“我听见普克起床，想帮他做身份确认，结果搞砸了！”马一路背对江小流、以45度角仰望星空的姿势向江小流求援，“普克被我弄晕了，给酒店打了电话，保安马上来了！”

江小流揉着眼睛说：“普克还在他房间？”

“在！”

“我过去看看。”

江小流仍没意识到自己只穿着小内裤，就要往外走，一头撞上背对她站在门口仰望天花板的马一路。

马一路又一次遭受了电击，想转回头又不敢转，脖子梗着，脊背僵直，却觉得五脏六腑都在里面燃烧起来。

“你、你、你……”马一路又结巴了。

撞到马一路后背的江小流还没睡醒，居然就这样靠着马一路的后背，而且觉得很舒适。

“你的背好宽呀。”江小流闭着眼睛说。

马一路下意识地想把身体挪开，没想到江小流依靠他的支撑，他一撤，江小流差点儿摔倒。马一路本能地转身搀扶，正好和江小流抱个满怀。

马一路抱着江小流，紧闭双眼，喉咙干哑。

“江小流，你没穿衣服……”

江小流睁开眼睛，低头看看自己，又抬头看看马一路。马一路眼睛闭得太紧，整张脸都皱了起来，看上去很滑稽。

“穿了内裤。”江小流若无其事地说，“睡糊涂了，等一下。”

江小流返身回房间，随便找了件浴袍裹上，到门口，看见马一路还闭着眼睛，像个门神似的杵在那儿。

“我穿上了，可以睁眼了。”

马一路把眼睛睁开一条缝儿，急忙又闭上，仍然堵着门。

“不行，换一件。”

“为什么？”

“让你换一件就换一件。”马一路闭着眼睛说，“昨天穿的就行。”

“昨天穿了今天怎么还能穿？”江小流问，“脏不脏？”

“我不管，反正你换上正经衣服，不然我不让你出门。”

这时接到普克电话的酒店保安来了，沿着走廊找普克的房间，看见堵在江小流门口的马一路。保安走过来，看见马一路闭着眼睛堵在江小流门口，有些起疑。

“什么情况？”保安的态度很符合河西的风格，硬邦邦的。问完后，他看见了房门里裹着浴袍的江小流，硬度又提升了两分，喝问马一路，“你堵着人家女客的门，想干吗？”

马一路一愣，没办法不睁眼睛了，一看保安像瞪嫌疑人一样瞪着他。

毕竟是在人家的地头。马一路好言好语地解释：“我让她回房间换衣服……”

“你管人家穿啥衣服！”保安的嗓门奇亮。

马一路明明不该心慌的，不知怎么就心慌了。

“误……误会了，我……我们是认识的。”

“认识？你是她啥人？”

“我……我是她……”马一路越心慌嘴巴越不利索，“她是我……我们是一起的，还有隔壁那个客人，也是一起的……”

保安看到马一路心虚的样子，手里的对讲机打开了，一副当场捉拿的语气，“15楼有情况，15楼有情况……”

隔壁房间的普克也在房间听到了动静，打开房门，看见他已经遗忘的马一路，以及接警赶到的保安。

普克还算比较谨慎，没有直接指摘马一路，对保安说：“是我打电话给前台的……”

保安指着马一路问普克：“你认不认识这人？”

普克认真地看看马一路，婉转地问："会不会是你记错人了？"

马一路都快崩溃了。

太悲催了。他只不过心疼江小流睡得太迟，想让她多睡一会儿。他只不过想亲自试一试，看自己能否成功为普克完成身份确认……却在一分钟之内，把看上去那么简单的事情，变成了眼前的乱局。

保安正拿着对讲机和里面一个更粗暴的声音用河西方言交流，江小流的声音忽然响了起来。

"吵死了。"江小流没睡足，声音有种哑哑的慵懒，"我们是一家的。"

刚才马一路忙着应付保安和普克，没注意到江小流什么时候扔下他们回了房间，并且换好了"正经"衣服。

江小流从马一路和保安中间穿过，走到普克面前，拉起普克的手，普克吃了一惊。对此时的普克来说，江小流和马一路同样陌生。

"给我十分钟，你就都明白了。"江小流拉着普克回他房间，"反正保安就在门口。"

普克半信半疑地被江小流拉回他的房间。

门口只剩马一路和保安，两人大眼瞪小眼地看着对方。

"刚才你听见了吧？"马一路主动打破僵局，"我们确实认识。我已经告诉你了，我们是一起来的。"

"认识是认识，一家的是一家的。到底是认识还是一家的？"

"差不多……"

"差得远了！"

"不行你考考我？你手里不是有对讲机吗？我告诉你我们三个的名字，你和前台对一下就知道了。"

"你先说！"

"我叫马一路，女的是叫江小流，那个男的叫普克。"

"三个人姓都不一样，咋能是一家的？"

马一路语塞，一时还真不知道如何对这位固执倔强又认真的保安解释。保安又在和对讲机里的人用方言哇里哇啦地讲话，一边讲一边像X光机一样，不断斜眼扫马一路。马一路觉得心好累，索性不开口了，反正江小流说了，只要十分钟……

普克的房间门打开，普克和江小流一起从里面出来了。

“抱歉，是个误会，我们三个真是一起的，给你添麻烦了。”普克向保安道歉。

十分钟的一半都没有。

马一路心想，江小流对普克的“洗脑”越来越快了。

她究竟是怎么做到的？自己明明做了充分的准备为什么做不到？这真的是智商的差距吗？还有没有跟上她的希望？

清晨的小插曲并没有耽误新一天的到来。

老张言而有信，果然早早地将一辆车停在酒店门口的停车场，是达州牌照。老张本人没露面，钥匙放在了酒店前台。马一路甚至有些庆幸老张没来，一是怕早晨的小插曲被传播，二是怕老张再扯什么“好女婿的料”。

吃早饭时，普克和马一路都有些意外。他们知道江小流昨晚会准备材料，但没想到会准备得如此齐全，就像他们真是来自保险公司的业务经理和推销员。

厚厚一堆图文并茂的资料，沉甸甸地装了满满一纸袋，连纸袋上都印有一个看上去很气派的保险公司的LOGO。

“这些都是你昨晚准备的？”普克随手翻了翻，都是非常专业的保险宣传页。

“很简单，网上搜齐要的资料，让酒店商务中心帮我打印复印。”

商务中心帮酒店客人打印复印，收取的费用远远比一般复印店高，因此乐得加了一夜的班。

“用得着这么多？”马一路昨晚也陪江小流在商务中心忙活了一会儿，后来撑不住了趴在桌上睡着了。江小流忙完才把他叫醒，让他回房间睡，他也不知道当时是几点。“怪不得你忙到那么晚。”

“昨天普克说的，不能只奔卢继安一家，楼上楼下都得跑跑，发发资料，所以多准备一些。”

普克看看江小流的黑眼圈，“困不困？”

“我睡眠少，上床早也睡不着。”

“我头一沾枕头就能睡着。”马一路很惭愧。

“昨晚你趴在桌上睡得也很快。”

普克笑了，也凑了个小热闹。

“咱俩应该换一下，这样你能少记一些事情，我能少忘一些事情，生活就平衡了。”

“其实我很羡慕你。每天晚上都在脑海里重放痛苦，真的很难熬。”江小流说。

马一路的心轻轻地疼了一下。

“可是痛苦往往伴随着快乐。忘记痛苦等于也忘记了快乐，很难说哪个损失更大。”普克说。

马一路的心又轻轻地揪了一下。

马一路暗想：原来平庸也是一件好事。

平庸如我，才容易体验到幸福。

9

事情的开始相当顺利。

马一路他们开着达州牌照的车，按交警提供的地址找到卢继安家所在的小区。

小区看上去比较新。和江小流选的河西最好的酒店一样，硬件很硬，只是配套服务不到位。本该封闭式管理的小区基本算是自由开放的。这倒是给马一路他们进入小区带来了便利。

停好车，带着江小流连夜准备的满满一袋资料，三人找到了卢继安家的楼洞。

卢继安家住的是一栋小高层的 9 楼。按马一路他们之前的计划，准备从顶楼开始“扫楼”，一直“扫”到了卢继安家。

楼下有需要刷卡的单元门，但被人用砖头卡住，所以直接进入了楼洞。

三个人在一楼等电梯时，又有三个住户进来，和他们一起等。

只过了两分钟，马一路就明白老张之前为什么说不便陪他们来了。

宁江虽然算不上一线城市，但却有当代都市的标配：人与人之间的疏离感。即使是同一个小区，同一个单元，甚至是门对门的邻居，也并不会因此而了解，更不必谈亲近。很难说这究竟是优点还是缺点，因人而异。比如对马一路来说，显得太冷漠。但对江小流来说，则再自然不过。

而河西显然不同。

同时等电梯的三个人中，穿着看上去像个机关干部的秃顶男人，一站定就肆无忌惮地把马一路他们三个陌生人从头打量到脚，当然也看见了马一路手里拎的印有保险公司 LOGO 的资料袋。

“保险公司的？”

普克对他点头微笑说：“对。”

事先商量过的。普克负责寒暄。

“哪儿的公司？没听说过。”

“外地的，来河西开拓市场。”

“难怪！那就是来推销的？”

“主要是先了解一下市场，做一些前期宣传。”

“有没有纪念品？”

“纪念品？”

“没纪念品宣传个啥？起码得送送鸡蛋啥的。”

“我们……有一些宣传册。”

“宣传册谁稀罕，一转身就当垃圾扔了……”

场面正有些尴尬，电梯下来了。门一开，里面的人还没出来，外面等的人就一拥而入。等马一路他们礼让完下电梯的人，那三个住户早进了电梯。马一路他们一进去，电梯基本满了。

电梯门正要关上，一个头发花白、身材瘦弱的老太太拉着一个同样瘦弱的小男孩奔过来，电梯口的马一路急忙挡了一下电梯门。

里面一个女声嚷嚷着：“满了，满了，等下一趟吧。”

老太太不吭声，拉着小男孩缩到角落，看起来就算超员，她也不打算下去。

马一路做好了心理准备，如果超员，只能他下了。还好电梯门关上了，可能因为老太太和小男孩确实瘦小，没多少分量。

电梯上行，秃顶男人又把话题拉回三个陌生人身上。

“我跟你们说，没纪念品，宣传不管用！这里的人绝对不会买。”

一个老头儿问：“买啥？”

“推销保险的。连纪念品都不送，谁买？”

老头儿附和道：“有纪念品都不买，没纪念品更不买了！”

那个嚷嚷电梯满了的女人发表了不同意见：“那也不一定，现在这年头，今天不知明天事，保险还是需要的。你们是啥保险？”

普克轻轻碰了碰江小流。

江小流立刻用很职业的热情态度介绍：“各种商业保险都有，看您需要什么类别的，我们都有相应的宣传册。”

“有让人发财的吗？”

抢先进电梯的三个人一阵哄笑。

江小流居然也跟着笑，看来她已经提前进入推销员附体的状态了。

“我们的强项是高端养老和儿童医疗，可以解决一般家庭最容易出问题的两个人群的后顾之忧。”江小流继续做她的专业推广，一听就知道，昨晚的功课没有白做，“特别是儿童医疗这一块，直接和全国各大三甲医院对接，保证疑难杂症无障碍就诊。”

刚才还很嘈杂的电梯里忽然安静了一秒钟。

普克敏感地注意到，站在马一路眼皮底下的那个老太太，回头看了一眼江小流，同时下意识地将小男孩往怀里拉一拉，搂得更紧了一些。

秃顶男人印证了普克的敏感。他直接冲老太太大声说：“跳跳奶奶，那你家应该看看这个保险。”

老太太愣了一下，语气生硬地反问：“为啥我家要看这个保险？”

“孩子有病怕啥？有病就治嘛……”

“你才有病！我家人都好好的！”

电梯里又一阵经过控制的哄笑，那控制反而增加了哄笑中的挖苦意味。

喜欢唱反调的女人笑着说：“就是，人家卢家都好好的。卢老爷子也好好的，双胞胎兄弟也好好的，跳跳也好好的，别咒人家！”

马一路低头看见老太太花白稀疏的头顶，还有旁边那个埋着头、看不见脸的小男孩。

电梯在7楼停了。

唱反调的女人先下了电梯。电梯门关上，继续上行。

普克看了一眼身边的江小流，正遇上江小流的目光，然后两人的目光都落在老太太和小男孩身上。

普克看了一眼电梯面板，上面亮灯的楼层分别是10楼和11楼，没有9楼。

普克客气地问老太太："您到几楼？我帮您按一下。"

老太太没吭声。秃顶男人却立刻替老太太做出了回答，印证了普克的猜测。

"她住9楼，901。"秃顶男人的热情似乎有些超出限度，"老太太，我没说错吧？"

老太太还是没吭声。普克伸手按下了9楼的按钮，想了想，又按下12楼的。

9楼到了。

电梯门打开，但老太太仍站在电梯里没动。

小男孩想出去，老太太伸手把男孩儿拉回了电梯。

男孩儿仰头看看老太太，又低下头，紧靠老太太，没说话。

"9楼到了，咋不下呢？"秃顶男人问。

"关你啥事儿！"老太太直接顶了回去。

电梯门又关上了。

电梯继续上行，在10楼停下，附和过秃顶男人的老头儿走下电梯。

电梯里变得很安静。

秃顶男人似乎想说什么，又把话咽了回去。

电梯又在11楼停下。

秃顶男人走下电梯，但他并没有立刻走开，站在电梯门口。电梯门没关，秃顶男人看着电梯里剩下的几个人。

"我住1102，没纪念品你们就别来敲我家门了。"秃顶男人说得很坦诚，"敲我也不会开。"

电梯门关上，接下来就是顶楼12楼了。

马一路扭头看看普克，普克用眼神示意他耐心。

电梯沉默着来到12楼，电梯门打开。

普克对老太太微笑地点点头："那我们先下了。您再按一下您家的楼层。"

普克带头往外走，马一路和江小流犹豫了一下，都跟着走出了电梯。

电梯门正在关闭，老太太忽然伸手按住电梯开门的按钮，电梯门又打开了。

老太太看着普克说："他们都不会买的。到我家吧，说给我们听听。"

电梯里，普克继续与老太太寒暄了几句。

"阿姨贵姓？"

"姓何，我老头子姓卢。这是我孙子。"

"小朋友叫什么名字？几岁了？"

男孩儿紧靠奶奶不说话。江小流以为普克刚才没注意，刚想插话，马一路用手背轻轻碰碰江小流，江小流醒悟，又把话咽了回去。

奶奶对孙子的沉默显然习以为常，用一种孩子的天真语气回答普克："我叫跳跳，今年五岁啦。"

"五岁应该上幼儿园大班了。今天是星期天，不用去幼儿园对不对？"

跳跳照常不吭声。这一次奶奶却并没有替他做出回答。

马一路和江小流都听见，老太太发出一声极轻的叹息。

电梯又回到了 9 楼。

一行三人跟着老太太和跳跳走出电梯，老太太掏出钥匙开门。

门一打开，一阵苍老的咒骂声从里间传出来。听上去，是一个老年男性在骂人。

"滚！滚！别碰我……救命啊！救命啊！"

紧接着是一个年轻的女声，音量低很多，像在耐心地安慰："爸，你忍一忍……"

"我不忍！给我滚！有多远滚多远……"

老太太听见这争吵，脸上毫不惊讶，但却有些着急地把还没进门的江小流和马一路往里推，然后动作迅速地关上家门。看上去像是不担心这争吵的来源，却担心争吵被外人听见。

马一路、江小流和普克从进门开始各司其职。

这是一套 100 平方米以上的平层住宅，房子比较新，一看装修就比较简单，并且明显不是因为趣味而是为了成本。户型不是很通透，客厅面积不大，有散落在地上的玩具，还有一个已显破旧的轮椅。厨房应该经过改造，利用了一个北阳台以扩大面积。

餐桌上有吃剩的早餐，碗筷都摊着没收拾。

马一路闻到了一股复杂的气味，里面混杂着老年人、病人以及医院的气息。他下意识地看了一眼江小流，江小流正面无表情地扫视四周，马一路知道她已经变成了一个记录仪，急忙收拾心思，按普克的要求，开始“感觉”。

老太太进门才松开孙子的手，那个叫跳跳的男孩立刻走到客厅角落的一张小儿童塑料椅上坐下，拿起旁边架子上的一盒拼图卡片，一言不发，一张一张地翻看卡片。

老太太回身招呼三位客人，把他们往客厅的沙发上引。

“来这儿坐。家里有点儿乱，多担待。”此时她的态度如同一个正常的主人，不像刚才在电梯里那样充满敌意。

普克他们按老太太的指引在沙发上坐下。里面老年男性的咒骂变成了痛苦的叫声，年轻女人的声音消失了。老太太听了一会儿，走到客厅与里间的过道口。

“袁丽丽，你出来！”

那一刻，马一路清晰地“感觉”到，老太太对袁丽丽怀有怨恨，怨恨的程度甚至超过刚才那个咒骂袁丽丽的老年男性。

片刻，里面传出袁丽丽的回应。

“妈，你们回来了？我在给爸换药。”

老太太冲里面说：“换好就出来。”

老太太走回客厅沙发前，对来客解释：“我老头子脑溢血瘫在床上，七八年了，最近长了褥疮。”

普克同情地说：“长期卧床确实很容易生褥疮，需要小心护理。”

“儿媳妇就是学中医的，照顾得够小心了，不管用。”老太太叹气道。

“除了护理，可能和病人的体质也有关系。”普克继续和老太太寒暄，寻找恰当的入口，“是不是长期卧床影响食欲？食欲差了营养就跟不上。”

“谁知道？吃也没少吃。”老太太看了一眼马一路腿边那一袋保险公司的资料，“你们卖的保险肯定不管这种已经生病的对吧？”

普克把专业内容交给了江小流，江小流脸上立刻呈现出“热情的保险推销员”的表情。

“是呀，已经生病的就不能再办保险了。不过生活还得继续，家里其他人还可以选择适合的保险……”

江小流刚说了一句，话就被人打断了。

“妈，这是什么人？”

一个 30 多岁、中等身材、穿家居服的女人从过道里出来，手里还拿着一团换下的成人尿不湿。单就容貌而言，长得算是秀气，但紧锁的眉头和睡眠不足造成的黑眼圈使她明显憔悴。从问话的态度看，显得相当不友好。

老太太也用一种带有敌意的语气回答她：“是我请来的，保险公司的……”

普克和江小流都注意到，里面出来的女人下意识地往后退了一步，再开口时，表情和身体语言都充满了震惊和戒备。

“他们又想干什么？事情早就了结了……”

老太太及时打断了她：“不是日本的保险公司，是来咱们小区做广告的保险公司，你别瞎嚷嚷！”

“广告？”女人走近几步，看见了马一路脚边资料袋上的 LOGO，戒备并没减轻，“不管什么保险公司，我们家都不需要，你们走吧！”

没等普克来得及反应，老太太已经急了。

“袁丽丽，这个家轮不到你说话！”老太太厉声呵斥，“我请进来的，我看你敢赶出门！”

也许是看见婆婆发火，也许是自己回过神了，袁丽丽努力克制着自己。

“妈，咱家现在……真的用不着买保险，”袁丽丽在婆婆面前明显气短，“您又不是不知道，保险公司没几个好……保险公司都是说得好听，目的就是赚钱。”

江小流及时插话：“您别着急，不想买也没关系，我们主要是宣传推广，帮您做些了解。”

袁丽丽回答江小流的语气仍然生硬，但看在老太太的面子上，总算没直接撵人了。“谢谢，但我们确实用不上，就不浪费你们的时间了。”

“你听都没听，咋知道用不上？”老太太质问儿媳妇，“人家保险公司的强项是儿童大病医疗，有啥疑难杂症，能让咱去全国的大医院看病、会诊！”

这话显然戳中了袁丽丽的软肋，她回头看了一眼默默坐在小椅子上翻看卡片的儿子，又半信半疑地看看江小流他们，声音里明显透出了软弱。

“真的？”

“真的。”江小流语气笃定极了，看上去完全像一个大保险公司里充满自信的业务员。她一边回答袁丽丽，一边从资料袋里拿出一沓资料，上前两步递给袁丽丽，“这是我们的资料，您先了解一下，如果没兴趣，完全不必勉强。”

袁丽丽看了一眼江小流递过来的资料，没接。她又看了一眼儿子，儿子像对周围的事情完全没知觉。

袁丽丽犹豫地问：“北京的医院也能去看？”

“能去。”江小流从容不迫地给袁丽丽传递着希望，“当然，如果是外地去的，需要自己解决交通和住宿费用。”

“这我知道，”袁丽丽果然上钩了，伸手想接江小流手里的资料，“主要是能帮我们孩子在大医院看上病……”

袁丽丽的话还没说完，出人意料的事情发生了。那个从头到尾一句话没说过的男孩儿跳跳，突然从小椅子上站起来，抓着那盒拼图卡片，冲到袁丽丽面前，狠狠地将一整盒卡片砸到袁丽丽身上，一边砸，一边对袁丽丽拳打脚踢，虽然是个孩子，但看上去却相当癫狂。

袁丽丽一惊之后，立刻俯身去抱儿子。

“跳跳乖，跳跳不生气，是妈妈不好，妈妈不该说跳跳有病……”袁丽丽用毫无保留的温柔安抚儿子，低声下气地道歉，“对不起，对不起，跳跳才没病呢，跳跳是全世界最健康的孩子……”

袁丽丽怀里的跳跳疯狂踢打了好一会儿，才因筋疲力尽安静下来。

这时里间又传来卢继安父亲焦虑的问话，显然他听到了外面的这番动静。

“谁在外面？是不是那个白眼狼回来了？”

老太太看了马一路他们一眼，大声对里面说：“不是！有客人！”

“啥客人？”老爷子的音量不小，说话的方式一听就是个急躁的人，“为啥惹跳跳？”

老太太有些不耐烦，“没你的事儿，你别管了！”

马一路看看袁丽丽怀里的跳跳，和跳跳发脾气时扔了满地的卡片，犹豫了一下，弯腰去捡那些卡片。正捡着，跳跳忽然从袁丽丽怀里探出头，盯着捡卡片的马一路看。江小流想提醒马一路，正要开口，跳跳已经挣脱袁丽丽，奔向马一路。

蹲在地上捡卡片的马一路，觉得后背上像扑过来一只小猫咪。他一愣。那只小猫咪软软地趴在他背上，还伸出胳膊环住了马一路的脖子。

马一路不敢动了，回头看看江小流，江小流摊摊手。显然她也搞不清楚这是什么状况。

普克正要说话，里间忽然又传来一阵混乱的声响，老太太一愣。

“这死老头子！”

老太太拔腿往里面跑，普克立刻紧跟老太太。两人一前一后跑进里间的卧室。这是一间带卫生间的主卧，两张床，瘫痪在床的老爷子从靠窗的床上跌落在地，正在挣扎。

客厅的袁丽丽也听到了里面的动静，但她显然更关注趴在马一路后背上的儿子，迟疑了一下，留在原地，谨慎地守候。

江小流借这个主人全部不在位的空档，轻轻走动，仔细观察，记录一切能记录的信息。

跟到主卧的普克，正好帮老太太一起把跌落的老爷子重新弄回床上。

老太太气喘吁吁，老爷子盯着普克看。

“你是谁？”

普克用尽可能亲切的语气回答老爷子：“您好，我是保险公司的……”

话没说完，老爷子脸色也变了。但老太太反应迅速，在老爷子发火之前抢先做了解释。

“不是日本的保险公司，是为咱跳跳看病的保险公司。”老太太用她自己的方式，对普克他们的“保险公司”做出了解读。

这个解读令普克心里隐隐生起一丝愧疚，也使他克制自己，不再做更多虚假的渲染。

老爷子用狐疑而愤怒的眼神继续盯着普克，普克对他微笑。

老爷子忽然说："我们不要钱，把我儿子的命还给我。"

普克听到脑海中有一个细微的颤音划过，那是一种他曾经熟悉的感觉。每次迷失在案情中，听到这个颤音时，总会预示着将有所收获。

老太太瞥了普克一眼，忙喝斥老爷子："又乱说！都跟你说了，儿子的事情跟他们没关系……"

老爷子固执地看着普克，眼泪淌下来了，"把儿子还给我，把儿子还给我……"

老太太急忙拉着普克往外走，一边走一边回头吓唬丈夫："好好睡你的，不许再添乱了！"

走出卧室，老太太脚步缓了缓，转脸看看普克。她的眼神说明，短短的接触中，她已经对普克产生了信任和亲近。

"我们有个儿子，前年走了，车祸……老头子到现在也受不了……"老太太轻声说，声音忽然哽咽了，"谁受得了？我也受不了……"

普克不知道该说什么，只能伸手轻轻握握老太太的肩头，全是骨头，硬硬的硌手。

老太太感受到普克的安慰，眼泪下来了，轻声啜泣，语气绝望。

"保险有啥用？保险害人啊……"

只说了半句，老太太忽然像是清醒了，挺起腰，擦掉眼泪。

"我不是说你们啊……走，到外面坐，给我儿媳妇好好讲讲你们的保险。"

普克跟着老太太来到客厅时，惊讶地发现，跳跳居然趴在马一路背上睡着了。

马一路一直保持着原来的姿势，蹲在原地不动。袁丽丽则有些痴痴地在一旁看着，根本没注意到江小流在四下转悠。

看到普克和老太太从里面出来，袁丽丽似乎才清醒。

"不好意思，不好意思，"袁丽丽上前想把跳跳弄醒，"这孩子……让你受累了。"

最后这句当然是对马一路说的。

江小流听到声音，又悄没声息地回到客厅，和普克交换了一个眼神。

袁丽丽一碰儿子，儿子醒了。袁丽丽想把儿子从马一路背上弄下来，儿子像条八爪鱼一样，紧紧地盘着马一路，袁丽丽又不敢太用力，以免激怒儿子。

马一路在下面任劳任怨地说："没关系，他喜欢趴着就趴着吧……"

"那怎么行？"袁丽丽回头看了看客厅的几个人，目光落在江小流身上，"麻烦你来帮个忙。"

江小流走上前，袁丽丽抱起儿子，但儿子的两条腿离开了马一路，两条胳膊却紧紧地缠着马一路的脖子。

袁丽丽对江小流小声说："帮我拉开他，轻一点儿。"

江小流俯下身子去拉跳跳，脖子里的项链垂下来。跳跳看见晃来晃去的项链，注意力转移，伸手一把揪住江小流的项链，身体也随之与马一路分开，但江小流却因为脖子上的项链被跳跳牢牢抓着，动不了了。

袁丽丽更歉疚了，正想劝说跳跳，江小流却伸手从脖子上解开了项链，任凭跳跳抓在手里。

"你喜欢呀？"江小流对跳跳说，"送给你了。"

蹲在地上的马一路心中一惊，急忙站起来，因为蹲得太久，眼前一黑，直接又坐回到地上。他想说话，脑子里嗡嗡作响，一句话也说不出。

江小流正想问马一路怎么了，刚才态度已经明显好转的袁丽丽，忽然脸色大变，抱起跳跳后退两步，脸上又布满了敌意。

"你们到底是什么人？"袁丽丽厉声问。

"你是不是糊涂了？"老太太在一旁不满地说，"都说了是保险公司……"

"妈，别信他们的鬼话！"袁丽丽打断了婆婆，"天下没有哪个保险公司的业务员会平白无故送别人孩子一条项链，而且是蒂凡尼！"

江小流一呆。普克也愣了。马一路坐在地上拼命地晃脑袋，想尽快站起来。

老太太困惑地看着江小流，"啥凡尼？"

"别问那么多，那项链很值钱，正常人不会随便送人的！"袁丽丽一边烦躁地解释，一边从旁边茶几上拿起手机，威胁地看着江小流他们，"你们再不说实话，我就打 110 报警了！"

江小流有些懵，"我们……"

她不知该怎么往下说了，下意识地看看身边的普克，普克也没料到会有这样的变故，也在迟疑。

马一路终于挣扎着从地上站起来，腿麻得不像自己的，有些东倒西歪。

“我们确实不是保险公司的。”马一路揉着自己发麻的腿说，“我们是……是……松岛先生派来的。”

江小流一愣，悄悄看了一眼马一路。马一路不看江小流，尽量保持镇定。

“松岛先生？”袁丽丽一愣，皱起眉头，“你们……你们是从日本来的？”

“我们……”

以马一路的反应能力，编到这里已经是他最大的极限，实在不知道该如何往下编了。

江小流终于接上话了，一贯冷淡的语气，和刚才的热情截然不同，却明显更真实。

“我们不是从日本来的，”江小流冷冷地说，“但是受日本的松岛先生委托，来找高桥俊男，也就是你丈夫的哥哥卢继平。”

袁丽丽瞪着江小流看了几秒钟，又转脸看看普克和马一路，再转脸看看婆婆。此时老太太也呆住了。

袁丽丽对婆婆说：“妈，我怎么跟你说的？他们根本不是保险公司的。你上当了。”

紧接着袁丽丽抱着跳跳走到家门口，打开房门。

“高桥俊男早就死了，这里不是他家。”袁丽丽说，“请你们立刻离开我家，不然我就报警了。”

普克没再说话，带头走出了房门。

马一路也跟着要走，看见江小流去拿他们带来的资料，急忙抢过来，拎在手里。他们经过袁丽丽身边，袁丽丽强行从跳跳手里抢过项链，塞还给江小流，跳跳立刻像条活鱼似的在袁丽丽怀里扭动起来。

走在最后的马一路刚一出门，一声巨响，房门被重重地撞上。

10

三个人灰头土脸地走进电梯。电梯门关上。

“是我搞砸了。”江小流说。

马一路倒是有些自责：“上次你要给出租车司机押项链，我就该提醒你了，正常人不会这么做……我不是说你不正常啊。”

“这种意外很难完全避免，不可能所有的细节都提前设计好。”普克安慰他们，“好在我们的目标已经实现了大半。”

“实现了吗？我还以为没什么收获……”马一路转脸惊讶地看着普克，“除了你交给我的任务，别的我都稀里糊涂的。”

“就是说你确实有感觉？”普克问马一路。

“肯定有！不过我得缓一缓，理理思路。”

江小流说：“项链的事情不算，我的任务也基本完成了。”

普克说：“那好，回酒店咱们一起整理信息……”

这时江小流忽然发现他们进电梯后，三个人谁也没按电梯按钮，电梯一直在原地没动。

江小流伸手准备按一楼的按钮，“直接回酒店？”

普克脑子里冒出一个新的计划。

“马一路，你辛苦一下，马上到外面去买些鸡蛋，”普克说，“我和江小流到 11 楼等你。”

马一路一愣，“买鸡蛋？”

江小流明白了，模仿那个秃顶男人的表情语气。

“我住 1102，没纪念品你们就别来敲我家门了，敲门我也不会开。”

马一路也反应过来了。

“鸡蛋是不是有点儿小气？要不我买一桶食用油。”马一路笑着说，“社区活动老头儿老太太最欢迎的就是食用油！”

“买两桶，”江小流说，“我出钱。”

食用油果然比鸡蛋更有吸引力。

三个人按响 1102 的门铃时，听见里面有人走动，但没人说话。

马一路拎着沉甸甸的一大桶食用油举到猫眼处。

不到一秒钟，门就打开了。

秃顶男人姓周，坦率而热情地接待了三位保险公司的客人。

“我早跟你们说了，在河西做宣传做推广，没纪念品开不了口！”他盯着马一路脚边两大桶食用油，心里思忖是不是还有另外一家人要瓜分其中的一桶，“就算有纪念品，也得找对人，不然还是浪费！”

马一路笑嘻嘻地说：“所以我们领导发话了，这两桶油都是送您一家的，省得我们楼上楼下跑断腿。”

秃顶男人的心事放下了，笑得更坦荡了，目光在普克和江小流身上游移了几秒钟，最后选择了看上去更像“领导”的普克。

“领导就是领导，就是比群众有见识、有气魄！”秃顶周由衷地赞叹普克，“相信我，我干了 20 多年，一群人扫一眼就能认出里面哪个官最大。”

普克实在不习惯这一套，寒暄都不会了，只能微笑，想方设法把话题转到他们需要的频道。

“您刚才的建议对我们很有启发，”普克尽量使自己的话听上去比较可信，不得不忍着牙酸，用上了平时不太擅长的语言，“看得出您是本地通，为人热情，而且人缘很……好。”

“那是！”秃顶周对自己的优势很自豪，“不是我吹牛，别说我们楼道这二十几户人家，就是我们整栋楼、半个小区，谁家有点儿新情况、新动向，问我，准没错！”

普克不好直接问卢继安家的事情，只好忍受了十分钟秃顶周喋喋不休的介绍。

马一路对这样的人倒是见惯不怪，这几乎就是社区民警的日常。他只是暗自担心江小流，大多数都是言语的垃圾，他们听过就忘了，却会一直停留在江小流的记忆中。这样想一想，马一路就感同身受地为自己的内存担忧。

终于，话题来到了卢继安家。

“刚才你们去过 901 了吧？”秃顶周脸上忽然浮起一丝神秘的笑容。

刚才几乎开始犯困的普克，头脑一下子清醒了。

“去坐了几分钟。”

“保险公司的可不能去这家！你们上楼的时候我暗示了半天，看来你们没明白。”

普克清楚地记得，当时秃顶周一直明示卢家最需要保险，现在却颠倒了说辞。当然普克不会点破。

“他家姓卢对吧？去的时候，除了那位老太太和小男孩，家里好像还有一位卧床的老人……”

“老卢，卢守责，脑溢血瘫在床上七八年了。”

“还有一位姓袁的女主人……”

“老太太的儿媳妇，袁丽丽，中医院的推拿师，年轻时挺漂亮，这几年显老了。没法不老，家里麻烦太多！”

“公公卧床，孩子又……比较孤僻，是挺麻烦。”

“这都不算啥，这都是些小麻烦。”

“还有大麻烦？一个普通人家，能有什么大麻烦？”

“你们刚才去他家，除了老的小的，看见男主人没？”

“没看见，也没听他们说起，我还觉得有点儿奇怪呢。”

“你觉得哪儿奇怪？我听听你说得对不对。”

“袁丽丽是儿媳妇，我看她对公公婆婆挺孝敬的，公公婆婆住她家，可她丈夫好像又不在……当然也可能是他们住在公公婆婆家，那就能说通了。”

“行，眼力不错！告诉你，说不通。这房子确实不是老头儿老太太的，就是儿子儿媳妇的。不瞒你说，以他们的经济能力，本来不该买这种大户型，就是为了接老头儿老太太一起住，才硬着头皮买这么大！房子是贷款买的，买是买了，卢继安得还贷款呀……”

普克不得不打断一下滔滔不绝的秃顶周。

“卢继安？”

“哦，卢继安就是901的男主人，袁丽丽的老公。人挺好，就是太老实，用我们河西话说，就是窝囊！”

“我看他们让老人住带卫生间的主卧，对老人真是挺好的。”

“要不然说窝囊呢？自己买房还贷，主卧还让别人住，这不是窝囊是啥？

不怪袁丽丽跟他吵架，吵得他都离家出走了！”

“卢继安离家出走？”

“可不！走了好久了……让我想想，最少有一年了！去年过年就没见着人了。”

普克停了一下。此时他很想问问江小流，卢继平的车祸具体是哪一天。但此时的处境，显然不适合直接问。普克看了江小流一眼，试探地用眼神向她求援，但江小流没明白。

反倒是旁边的马一路隐约读懂了普克的微表情。

马一路忽然站起来，捂着肚子，表情有些痛苦。

“不好意思，能不能用一下你家的卫生间？”

秃顶周愣了一下，似乎不大情愿，又不能拒绝。给马一路指了一下方向，看看马一路的痛苦表情，不放心了，也跟着站了起来。

“我带你去。”

马一路跟着秃顶周去卫生间，回头对普克眨眨眼睛，普克立刻明白这是马一路给他和江小流打的配合。

普克低声问江小流：“车祸的具体时间是？”

“2016 年 11 月 11 日。”江小流不假思索地回答。

“你最后一次见到卢继平的时间？”

“2018 年 3 月 10 日下午 3：52。”

“明白了。”

“还有什么需要问的？”

“暂时就这么多。”

江小流拿出手机，给马一路发了一条微信：“好了。解除警报。”

收到微信的马一路在卫生间按下冲水按钮，从里面出来，看见男主人正一脸担心地守候在卫生间门口。

马一路表情舒畅地安慰男主人：“刚才觉得肚子一阵猛疼，怎么一进卫生间又没事儿了。您放心，没弄脏您家的马桶。”

秃顶周被戳中了心事，却也并不尴尬，哈哈一笑。

“没关系，没关系，主要是怕……房间大，你从卫生间出来会迷路。”

马一路忍着笑，跟随男主人回到客厅。普克继续着与男主人的“友好交流”。

“您说卢继安离家出走，会不会是……误会了？”

“误会？啥意思？”

“比如说卢继安其实是调动工作了……”

秃顶周夸张地笑了，“有工作就好了！”

“看袁丽丽的年龄，卢继安应该也就40来岁吧？”普克故意问，“这个年龄的人怎么会没工作？”

“要不然说他窝囊？工作以前是有的，先是在企业，后来企业倒了，开过出租，挣的钱还不够交份子。又当保安，挣得又少又受气，还送过快递……也是运气不好，人又老实，跟他哥比差远了！”

终于说到了卢继平，普克装作一无所知。

“他哥？卢继安还有兄弟？”

“刚才我没说？这事儿也是他家的一个大麻烦，我还以为我说了呢。”叙述人一脸的兴奋。“卢继安还有个双胞胎哥哥，跟他长得一模一样，可性格能力啥的，那就是一南一北，一东一西，正好两个极端。”

“是吗？他哥叫……”

“卢继平。”

“哦，平平安安……”

“要不然有时候话是反的来着？”

“听这意思，好像……不太平安？”

“那卢继平比卢继安能混多了。脑子好使，人灵光，又能折腾，大学一读完就折腾到日本去了，后来还成了日本人，起了个日本名字，叫……叫啥俊男，对了，高桥俊男。估计就是日本名字起坏了，结果出事儿了！”

“出什么事？”

秃顶周做了一个复杂的手势，普克装作没看懂。

秃顶周正好借此显示他的智商水平是高于普克的，很乐于做出解释：“出了车祸，咣当，人没了。听说不光是咣当撞了，车上带了备用油箱，跟个火化炉似的，人整个烧成炭了。”

“什么时候的事情？”

“也有一年多了。”

“和卢继安离家出走差不多时间？”

“不是，卢继平先出的车祸，隔一阵子，卢继安离家出走。让我想想……车祸好像是前年冬天，11 月还是 12 月？ 11 月！双十一，淘宝搞的那个啥光棍节，就那天！”

“在日本？”普克故意问。

“就在河西！好多人都发朋友圈了，还造谣说是快递公司的送货车烧了。现在的人啊，说话太不负责！”

“他不是日本人了吗？怎么会在河西出车祸？”

“听说是回河西看父母，从达州租了辆车往回开，半路出的事儿。其实……谁知道？反正搬到这栋楼以后，就没人见他来看过父母。”

“您意思你们其实没见过卢继平？可刚才您还说兄弟俩长得一模一样。”

“他家有双胞胎的照片，以前老太太常和我们嘚瑟老大在日本混得有多好，看照片是一模一样。”

普克想了想，问：“您和卢继安本人熟吗？”

“一个楼的邻居，当然熟。”停了停，他忍不住又自我表扬一下，“别人不一定，我这人嘛，你刚才也说了，人缘好，所以跟卢继安算是熟的，反正每天见面肯定打招呼、聊几句。”

“我这人脸盲，最不会认人。经常看见俩人长得有点儿像，我就张冠李戴，乱点鸳鸯谱了。您呢？”普克谨慎地问。

“我眼力好着呢，记性也好。不敢说看过的人一定能记住，但说过话的肯定错不了。”

普克笑着将了他一军：“像卢继平卢继安这种一模一样的双胞胎，要换个身份站在您面前，也不会认错？”

秃顶周愣了一下，这是他打开话闸之后第一次发愣，认真地想了一会儿。

“这我没试过。”他边说边琢磨，又点头又摇头，可能心里也有些拿不定，“可我敢拍胸脯，就算脸分不清，说几句话肯定就分清了……哎，你别说，还真是差点儿闹过一个笑话！”

“什么笑话？”

“老大出车祸之后，没几天的样子，我在电梯里碰见卢继安，我就关心了几句，他当然也很感谢啦，说了几句客气话，我听着怎么觉得不对，我问他，卢继安，你说话咋变味儿了？好像染上小日本的味道了！米西米西，嗨，嗨，花姑娘大大的有……”秃顶周把自己都逗乐了，“当然他不是真说了这些鬼话，就是我听着有那么一种看抗日神剧的感觉……”

“后来呢？”普克不动声色地追问。

“卢继安就跟我解释说哥哥出事，心情很差，再加上感冒，说话有些不着调……我估计他心情是很差，哥哥死了，保险公司又不肯赔钱，换谁心情不差？”

“保险公司？”普克还借机开了个小玩笑，回头看看马一路和江小流，“不会是咱们公司吧？”

江小流在卢继安家已经完成了扮演保险业务员的职责，又回到了对一切无动于衷的态度，没笑。马一路却很配合，不仅跟着笑，还配上了台词。

“那除非咱们公司穿越了，”马一路笑着说，“毕竟咱们公司现在才……才来河西开拓市场。”

其实本来马一路是想顺嘴说“毕竟咱们公司现在才在江小流的操作下成立”，还好刹车及时。他冒出一身冷汗，心里提醒自己：马一路，不够聪明的人，真不能随便耍小聪明啊。

“不是你们公司，是日本的保险公司，”秃顶周属于那种喜欢说怪话，其实没什么幽默感的人，“人家高桥俊男是日本人，当然买日本的保险啦。日本人有钱，死了赔钱肯定也多。”

“那……保险公司到底有没有赔钱？”

“细节咱就不知道了，咱们都是文明人，总不能把脑袋伸到人家口袋里去打探吧。”秃顶周一本正经地说，“听说是保险公司找各种借口不赔，最后到底赔没赔、赔多少，不知道。我觉得应该是没赔，真赔了还用为剩下那点儿房贷发愁？总共才几十万的房子。”

“您怎么知道他们为还房贷发愁？”

“碰巧有一天我不想坐电梯，走的楼梯，从他家过的时候，听见里面袁丽丽在和人吵架，后来听明白是打电话。哭哭啼啼的，抱怨老的老，小的小，都有病，一个月工资还了房贷就不剩几个钱了……”

这时一个声音忽然斜刺里插入。

“你以为保险公司没赔钱？肯定赔了！人家就是不想让外人知道他们有钱了，故意装穷给你看呢。”

说话的是一个女人，像是才睡醒，披头散发地从卧室里出来。

秃顶周先顶回去：“她又不知道我在门口听她打电话，能故意装给我看？”

女人不屑地撇嘴，完全不顾及有陌生的客人在场，“那还能说明啥？说明你天天听墙根，人家早就心里有数！”

“你……”秃顶周罕见地脸红了，准确地说，是头顶那块不毛之地红了，“别瞎说，有客人呢。”

“推销保险的也叫客人？”女人用怀疑的目光打量普克他们三人，“问东问西好半天了，真是保险公司的？我怎么听着不太对劲儿。”

秃顶周有些尴尬，对普克笑笑说：“我老婆，直性子，说话……不太讲究，别介意。”他又赶紧给老婆使眼色，示意她看那两桶油，“真是保险公司的，来推广业务，还给咱们送了两大桶花生油呢。”

这下女主人的脸色立刻有些转晴了，像是为了弥补刚才的鲁莽，主动为普克他们提供了新的信息。

“我老公说卢家没从保险公司弄到钱，那是他太单纯。我告诉你们啊，那个高桥啥的……就是卢继平，死了之后，我亲眼看见袁丽丽换着样地戴过一堆首饰！都不是便宜货！以她家那水平，要是没弄到钱，她能舍得买？”

男主人反驳女主人：“你老说她戴首饰、戴首饰，我在电梯里天天盯着看也没见过！”

“估计你盯错地方了吧？耳钉、戒指、手链……都戴过！不过她男人离家出走以后是不戴了，没准就因为她拿着保险公司赔的钱乱买东西，才把她男人气跑的。”

“你就是想象力太丰富……真拿到理赔了，卢继安后来能整天垂头丧气的，我主动跟他说话都不搭理？”

"你天天盯着套人家的话，问保险公司赔了多少钱，人家怎么可能搭理你！就怕你转脸开口借钱。"

"开玩笑，咱家用得着跟他家借钱？他就是赔一个亿咱也不稀罕呀……"

再往下，就没法听了。

可以想见这对夫妻的日常生活，基本是在斗嘴中完成的。双方都习以为常，甚至以此为乐。只是普克他们对于这样的夫妻之乐，实在没有深入探索的兴趣。也担心夫妻两人一致对外，他们的伪装将很快被戳穿。

总算找了个空档，三人全身而退。

11

回到酒店，在普克的房间，三个人进行了一次有趣的拼图游戏。

按普克之前的布置，除了共同假扮保险公司不同身份的员工之外，三个人要各司其职，完成各自的任务。

江小流仍是发挥"执法记录仪"的功能，记录一切所见所闻。

普克借助他的逻辑能力以及办案经验，负责查找问题、发现漏洞、搜索入口。

马一路貌似无所作为，要做的仅仅是简单地"感觉"。

当他们把每个人的所得汇拢，加以整理、归纳、分析之后，得到的细节如此之多，超出想象，尤其是超出江小流和马一路的想象。

可能性较大的推论如下：

车祸事故中，卢继平与卢继安至少有一个丧生，卢继安的可能性更大；

卢继平与双胞胎弟弟卢继安容貌非常相似，一般人难以区分；

卢继平在日本买过保险，保险公司对卢继平的车祸理赔存在疑问；

卢继安的家庭经济状况不佳，严重缺钱；

无论是处理车祸事故的交警，还是卢家的邻居，没人见过兄弟俩同时出现；

对于卢继平的车祸，卢继平的妻子李雪事先较大可能不知情；

车祸发生后，交警或邻居看到的以卢继安名义出现的人，有可能是卢继平本人；

如果上条推论成立，则车祸发生后一段时间内，卢继平是以弟弟卢继安的名义在卢继安家，与卢继安的妻子袁丽丽共同生活，按生活常识，袁丽丽分辨不出兄弟俩的可能性比较小；

卢继安是个孝顺儿子，父母有较大的可能知道因车祸离世的其实是卢继安而非卢继平，何时知情尚无证据支持；

车祸的技术细节以及处理后事的详细过程说明，兄弟俩应该是事先共同计划，而非单方面的行动；

兄弟俩采取这个计划的原始推动力应该与日本保险公司的理赔款有关，卢继安缺钱已是相当确定的事情，至于卢继平的真实经济状况，尚不得知；

无论活着的是卢继平还是卢继安，目前都没有继续生活在卢继安原来的身份环境中，兄弟俩之一最后一次现身，是在宁江市李雪的健身馆，但无法确定究竟以谁的名义出现。

对江小流和马一路讲述了如上推论后，普克又提出了以下需要解答或核实的问题。

卢继平或卢继安此时身在何处；

日本的保险公司最终是否赔付保险金，赔了多少，受益人是谁；

袁丽丽是否知道卢继平或卢继安目前的状态和下落；

最后见到卢继安或卢继平的李雪，是否知道其真实身份，以及能否提供其目前下落；

卢继平与李雪的婚姻实际状况究竟如何，李雪对于可能存在的骗保行动是否最终知情……

普克说到这个部分时，江小流第一次插话。

“李雪不可能不知道！”江小流说，“我对马一路详细讲过，再让你看一遍。”

于是普克跟随江小流的情景再现，仿佛回到了那间热气腾腾的淋浴间。

普克看得很入神。马一路也同样。

江小流结束“表演”时，马一路忍不住打了个哆嗦。

他不是第一次看到这段细节，但经历了这两天的事情后，忽然有了完全不同的感觉。

感觉！

马一路按普克的要求，进入卢继安家之后，唯一做的事情就是“感觉”。

他感觉到了什么？

感觉到了压抑。从进门的那一刻，所有的家庭成员，所有的气氛，所有的情绪，都让马一路感觉到压抑。

感觉到了痛苦。一种令旁观者都呼吸困难的痛苦。

感觉到了怨恨。卢继安父母对一个看上去算是孝顺的儿媳妇的怨恨。

感觉到了恐惧和纠结。这种感觉来自于袁丽丽，以及那个从未说过一个字的五岁男孩。

马一路如实地将这些感觉告诉了普克和江小流。

直到现在，他才突然有种强烈的意识，那就是：感觉是有用的！

比如马一路看到江小流再次重现她与李雪在淋浴间的对话，就有一种清晰的感觉：李雪对于丈夫卢继平的离世不仅不痛苦，而且很轻松，很释然，甚至很喜悦。

“李雪事先有可能不知道她丈夫想骗保，但事后肯定知道，而且很高兴用这种方式彻底摆脱了卢继平。”

马一路少有如此的自信。但普克立刻提出了新的问题。

“这里有一个悖论。”普克说，“如果李雪知道丈夫真死了，她才算是彻底摆脱了卢继平，她的喜悦很好理解。问题是，江小流当时看见了卢继平并且追问李雪，李雪知道卢继平是假死，她实际上并没有真正摆脱这个婚姻，她的喜悦就解释不通了。”

马一路愣了，“是啊，这……好像是有点儿矛盾。”

“我认为不矛盾。就算李雪知道卢继平骗保，其实没死，但从法律意义上来说，中国已经没有卢继平这个人，日本也已经没有高桥俊男这个人……”江小流说。

普克眼前一亮，“所以即使有人问起卢继平，李雪也可以很坦然地回答，她丈夫已经去世了，而且去世一年多了。注意，李雪提到她丈夫时，先想说卢继平的名字，但只说了一个卢字就改口了，改成我丈夫……这说明李雪更重视的是法律上的丈夫已经消失，她的轻松和喜悦仍然合情合理。”

“我同意！百分之百同意！”马一路来劲儿了。

“这样说来，还有一件事情应该也能确定了，”江小流说，“保险公司虽然有疑问，最后应该还是接受了卢继平死亡这个说法，不然李雪不可能这么轻松。”

“有道理。”普克也很兴奋，“李雪也是日本公民，对于日本方面的法律关系可能会更重视。如果保险公司最后接受卢继平死亡这个事实，也就意味着会对卢继平的保单进行理赔……”

“保险公司会把钱给谁呢？”马一路问。

江小流总算有机会把昨晚连夜恶补的保险知识派上用场了。

“要看卢继平买保险的时候有没有指定保单受益人，指定的是谁。”江小流流利得仿佛她是如假包换的保险公司业务员，“如果卢继平买保险的时候没指定受益人，就由法定继承人来继承。”

“我觉得如果卢继平骗保成立，应该会提前指定受益人。”普克说。

“我同意。”江小流说，“卢继平不指定受益人，他死之后，第一顺序的法定继承人有他妻子李雪，有他和李雪的女儿……”

“李雪有女儿？”马一路插话道，“没听你说过。”

“有个女儿。2012 年我们和李雪吃饭的时候她说女儿快三岁了，后来我在健身馆也听她和别人聊过女儿，”江小流翻捡记忆比翻书还轻松，“她女儿是 2009 年 3 月 10 日的生日，现在应该刚满九岁……”

“也就是说，你最后一次在李雪的健身馆看见卢继平那天，正好是他们女儿的生日？”普克立刻捕捉到了这个细节。

江小流想了一下。

“以前我没在意。你一说，确实是。”

“那么法律上已经消失的卢继平忽然再次出现，就有一个很好的理由了。”普克对江小流说，“回到你刚才的思路，继续往下说。”

很多人被打断思路后会忘记断在哪里，这种事情在江小流身上不可能发生。

“卢继平的第一顺序继承人有妻子和女儿，有他自己的父母，就是说有四个人。这四个人中，未成年的女儿不提，李雪和他的关系不好，他父母对他的态度，今天咱们都见到了……”

马一路在这个细节上贡献了他的感觉：卢继平的父亲想念二儿子卢继安，怨恨大儿子卢继平。

普克也提供了实证支撑：卢继平的父亲称其中一个儿子为白眼狼，同时为失去另一个儿子而感到痛苦悲伤。

显然白眼狼不可能是将新房主卧让给父母住的孝顺儿子卢继安，而是卢继平。

“卢继平自己已经‘死’了，不能再露面处理自己的保险理赔，如果不指定受益人，他又想拿到保险理赔款，四个第一顺序继承人就很麻烦。”江小流说，“如果我是卢继平，我肯定要指定一个听我话的受益人，当然这个受益人也能得到他想要的好处，比如钱。”

马一路终于明白了江小流的意思。

“最缺钱的就是卢继安啊，”马一路恍然大悟，“咱们怀疑卢继安也配合他哥骗保，我还一直觉得不可思议……要是这样就能说通了。”

普克认真地听完江小流的分析。

“除了钱，指定卢继安为保单受益人还有一个更大的方便。”

“反正兄弟俩一模一样，外人也分不清，卢继平可以光明正大地去办自己的保险理赔。”江小流说。

“这想法真挺绝的！卢继平这王八蛋，把事情全提前安排好了。租车留的紧急联系人就是卢继安，然后他就顺理成章地去处理后事。”马一路感觉后脖梗子一阵发凉。

“所以这绝不是一时兴起的念头，”普克仍然保持着冷静和克制，“而是一个精密细致的计划。根据我的经验，能够做出这种计划的人，不是自私冷酷无情的人渣，就是反社会人格的罪犯。”

“有这么严重？”马一路有些不敢置信。

江小流轻描淡写地说：“说不定查下去还有更可怕的事情。”

普克看了江小流和马一路一眼。有句话他想说，又咽了回去。他不想在这样的时候，因自己的想法对他们产生主观的引导，更希望他们发挥各自所长，保持更多的独立和客观。

普克想说的内容其实和江小流所说的相似。

从那个看似不起眼的起点，逐渐走到眼前，普克越来越强烈地预感到，他们将面对的不仅仅是一个骗保案。江小流所说的“还有更可怕的事情”，也许指的是既成现实的谜底，普克更担心会有新的案件发生。

普克忘了，马一路虽然经验不足，反应也不够快，但他确实有一种能力，普克和江小流都自认不如。那就是“感觉”。

马一路感觉到了普克的忧虑。

“那……”马一路迟疑了一会儿，还是问出来了，“是不是该立案正式调查了？”

普克叹气，坦白他们面对的无奈。

“现在不是该不该的问题，是能不能。”

“咱们不是基本能认定卢继平骗保了吗？不管卢继安是主动还是被动，反正卢继安是不该死的，”马一路对于这个老实无辜的双胞胎弟弟充满同情，“死得如此不正常，还不能立案？”

“如果卢继安的尸体摆在面前，并且我们能证明这确实是卢继安而不是卢继平，那就可以正式立案了。”普克说，“但现实是，除了没有实证的推论，我们其实一无所有。就算那些我们认为可能性很大的推论，也并不是百分之百确定。”

好像是这个道理。

“那接下来怎么办？”马一路有些茫然。

“找到更多的证据，尤其是实证，来坐实我们的推断。”

“有那么多推断，从哪一条开始？”江小流问。

“或者从最重要的开始，或者从最容易实现的开始，二选一。”普克说，“这件事情中，最重要的其实和最容易实现的是重合的。”

“死的到底是谁？”马一路试探地提问。

“找到活着的那个，就知道死的是谁了。”普克回答道。

江小流立刻拿出手机。

“咱们不是有卢继安的手机吗？打一下试试。”

普克没有马上赞同。他思忖再三，就目前的局面看，想找到卢继平、卢继安兄弟中的那个幸存者，只有通过卢家人，或者通过李雪，但这两条路又都走不通。卢继安的手机号码，似乎是眼前的唯一通道，虽然可能性也很小。

“好吧，那就试试。”普克下了决心，“但要注意几个细节。”

卢继安的手机有可能打不通；

卢继安的手机通了，但接的人不是卢继安，也不是卢继平；

卢继安的手机通了，接的人是以卢继安身份存在的卢继平。

普克告诉江小流，如果是第二种情况，江小流就换一个身份，假装拨错电话。

如果是第三种情况，索性就保持沉默，什么也不说，直接挂断电话。

“如果电话通了，怎么确定接电话的人是不是卢继平呢？”马一路问。

普克看看江小流，“你还有可能记住卢继平的声音吗？”毕竟隔了六年之久，又是在电话中。

“我努力。”江小流回答。

也只能这样了。

江小流用自己的手机拨了交警队提供的卢继安的手机号码。

片刻后他听到了线路连通的等待音。

等待的过程中，马一路和普克都有些紧张，江小流还是保持着她的淡定。

电话即将中断等待之前，有人接通了手机。

江小流将手机模式改成外放。普克和马一路几乎屏住呼吸，保持环境的安静。

江小流等待对方先开口，想确认接电话的人是不是卢继平。

奇怪的是，对方似乎也在等待什么，沉默着不开口，但电话也没挂断。

十秒钟后，江小流有些沉不住气了，想开口，普克做个噤声的手势，于是江小流继续保持沉默。

隐隐的呼吸声从手机中传来，似乎对方在这样的等待中也失去了镇定。

又僵持了两秒钟，一个女人的声音从手机中传出。

“是你吗？”那声音有微微的颤抖，不知是因为激动还是别的情绪。

普克和马一路同时感觉这个声音似乎有些耳熟，江小流已经无声地用口形告诉他们了。

“袁丽丽。”

江小流无声地询问普克，自己是否需要回答。普克示意她再等一下。

又是几秒钟安静的等待。

电话那头的“袁丽丽”又出声了。这一次，那微微的颤抖中染上了一丝哭腔。

“你不能这样一走了之，你……家里都乱套了，我……我快撑不住了……”

又是几秒钟，电话那边似乎在克制情绪。再开口时，声音变冷了。

“松岛先生让人来找你。你再不回来，我……我……”说到这里，声音里忽然又多了一丝怀疑，“是你么？”

此时普克示意江小流按之前的计划，换一个身份假装拨错了电话。

江小流立刻从记忆库里搜出一个带地方口音的老年女性的声音。

“喂？喂？能听到吗？能听到吗？”江小流大声问，充满了乡土气息。

“袁丽丽”的声音立刻变得非常警惕，充满敌意。

“你是谁？”

“我找江枫，这不是江枫的电话吗？你是谁？”

对方沉默了两秒钟。

“你打错了。”

对方挂断了手机。

江小流正要说话，她的手机响了起来。江小流看了一眼来电号码。

“袁丽丽反打过来了。”

“她可能起疑了，你还用刚才的身份接电话。”普克说。

江小流点点头，接通手机，还是刚才那个老年女性的口音。

“喂？喂？江枫啊，刚才我打你电话怎么……”

只说了一半，手机又被挂断了。他们特地等了一会儿，手机没再响起。

“绝对是袁丽丽，不会错。”江小流说。

“我也认为是她。不仅是声音，还有所有的信息。”普克赞同道。

“不然怎么知道松岛先生？”马一路说，“不可能这么巧。”

普克脸上忽然露出一丝笑容。

"这个电话帮我们弄清了几个问题。"

"袁丽丽知道死的不是卢继平，是她丈夫卢继安。"江小流说。

"这一点相当重要。"普克说，"我觉得已经有 99% 的把握确认卢继平是假死骗保，卢继安是真正的死者，袁丽丽是兄弟俩的协同方。"

"看样子袁丽丽现在也不知道卢继平在哪儿。"马一路顾不上高兴，"咱们该怎么找卢继平？又立不了案，要不然就可以上技术手段了。"

"知道卢继平骗保并且活着的人很少，现在排除了一半，所幸我们还有另一半知情人。"

马一路和江小流同时开口。

"李雪！"

"看来还是要从李雪入手，不过以什么理由、什么方式入手是个问题。"普克说，"我要先和你们彭所交换一下情况，然后再做安排。"

兜了一圈，又要回宁江了。但和来之前相比，局面明显不一样了。

马一路和江小流忽然同时开口问了对方一个问题，结果谁也没听清。

"你先说。"马一路礼让江小流似乎是顺理成章的事情。

"袁丽丽识破咱们不是保险公司的，当时你为什么会说是松岛先生派咱们来的？"江小流问。

"我也想问这个问题，一直没顾上。"普克也很有兴趣，"另外，松岛先生是谁？"

"当时我为什么这么说？"马一路眨巴着眼睛努力回忆，"想起来了！当时被识破了，心里挺着急，一门心思要把赃栽到别人身上，栽谁好呢？猛地就想起江小流和她爸爸一起跟李雪吃饭，卢继平来找李雪，一提松岛先生，李雪就让步了……其实我也不知道这个岛是什么岛，所以袁丽丽再追问，我就傻了。还好江小流又补上了。"

"老实人也有狡猾的时候。"普克笑了，"看来这位松岛先生并不是虚构的人物，不仅真实存在，而且卢继平应该对袁丽丽提起过。"

"原来是这样。"江小流对马一路说，"刚才你想问我什么？"

"其实也不是什么要紧的，就是袁丽丽打电话来，你装的是谁啊？感觉特别自然！”马一路有些好奇。

江小流愣了一下，没有立刻回答。马一路最不愿意勉强别人，何况是江小流。

普克倒是注意地看了江小流一眼。

“哎，不想说就算了，我就是随便问一句，反正你学谁像谁！”

“是我奶奶。”江小流平静地回答。

“难怪呢，自己人，当然更像啦。”

马一路的问题得到了解答。普克却忽然插话。

“那么奶奶要找的江枫是……”

“是我爸爸。”江小流说到爸爸，如同说出字典里任何一个没有意义的词汇。

“哦，”普克已经忘了之前所了解的信息，而关于江小流的家庭状况，在新的身份确认中并没有提及，“听你奶奶的口音不是宁江人。那你爸爸现在……”

马一路偏过身想给普克使眼色，却被江小流看见了。

“用不着使眼色，”江小流对马一路和普克说，神情语气都像在描述别的人事情，“我爸爸现在是植物人，在宁江人民医院脑外科躺着。”

停了几秒钟，江小流又补充说：“再过 121 天，正好满五年。”

12

挂断电话后，袁丽丽独自在推拿室里待了好一会儿。

今天是星期天，中医院推拿科休息的日子。这间简单得近乎破旧的诊室，是袁丽丽唯一能找到的安静场所。

那个显示是宁江号码的手机打来电话时，有那么一刻，袁丽丽以为这一切的痛苦都要结束了。

尤其电话接通后，袁丽丽等待对方开口的那段时间。袁丽丽觉得自己真的听到了那个人的呼吸声，她甚至自动脑补出那呼吸声中的愧疚、自责和忏悔，甚至做好了开口对他说“我一直在等你回来”的心理准备。

事实证明，那些都是错觉。

只是一个错拨的电话罢了。

也许是因为那号码来自于宁江，也许是因为那三个不速之客的离奇到访，也许是因为他们说出了“松岛先生”……才会使袁丽丽产生这样的错觉。毕竟“松岛先生”是一个属于袁丽丽和那个人之间的秘密，不该被更多人知晓——除了另一个当事人。

想到“另一个当事人”，袁丽丽愈发躁动不安。

那个念头不是第一次在袁丽丽脑海中出现了，只是在经历了今天的事情后，突然变得不可遏止，越来越强烈。

“另一个当事人”，也和袁丽丽一样，对那个人的下落一无所知吗？

“不。”袁丽丽对自己说，“我不信。”

袁丽丽相信的是，如果她面对“另一个当事人”问出这句话，她一定能从对方的眼神、表情和态度中，找到真正的答案。

这个想法一出，袁丽丽立刻明白自己该做什么、怎么做了。

她甚至恨不得骂自己一顿，为什么直到现在才想到这一点，这明明是一年前那个人离开之后，她就应该做的事情，居然拖到了今天！

作为一名中医推拿师，袁丽丽其实是个行动力很强的女人。想明白的事情，就绝不再拖延。接下来她只用了两个小时就安排好了一切：给公婆编一个出差的谎话，哄儿子自己会带他想要的礼物回家，委托单位同事帮她请假以及应对公婆的盘查，上网买了当天最后一趟航班的机票，简单收拾好行李，找了平时常坐的黑车，从河西直奔达州机场。

飞机升空已经是深夜，袁丽丽特地选了靠窗的座位。深夜的达州并没有太多灯火，看上去孤寂而荒凉。

所以多年前，那个人才会用尽一切办法，远离他的家乡吧？

而多年后，那个人不得不回到家乡时，心情一定比袁丽丽现在更复杂吧？

达州很快从视野里消失。接下来将迎接袁丽丽的宁江，会不会有另一番景象？

是的，袁丽丽此刻飞往的城市，正是宁江。

因为“另一个当事人”李雪，就在宁江。

飞机上的袁丽丽深信，如果自己还有一线希望可以找回那个人，希望的线头就在李雪手中。

至于如果真的如自己所愿，通过李雪找到了那个人，以后又会如何？

此刻的袁丽丽管不了那么多。

她只是再也不能无所作为地、漫无边际地等下去，那样迟早会疯掉。

临出门时，袁丽丽没有忘记带上另一个手机。

那是登记在袁丽丽丈夫卢继安名下的号码，但手机是那个人买的，换上了卢继安原来的卡。这一年多，袁丽丽总是随身带着，和她自己的手机放在一起，按同事的调侃，“像一个暴发户似的显摆”。

袁丽丽当然不能告诉同事，她只是害怕错过那个人打来的电话而已。

同事们都知道，她丈夫和她吵架，离家出走一年多了。但河西这里的习惯，当面只说好听话，难听话都留在背后说，所以如果袁丽丽不主动提，谁也不会主动问。只是看到正忙着给人推拿或针灸的袁丽丽，突然扔下手头的事情奔过去接电话，然后又一脸失望地挂断电话，大家才会私下交换一个眼神，那眼神袁丽丽不用看就知道是什么内容。

“这女人真惨。”

“还在装没事儿人。”

“那大家就配合一下一起装呗。”

“反正苦日子是她自己过……”

袁丽丽在心里冷笑，同事们知道什么？

同事们要是知道了真相，只怕就不会再觉得“这女人真惨”了吧？

那时候他们会怎么想？

这女人……

袁丽丽使劲儿晃晃头，把那些尚未发生的景象都从脑海中驱散。想得太多，只会束缚她的手脚，削减她的勇气，干扰她的行动。

毕竟，只要能找回那个人，一切都会不一样。

生活又会回到期望的轨道，甚至比期望中更好。

她还会有一个完整的家，儿子还会有爸爸，公婆对她将不再那么怨恨，他们将一起面对所有的难题。

更重要的是，她还可以有很长、很长的日子，可以爱他，胜过爱她丈夫卢继安十倍、百倍地爱他。

所以，只要能找回那个人，找回卢继平，所有的痛苦都将成为过去。

空姐用温柔而疲倦的声音通知飞机即将降落。袁丽丽转脸望着窗外。

黑沉沉的天空下，就是宁江。

13

袁丽丽飞往宁江的时候，并不知道有人正在谈论她。

普克和彭大勇通了一个很长的电话。普克尽己所能把白天的收获都告诉了彭大勇。在讲述到他们拨通卢继安的电话那一段时，彭大勇终于忍不住打断了他。

“这个袁丽丽肯定是知情人！”彭大勇平时看上去有些粗糙，但在家庭价值观方面，是个很传统很保守的人，偏偏干了那么多年警察，总是不断遭遇现实中的反传统和反保守。因此一谈起类似的话题，尤其是和普克谈，他就毫不掩饰他的真实态度，“明摆着跟大伯子合伙用老公的命换保险公司的钱！”

思路其实和普克他们接近，只是说得太直白，一点儿回旋的余地都没有。

不过普克早就习惯了彭大勇的风格，对此不以为怪。

“我们也认为袁丽丽知情的可能性很大，”普克如实说，“同时也认为就算她参与了骗保，现在确实也不知道卢继平的下落。”

“这倒是。看来江小流那丫头还真没说错，那天她在健身房看见的肯定就是卢继平本人。”

“江小流的记忆力真是绝了。你一定得好好利用她这个天赋。”

彭大勇知道普克又忘了。他有些想笑，又有些熟悉的心酸，他没告诉普克，其实这话普克自从认识江小流以来，几乎天天都对彭大勇说一次。

“你放心，她想跑也跑不了，我肯定牢牢抓着她，直到把她那点儿能量用完为止。”

普克听了这话，忽然笑了起来。彭大勇在电话那头听出来了。

“笑啥？”

“你说牢牢抓着江小流，我就想起那个画面了，不过男主角不是你。”

“你是说……马一路？”

“你把他俩安排在一起，绝对可以用英明这个词形容。”

“开玩笑！我是谁？这点儿阅历眼色都没有，也配称老江湖？”

彭大勇确实挺得意的。但不仅仅是把马一路与江小流安排在一起，他更得意的是他一手张罗组建的三人小组。

“感觉你们仨相处得不错？”

“相当不错。各尽其职，取长补短。”这是普克发自内心的真实感受，“你知道我们三个人中最难得的是什么？倒不是我和江小流在记忆上的两极分化……”

“那我就想不出来还有啥难得的了。”

“我早晨醒来还是不记得昨天发生了什么，认识了什么人，新的一天有什么新的计划……但是很奇怪，当我们三个开始一起行动后，就自然而然产生了默契，好像我们在一起配合了很多年似的。”

还有什么比默契更好的配合？

对彭大勇来说，这是他能给旧日搭档所做的最好的安排。

做这个安排时，彭大勇确实藏着他的私心，这个私心曾被马一路识破。

彭大勇想借三人小组唤醒普克，但没曾想，无心插柳柳成行，体会到这种默契的不仅仅是普克，还有马一路。

住在普克隔壁房间的马一路很晚才睡着。

以前他是个没什么心事的人，上床沾枕头就能进入梦乡。

最“令人发指”的一次，是马一路自己绝不敢回首、假装永远遗忘的经历，那件事他从未对任何人说过。

江小流第二次找马一路为李雪的事情报警，马一路被江小流说服后去找彭大勇时，彭大勇问马一路是否谈过恋爱。其实彭大勇是含沙射影，婉转地批评马一路因感情影响了理智。马一路却很诚实地告诉彭大勇，他是谈过恋爱的，几个月就分手了。

说实话，分手后马一路也问过自己很多次，那到底算不算恋爱。

找不到确定的回答。

马一路却始终没弄明白，前女友到底为什么生气，以及前女友到底为什么要分手。

马一路的妈妈认为是因为他穷。他家其实也算不上穷，普通的工薪家庭，吃穿不愁，虽然和父母同住，没有自己的房子，但他们就他这一个儿子，房子总有一天会留给他的。

马一路的爸爸认为是因为他笨，笨得看不出来前女友远比他经验丰富，更比他目标远大。马一路这种最宏伟的理想就是当个厉害刑警的大男孩，当然不是前女友的最佳选择。

无论如何，那段关系就此结束。聊以自慰的是，马一路似乎并没有因此很痛苦。

证据之一，晚上仍是一沾枕头就睡着。

直到现在。

马一路在那张 KING SIZE 的大床上翻了快两个小时，才迷迷糊糊入睡。

轻轻的敲门声，又把马一路从睡梦的边缘拉了回来。

马一路躺着没动。回房间时他就看见了床头柜上多出的名片，名片中是标配的妖娆美女照和工作电话。马一路不是假正经，是确实没兴趣。

"谁呀？"

"我。"

马一路腾地从大床上弹起来，看了一眼床头柜上的夜光闹钟，已经凌晨一点了。

"谁？"马一路认出那声音了，但不敢相信自己的听觉，又问了一次。

"江小流。"

马一路冲下床，奔过去开门。奔到门口，发现自己和前一天清晨时江小流的状态很像，浑身上下只有一条内裤，而且是他妈妈给他买的有卡通动物的彩色内裤！

"等一下！"

马一路慌里慌张地冲回床边，一通乱摸，没摸着衣服，才想起忘了开灯。偏偏床头柜上各种开关太多，最后只打开一盏昏暗的夜灯，总算找着衣服了，马一路一边往身上套衣服，一边跌跌撞撞地跑到门口。

拉开房门，江小流穿得齐齐整整地站在门口。

“睡了吗？”江小流问。

马一路没有犹豫地撒谎：“没睡。”

“我睡不着，”江小流从马一路身边经过，走进房间，“在你这儿坐一会儿。”

江小流已经进来了，免了马一路选择欢迎或拒绝的麻烦。马一路为关不关房间门迟疑了两秒钟，回头看见江小流已经走到凌乱的大床前，看了看，然后靠着床沿往地上一出溜，在地毯上坐下。

江小流看着还扶着房门不知怎么合适的马一路。

“关门。”

马一路关上房门。

“过来。”

马一路走到江小流面前一米远处停下，尽量避免自己的目光和床上凌乱的被褥接触。

江小流仰头看了他一眼，拍拍身边的地毯。

马一路在江小流身边50厘米外并排坐下。地毯很厚实，像一张更大的床。

马一路很庆幸他没有紧挨江小流坐。那样的话，他的心跳一定会震到江小流。

两人并排坐了一会儿。马一路不知道自己该不该找一句开场白。

江小流开口了。

“我有过一个前男友，”江小流用她一贯的语气说，“我把他杀了。”

马一路再次庆幸自己离江小流保持了50厘米的距离，不然江小流一定能察觉他的窒息。

“又吓着你了吧？”

“怎么可能？”

“我怎么可能把前男友杀了？”江小流仍然盯着马一路看，还好马一路刚才只摸开了一盏夜灯，昏暗的光线可以帮他一把。江小流给马一路提供了两个选择，“还是你怎么可能被吓着了？”

马一路悄悄地深呼吸，使自己的大脑能够得到足够的氧气，维持思考能力。

马一路还是决定对江小流说实话。

"吓着我了……差一点儿吓着。"

"那你到底信不信我把前男友杀了？"

"不信。不可能。打死我也不信。"

"为什么？"

"普克说了，完美的谋杀是很难的。"

"你的意思是说，你并不是不相信我能杀人，是不相信我杀了人现在还能若无其事地坐在这儿和你聊天。"

"差不多……是这意思。"

"我说的吧，其实你不笨。"江小流终于把头转过去，不再用她那双黑如炭晶的眼睛盯着马一路了，"给你时间你都能想明白。"

马一路轻轻地呼出憋在胸腔里的那口气，还好没惊动江小流。

"不过你还是别用这种方式和我说事儿，"马一路真诚地恳求江小流，"真挺吓人的。"

"我不是故意的。平时除了钟点工和银行理财经理，我一般不和人说话。"

"那……你还是随便吧，按你的习惯来。"

"想不想听听我和前男友的事情？"

"呃……"

"不想就算了。"

"想……想！"

"大一下学期，我认识了前男友。我就不说他名字了，免得你费心去记。"

"好，前男友。"

"他是我的老师，比我大十岁，笑起来牙齿很好看，眼角的皱纹也好看。"

江小流转脸对马一路笑了一下，那是她记忆中前男友的笑容，有种令马一路自惭形秽的耀眼光芒。

"那什么……我能不能提个小要求？"马一路忍不住说。

"你说。"

"待会儿要是再有比较……比较亲密的部分，你只用讲就好了，不用还原了。"

“为什么？”

“算是……尊重你的隐私权吧。”

“我无所谓的，既然要说给你听。”

“那就算是尊重我的……我的……”马一路想不出该怎么表达，一着急，脱口说出了真实想法，“我喜欢你，不想看你和别的男人亲热，这个心理你懂不懂？”

江小流凝视着马一路，想了想。

“以前我记忆库里没这个经验。你一说，我懂了。”

“哦。”马一路把脸转开一点儿，免得被江小流看见自己的脸慢慢涨红，“你继续。”

“那我就不细说了。18 岁生日前一天，他说要庆祝我成人，我们就睡了。他说我没出血，我说我也不知道怎么回事。他特别遗憾地说，大一学生都不可靠了，看来以后只能到幼儿园找女朋友了。”

马一路想了一会儿才反应过来，心里顿时腾起一股火，怎么忍也忍不住。

“妈的！”

“那时候我和现在不一样。我家刚出过事情，他们都以为我无所谓，其实只是他们看不出来。我的毛病是记性太好。前男友骗我，每次都被我抓着。那时候我还有感情，很纠结。他大概觉得我太麻烦，主动和我分手了。分手三天，我跟踪他，看到他到一个中学接了个女生，带到酒店去了……”

“我靠！”马一路猛地站起来，在房间里转圈，“这不就是个人渣嘛！”

“我看他们进房间了，就打了 110，说有人嫖宿幼女……你看，那时候我就习惯有困难找警察了。警察真来了，可来晚了，前男友已经走了，那个女生一直哭，求警察不要告诉她父母，她马上就要中考了，警察就让她走了。”

“我的天……”

“后来怎么样我就不知道了，我也走了。再后来，我和学校里好几个男生都睡过。我又去脑科医院看心理医生。有一天，我忽然发现我一点儿都不痛苦了。又过了一阵子，前男友被学校开除了。我听了这个消息很无所谓，那时候我明白，我已经在心里把前男友杀了。然后我就退学了，成了现在的样子。”

江小流停下来不说了。马一路心里翻江倒海，想说的话太多，却一个字也说不出。

“你是不是想安慰我？”江小流问。

马一路摇头。不是安慰那么简单，比安慰复杂深沉得多。

“现在这样没什么不好。要说不好，就是记忆越来越多，晚上脑子里一直放电影，会睡不着。防止记忆增加的办法就是少经历不必要的事情，重复100就等于只过了一天。”江小流说，“还有，以前吃过的好吃的，听到过的好听的歌，还有一些体验过的快乐，虽然能记得所有的细节，可当时身体的感觉，现在却没有了。就像隔着玻璃窗舔冰淇淋，为了找到记忆里舌头的感觉，你会一直舔，一直舔，舔到的总是玻璃窗。”

马一路努力想了一会儿，放弃了，“这个我真没法感受。”

江小流忽然打了个哈欠。

“困了？”

“真有点儿困了，我很少觉得困呢。”

“那赶紧回房间睡觉。”

“我能不能不回去？”

“你想怎么样，就怎么样。”

坐在地毯上的江小流，用手撑地，往马一路身边平移了50厘米，头一歪，靠在马一路肩上。

“那我睡了。”江小流真的闭上眼睛，“晚安。”

“晚安。”马一路睁着眼睛，一动也不敢动。

江小流靠着马一路的肩，沉沉地睡着了。

14

宁江的清晨比河西来得早。

袁丽丽在她出发前网上预订的快捷酒店醒来。为了节约房费，她订的是折扣力度最大的无窗房。

房间里弥漫着陈旧的烟味、体味和各种不知名的气息。袁丽丽到达酒店已经是凌晨了，办好入住手续去找自己房间的路上，听到不止一个房间里传出不可描述的声音。

袁丽丽是成年人，当然明白那些房间里正上演着什么。

也因此，袁丽丽闻到房间里混杂的气味时并不会觉得奇怪。她甚至认真地考虑了一下，如果这次真的找到卢继平，她是不是应该换一家条件更好的酒店。

想到这一点时，袁丽丽的身体忽然配合地热了一下。

当然一切的前提是：找到卢继平，不管以什么方式，把他带回家，否则就鱼死网破。

“鱼死网破”是袁丽丽能想到的最严厉的词汇。她还没想好，如何把这个威胁付诸行动，但威胁的对象和方式，已在心里确定了。

袁丽丽拿出那个她一直随身带着的手机，打开通讯录，调出“美雪”的电话。

高桥美雪，是李雪嫁给高桥俊男也就是卢继平之后，跟随夫姓改的日本名字。为了防止袁丽丽吃醋，卢继平曾向她解释，保存李雪的电话，完全是为了日本保险公司的理赔事宜，因为李雪也是受益人之一，而且本身就是日本籍。

时间还很早，刚刚早晨七点。

在河西，此时天还未亮。袁丽丽住的无窗房，看不出此时宁江的天色。但她决定立刻就打电话，以显示一个“威胁者”的身份。

电话拨通，但是无人接听，直到自动切断。

袁丽丽又打了一次，仍是同样的结果。

开局不利。

袁丽丽对此并不意外。车祸发生后，袁丽丽只见过李雪一次，还是李雪接到河西交警的电话，匆匆赶到河西认尸时，在停尸间外那短暂的一面。当时袁丽丽陪同自己的“丈夫卢继安”一起，为“大伯子卢继平”来办理交通事故处理手续。

听交警说，李雪已经来认过一次尸，当时无法判断，返回酒店休息了一阵子，这次再来，根据那具烧焦的尸体手上的钻戒，确定了死者就是她的丈夫高桥俊男，也就是卢继平。

俩妯娌都在哭，哭得风格不同，但都很悲切，谁也没顾上理谁。

李雪处理过必要的手续后就离开了河西，甚至没到袁丽丽家看一眼公公婆婆。袁丽丽还清楚地记得两位老人当时的不满。

但那不满并未持续太久，直到公公婆婆发现了那个秘密，不满成百倍地转化成愤怒和悲伤，目标却不再是李雪，而是袁丽丽。

所以无论如何，儿子千般好，都是女人的错。

袁丽丽想到这一点时，心里居然会飘过一丝与李雪同病相怜的感觉。

但现在，袁丽丽不能与李雪同病相怜，她必须把李雪当成敌人、对手，否则，余生承受痛苦的，只有她袁丽丽，而李雪则已经开始了崭新的生活。

袁丽丽拿不定是李雪故意不接电话，还是时间太早，手机静音，没发现来电。

犹豫了三分钟后，袁丽丽有了主意。

袁丽丽用那个手机给李雪发了一条手机短信。

“我在宁江。给我打电话，或者我去健身馆找你。”

短信发出后，仍然没有回音。

等待使人焦躁，尤其是孤注一掷的等待。一分钟简直比一天还漫长，半个小时足以耗尽一个人的耐心。

袁丽丽终于决定不再被动等待，准备主动出击。她一边洗漱一边查看手机，世界和过去不一样了，通过手机，几乎可以找到任何想找的地址。很快，袁丽丽就在手机地图上搜到了云中漫步健身馆的精确地址，顺便还看了看网上对这家健身馆的各种评价。

“老板是个大美女，身材一级棒！”

“游泳池太迷你，不过能偶遇美女老板还是值得一去。”

“差评！老板太漂亮，让我们这些又胖又丑的情何以堪？”

“瑜伽课男人太多，严重干扰女生训练，能否单独开个男性瑜伽班，由美女老板单独授课？”

“我被瑜伽教练掰弯了。PS：我是女的。再 PS：他们说教练就是老板。”

隔着手机屏幕，袁丽丽也能看到那些瀑布般飞流直下的口水。作为李雪的妯娌，其实她很能理解这些人的感受。她不能理解的倒是卢继平。

有这样一个老婆的男人，怎么还能看得上她袁丽丽这样的女人？

袁丽丽的反思被电话铃声终止了。她嘴里还含着一口没吐干净的牙膏沫，一眼看见手机屏幕上的来电名字是“美雪”，她立刻吐掉那口牙膏沫，冲到床边拿起手机。

接通电话前，袁丽丽用了两秒钟平复情绪，使自己的态度听上去尽可能带有“威胁”的意味。

“喂？”袁丽丽冷冷地先开口。

对方没有马上回答。袁丽丽想，李雪应该不太确定打电话的人是她。

“我是袁丽丽，你是李雪吧？”袁丽丽不想兜圈子。她飞了那么远过来，时间和精力都不允许她做游戏。

终于听见李雪的声音了。那声音不是很清脆，带着一点儿软糯的甜润和恰到好处的热情。

“是丽丽呀，你好，你好……”李雪的声音让人有种说不出的放松和舒服，哪怕同为女人也是这种感觉，“先和你道个歉，早上手机静音，刚看到短信，而且……确实没想到是你，还以为是继安，所以听到你的声音愣了一下。”

李雪无论是言辞还是态度都很诚恳，这使袁丽丽不由自主地语气也变软了。都是女人，何苦为敌？何况袁丽丽平时就不是那种进攻型的女人。

“不好意思，一大早打扰你，”人和人之间往往如此，一旦短兵相接，就刀刀见血。一旦有人退让，就很难真的浴血追杀。起码现在袁丽丽就没办法再假装粗鲁了，“确实有急事想找你，考虑到咱们的特殊关系，又不想直接找到健身房……”

“咱们的特殊关系？”李雪的声音听上去有一丝惊讶，但她用笑意消除了惊讶带来的无礼，“你指的是前妯娌关系吗？”

袁丽丽一愣，意识到自己用词失当。她想了想，索性回避这个细节，直入主题。

“李雪，我就直说吧，你知道卢继平还活着，我想你也应该知道他现在在哪儿。请你转告他，我必须见到他，不然……”袁丽丽深吸一口气，抛出了她心目中的“撒手锏”，“不然大家就拼个鱼死网破。”

李雪在电话那头没有马上反应，沉默了一会儿。袁丽丽很理解这沉默，换了她面对这样的处境，说不定直接就把电话挂断了。

也就是几秒钟时间，李雪开口了，电话里听不出她此时的心情。

“你住哪个酒店？”李雪平静地问，“我马上过去找你，咱们面谈好吗？”

袁丽丽迟疑了一秒钟，便把酒店地址和房间号告诉了李雪。

这一秒钟的迟疑，并不是担心别的，而是一种莫名其妙的自卑，不太想让李雪看见她住在这样的房间。

好在李雪的注意力并不在此。

挂断电话后不到一个小时，袁丽丽就在自己房间见到了李雪，如同那个网站上的评价一样，李雪“是个大美女，身材一级棒”。虽然袁丽丽并不是第一次见她，心里还是难免泛起小小的酸涩。

李雪不仅来得快，还很贴心地给袁丽丽带了热腾腾的肯德基早餐。

“怕你不习惯酒店的早餐，还是吃这种全国统一的口味比较安全。”李雪的解释又亲切又得体，“我在路上喝过咖啡了，等你吃完，咱们好好聊。”

如果说之前袁丽丽心里还有最后一丝戒备，那这最后一丝戒备也在吃早餐的过程中卸掉了。

接下来两个女人之间的交谈就变得相当直接，简直算是闺密间的赤诚相见了。

至少对袁丽丽来说是这样的。

是李雪先开的口。

“电话里你说，我知道卢继平还活着。确实，我知道他还活着。”

袁丽丽松了一口气，能承认这一点，说明了李雪的态度。

“谢谢你的坦诚。”袁丽丽感激地说，“说实话，不到万不得已，我也不会揭开这个秘密。”

“我能想象。虽然我没参与那件事儿……这一点，卢继平应该也告诉你了吧？”

“嗯，他说了，他确实没告诉过你。不过……”

“不过什么？没关系，既然谈了，就没什么可隐瞒的了。”

“继平说，虽然他没告诉过你，但以你的聪明，最后肯定能猜出是怎么回事儿。”

李雪轻轻地笑了一下。

“他还真是挺抬举我的。”

“你别怪他，他也是……”袁丽丽本能地把自己放在了“卢继平女人”的身份上，替卢继平辩解，“他也是被逼无奈。”

“他是什么时候告诉你的？”

“你指的是……那个计划……还是你知道这件事情？”

“要是你不介意，我都想了解一下，毕竟我也算是……当事人之一。可你知道的，我真的有点儿冤枉。”

“我是车祸前一个月左右知道的，但不是继平告诉我的，是继安。”

“看出来了，你挺震惊的。我能理解你的震惊。说实话，当时我也很震惊，而且……很愤怒，很伤心……”

“继安为什么会……会愿意这样做？”

“事到如今我也不瞒你，很简单，就两个原因。一是我们经济状况不好；二是继安病了。”

“什么病？”

“肝癌，发现时已经是中晚期了。”

“中晚期也有治疗的希望呀，现在的医疗水平……至少可以延续几年。”

“他自己不愿意，我也没办法。而且他跟我说，这些年他越活越窝囊，越活越憋屈。如果不这样做，不仅挣不到钱还要花钱，还得遭罪，最后人没了，还给家里人留一屁股债……他逼我，说如果我不同意，他就跳楼求个痛快。”

“你就……答应他了？”

“我有什么办法？他那人看上去蔫，其实特别固执。给你举个例子，当初我们贷款买的新房，他直接就把主卧让给他父母住……我不是说不能给他父母住，房贷是我在还，他连问都不问我一声。”

“继安……是比他哥哥孝顺多了。”

“继平也不是不孝顺，他就是有心无力，在日本混不容易，回国后和你关系又不好……对不起啊，我没有批评你的意思，他其实也没说过你坏话，就说……你俩性格不合适，夫妻缘分尽了。”

“还没说完。计划是继安告诉你的，但当然是他哥哥主动提出的吧？以继安的忠厚，只怕根本想不到这个点子。何况他又不知道他哥哥在日本买了保险。”

“他俩我都问过，他们都说是继安的主意……不过谁的主意也不重要了，关键他们都同意了。这大概也是双胞胎的默契吧。”

“那你是什么时候知道……我知道这件事情的？”

问题有些绕口，但袁丽丽一下子就听明白了。

“他来宁江找你要钱之后，我想想……应该是去年过年前。”

“明白了。准确的说法，那是他第一次在‘死’后来找我要钱，那次我给了他100万。”

“100万？”

“是人民币，不是日元。”

“不可能吧？他说你只给了他5万，他给了我3万……其实我自己一分钱都没花，除了还房贷，就是给孩子看病……”

“孩子也病了？要紧吗？”

“要不然我说我们也是没办法。带到达州的医院看，说是孤独症，我们都不信，想带孩子到北京，到上海，可……你不缺钱，不知道缺钱的滋味。我不是和你哭穷，但……我们真的很需要那笔钱。”

“等等，我没太明白，你说需要那笔钱……你指的是保险公司给的那400万吗？”

“对呀，受益人是你和继安，本来应该是一家一半。可继安……我是说继平……不方便再去日本办手续，只好委托你去办……”

“卢继平告诉你，保险公司实际赔付的四百万都在我手里，所以他才来找我要钱，而且我只给了他5万……是这样吗？”

“难道不是？”

“如果我告诉你，保险公司赔付的400万，有200万是直接进了卢继安的账户，还有200万先进了我的账户，但我在几天内把这200万也转到了卢继安的账户，也就是说400万我一分钱都没拿……你相信我还是相信他？”

李雪的这句话让袁丽丽呆了好一会儿。她看上去有些茫然，到底应该相信眼前这个女人，还是相信她想相信的那个男人？这绝对是一个难题。

李雪显然看出了袁丽丽的两难。她没催促袁丽丽回答她的问题，正好利用这短暂的沉默，认真且快速地思索了一分钟。

然后李雪像是想通了，要把这一切旧日烦扰抛开，神情忽然轻松了，甚至露出了笑容。

“算了，算了，不让你做这么难的选择题了。”李雪微笑着说，“相信谁有什么重要？重要的是未来，对不对？”

袁丽丽再一次对李雪的善解人意充满感激，使劲儿点头。

“我也这么想，以前的事情都过去了，重要的是生活还得继续。”袁丽丽说，“所以这次我才厚着脸皮来找你，如果你知道继平在哪儿，请告诉我，我去找他。或者……起码告诉他，我在找他，希望他能……”

袁丽丽再厚脸皮，也有些说不出后半句了。她低下头，脸渐渐红起来。

李雪却像是听出了袁丽丽的心声，“希望他能和你回家，一起继续后面的生活，对吗？”

袁丽丽鼓起勇气，轻轻地点头。

“我想再问一个问题，希望你别介意，”李雪说。

“没关系，你问，只要我知道。”

李雪笑着说：“那我就问两个，行吗？”

袁丽丽也笑了，“只要我知道答案。”

“第一个问题，既然他告诉过你，他的计划都没让我参与，”李雪微笑地看着袁丽丽，“为什么你会认为我知道他现在在哪儿？”

“他变成日本人高桥俊男的时候，中国就没有卢继平这个人了。后来高桥俊男死了，他成了卢继安。再后来他扔下卢继安这个身份走了，他还能去哪儿，变成谁？我想，大概只有问你了。”

“谢谢你的坦诚。那我再问一个问题，最后一个问题，当然你也可以不回答我。”

“其实我猜到你想问我什么了。”袁丽丽盯着李雪的眼睛，没有回避。“你是不是想问，我和他是不是……在一起了？”

李雪有些惊讶，想一想，笑着摇头。

“还真不是。这个问题不用问，你一来我就明白了。”

“我还以为……那你问吧，我不猜了。”袁丽丽暗松了一口气。

李雪犹豫了一下。显然这个问题对于她来说，也有些难以启齿。

但李雪还是放低了音量，轻声问："你和他在一起，他父母知道吗？"

原来是这个问题。

这曾经也是袁丽丽最忌讳的问题，但现在看来，似乎又没那么重要了。

"开始不知道，后来……"袁丽丽凝神思索了片刻，"后来应该知道了。我说应该，因为谁也没点破过，但他们对我的态度一落千丈，继平离家出走以后，他们也从来不问不谈，所以……我不知道他们是怎么知道的，但肯定是知道了。"

李雪听了，脸上并没有什么意外，像是这个答案其实也在她的预料之中，只不过多了一道核实的程序。

"他们兄弟俩，看上去一模一样，其实只要近距离相处三天……也许不用三天，就能明确分辨了。"李雪用一种不带评判的客观语气做出这样的陈述，"你一定也有这种感受。"

袁丽丽的脸腾地红了起来。她不可遏制地想起那些夜晚，那些耳边的情话，那些过了一年多仍然令她心跳思念的瞬间。

李雪看着袁丽丽，脸上是了解、同情甚至有些悲悯的表情，但稍纵即逝。

李雪轻声说："你真的很了解他。"

"你是说……"

"我确实知道他在哪儿，而且我可以帮你去说服他，让他和你一起回家。"李雪的语气相当笃定，"但我必须提醒你，他现在的身份很敏感……"

"我知道，我知道！"袁丽丽显得很迫切，"你放心，我绝对不让任何人知道他的秘密！根本就没人知道我来找他，就算他跟我回去，别人也会以为是继安而不是继平！"

"你明白就好。我会谨慎处理，也希望你理解我的谨慎，毕竟……"李雪变得很严肃，"事情揭穿了，大家都会受牵连。"

袁丽丽当然明白，否则她就不会来宁江，也不会用"鱼死网破"这个词了。

"你放心，只要他跟我回家，让我怎么做都行，我什么都不在乎！"

"那你就在酒店，哪儿也别去了，我会尽快给你消息的。"

李雪结束谈话，做出准备立刻行动的姿态，这让袁丽丽产生了莫名的心安和感激。她忽然想起一个遗漏的细节。

“对了，还有件事情忘了告诉你。”袁丽丽说，“昨天有三个人到我家去，开始说是保险公司做推广，后来我发现不对劲儿，在我的逼问下，他们承认是松岛先生派他们去找继平的……”

李雪已经迈开的脚步停了下来。

“松岛……怎么可能？”

“他们两个男的，一个女的，我们都不认识。他们这么说，我也不知道是真是假，只不过以前听继平说过松岛先生，我想总该是知道这件事情的人，继平说知道松岛先生的只有……”

见面以来李雪第一次流露出烦躁，打断了袁丽丽。

“中国人还是日本人？”

“看起来是中国人，都说中国话。我问他们是不是从日本来的，他们说不是。”

“他们还说什么了？”

袁丽丽看出李雪的烦躁，心里忽然找到了一丝女人的平衡。

纵使李雪这般聪明美貌又能干的女人，不也有那么一位“松岛先生”的存在吗？世上谁又比谁更干净？

袁丽丽隐藏内心那一丝微笑，克制地说：“他们一说是松岛先生派来的，我就觉得不对，马上轰他们走了，没再说什么。”

李雪站在原地思索片刻，再抬头时，脸上已经恢复了平静，像是已把过去封存。

“不用管了，反正世上已经没有高桥俊男这个人了。”李雪微笑地说，“也没有卢继平，只有卢继安，和你一起手拉手回家去。”

“你真能说服他……和我一起回去？”袁丽丽眼圈红了。

“都是女人。女人最愿意看到天下有情人终成眷属……”李雪真诚地看着袁丽丽，“对不对？”

袁丽丽含泪笑了。

李雪也笑了。

袁丽丽怀着如遇知音的感激之情，将李雪一直送到酒店门口。

酒店前台的服务生看见这一对依依惜别、如同亲姐妹的“小姐姐们”，任她想破脑子，又如何能猜到她们之间的过去？

更别提她们各自的未来。

15

马一路这两天上蹿下跳的心，随着飞机的降落，终于落了地。

飞机在宁江机场降落时，已经是夜里十点半了。本来不至于这么晚，江小流买的是下午的航班，但因天气不好延误了几个小时。

马一路第一次觉得飞机延误也没那么难熬。回程江小流买的仍是商务舱，他们可以在商务舱候机室，吃着零食，喝着饮料，消磨时间。

何况三个人还有那么丰富的谈资可聊。

和前一天相比，马一路他们在河西没得到更多的收获。这也在普克的预料之中。

没有立案，就没有合法的调查手续，仅靠老张的支持不能包打天下。而私下的走访，也因为在卢继安家被袁丽丽拆穿了假身份，不得不更加谨慎。

在马一路的建议下，他们去了一趟袁丽丽工作的中医院。之所以提出这个建议，是因为马一路的辖区内有一个社区卫生院，以他社区民警的经验，这种地方信息交流最畅通。

果然，仅仅是在问诊台假装咨询挂号，他们就得到了不少和袁丽丽有关的信息。

中医院几乎人尽皆知袁丽丽的丈夫是个“窝囊废”，却偏偏有个混得“特别好”的双胞胎哥哥，可惜窝囊的还活着，混得特别好的却因车祸走了。

袁丽丽的儿子有病，也是人尽皆知、只是自家人不愿面对的公共信息。

袁丽丽家的“窝囊废”目前的去向，说法不一。有说是夫妻吵架后离家出走的；有说是私下有个相好的，一起私奔了的；还有一个说其实死了的就是“窝囊废”，理由是，车祸后不久，有一天晚上看见袁丽丽和活着的那个一起散步，两人有说有笑，结果活着的那个居然把袁丽丽拉到路边又亲又摸，全不顾几米外就是路灯……

“你们说这可能吗？”说这话的人振振有词，“打死卢继安也做不出这种事啊。”

这当然算不上什么实证。何况又是层层转述，找不到信息的原始来源。

但对普克他们来说，证据链上又增加了不轻不重的一环。

本来马一路还想再往前走一步，挂个推拿科的号，再深入虎穴一步，结果挂号的说推拿科就两个医生，今天两个医生都有事请假不上班，马一路只好作罢。

他们也私下讨论了一下袁丽丽请假是否和昨天的事情有关，没有结果。

再往后就没什么可做的了。

普克决定打道回府，当天就回宁江。

普克需要尽快和彭大勇见面，商议下一步的安排，于是江小流就买了下午的回程机票。

机场候机时，江小流提出一个想法，吓了马一路一跳。

“咱们去趟日本吧。”江小流的语气就像是说去趟市中心一样容易，“好多信息都断在日本了，不去找不到。”

马一路的第一反应是，他虽然有因私护照，但只陪父母去过一次泰国，不知道能不能申请到日本的签证。

“我也有同样的想法，就是以前的日本签证过期了，要重新申请。”普克说。

“一回宁江就申请吧。我去年刚办了一个五年签，还能用。”江小流转脸看看马一路，“你有没有日本签证？”

马一路心里小小地甜蜜了一下。江小流并没有忘记……不，并没打算扔下他。

马一路装作若无其事的样子，“现在是没有，不过听说现在申请也不难。”

其实到底难不难，马一路心里真没数。

去日本和去达州不一样，以什么名义、所里准不准、是不是合规、费用如何解决……江小流一定会说费用不必担心，她有钱，但作为一个男人，哪怕是被前女友定义为穷鬼的男人，马一路绝对不想总是由江小流来解决钱的问题。

对现在的马一路来说，这和自尊无关，关乎感情。

还有一个说不出口的小秘密。

马一路用了 27 年的名字，自从认识江小流，突然滋生了新的意义。

一路上有你。

马一路希望就这样陪着江小流一路走下去。

飞机落地宁江，彭大勇自己开车到机场来接他们，说要给他们接风洗尘。马一路本来还想和彭大勇客气几句，发现普克和江小流都很坦然的样子，忽然醒悟彭所的热情并非冲着他马一路，主要是因为普克。

马一路还是经常会忘记，普克只要一入睡就会忘掉昨天的一切。彭大勇想赶在普克入睡前，尽可能多地了解今天的信息。

彭大勇熟门熟路地开车带三个人到了一个小饭馆。

夜很深了，这里还食客如云，可见主要是做夜宵生意的。老板是个 50 多岁的中年人，看样子和彭大勇很熟，给他们留了一个迷你的小包间。他看见普克时，热情地和普克打招呼，普克却一脸的茫然。

这是从前普克彭大勇搭档时常来的小饭馆，那时还是路边大排档，现在有了正经店面，但普克已经不记得了。

吃饭时，彭大勇的举动果然证实了马一路的猜测，他想在普克入睡前，尽可能详细地掌握达州之行的收获。从这个侧面也能看出，彭大勇对此事的态度已经发生了转变。

等这顿饭吃得差不多时，彭大勇基本认同了三人小组的看法：卢继平是诈死骗保，真正的死者是他的双胞胎弟弟卢继安。

彭大勇大大方方对江小流说："向你道歉。之前没把你的话当回事儿，是我走眼了。"

"接受你的道歉，谁让你没我的好记性。"江小流回答得也很大方。

马一路心里有种扬眉吐气的感觉，哪怕彭大勇并没有平等地向他道歉。

普克不太关心这些事情，他关心的是下一步怎么办。

"要是能找到卢继平，事情就简单了。"普克说，"能不能上些技术手段？"

"这事儿还得再商量。咱们虽然有咱们的判断，但都没落到实证上，现在技侦力量比你记忆里强多了，但管得也严多了。正好，今天还接到支队一个老同事的电话，不过人家现在是领导了，关心咱的三人小组，跟我说，是骡子是马，找机会拉出来遛遛。明天我去局里当面和他聊聊，顺便问问，这事儿咱能不能打个擦边球。”彭大勇说。

“能不能先让我们去日本溜溜？”江小流问。

“去日本？”彭大勇愣了一下，随即反应过来，“你们想去日本查高桥俊男的老底？”

“有这个考虑。”普克说，“就不知道可不可行。”

彭大勇把三个人轮番看了两圈。马一路的心都拎到嗓子眼了，不敢说话。

彭大勇看着普克和江小流。

“你俩，我觉得问题不大，哪怕以旅游的名义。马一路去不了。”

“为什么？”江小流问。

“他是警察，得上班呀。”

“普克也是警察，我是协警，”江小流追问，“为什么我俩能去马一路不能去？”

彭大勇不知怎么当着几个人的面对江小流解释，他们其实是不一样的。再看看马一路在旁边蔫头耷脑的样子，也觉得有些不忍心，只好含糊其辞。

“以后再说吧，今天太晚了，你们又累了一天。”彭大勇已经看见普克打了好几次哈欠，眼睛也熬红了，“都早点儿休息。不过普克现在回不了康复中心，不行到我家挤一晚上。”

“让普克到我家睡吧，我家有空房间。”江小流抢先说。

彭大勇和马一路不约而同地说：“那怎么行？”

“为什么不行？”江小流反问。

彭大勇和马一路互相看了对方一眼，两人心里的想法不同，但都觉得有些说不出口。

彭大勇狡猾地把皮球推给了普克。

“普克自己选，住我家，还是江小流家，再不行就住酒店，你定。”

普克考虑了两秒钟。

“住江小流家，一早她就能给我洗脑，省得你们麻烦了。”

马一路心里一声哀号，表面上却只能装出理解的微笑，没法再反对了。

结束消夜，彭大勇开车先送普克江小流回江小流的家，明月花园 9 栋 604 室，就在派出所的辖区，熟门熟路。

在小区门口把两人放下，看着普克跟江小流往小区深处走，马一路眼巴巴地没说话，却像有根钩子，把他一直钩着往前不撒手。

彭大勇一眼就读懂了马一路的心事，好气又好笑。

“别犯糊涂心思！”彭大勇不是以派出所所长的语气，而是以老大哥的语气敲打马一路，“江小流我不知道，普克啥样我清楚，他心里只有一个米朵。”

“彭所你忘了？”马一路幽幽地说，“普克早把米朵忘了，江小流给他洗脑的时候可没告诉他这个。”

彭大勇一愣。确实，他也经常会忘记“普克忘记了与米朵有关的一切”的现实。

再看一眼，普克和江小流的身影已经从他们的视线中消失了。

彭大勇心中一动。难道这就是命运的安排？普克和江小流，一个失去记忆，一个记住一切，在失去他们曾各自拥有的那些后，注定要相遇并一起前行？

再看一眼马一路，失落明明白白地刻在脸上。

彭大勇狠狠心，用严肃的语气对马一路说：“合着你进三人小组不是为了工作，就为了这个？”

马一路脸腾地红了，“不是，不是，真不是……”

“不是就行，别那么没出息！”

马一路不敢说话了。

彭大勇在心里说：“对不起了，小伙子，你还年轻，普克已经 42 了。”

彭大勇明白自己在普克的问题上，总是显得自私。但遇到感情，世上有几个人能够真正无私？

可想而知，这一夜，马一路又不能安睡了。

折腾到快天亮，马一路也没睡着几分钟，却做了无数残断的噩梦，明月花园 9 栋 704 的老太太以各种方式出现在噩梦中。临起床前，马一路的手机忽然响了，把他从噩梦中惊醒。

马一路没顾上看来电号码，心乱跳着，第一时间接通手机。

“喂？”

还好，不是来自江小流或普克的电话，而是彭大勇。

“你马上去接普克、江小流，咱们在所门口汇合，然后一起去现场。”

“什么现场？”

“到了就知道了。”彭大勇此时的语气是马一路不熟悉的，如果马一路十年前就认识彭大勇，就会知道这是彭大勇作为刑警办案时的常态，“越快越好。”

半小时后，马一路开着江小流家的特斯拉，拉着江小流和普克到达派出所，与彭大勇汇合。看见特斯拉，彭大勇都没调侃两句，可见他此时的严肃心情。

江小流显然已给普克做过新一天的身份确认了，普克见了彭大勇什么问题都没提。

上车后，彭大勇先告诉马一路，往东山方向开，然后才解释他们要去干什么。

“昨晚支队领导才说，是骡子是马拉出来遛遛，”彭大勇说，“一早接到支队电话，东山发现一具尸体，让我带你们去案发现场，感受一下。”

彭大勇没具体解释，是让三人小组感受一下案发现场，还是让支队领导感受一下三人小组。

东山离市区约五公里的车程，早晨进城的车多，出城的车少，很快就到了。

山脚下一条小路边已经围起了警戒圈。除了110的车，支队的车也到了。

彭大勇说的支队领导并没来，毕竟不是一线刑警了。两个现场的刑警，一个看上去和马一路差不多年龄，另一个30多岁，彭大勇都不认识，但那个30多岁的认识彭大勇，一见面就把彭大勇拉到一边说了几句，应该是支队领导打过招呼的。

马一路他们三人在原地等，江小流一直盯着警戒圈里看。小路旁有茂密的灌木丛，估计尸体被遮挡了，什么也看不见。普克看过一眼警戒圈内，就不再盯着看，而是四下观察周围的环境。马一路则有些茫然，也许是因为一夜乱梦，脑子还没清醒。

彭大勇走过来，看来已得到了一些初步信息。

“早晨爬山的人报警，说在灌木丛里发现了尸体。辖区来一看果然是，就报了支队。打电话问我要不要让你们过来试试，我就自作主张答应了。”彭大勇说，“听说是个女的，死亡时间应该不长。法医正赶过来，你们可以先去看看。”

三个人互相看一眼，跟着彭大勇往警戒圈里走。

江小流问：“是被杀的还是意外？”

“初步看是勒死的。”彭大勇犹豫了一下，婉转地提醒江小流，“你得有点儿心理准备。”

“什么心理准备？”

“死者没穿衣服……基本没穿。”

“好，知道了。”

普克问：“报警的人几点钟发现尸体的？”

“六点一刻左右打的 110，应该就是之前几分钟。报警的人吓坏了，让他在警车里缓着呢，待会儿也可以过去问问情况。”

他们钻过警戒线，沿着上山的小路往前走了几米远，来到灌木丛边。

先是看到赤裸的脚，脚上没穿鞋，腿光着，肚皮上搭了条内裤；再往上又是光着，脖颈部一道深紫色的痕迹。

等他们看到那张脸时，马一路忍不住“啊”地叫了一声。

江小流和普克也异口同声，叫出了那个人的名字。

“袁丽丽！”

除了肚皮上搭的一条内裤，几乎一丝不挂躺在灌木丛边的女人，正是他们之前刚刚在河西见过的袁丽丽。

只是此时，袁丽丽已经成了一具尸体。

16

马一路是 2018 年 3 月 2 日认识江小流的。一心想当刑警的他在那天经历了人生中第一起命案，见到一具尸体。

到了 2018 年 3 月 20 日，马一路经历了人生中第二起命案，见到另一具尸体。

如果说第一次算是巧合，第二次无论如何不能再以巧合而论。

除了命运，没有更好的解释。

袁丽丽的尸体被剥除了几乎所有衣物，附近也没留下任何具有身份标志的物品，且被抛尸在僻静山脚的灌木丛边。看上去凶手明显想隐藏死者的身份。

而马一路他们提供的线索，使被害者的身份失去悬念，迅速被破解。

市局刑侦支队立刻成立了3·20专案调查组。是否吸纳马一路等三人进入专案组，支队内部产生了意见分歧。

赞同方的理由一目了然。

虽然目前尚不能定论袁丽丽被害是否与三人小组去达州河西调查卢继平事件有关，但正是他们提供的所有信息，使本案直接确认了被害人的真实身份以及各种社会关系，为调查创造了前所未有的便利。

何况马一路和普克本来就是警察，江小流也是正式签了合同的派出所协警。

反对方的理由同样一目了然。

马一路和普克虽然都是警察，但普克已因病退隐休养多年，马一路也只是社区民警，江小流就更别提了，虽然签了合同，却是临时工。

“是骡子是马拉出去遛遛。”说出这句话的支队领导，把选择权交给了彭大勇。

彭大勇左思右想，做出了一个对三人小组最为有利的选择。

三人小组不正式进入专案组，仍属编外。

对专案组的调查有知情权，必要时有参与权。

三人小组可在不影响专案组调查的前提下，自主展开调查，并可依法得到技侦手段的支持，同时保证将自主调查结果及时与专案组共享。

彭大勇以一个多年老刑侦的身份及现任派出所所长的身份，对支队领导拍了胸脯：由他对三人小组的一切行动负全责。

这种模式无疑是宁江公安前所未有的。

彭大勇私下认为，之所以自己侥幸成功，应该还得归功于省厅赵政委的全力支持。

无论如何，对于三人小组来说，一扇新的大门已为他们打开。

“就是说，我们现在算是编外神探喽？”江小流若无其事地总结，“神经病的神。”

普克校正了一下江小流的说法，“我觉得精神病的神可能更恰当。”

“不管怎么说，反正是神探！”马一路抑制不住内心的自豪，“神探！”那可是他从小立下的至高人生理想，“这名字好，我举双手双脚赞成！”

这是三个人之间的自娱自乐，但彭大勇得知后，却觉得非常妥帖。

“既然你们是编外神探，”彭大勇半开玩笑半认真地说，“那我就是编外神探的幕后英雄，以后军功章里有你们的一半，别忘了还有我的一半。”

玩笑归玩笑，彭大勇怀念刑侦的那颗心是真诚的。

拥有“特权”之后的三人小组，可以用如虎添翼来形容。

当天专案组就根据马一路他们提供的信息，查到了袁丽丽的身份证、手机、银行卡信息，查到了袁丽丽关系人的相关信息，定位了袁丽丽的手机，以及卢继安的手机。

很快，袁丽丽遇害前的路线图就摆在了桌面上。

袁丽丽 3 月 18 日晚上乘坐最后一班达州飞宁江的航班，到达宁江时已是次日凌晨，入住她事先通过网络平台预定的快捷酒店，预付了三天的房费。

3 月 19 日早上将近八点，有人到酒店找过袁丽丽，在袁丽丽房间待了一个小时左右。约九点时，袁丽丽亲自送这人离开酒店。

按照酒店前台的说法，找袁丽丽的是个女人，看上去和袁丽丽差不多年龄，但“身材爆好”“有味道”“笑容亲切”。

从袁丽丽送别时的态度看，两人关系即使不说亲密，至少也算得上亲近。

酒店大堂和走廊的监控记录证实了酒店前台的说法。

送走来客后，袁丽丽整个白天都留在房间，中间叫过一次外卖。

当天晚上九点半，袁丽丽离开酒店。前台没注意她出去的细节，根据监控记录看，袁丽丽离开时心情不错，面带笑容，但显得有些急切。

酒店外虽然也有监控，但只记录到袁丽丽从酒店出来，右转后进入一个监控盲区，之后就再没有和她行踪有关的监控资料了。

当晚袁丽丽没有返回酒店。

3 月 20 日早晨六点，一个常年登山族和往常一样沿着平时的路线上山锻炼，在山脚不远的小路旁，发现路边灌木丛里露出一只没穿鞋的脚。

出于好奇，登山族上前查看，发现了袁丽丽的尸体，于六点一刻拨打了

110 报警。

警方到达现场后，立刻对现场进行了保护。

报案人称，虽然这条小路是登山族常走的路线，但他登山时间较早，发现尸体后立刻报警，警方到达之前只有一两个人经过，经他劝阻后并未靠近尸体，因此现场保护得算是不错。

袁丽丽被发现时已经死亡。除了小腹部覆盖的一条女式内裤外，没有其他任何衣物。目测内裤尺寸与袁丽丽身材相符，考虑为袁丽丽遇害时所着的内裤。

袁丽丽身上基本没有暴力痕迹，只有脖颈处一道很深的勒痕。法医到场后经过初步检查，基本断定袁丽丽是被勒死的，作案工具可能是类似于电话线一类的紧实细绳。

案发当天宁江天气晴好，虽然是土质地面，但相当结实干燥。小路是登山族常走的路径，无法取得什么有价值的脚印。

野生灌木丛杂乱无章，从外观检查，没发现有折断或损坏迹象，很难判断袁丽丽是在被发现处遇害，还是另有第一现场，后被抛尸此处。

袁丽丽离开酒店时，从监控记录看拎了一个女式拎包，但案发现场没找到袁丽丽的包。

通过对袁丽丽手机的定位，在离案发现场约三公里处一个水塘中确定了手机落点，正在组织打捞。

马一路他们提供的卢继安的手机则在离案发现场五公里处一个垃圾桶里找到。

根据三人小组前往达州河西调查得到的信息，专案组首先找到的就是袁丽丽在宁江唯一的关系人，也就是袁丽丽的前妯娌，云中漫步健身馆的女老板李雪。

得知袁丽丽被害的消息，李雪显得非常震惊，对警方的调查也表现得相当配合。

李雪承认 3 月 19 日早晨她在家睡醒后，发现处于夜间静音状态的手机上有几个未接电话，还有一条手机短信。手机号码是她亡夫卢继平的弟弟卢继安的。李雪用自己的手机回拨那个号码，接电话的人却是卢继安的妻子袁丽丽。

李雪对前来调查的侦查员详尽讲述了她与袁丽丽的通话内容。

“我是袁丽丽，你是李雪吧？”

“是丽丽呀，你好，你好……先和你道个歉，早上手机静音，刚看到短信，而且……确实没想到是你，还以为是继安，所以听到你的声音愣了一下。”

“不好意思，一大早打扰你……确实有急事想找你，考虑到咱们的特殊关系，又不想直接找到健身房……”

“咱们的特殊关系？你指的是前妯娌关系吗？”

“李雪，我就直说吧，你的丈夫卢继平还活着。”

回忆到这里时，李雪这样对侦查员解释了她当时的想法。

“说实话，当时听到袁丽丽这样说，我是非常震惊的……”李雪说。

侦查员事先已经得知了马一路他们提供的信息，知道卢继平涉嫌诈死骗保的事情，特意问李雪为什么。

李雪看上去内心有些纠结，犹豫了好一会儿，开口时还是显得很为难。

“我真的不知道该不该说……”李雪说，“毕竟这也只是我的猜测，并没有确凿的证据，再加上袁丽丽又……我担心会影响到别人。”

侦查员安慰李雪，警方不会听到李雪说什么就相信什么，让李雪尽管说出她的猜测，尽可能为案件侦办提供线索。

在侦查员的再三鼓励下，李雪提供了如下信息。

李雪和丈夫卢继平都是日本籍，卢继平的日本名字是高桥俊男，李雪的日本名字是高桥美雪。

婚后两人感情磨合有问题，于是李雪带女儿回宁江发展，卢继平仍留在日本发展。

偶尔卢继平会到宁江看望女儿，聚少离多使得两人关系更加疏远，对彼此的生活状态都不太了解。

2016 年 11 月 11 日，李雪接到卢继平老家达州河西交警大队打来的电话，称卢继平在河西遭遇车祸身亡，让李雪去河西认尸及处理相关事宜。

李雪立刻赶往河西。卢继平的尸体烧毁严重，第一次认尸李雪没敢确认，第二次李雪根据尸体左手无名指上一枚钻戒确定尸体就是丈夫卢继平。

办完相关手续后李雪回到宁江，但很快接到卢继平的弟弟卢继安的电话，称卢继平在日本买了保险，现在日本保险公司需要李雪配合办理理赔手续。

李雪答应了，卢继安特地来宁江找李雪，直到那时李雪才知道，卢继平买的保险写了两个受益人，一个是弟弟卢继安，一个是妻子高桥美雪。保险公司对事故认定存在疑问，卢继安央求李雪代表他去日本找保险公司交涉理赔事宜，写了委托书并做了公证。

李雪无法推脱，只得去日本以受益人及另一受益人代表人的身份，与日本保险公司交涉。保险公司最终与李雪达成了协议，没按原保险理赔标准支付保险金，而是赔了约 400 万人民币的和解金。

这笔钱分别打入卢继安和李雪的账户，但李雪考虑到卢家实际经济状况，收到款后立刻分几笔将自己的 200 万汇入卢继安的银行账户。

“这样做，除了考虑到和卢继平夫妻一场，也考虑到他父母的养老问题。”李雪这样对侦查员解释，“他父母一直由他弟弟卢继安照顾，我想这也算是代表卢继平对弟弟的一种感谢。可我没想到……事情没结束。”

李雪告诉侦查员，在将所有保险赔偿款全数给了卢家之后，2017 年春节前几天，卢继安又一次来宁江找她。

“……我接到卢继安电话，说有事情商量，于是就请卢继安在外面吃了顿饭。”李雪对侦查员提供了吃饭的大致时间地点，“吃饭时卢继安对我说，家里经济仍有困难，让我再支援他一笔钱。说实话，当时我很惊讶，之前的 400 万虽然算不上巨款，但在河西那种地方，养一家人也该够了。结果卢继安吞吞吐吐地说，他赌博把钱输光了，还借了高利贷，如果不还就过不了年。我思来想去，觉得救人要紧，就按他的要求，给了他 100 万。”

“怎么给的？”侦查员问李雪。

“分两天汇到卢继安账户的，一次 50 万，银行都能查到。”

“之后呢？”

“100 万到账卢继安就走了。他说是回河西，具体我也不太清楚。”

李雪对侦查员说到这里，仍未直接说出她对此事的看法，还是侦查员主动追问了一句。

“你给卢继安汇款的时候，有没有想过他可能不是卢继安，而是卢继平？”

李雪迟疑了一下，说："脑子里闪了一下这个念头，但马上就打消了，直到……"

"直到袁丽丽在电话里对你说，卢继平还活着？"

"对……"李雪仍然显得很犹豫，"但我真的不能确认，他们兄弟俩长得真的很像，这几年我和卢继平又没在一起共同生活，确实没把握。"

"然后呢？袁丽丽那样说了，你是如何处理的？"

"当时我听了虽然觉得荒唐，但想想袁丽丽大老远从河西跑来，应该不会平白无故跟我说这些，"李雪诚恳地说，"我就问袁丽丽住在哪个酒店，我去找她面谈。"

李雪如实说出了她去酒店的大概时间以及离开的时间，都与酒店监控记录相符。

侦查员问李雪："你和袁丽丽都谈了些什么？"

对这个问题，李雪第一次流露出一种复杂的情绪。

按侦查员的感受，觉得李雪很受伤、很羞耻、很茫然。

但李雪的讲述听起来是清晰、冷静、富有条理的。

"要是我没记错，我和袁丽丽前后谈了快一个小时，主要是袁丽丽在说，说的内容非常多，而且很多内容让我非常……震惊，所以我没办法准确记得所有的谈话细节，"李雪这样告诉侦查员，"但大概意思很简单，这辈子我也忘不了……袁丽丽对我说，其实在车祸中死的并不是我丈夫卢继平，而是她丈夫卢继安。而且这件事情是他们兄弟俩共同策划安排的，目的就是为了保险公司的理赔款。没想到日本保险公司对于事故结论有疑问，最后赔的远比他们想象的少。我记得当时我还问袁丽丽，再少也有 400 万，我一分没拿都给他们了，后来卢继安说欠了高利贷，我又给了 100 万。袁丽丽很震惊，她告诉我，卢继平说总共只拿到 5 万，给了她 3 万家用……我简直不敢相信一个男人能做出这种事情！"

"你当时已经相信死的其实是卢继安，活着的是卢继平了吗？"侦查员问李雪。

"说真的，袁丽丽开始说的时候我还半信半疑。我问袁丽丽，如果活着的是卢继平，那他就要以卢继安的名义和袁丽丽共同生活……"说到这里时，李雪脸上的羞耻感很强烈，“结果袁丽丽对我说了一些细节，我一听就知道她说的是真的，如果她不是真和卢继平一起生活了，不可能知道这些只有夫妻间才知道的细节。”

李雪还向侦查员道歉，说她实在无法对外人讲述那些细节，侦查员对此表示了充分的理解。

侦查员又问了李雪一个问题。

“袁丽丽的意思，她和你的丈夫卢继平有染。她有没有透露，她是事后知道兄弟俩的计划，还是事先就参与了计划？”

“我没问袁丽丽，当时实在问不出口……”李雪轻声回答，仿佛她自己做错了事情似的，“你们明白吗？如果我那样问她，不是相当于在问她：你是不是跟卢继平一起合谋杀了你丈夫？”

侦查员愣了一下，仔细想想，确实有这样的嫌疑。

两位侦查员中年长的一位问李雪：“按袁丽丽的说法，她丈夫，也就是卢继安，我指的是真正的那位卢继安……”

“您的意思是车祸里去世的那个卢继安，对吧？”李雪说出了她的理解。

“对。按袁丽丽的说法，她丈夫卢继安其实是和他的双胞胎哥哥合伙设计了这样一个骗保计划，难道卢继安就心甘情愿为了一笔保险金去死？”

“这个问题我是问了袁丽丽的。她说卢继安病了，肝癌。”说到这里，李雪看上去有些悲伤，“我和卢继安打交道不多，但我一直知道他是个很善良很孝顺的男人，也很忠厚老实……就是因为有这个印象，后来他突然跑来找我要钱，一方面我无法拒绝，另一方面我也有些疑心……”

“你说去年你给卢继安汇款时，脑子里闪过他会不会不是卢继安而是卢继平的念头，就是这个原因吧？”侦查员把上下文自然地联系起来了。

“确实是，”李雪坦白地回答，“虽然他们看上去几乎一模一样，可只要稍微深入接触一下就会发现，其实他俩的差别很大。”

“但你当时并没有分辨出来。”

“我说了，这些年我和卢继平的接触很少，加上……他很可能在刻意模仿卢继安，不希望别人认出他来，所以……”

侦查员接受了李雪这个解释，听上去相当合情合理。

“那么袁丽丽为什么来宁江找你？”侦查员问李雪。

“找我？”李雪很惊讶，“如果袁丽丽说的都是真的，那她应该不是来找我的。她说去年过完年不久，卢继平就离家出走了，她是来找卢继平回家的。”

“但她给你打了电话。”

“她给我打电话是想和我求证一些事情，我想主要就是保险赔偿的事情。我把实情都告诉她了，看得出她也很震惊。”

“袁丽丽有没有说她接下来的打算？”

“她只说了一句，说卢继平要是跟她回家还好，如果不跟她回去，大家就鱼死网破……我想这应该是女人的气话吧。”

“你的意思是，袁丽丽确定卢继平就在宁江？”

“我连卢继平是不是活着都不敢确定……处在我的位置，真的挺尴尬的，如果袁丽丽不主动和我说，我一句话都不好多问……你们能理解吗？”

两位侦查员相当理解。

接着侦查员又问了李雪最后一个，也是最关键的一个问题。

法医到现场经过初步检查就判断袁丽丽的死亡时间在3月19日晚上十点到十二点之间。

“2018年3月19日晚上十点到十二点之间，你在什么地方？有没有人能证明？”

李雪对这个问题似乎显得有些意外。

“难道我也成了嫌疑人？”

侦查员看出李雪有一丝不安，但并没有抵触情绪，看上去仅仅是面对警察怀疑时的一种不安。两位侦查员中年轻的那一位反倒因此不安了。

“别紧张，就是一个常规的问题，”侦查员下意识地用了安慰的语气，“只要和袁丽丽有关系的，每个人我们都会问。”

李雪有些不好意思，轻舒一口气。

“第一次碰到这种事情，好吓人。让我想想，那个时间我在哪儿……19日是星期一，星期一晚上有我的瑜伽课，从九点到十点半，我都在健身馆带课，带完课我自己又做了一小时有氧，然后洗澡，差不多就是十二点左右结束。那时候健身馆正好也关门了，我和两个员工一起离开的。如果你们需要，可以到健身馆找人核实。”

“你们健身馆有监控吧？”年长的侦查员问。

“门口和健身区各有一个，瑜伽馆原来有，后来有人提意见，说瑜伽训练比较私密，就拆了。不过……”

“不过什么？”

“前阵子监控设备好像出了点儿问题，之前的监控记录都不见了，”李雪说，“但后来我特地找人修过……16号以后的记录应该都在。”

侦查员记录了所有需要核实的要点后，向李雪道谢，准备离开。

李雪犹豫了一下，叫住侦查员。

“对不起，我能不能问你们一个问题？”李雪用相当谨慎的态度说，“如果你们觉得不合适就别理我。”

“没事儿，你问吧。”侦查员也谨慎地回答李雪。

“不知道你们调查到哪一步了，”李雪压低了声音，仿佛害怕惊扰到什么人，“卢继平……真的还活着吗？”

两位侦查员互相看了一眼，交换了一个眼神。

那位年长的侦查员回答了李雪：“不好意思，这个问题现在真没法回答你。”

李雪立刻说：“对不起，是我逾越了。主要是听袁丽丽说了那么多，加上自己之前也有疑惑，所以才……”

“能理解，”侦查员安慰李雪。不知怎么回事儿，平时见多识广、见惯不怪的刑警们，面对李雪的种种反应，总是容易受到她的感染，或者理解，或者感慨，或者同情，“等我们有进展了就通知你。”

“那太感谢了！”李雪的真诚溢于言表，“说真的，碰到这种事情，真有点儿害怕……”

“怕什么？”

李雪猛地刹车，下意识地捂住胸口，像个受到惊吓的小女孩儿。

“我是不是又说错话了！”

“没关系，说不定你的话还能给我们什么启发。”

“我就是觉得，能为了钱眼睁睁看着自己亲兄弟去死的人，真不知道……”

李雪的眼睛里流露出深深的恐惧，“不知道他还会做出什么事情。”

17

作为袁丽丽案的关系人，李雪第一个接受警方调查，又第一个被排除了嫌疑。

李雪对侦查员提供的各种信息，经过对移动公司、银行、酒店、健身馆等各相关部分的走访调查，均被核实。

卢继安名下的银行账户于2016年12月先后收到日本保险公司及李雪的汇款，共计400万人民币，加上2017年1月由李雪账户汇入的100万，总计500万。

这500万除部分小额提现外，其余绝大部分都通过网络转账或购买虚拟商品的形式，在短短几个月内分批转出卢继安的账户，多次转账后难觅其踪，推测为通过地下洗钱网络进入澳门赌场。

专案组另一组侦查员同步飞往达州河西，对袁丽丽的家、工作单位及周边进行了相关调查，得到众多线索和数据。马一路他们的三人小组也很快获得了这些信息。

目前可知的信息如下：

袁丽丽于2018年3月18日托同事向单位请了三天假，并在网上购买了达州飞宁江的机票，但没买宁江飞回达州的机票。

袁丽丽在网上订了酒店房间并预付了三天房费，订的是大床房。

袁丽丽对同住的公公婆婆称要到达州出差几天，请婆婆照顾5岁的儿子，没说哪天回。

袁丽丽自己有一个手机号码及一部手机，事后在宁江案发地点附近池塘中找到。

袁丽丽3月19日晚上九点半离开快捷酒店后，因监控盲区失去行踪，直到次日清晨六点多被人在东山脚下发现。法医通过尸检鉴定，判断袁丽丽死亡时间约在3月19日晚十点到十二点之间，从尸癍痕迹看，死亡时间与静置案发地时间基本相符，初步判断即使不在此处被害，也是被害后立刻抛尸此处。

袁丽丽的丈夫卢继安有一个手机号码，两部手机，一部新手机，一部替换下来的旧手机。卢继安于2017年3月5日离家出走，走时带了卢继安的身份证和港澳通行证，但新旧两部手机都没带，之后新手机一直由袁丽丽随身携带，案发后在宁江案发地点附近垃圾桶中找到，旧手机在家中找到。

卢继安的手机号码在2016年国庆长假时，曾与一个日本手机号码发过几条短信，短信虽然在手机中被删除，后在移动后台中又找到了。根据短信内容可判断，那个日本手机是卢继安的双胞胎哥哥卢继平的。

卢继安向哥哥问候节日快乐，然后告诉哥哥他得了肝癌，可能时日不多。卢继平回复短信，请卢继安去澳门见面，卢继安之后办理了港澳通行证，并于2016年10月下旬去了一趟澳门，三天后回到河西。

这之后，卢继安的手机没再与卢继平的日本手机联系，但于2016年11月2日起，与一个未实名登记的国内手机号码发生联系，只有通话记录，没有短信纪录。同日起，达州一家酒店有以高桥俊男日本护照登记的入住记录。

11月3日，卢继安的手机支付宝账户在达州有多次的小额使用记录，直到11月10日为止。

11月10日，达州两家不同的租车行，分别有以卢继安身份证及高桥俊男日本护照租车的记录。高桥俊男留的紧急联系人信息就是弟弟卢继安的，卢继安留的是妻子袁丽丽的信息。

11月11日，达州至河西高速收费口监控分别有高桥俊男和卢继安租用的车辆进入河西的记录，两车相距很近，基本算是同行。

11月11日，高桥俊男租用的车辆在河西绕城行驶过程中发生车祸。出事路段没有监控。但从前后最近的监控记录可知，卢继安租用的车辆始终与高桥俊男租用的车辆同向行驶，直到高桥俊男所租车辆出事烧毁。

11月3日至11日之间，袁丽丽的手机与卢继安的手机之间有过多次微信联系。根据后台数据恢复微信内容可知，11月3日起，卢继安去了达州，并以高桥俊男的名义住在达州，而高桥俊男则以卢继安的名义回到河西家中，与袁丽丽等家人同住。

11月3日袁丽丽与卢继安之间比较重要的几条微信对话如下：

袁丽丽："他到了。太别扭了。"

卢继安："就当是我吧。"

袁丽丽："我觉得我做不到……"

卢继安："有件事情一直没告诉你，我知道赵军的事情了。"

这条信息后两人有较长的视频通话。内容不详。

11 月 8 日袁丽丽与卢继安之间又有几次微信对话：

卢继安："还有三天……"

袁丽丽："你再考虑考虑！还有机会！"

卢继安："这是我能为你们做的最后的事情，不纠结了。"

袁丽丽："不知道说什么好……答应我，万一你后悔，随时停下来！"

卢继安："虽然做好了所有准备，听你这么说，还是很感动……谢谢你！"

袁丽丽："赵军的事情，我不是有意伤害你……家里真的太缺钱了！"

卢继安："所以我才做这个决定，让你受委屈了……"

袁丽丽："你还没答应我，万一你后悔，随时停下来！"

卢继安："好。到时我带上他的手机，万一我后悔，就打电话报警。"

11 月 10 日的对话：

卢继安："好好照顾孩子，还有我父母。"

袁丽丽：哭的表情。

卢继安："他出发了吗？"

袁丽丽："出发了。一定小心谨慎！"

卢继安："再见。不说那个词了。你懂的。"

袁丽丽：又是哭的表情。

这之后有一段时间两人之间没有对话，接着就到了 2017 年 1 月 20 日。

袁丽丽："宁江都顺利吗？"

卢继安："还行。"

袁丽丽："见到她了吗？"

卢继安："约了，还没见。"

袁丽丽："约在哪儿见？"

卢继安："瞎吃醋！"

袁丽丽："想你……"

卢继安："我办正事儿！"

袁丽丽："她会不会认出你？"

袁丽丽："？？？"

袁丽丽："怎么样了？"

卢继安："刚见过。哭穷。"

袁丽丽："再穷能比咱们穷？多少给一些吧？"

卢继安："说了，给 5 万，明天给。"

袁丽丽："才 5 万？保险公司赔 400 万呢！她也太贪心了！不行我找她要！"

这条信息之后是两人的通话记录，时间比较长，内容不详。

再之后就是 2017 年 1 月 22 日、23 日，都是袁丽丽问，没有卢继安的回答。

袁丽丽："你在哪儿？"

袁丽丽："什么时候回来？"

袁丽丽："电话为什么关机？"

袁丽丽："你在哪儿？还在宁江？和她在一起？"

袁丽丽："你到底在哪儿？我快疯了！"

最后一次对话是 2017 年 1 月 24 日。

卢继安："明天到家。"

袁丽丽："这几天你到底在哪儿？"

卢继安："澳门。"

袁丽丽："去澳门干什么？"

卢继安："以前的一些事情，处理一下。"

袁丽丽："你不怕被认出来？"

卢继安："你烦不烦？"

卢继安："别生气……说这些不方便，回家见面，抱着你说一晚上好不好？"

袁丽丽："你不能老对我这样，忽冷忽热，我受不了。"

卢继安："忽冷忽热，忽软忽硬，你都受不了，对不对？"

袁丽丽："臭流氓……"

卢继安："想不想臭流氓？"

袁丽丽："想得要命！"

卢继安："洗干净等臭流氓回家……"

这条信息之后，卢继安的手机虽然一直处于使用状态，但基本都是电话呼入，经查，大部分是诈骗电话或广告，极少数是卢继安的老同事，到 2018 年 3 月 18 日有一个宁江的电话呼入，很快卢继安的手机回拨此号码，经查此号码是三人行动小组成员江小流的。

通过调取出入境记录，证实 2017 年 1 月 21 日和 1 月 24 日，确实有以卢继安身份进出澳门的记录。

卢继安的身份证使用记录则一直持续到 2017 年 3 月 8 日。卢继安购买并乘坐 2017 年 3 月 5 日从达州去新河市的动车，于 3 月 5 日晚到达新河，入住一家快捷酒店，三天后离开酒店，从此之后，卢继安的身份证再也没在系统中出现过。

高桥俊男的日本护照则自车祸发生后再未使用。

对于儿子卢继平的车祸，与卢继安同住的父母除了哭，一切都回答"不清楚、不知道"，袁丽丽和卢继安 5 岁的儿子更无法提供什么有效信息。

去河西的侦查员还根据袁丽丽与卢继安之间的对话，找到了他们提过的一个敏感人物：赵军。

赵军是河西当地卫生局的一名干部。侦查员一提袁丽丽的名字，一亮赵军的酒店开房记录，赵军就崩盘了，对来调查的侦查员来了个竹筒倒豆子，把他与袁丽丽的关系全说了。

赵军因肩周炎到中医院做推拿理疗，袁丽丽性格沉静，技术好，为人也比较谨慎，赵军得知袁丽丽家境比较窘迫，在经济上给了袁丽丽一些扶助，两人因此建立了私下的关系。

说白了，赵军给钱，袁丽丽献身。

两人都没有深入发展的想法，差不多一个月见一次面，都由赵军在当地酒店开房。赵军有时给现金，有时手机转账。

袁丽丽对赵军透露过孩子的病情，还托赵军找关系帮她给孩子看病，赵军担心引起外人的注意，找理由拒绝了，袁丽丽就没再提过。

赵军没见过袁丽丽的丈夫，但听袁丽丽说过，她丈夫有一个双胞胎哥哥，成了日本公民，混得很好。袁丽丽抱怨大伯子不管父母，公公婆婆一直由他们照顾，多年来大伯子连老人的生活费都没给过。丈夫太老实，家庭负担太重，生活没有希望。

两人最后一次开房是在2016年10月。赵军国庆长假后开始约袁丽丽，袁丽丽一直说忙，直到10月下旬才在酒店见面。

袁丽丽看上去情绪比较低落，透露丈夫身体出了问题，以后家里日子更不好过了。袁丽丽还主动提出，丈夫应双胞胎哥哥的邀请去了澳门，她可以留在酒店过夜，赵军表示自己无法对家中交代，婉言谢绝。

赵军承认，得知袁丽丽的麻烦越来越多，他开始担心被袁丽丽缠住不放，当时已开始考虑分手问题。

2016年11月，赵军听说袁丽丽的大伯子出了车祸，有一段时间没见。

赵军正在犹豫是否借此机会与袁丽丽断绝来往，就收到袁丽丽的信息，表示丈夫已经知道了他俩的事情，以后不能再来往了。当时赵军非常忐忑，担心袁丽丽的丈夫会来找他麻烦，但并没有。

2017年元旦，赵军在河西商业街陪老婆逛街，偶遇袁丽丽，当时袁丽丽和一个男人手拉手逛街，两人有说有笑，看上去很亲密。赵军当然没有上前和袁丽丽打招呼。

为免尴尬，以后肩周炎虽然很严重，赵军也没再去中医院做推拿，而是换了一家私人诊所接受理疗。

赵军再三请求侦查员不要将此事泄露给他的单位和家庭。他说无论在单位还是在家里，他都以好男人、好丈夫、好父亲的形象出现，还说其实他和袁丽丽都很清楚，他们之间的关系与感情无关，只是各取所需。

侦查员找赵军的时候已经排除了他的作案嫌疑，只是希望能从他这里得到与袁丽丽被害有关的信息，赵军贡献不大，但从另一个角度呈现了被害人袁丽丽不为人知的一面。

赵军没想到，那次元旦的偶遇，就是他和袁丽丽这辈子的最后一面。

赵军为此庆幸不已。

18

达州回来后，江小流给普克送了一部最新款的苹果 X 手机。

其实去之前江小流就在官网订了货，只是到货需要时间。之所以送最新款，原因很简单，这款手机可以设置人脸识别解锁功能。

众所周知，普克每天的记忆将在睡梦中清零，新的一天，如果无人告知，普克基本无法使用当下任何一款智能手机，而这会使江小流的“洗脑”计划难以实现。

江小流计划通过更简便有效的方法，帮助普克完成每天的“洗脑”。

为此，彭大勇、马一路和江小流，包括普克自己，共同为“洗脑”计划录制了一段视频文件，放在了新手机的首页位置。

视频中，由普克首先出场。

“早上好，普克，说话的人看上去是不是有些面熟？”普克在视频里这样对正看视频的普克自我介绍，“其实我就是你，也就是普克。咱们是宁江市公安局的一名刑警，正和搭档进行一起案件的侦破。还记得搭档是谁吗？”

每次看到这里，看视频的普克都会毫不犹豫地回答自己在视频中的提问。

“大勇，彭大勇。”

于是视频中彭大勇登场。

“早上好，普克，你当然不会忘记我彭大勇啦，我那么招人喜欢。”彭大勇用曾经为普克所知的风格，嬉皮笑脸地接棒，“你肯定也记得，咱俩之间最重要的是什么？”

此时看视频的普克会本能地回答：“信任和默契。”

“对，信任和默契。所以现在我要告诉你，之所以录制这么特殊的视频，是因为你病了。你的记忆总是退回到 2006 年夏天一个星期六的傍晚，咱们加班审完一个嫌疑人，然后你打算去参加朋友的送别派对……但这已经是很多年前的事情了，现在已经是……”

此时由身穿警服的马一路接过了彭大勇的接力棒。

“……今天是 2018 年 3 月 22 日。你好，普克，我是一名警察，我叫马一路，是光明路派出所的一名社区民警，也是你现在的搭档之一。我们还有一位搭档叫江小流，和你相反，她能记住所有的事情，所有的细节，所以你的老搭档彭大勇为我们建立了一个三人小组。顺便说一句，彭大勇现在是我的顶头上司、光明路派出所所长。接下来你看见的就是江小流……”

江小流对着镜头说：“我是江小流，你只要知道，我能记住一切就可以了。想知道任何发生过的事情，你都可以问我。”

然后镜头一偏，彭大勇、马一路、普克和江小流同时并排出现，四人的手交叉相握。

视频到此结束。

视频的文案是几个人共同商议，经普克反复验证后确定的，以保证最高的“洗脑”效率。关于当下日期的片段则可以根据具体时间每日重录，确保普克每次看到视频都是正确的日子。

江小流为这个视频起的文件名是“案件”。

在此之前，他们测试过好几个文件名，比如普克自己的名字，比如彭大勇的名字，比如普克家人的名字，但都没有“案件”对普克的吸引力大。

如果“案件”和另一个名字同时放在首页，普克每次都会先点开这个文件，屡试不爽。

首页还有另一个文件，是一个拨打彭大勇手机的快捷方式，文件名就是彭大勇的名字。

多次测试，普克每日醒来，在不知身在何处、不知当下何时、无人解释无人介绍的情况下，总是先点开视频，然后给彭大勇打电话。

马一路提出过先给彭大勇打电话、再看视频的顺序，江小流反对，因为要考虑到彭大勇的电话无法接通时，普克也能第一时间了解到基本情况。

人脸识别技术解决了普克记不住新密码的难题。

但如何让普克在无人帮助的情况下，看见一部陌生的、记忆中根本不存在的手机，会主动拿起来，碰触屏幕，激发人脸识别功能解锁屏幕？

“在屏幕上贴一张我女儿的照片，普克一看就会认为这是我的手机。”这是彭大勇与普克多年前搭档的经验所得，“而且他每次看见都会拿起来看一眼。”

手机上贴的是彭大勇女儿三岁时的照片，现在她已经 15 岁了。

身份确认的问题就这样基本解决了。

接下来江小流提出了另一个需要解决的问题：普克的住所。

精神康复中心一是比较远，二是有康复中心的管理规定，三是大家一致认为，以普克目前的状态，继续住在康复中心既不方便又没必要。普克自己也愿意从康复中心搬出来，但落脚何处出现了争议。

江小流直接提出让普克住在她家。

“反正那天普克也住过了，”就是刚从达州回来的那个晚上，因为时间太晚，江小流坚持将普克带到她家住了一夜，也令向来沾枕头就着的马一路失眠了一夜。江小流轻描淡写地说，“我俩相处得挺好的。”

马一路很想问江小流，什么叫“相处得挺好的”？

他不可能真的开口问，他又不是真的白痴。

马一路看着彭大勇说：“彭所觉得合不合适？”

彭大勇一看马一路那眼神就明白他的小心思了。马一路当然会反对普克住进江小流家，但马一路不敢当着江小流的面反对，希望他来当这个恶人。彭大勇倒不是怕当恶人，但他必须全面衡量这件事情的利弊。

对目前的普克来说，什么是最重要的？

事业、爱情、健康、家庭、记忆……这一切都很重要。

作为普克的老搭档、好朋友，彭大勇很贪心地希望普克能拥有所有这些，希望自己能帮普克找回所有这些。

冷静下来一想，会明白这并不容易。事情有轻重，有缓急，也有永远实现不了的无奈。

比如说，无论彭大勇如何努力，也不可能让死去的米朵重回普克身边。

想到米朵，彭大勇忽然有了主意。

“都别操心了，”彭大勇故意不看马一路，“你们以为普克生下来就住康复中心？人家自己有家！”

是的，普克曾有一个家，属于他和米朵的、简单但温馨的家。

他们把那个家叫作“窝”。像小鸟筑巢一样，一点一点衔来泥土、树枝甚至花朵，搭建他们的小窝。

刚住进去没多久，米朵就走了。没过多久，普克就住进了康复中心。

从那以后直到现在，那个家一直空在那里。

彭大勇用普克的工资卡帮他按时还贷，每个月去帮普克开窗、通风、打扫卫生。

连那两只米朵养的小乌龟，现在都还活着。

彭大勇总觉得这么多年过去，两只小乌龟还是和从前一样大。这常常会令他恍惚觉得，其实记忆和现实中间，并没有隔着十年的距离。就像昨夜和今晨，只隔着一个梦。

彭大勇向来以“糙人”自诩，从来没把这些太过文艺的心事说给任何人听。

但现在他忽然觉得，也许是时候把这些心事还给普克了。

结果彭大勇这话一出，最惊讶的是普克自己。

“我有家？”普克的父母远在外地，还有一个妹妹和父母住。但普克听出彭大勇指的显然不是他父母家，“你是说我在宁江有自己的家？”

“对。”这些年彭大勇经常会对普克提起米朵以及他们曾经的家，但第二天普克就忘了。最近因为三人小组的成立，话题明显发生了转移，彭大勇不再对普克提起米朵，而江小流和马一路也不知情。“你自己的家，就在宁江。”

“你不会告诉我，家里还有个什么人吧？”

“也没准儿呢。”

“能不能剧透一下，是个什么样的人？现在正在家里等我吗？”

彭大勇的心轻轻地抽痛了一下。

“去看看就知道了。”

于是一行四人前往普克的家。

路上普克显得很好奇，不断地问东问西，彭大勇一概用“到了就知道了”作为官方回答。马一路一边开车，一边悄悄观察普克，心里不知怎么，有种说不出的不安。

到了普克家楼下，彭大勇带普克走在前面，马一路在后面悄悄拉了拉江小流。

“你说普克会不会一回家，忽然一下子就醒了？”马一路小声问江小流。

“不会。”

“为什么？”

“要是那样，他就不用在康复中心住十年了。”

彭大勇用钥匙打开普克家的门，几个人都悄悄盯着普克看。

普克也有些紧张。他在门口站了一会儿，推门进去。

一切都那么陌生。马一路从普克的微表情中读出了这种感觉。

两室套的小房子，略显田园的装修风格，简洁中略显清淡。客厅没有沙发，靠窗有一张条桌，桌上摊着一本医学专业书，翻开的页面已经变成了淡淡的黄色。

一间卧室，一间书房，最多的就是各种各样的书。

角落里有一个鱼缸，里面没养鱼，假山上爬着两只小乌龟。

普克回头看看彭大勇，“我还以为家里藏着个田螺姑娘，结果是两只乌龟。”

“我可照顾了它俩十年。人家有名字的，一个是大呆，一个是小呆。”

“我都不记得了。”普克茫然地看着小乌龟。

江小流忽然看见了书房桌上有一个相框。这是整个家中唯一的一张照片，并且不是合影，是一张年轻姑娘的单人照。

照片中的姑娘，就是年轻的米朵。

那是一张米朵上医学院时的照片，可能是在实验室被人抓拍的，正在显微镜前专注地研究镜头下的世界。当年普克米朵乔迁新居，请彭大勇来吃饭，彭大勇看见这照片问过普克，家里为什么不摆张两个人的合影，偏要选一张这样的工作照。

普克当时笑而不答，把目光投向了米朵。

那一刻彭大勇就明白了，那就是普克心中深爱的米朵的样子，无论是精神还是容貌。

江小流轻声问身边的马一路：“这就是米朵？”

他们曾听彭大勇提过一次米朵的名字，知道她已经离世，但不清楚细节。

马一路还没来得及说话，就听到身后彭大勇忽然叫起来。

“普克！普克！”

两人回头一看，普克不知什么时候悄无声息地倒在了地上。

三个人冲过去，一通忙乱，又是呼唤普克的名字，又是打 120，又是尝试检查呼吸脉搏、准备急救。彭大勇先醒悟过来。

“先别乱，先别乱！”彭大勇小心地再次检查普克的心跳和呼吸，“我怎么觉得……”

马一路也意识到什么。

“睡着了？”

果然，普克睡着了。躺在地上，呼吸平稳，甚至有轻微的鼾声。

“原来他是用这种办法忘记痛苦的。”江小流说。

等普克一觉醒来，又是新的一天。

那些曾刻骨铭心的痛苦，将又一次被遗忘在睡梦中。

19

普克的住所问题，因一个小小的偶然，意外解决了。

江小流回家的时候，在楼下遇到房产中介的人带客户来看房。

楼上 704 老太太的三个儿子打算以最快的速度将房子卖掉，以防凶宅的名声泄露，房子惨遭贬值。为此三人向中介承诺，房价卖得越高，房子卖得越快，中介得到的佣金越高。

不知底细的江小流立刻当着看房客户的面对中介建议，房子可以卖给她。

看房的客户急了，表示他要求看房在先，江小流得往后排。可能因为心急，客户的话说得比较刺耳。中介并不知道江小流就是楼下的住户，看有人抢房，求之不得，在看房客户和江小流中间趁机哄抬房价，扬言还有好几位客户也等着排队看房。

江小流一听这话，明白中介的意思了，也不多说，跟着中介一起和看房客户来到楼上 704。一进门，江小流熟门熟路，带着客户和中介把整套房子走了一圈，一边走，一边从记忆库里拎出她和马一路那天的所见所闻所感。

准确地说，主要是江小流的“所见”，马一路的“所感”，再综合两人的“所闻”。

从那天马一路和江小流进门开始，看房客户与中介一起观看了一出真人版的“情景再现”。

“这什么味儿、你闻到没？”

“当然。”

“你觉得是什么味儿？”

“像初中化学实验课上甲烷的味道……还有高中化学实验课上硫化氢的味道。”

“我觉得是臭鸡蛋味儿、臭脚丫味儿，还有点儿咸鱼味儿。”

“你不才吃过方便面？”

“想起来了，也有氨气的味道。”

他们走进了主卧。

“苍蝇更多了。”

“尸臭！”

“这就是尸体的气味？”

到了主卧卫生间门口。

“难道……老太太洗澡的时候出事了？”

“老太太有保姆。”

“你往后站站。”

“你别管我，你……”

“你是警察我是警察？听你的还是听我的？”

这位警察拉开了卫生间的门。

接下来这一段，江小流不仅再现了马一路当时坐在地上时发出的惨叫，还以她旁观者的视角，描述了地上那厚厚一层蛆遭受马一路体重碾压时的状态变化。

“有点儿像新鲜葡萄捏碎时的爆浆，”江小流心平气和地对看房客户和中介这样回忆，“是那种刚摘下来的葡萄，爆浆的时候，能听到‘啪’的一声，你们肯定知道那种感觉。”

那天马一路吐的除了出警前半小时吃的方便面，基本只有胃液。

可是看房客户和中介就不一样了。

江小流根据他们各自的呕吐物判断，看房客户中午吃的是海鲜餐，房产中介除了盒饭外还喝了珍珠奶茶。

但江小流的情景再现还没结束，因为接下来才是这幕独角戏的核心内容。

“警察坐在他吐出的打卷方便面和白白胖胖的蛆上，看见前面轮椅上放着 704 老太太的头，说真的我也不知道当时他认没认出那是一颗头。一般人的头都长在脖子上，不会单独放在轮椅上。”江小流滔滔不绝地在看房客户和中介的呕吐声中继续她的介绍，全不顾他们还有没有能力听进耳朵，“但我认出来了，你们可能不知道，我这人记性特别好，就算老太太的头被割下来了，我也能从她头发的样子认出她……不过老太太的胳膊我真没认出来，那条胳膊塞在绞肉机里，有一半被绞成肉酱，剩下的被蛆爬满了……”

可想而知那场面，可以说相当尴尬了。

江小流以 704 楼下邻居的身份，亲自将看房客户和中介送出楼洞。

看房客户顾不上臭骂中介，脚步踉跄地跑了。

江小流看见他跑出老远，仍不断地停在路边俯身呕吐。

中介的表现比看房客户稍显坚强，等喝下去的那杯珍珠奶茶里最后一颗珍珠吐干净，他开始质问江小流到底想干什么。

“我想买 704 呀，一开始就和你说了。”

“看不出你这么一个小姑娘，做事这么绝！用这招压价，你也不怕遭报应？别忘了你就住楼下！”

要是马一路在，肯定会建议中介别对江小流用“小姑娘”或“小妹妹”这种称呼。

“第一，我不是小姑娘；第二，我没想压价，704 原来想卖多少钱，我可以按价买；第三，我根本不相信报应；第四，我更不会忘了我住在楼下。要是那天你也跟我们到 704 了，你就知道我什么事情都不会忘。”

中介听了江小流这话，半信半疑，喜忧参半。

“你说你打算买 704，而且就按 704 原来的报价？不压价？”

“对呀。顺便问一句，704 原来报价多少？”

中介研究了一下江小流的表情，从江小流面无表情的脸上，他当然看不出什么名堂。

“你等一下。”中介掏出手机，“我问问委托人想卖什么价。”

也许是刚才的大起大落冲昏了中介的头脑，中介又心生侥幸了。委托人把

704 委托给中介时，不仅给过乐观的心理价位，而且也给了一个几乎拦腰对折的心理底价。

江小流看中介装模作样准备走开打电话，把中介叫住。

“你是不是以为我傻？”江小流问，“我已经接受原来的报价了，你还想趁机加价，我只好礼尚往来了。”

“礼尚往来？”

“你加价，我压价。”江小流看不出一丝怒气，老让中介觉得她是在演一个什么古怪的角色，“你加多少，我翻倍往下砍。不信你可以试试。”

中介强装硬汉，冷笑一声。

“你能砍，房主就不能不卖？”

“当然可以不卖啦。但房主找你不就是打算卖房吗？你急着卖房不就是为了挣佣金吗？不然咱们在这儿讨论什么？”

“我可以帮房主找更好的客户，卖更好的价！”

“问你一个问题，”江小流问中介，“房主有没有告诉你为什么急着卖房？”

“那就不关你事儿了。”

“好吧，你接着帮 704 卖房吧。”

江小流转身就要往楼里走，中介犹豫了一下，到底有些不安，叫住江小流。

“你不会……又对别的客户来刚才那招吧？”中介先发制人，“那可太缺德了。”

江小流停下脚步，回到中介面前，面无表情地看着他。

“刚才我还不确定你知不知道 704 发生过命案，现在确定了。看来你还是没打算告诉别的客户，只好我来完成这个工作。”江小流说，“你已经知道我住在楼下 604，而且我不坐班，可以从早到晚待在家。任何时候你带客户来看房，我都可以把刚才的过程重复一遍，我向你保证，全都是事实，一点儿不会走样。你要是还不信，我可以把上次跟我到 704 处理警情的社区民警找来，让他亲口告诉你，我说的每一个字是不是真的。”

中介脸色苍白地看着江小流，这苍白和刚才的呕吐无关。他认真地思考了一会儿。

中介总算还有理智，决定回到谈判的原点，报了一个价格。

"和你们中介公司门口招牌上推的同房型的房价一样。"江小流说。

中介心一慌，又退了一步，"你要是觉得贵，我还可以和房主商量……"

"其实房主的情况我比你了解。死去的老太太有三个儿子，老大在美国，老二在澳大利亚，老三在北京……"

"你可不能半道截和！我……我这个月房租还没挣出来呢。"中介快哭了。

"你误会了，"江小流并不是安慰，只是解释，"我没想跳你的单，只想告诉你，我接受你刚才的报价了。"

江小流接受 704 的报价后，没回家，直接到所里找彭大勇。

彭大勇一听江小流要买 704 的房子，有点儿懵。

"你一个人住着 604 还不够？"彭大勇倒没太在意"凶宅"啥的，可能当过刑警都有这免疫力，还和江小流开玩笑，"难道有钱人真是'房子买两套，自己住一套，头上顶一套'？"

"我住 604 是够了，普克还没地方住。"

"你买 704，给普克住？"

"对呀，再合适没有了。我住楼下，普克住楼上，马一路在街对面派出所，以后我们三个干什么都方便了。"江小流说，"不过有个麻烦，房价已经谈好了，但我名下有好几套房子，按宁江的政策不能再买房了，得用普克的名字买，所以来找你商量。"

见多识广的彭大勇眨巴了半天眼睛才回过神。

"不行！"彭大勇一回过神，态度就相当坚决，"我不同意。"

"为什么？"

"很简单，普克没钱。那套两居室的贷款还没还完呢。"

彭大勇没说，就算那套房子的贷款还完了，他也不会同意普克买 704 的房子。

"我有钱呀，不用贷款，可以付现金。"

"你有钱也不行！"

"为什么？"

"你有钱，你怎么不把你的钱全捐给红十字会？"彭大勇不知怎么有些发急，“再不行还可以拎着现金到街上见谁给谁！”

江小流看出彭大勇发急，但不明白他为什么发急。

“我为什么要这么做？我和街上的人又没关系。”

“你为什么要用普克的名字买房？你俩又没关系！”

“我和普克是搭档呀。”江小流振振有词，“是你让我们搭档的。”

彭大勇语塞。想了想，他找到一句话来反击。

“马一路也是你们的搭档，你怎么不写马一路的名字？”

“要是马一路有资格买房，也可以写上他的名字，我没问题。”江小流很坦然。

彭大勇瞪着江小流，拿起手机，拨了马一路的号码。片刻，马一路接听了电话。

“喂，彭所？”

“跑步到我办公室！”

彭大勇挂断电话，随即真的听到脚步声，马一路真是从楼下跑上来的。一进门，看见江小流，马一路愣了一下，又发现彭大勇神情不对，有些担心。

“出什么事儿了？”马一路小心地问。

“江小流准备把她家楼上的704买下来，用你的名字买。”

马一路差点儿跳起来，“我不要！”

江小流转脸看着马一路，“彭所说得不太准确，不过……你为什么不要？”

“我、我、我……”马一路一急又结巴了，“反正我不要！”

“不用你出钱，我有钱……”

马一路少有地打断了江小流，而且态度相当粗暴。

“你有钱是你的，我要买房就得我自己出钱，用你的钱算怎么一回事儿？借这事儿正好和你再说一句，以后别老‘我有钱、我有钱’……你这样很伤男人的自尊知道不？我没钱又不是我的错！”

马一路一口气嚷完，看见面前的江小流若有所思，像在凝神倾听什么。

马一路又有些担心了，用手在江小流面前晃了晃。

江小流仰脸看着马一路，“有纸巾吗？”

马一路更担心了，以为自己这几句心里话，要把江小流弄哭了，有点儿手足无措，到处摸纸巾，没摸着。

江小流看见了彭大勇办公桌上的纸巾盒，上前抽了一张纸，仔细地擦了擦脸。

“这么激动？”江小流嘟囔了一句，“喷了我一脸口水。”

彭大勇在一旁对马一路暗暗竖着大拇指，同时对江小流说：“马一路说的就是我要说的，我要说的就是普克要说的，总而言之一句话，704 不能买。”

江小流想了想说：“不能买，总能租吧？”

“租……”彭大勇犹豫了一下，“最好也别租。”

“买房我没资格，所以才找你。租房你就管不着了。”

说完江小流转身要往外走，马一路急忙拦着她不让走。闹了半天，他还不太清楚是怎么一回事儿。

“什么情况？好歹也跟我解释一下？”

“楼上 704 在卖房，普克正好没地方住，我就想把房子买下来。但我名下房子超了，想用普克的名字买，彭所就把你找来了。”

“啊？原来……没我啥事儿？”马一路这才反应过来，自己被彭大勇当枪使了。

“那我问你，用你的名字买，行不行？”

“不行！”

“那你拦我干吗？”江小流又要走，“我去找中介，看能不能把房子租下来。”

彭大勇利用这个空挡，把头绪理清楚了。

三人小组不管怎么说也是成立了，彭大勇这几天还在琢磨，总得有个地方办公，派出所地盘小，办公室本来就紧张，江小流说起来算是所里的人了，就算是临时工也得管理起来，何况她……至少是个不安定因素，普克又是那种特殊的情况。

把 704 租下来当成三人小组的临时办公室，兼作普克彻底康复前的宿舍，倒真是个不错的选择。

何止是不错的选择，简直就是“瞌睡碰到了枕头”的好事。

彭大勇清清嗓子。

“704 可以租，但是江小流，你得答应我一个条件。”

“行，我答应你。”

“你还没听我的条件就答应？”彭大勇觉得自己不是故意找碴儿，完全是为了培训江小流这个有天赋没规矩的新人协警，“万一我的条件……你做不到怎么办？”

马一路在旁边咧嘴笑了。

“笑什么笑？”彭大勇冲他瞪眼睛。

“你让她答应你的条件，那肯定得是她能做到的，不然你提条件有什么用？”

“马一路说的就是我要说的。”江小流说。

彭大勇头一回在马一路和江小流面前红了脸，心里一个劲儿后悔自己摆错了谱；又有些暗自高兴，因为从马一路和江小流身上，彭大勇看到了自己与普克身上曾经熟悉的那种信任和默契。

彭大勇假装刚才那一段记忆已经被删除了。

“江小流，你去找中介把704租下来，房租尽量往下压。不管最后压到多少，房租分三份，一份所里报销，当作三人小组的办公费用；一份普克出，当作他的房租；还有一份算我的，算我……以后没事儿去你们那儿喝喝茶，吹吹牛，就当我预付茶水费了。”

“别的我没意见，但我不会压价。”

“马一路会，马一路陪你去。”

“谁说我会压价？万一压不下来……”

彭大勇在马一路屁股后面作势要踹他。

“跟我装高端？那天我亲眼看见你在菜场帮社区老太太砍价，差点儿没把那卖虾的给气死，最后不还是把虾卖给你们了？”

马一路还想在江小流面前为自己挽回点儿面子。

“主要那虾已经死了……”

“704的老太太也死了！”彭大勇指着门外命令马一路，“就拿这理由去压价，回头我找江小流看回放，让我看出你有一分不尽力，下月扣你奖金！”

20

尽管房产中介百般不情愿，704 的房子还是租下来了。

比起卖房的佣金，租房的佣金是少了点儿，但总比白忙活最后一分钱拿不到强。

何况江小流还对中介承诺，她先把房子租下来，只要哪天楼市政策一放松，国家鼓励大家积极买房，她这样的人又有买房资格了，她会第一时间买下 704，而且绝不比市场行情低。

其实事情的关键在于：以目前的局势看，如果江小流不租下 704，很可能 704 既卖不出去也租不出去。

要知道，好事不出门，坏事传千里。尤其有一位把海鲜大餐吐了个干净的看房客户，发了条微信朋友圈，详细描述了那天的看房经历……基本上半个宁江的人都看见了那套凶宅究竟有多凶。

房主也有房主的算盘。

死去的老太太有三个儿子，老太太活着的时候，三个儿子天南海北，都说距离太远，照顾不了妈。老太太死了，留下的存款和房子，成了三个儿子会面的源动力。追悼会变成了遗产分割会，会没开完三个儿子就闹翻了。

年龄最小的三儿子撂下一句狠话。

"分不匀就不分！有本事看谁最后死，熬到最后的直接吃独食！"

气得比他大十岁的大儿子当场发誓，从当天起就开始健康生活，戒烟戒酒戒女色，早睡早起早锻炼……非比老三活得久不可，哪怕只多活一天。

无论如何，704 也算是对这个家庭的长寿做出了巨大贡献。

房租支付问题，江小流听从了彭大勇的安排，没再说那句让人扎心的"我有钱"。

租房合同签下来第二天，江小流花三倍的价格，把一个家政中介所有空闲的钟点工全包了，从早到晚忙了三天。704 里里外外清洁消毒，所有原来的家具全部置换了（房东举六只手赞成，只要别让他们出钱买新的）。

至于新添置什么家具，江小流采用了一种简单粗暴的方式，直接复制了楼下她家的原样。

“这样我就不用再腾出空间记704的细节了，和我家全一样。”江小流说。

老实说，本来马一路再走进704的门，心里是有阴影的。

就像你在心里对自己说“不要想象一头大象”，一头大象已经出现在你的脑海。

马一路踏进704的大门，提醒自己“别再回想那位老太太”时，那颗放在轮椅上的头和绞肉机里的胳膊就自动回到马一路眼前。

可当马一路听到江小流说“和我家全一样”时，一切似乎都不同了。

淡淡的温暖代替了深深的恐惧。

彭大勇和他们一起陪普克从康复中心转移到704的新住所。除了一个简单的箱子，普克什么都没带，包括从前的记忆。

问普克想住哪个房间，普克说：“只要能看见风景。”

江小流就把普克带到老太太从前住的主卧（路过卫生间时，马一路很不争气地把脸转向了墙壁的一面），推开窗，外面一排树，树外面一个湖。

普克脸上立刻露出孩子气的笑容。

“面朝大海，春暖花开。”普克回头望着彭大勇，“这里好，我喜欢。”

彭大勇立刻觉得，自己预交的那1/3的茶水费，本来还有些肉痛，现在值了。

马一路悄悄把彭大勇拽到一边。

“彭所，一年6万的房租，1/3也得2万，您怎么和嫂子交代呀？”

“有啥想法就直说！”

“能不能再算我一份？这样您和普克的负担也轻一点儿。”

就这样，在彭大勇的“倡议”下，马一路也成为704的房客之一。

不必解释理由，马一路选的是和楼下江小流所住的房间同一位置的那间房。

为了能从父母家搬出来，马一路还和母亲进行了一番艰苦卓绝的斗争。

马一路告诉母亲，所里为了方便他照顾一位工作中的新搭档，特地给他在派出所辖区里安排了一间宿舍，并再三保证，只要一有空就回家，还答应以后继续穿母亲给他买的各种衣裤鞋袜，交了女朋友也一定及时向父母汇报……才算成功。

一切安顿停当，乍暖还寒的3月过去了。

3·20案件的调查并没有任何新的进展。

专案组的大部分成员都认为，综合案件的所有线索，目前唯一明确的嫌疑人只有一个，就是被害人袁丽丽丈夫卢继安的双胞胎哥哥卢继平，也就是后来移民日本，变成日本公民的高桥俊男。

高桥俊男在2016年10月得知国内的双胞胎弟弟卢继安家境窘迫并且得了不治之症后，约卢继安在澳门见面，之后两人精心计划了一个骗保计划：由卢继安假冒高桥俊男，在河西制造车祸意外事故。

卢继安死后，高桥俊男以所留紧急联系人卢继安的名义，出面办理他自己的后事及保险公司理赔。

为了使整个事件看上去更具说服力，高桥俊男和卢继安还将卢继安的妻子袁丽丽拉入他们的计划。

2016年11月11日高桥俊男“死”后，以卢继安的身份在卢继安家与卢继安的妻子袁丽丽共同生活，并以卢继安的名义，要求身在宁江的高桥俊男遗孀李雪配合办理保险理赔手续。

李雪对兄弟俩的骗保计划毫不知情，按照正常的程序配合办理保险理赔。由于保险公司对事故认定存在疑问，理赔出现了波折，但李雪最终还是争取到约400万人民币的保险赔偿金。

考虑到“亡夫”还有父母需由小叔子卢继安赡养，李雪不仅将400万尽数给了卢家，在高桥俊男以卢继安的身份去找她求援时，李雪又另给了“卢继安”100万，却不知道其实此人正是她的丈夫高桥俊男。

前后总共拿到500万的高桥俊男，以弟弟卢继安的身份在卢继安家与袁丽丽共同生活了几个月后，于2017年3月5日带着所有的钱离家出走。

高桥俊男临走时放弃了卢继安的手机，带走了卢继安的身份证，但以这个身份证登记的酒店只在新河市住到3月8日，从此之后，卢继安的身份证再未使用。

而高桥俊男的护照，则早在2016年他因车祸“死”后就停止了使用。

被害人袁丽丽与高桥俊男的关系，表面上看相当隐蔽，但通过几次手机短信的内容可以间接证实。

一次是 2016 年 11 月 3 日，袁丽丽与丈夫卢继安的微信对话。

此前一天，即 11 月 2 日，高桥俊男入境中国到了达州，以一个未注册的手机号与卢继安取得联系，于是卢继安从河西赶到达州，与哥哥高桥俊男交换身份。高桥俊男于 11 月 3 日以卢继安的身份返回河西，卢继安则以高桥俊男的身份留在达州，继续他们的计划。

11月3日袁丽丽在家中见到了回到家中的“丈夫”，其实是大伯子高桥俊男。

袁丽丽给真正的丈夫、留在达州的卢继安发信息，“他到了。太别扭了。”

卢继安看出妻子的不安，试图说服妻子，“就当是我吧。”

袁丽丽那时内心颇有挣扎，“我觉得我做不到……”

于是卢继安抛出了撒手锏，“有件事情一直没告诉你，我知道赵军的事情了。”

看到这条信息，袁丽丽可能急于解释，主动与卢继安视频通话。这次通话后，两人可能达成了共识，继续按原计划向前，直到 2016 年 11 月 8 日。

离计划实施的日子越来越近，从卢继安给袁丽丽发的信息可以看出，表面镇定的他，其实内心压力剧增。

卢继安给袁丽丽发信息，“还有三天……”在这里卢继安少有地使用了省略号。

此时袁丽丽虽然已不再觉得与高桥俊男相处别扭，但对卢继安的诀别仍感到痛心。

袁丽丽严肃地劝说丈夫：“你再考虑考虑！还有机会！”

卢继安在内心劝说自己不要动摇，“这是我能为你们做的最后的事情，不纠结了。”

说“不纠结了”，其实意味着内心的纠结。

老实忠厚又孝顺的卢继安，多年来工作不顺，挣不到钱，又得了病，对父母、对妻子、对儿子，满满的情意，却已无力付出给予，于是说服自己，用生命去付出、去给予。

这让妻子袁丽丽的内心感到不好受，虽然她也承认卢继安所说的是事实，“不知道说什么好……答应我，万一你后悔，随时停下来！”

听到妻子情感流露，卢继安被深深地感动，“虽然做好了所有准备，听你这么说，还是很感动……谢谢你！”

接下来袁丽丽的那条信息，不同的人产生了不同的解读。

袁丽丽对于丈夫的感动如此回应：“赵军的事情，我不是有意伤害你……家里真的太缺钱了！”

有人认为这条信息是袁丽丽对卢继安的真心忏悔，在求得丈夫的原谅。

也有人认为这条信息其实是袁丽丽在向卢继安告别，同时坚定并非不纠结的卢继安的决心，用当初促使卢继安做出决定的理由，将卢继安向生命的终点又推了一把。

果然，卢继安对妻子的感情又深了一层，“所以我才做这个决定，让你受委屈了……”

这时，袁丽丽最后一次尽了妻子的本分：“你还没答应我，万一你后悔，随时停下来！”

对于这句话，选择相信袁丽丽的人，进一步选择了相信，理由是，袁丽丽仍在“逼”丈夫终止死亡计划。

但之前选择了相反解读的，则直接反问：“袁丽丽要真希望丈夫活下去，别说报警，就是告诉直接告诉公婆，这事儿也就进行不下去了。”

这话确实难以反驳。

卢继平、卢继安的父母虽然一直表态“什么都不清楚，什么都不知道”，但他们对两个儿子的不同感情却是一目了然。

如果事先知道卢继安要用自己的生命去替卢继平死，说不定瘫在床上的老爷子会从床上跳起来反对。

不管前面对袁丽丽的解读如何有分歧，接下来卢继安的信息，则让大家共同认识到一个重要问题。

卢继安对袁丽丽的最后叮嘱表态：“好。到时我带上他的手机，万一我后悔，就打电话报警。”

事实上，交警并没有在烧毁的车辆中找到任何一部手机。

究竟是卢继安最后没带手机上车？还是有人在卢继安不知情的情况下，拿走了手机？

如果是后者，拿走手机的目的是什么？

根据调查，11 月 10 日，高桥俊男和卢继安分别在达州不同的租车行租了车，两车基本同时同向由达州开往河西。从有限的监控资料看，高桥俊男应该是全程“陪同”了卢继安，直到车辆撞上护栏并烧毁。

在整个过程中，警方没有接到过任何相关的报警电话。

卢继安的车上没有手机，车已失去制动功能，卢继安的确很难报警。

但全程“陪同”卢继安的高桥俊男，是否知道不远处的弟弟卢继安有可能对计划后悔？是否正因为知道弟弟有可能改变计划，才提前拿走了手机？

从 11 月 10 日袁丽丽与卢继安最后一次对话内容看，有些状态已经发生了微妙的变化，只有经过详细研读，才能窥见其中深意。

卢继安带着感情和期望与妻子告别：“好好照顾孩子，还有我父母。”

这次袁丽丽只发了哭的表情，没有文字。用表情代替文字，其实已经有“不必再说”的意味。

卢继安问袁丽丽：“他出发了吗？”

袁丽丽回复：“出发了。一定小心谨慎！”

高桥俊男于 11 月 3 日以卢继安的身份住进卢继安家，与袁丽丽同居数日，11 月 10 日返回达州，与弟弟会合，共同执行下面的计划。初到家时，袁丽丽觉得“很别扭”，等到离家时，卢继安是从妻子袁丽丽口中而非哥哥高桥俊男口中，才确认了高桥俊男的行程。

这足以微妙地说明，如果说袁丽丽最初对于兄弟俩的计划还属“无奈配合”，到了此时，袁丽丽对于丈夫卢继安将替代高桥俊男去死，她将永远失去真正的丈夫卢继安，要与高桥俊男以夫妻身份共同生活这个将要发生的事实，已欣然接受。

卢继安对此是一无所知，还是其实已心知肚明？

“再见。不说那个词了。你懂的。”

“那个词”应该是永别吧？卢继安用“再见”替代了“永别”，并说“你懂的”。

袁丽丽懂不懂丈夫的弦外之音？不得而知。

但袁丽丽又一次用哭泣的表情代替了文字。

而这是她与丈夫卢继安之间，最后一次发出心声的机会。

虽然袁丽丽与卢继安名下的手机之后仍有信息往来，但在2016年11月11日之后，此卢继安已经非彼卢继安，而是原来的高桥俊男，也就是卢继平。

这一点，通过信息内容可以清晰呈现。

2017年1月20日，仍顶着卢继安身份的卢继平，前往宁江找李雪要钱。

听上去有些荒谬，卢继平在宁江要见的人，正是他自己的“遗孀”李雪。对此，已与卢继平共同生活了两个多月的袁丽丽，心里一定很不是滋味。

“宁江都顺利吗？”

“还行。”

“见到她了吗？”

“约了，还没见。”

“约在哪儿见？”

“瞎吃醋！”

“想你……”

“我办正事儿！”

“她会不会认出你？”

这一段内容可以推导出几个内容：

一是袁丽丽对卢继平非常在意，而卢继平看上去恰好相反；

二是两人经过一段时间的共同生活，对彼此过去的秘密已有分享；

三是卢继平找李雪要钱时，李雪并不知道卢继平的真实身份，而卢继平也并不是以玩闹的态度对待此事，当成“正事儿”来办。

专案组的一组侦查员在确认李雪曾于袁丽丽死亡当日去酒店见过袁丽丽后，询问过李雪，李雪提供的线索，与袁丽丽和卢继平之间的信息内容一一应证，说明李雪确实不知道来找她要钱的是卢继平，而认为是小叔子卢继安。

袁丽丽与卢继平之后的信息内容，再次印证了李雪对侦查员所说的内容。

“怎么样了？”

“刚见过。哭穷。”

“再穷能比咱们穷？多少给一些吧？”

“说了，给5万，明天给。”

“才5万？保险公司赔400万呢！她也太贪心了！不行我找她要！”

李雪告诉侦查员，她作为丈夫高桥俊男的保单受益人之一，去日本办理了保险理赔手续，经过一番波折，最终争取到约 400 万人民币。这钱本来是李雪与卢继安一家一半，但李雪出于感情，自己一分没要，全都给了卢继安。

所以当 2017 年 1 月 20 日，冒用卢继安身份的卢继平来宁江找李雪要钱时，李雪的惊讶完全可以理解。但卢继平对李雪解释，自己赌博，还欠了高利贷，不还就过不了年。李雪为了救人一命，又给了冒用卢继安身份的卢继平 100 万。

这些转账记录都被侦查员核实，证明李雪没有撒谎。

但卢继平显然对袁丽丽撒谎了。

这个谎言由李雪之口拆穿。袁丽丽得知卢继平拿了总共 500 万，竟然说只拿到 5 万，而且只给了她 3 万家用……可想而知，任何一个自以为沉浸在爱情中、但又极度缺钱的女人，此时会有什么样的感受。

愤怒，应该是一种很正常的情绪。

更何况，还有别的情绪。

“你在哪儿？”

“什么时候回来？”

“电话为什么关机？”

“你在哪儿？还在宁江？和她在一起？”

“你到底在哪儿？我快疯了！”

卢继平从李雪那里又拿到 100 万，立刻用卢继安的港澳通行证去了澳门，一连几日，袁丽丽找不到卢继平，却不知道卢继平在那几天已将弄到的钱输光。

“明天到家。”

“这几天你到底在哪儿？”

“澳门。”

“去澳门干什么？”

“以前的一些事情，处理一下。”

“你不怕被认出来？”

“你烦不烦？”

卢继平虽然输光了钱，但还拥有在感情上对袁丽丽的把控。

“别生气……说这些不方便，回家见面，抱着你说一晚上好不好？”

“你不能老对我这样，忽冷忽热，我受不了。”

“忽冷忽热，忽软忽硬，你都受不了，对不对？”

“臭流氓……”

“想不想臭流氓？”

“想得要命！”

“洗干净等臭流氓回家……”

因此，除了愤怒，当袁丽丽得知真相时，迷惑、茫然、失望、反思、羞愧、懊悔、耻辱……产生这些负面情绪，也都很自然吧。

作为一个性格内向、具有传统价值观，却又有反传统行为的女人，袁丽丽的所有这些情绪，最终可能走向什么方向？

侦查员问过李雪，袁丽丽为什么来宁江找她。

李雪对侦查员的问题有些惊讶，并及时纠正了侦查员的误会。

“如果袁丽丽说的都是真的，那她应该不是来找我的。她说去年过完年不久，卢继平就离家出走了，她是来找卢继平回家的。”李雪这样告诉侦查员。

侦查员接受了李雪的说法，又问李雪，袁丽丽有没有说她接下来的打算。

李雪是这样回答的：“她只说了一句，说卢继平要是跟她回家还好，如果不跟她回去，大家就鱼死网破……我想这应该是女人的气话吧。”

这句话中其实暗藏两个信息：

一是无论李雪的转述多么谨慎，也能让旁观者明白，袁丽丽对于卢继平的所作所为确实是愤怒的，同时也做了“鱼死网破”的极端准备。

二是从李雪转述袁丽丽的内容看，袁丽丽仍然希望卢继平跟她回家，而这意味着，卢继平很可能就在宁江。

侦查员向李雪求证，袁丽丽是不是能确定卢继平就在宁江，李雪的回答相当严谨，严格周到，滴水不漏。

“我连卢继平是不是活着都不敢确定……处在我的位置，真的挺尴尬的，如果袁丽丽不主动和我说，我一句话都不好多问……你们能理解吗？”

李雪不仅不能证实袁丽丽确认卢继平在宁江，更不能证实她自己确认卢继平在宁江，因为她从头到尾根本不确认卢继平是否还活着！

一位开健身馆而非从政的美丽女人，能够如此谨慎巧妙地回答自己不能直接回答的问题，确实给两位上门调查的侦查员留下了深刻的印象。

也给旁听专案组案情讨论会上的三人小组成员江小流留下了深刻的印象。

下篇

恋人迷情

1

等待专案组寻找卢继平下落的日子里，三人小组每天都会重温一次 3·20 案情。

每次江小流原样重现关于李雪的这段内容后，都会特地问普克：“你觉得李雪有没有撒谎？”

普克每次都会认真地想一会儿才说：“从目前的状况看，没有证据显示李雪撒谎。”

马一路每次都会追问普克：“那为什么你不直接说，李雪没撒谎？”

普克又会认真地想一会儿，诚实地说：“不知道。”

直到最近的一次，马一路忍无可忍，用一个新问题结束了之前一次次的循环。

“不知道李雪有没有撒谎？不知道你为什么不直接说李雪没撒谎？”

“我只知道，不知道的信息太多，没办法根据现有信息做出判断。”

江小流说：“有一点我知道，3 月 10 日那天我在云中漫步亲眼看见李雪和卢继平在一起，李雪对我撒谎了。”

“那只是你基于卢继平还活着的假设做出的判断，”普克说，“就像专案组现在只能说，卢继平可能活着，假设他还活着，则有杀害袁丽丽的重大嫌疑，但到目前为止，这不是真实的结论。”

“而且那段时间的监控正好被删除了。”马一路补充说，“我和普克相信你的眼睛，别人可不一定相信。”

普克纠正马一路：“没有证据支持，我们也不能一厢情愿地相信江小流的眼睛和表述。”

“所以我白看见卢继平了？”江小流问，“咱们白去达州了？”

“当然没白去。”普克安慰江小流，虽然江小流看上去并不需要什么安慰，“我们看见了受害人袁丽丽，也知道了她和各种人的关系。”

“貌似没什么用。”江小流说，“她还是被杀了。而且我们只能说，袁丽丽疑似被疑似还活着的卢继平杀了，我们不知道这个疑似活着的卢继平现在到底是什么人，也不知道他到底在哪儿。”

马一路陷入了深深的茫然，“那我们现在到底知道些什么？”

“我只知道自从进了三人小组，天天听普克说不能有罪推定，我现在都不知道自己 3 月 10 号那天看见的人到底是不是卢继平了。”江小流说。

普克笑了。

“我知道你现在进步了，”普克对江小流说，“知道法律有法律的规则，知道不能凭个人认识逾越法律。”

“要是我没理解错，”马一路试探地问普克，“现在的关键就是必须找到卢继平？”

“问题是，就算找到一个认定为卢继平的人，怎么才能确认他真是卢继平？”江小流问。

“其实这也是我的担心。”普克说。

“确认一个人的身份还不简单？咱们可是警察。”马一路笑了。

江小流起身走到马一路面前，面无表情地看着他。

“我是卢继平。请你证明我就是卢继平。”

马一路一愣，想了想，“身份证、护照、户口本……”

“移民日本的时候我放弃了中国国籍，卢继平的户口销了，身份证也销了。2016 年 11 月 11 日出车祸死后，高桥俊男的日本护照也作废了。”

马一路又是一愣，这次他多想了一会儿。

“比对一下 DNA？”

“我在中国没留过案底，没有 DNA 记录。”

“看照片？”马一路自己说出来自己就否掉了，“肯定不管用。”

“就算问我父母，就算他们能认出我，他们说的话法律认不认？”

“只凭他们嘴上说，一样不行。”普克说，“可以试试周边 DNA 亲子关系鉴定。比如卢继平与父母的亲子关系，但还有另一个麻烦……”

“我和我弟弟卢继安可是同卵双胞胎。”江小流说出了普克的担心，“还有，别忘了卢继安已经替我死了，早就火化了。”

"听说同卵双胞胎的DNA也一样？"马一路忧心忡忡地问。

"至少是非常相近，"普克说，"但亲子关系的认定也并不是百分之百，再精细也只是无限接近一致。"

江小流挑衅地看着普克和马一路，把两手伸到他们面前。

"所以，我就是卢继平，但我就是不承认，你们能给我戴上手铐吗？"

那一刻，普克和马一路忽然觉得江小流如此陌生，仿佛被他们从未真实见过的卢继平附了体。马一路打了个哆嗦，背后一股凉气往上冲。

"江小流，把你第一次见到卢继平的画面回放给普克看！"

马一路已经很习惯把江小流的情景再现称为"回放"了。

对江小流来说，那确实就像她的大脑具备的一种基本功能，只要调出相关记忆，还原所有记忆的细节就行了。

于是普克第一次"看到"16岁的江小流，第一次"看到"他现在每天都耳熟能详但从未真实谋面的卢继平以及他的妻子李雪，甚至"看到"江小流尚且安好的父亲。

直到江小流停了下来，普克还意犹未尽。

"就这些了？"普克问。

"就这些。"江小流回答，"别的都无关紧要了。"

"这位松岛先生在其他场合有没有出现过？"

"出现过不止一次。"江小流说，"算是咱们三个的老熟人了。"

江小流直接把之前松岛先生的两次出现"回放"了一遍。

第一次是他们冒充保险公司业务员去卢继安家，因为一条江小流打算送给跳跳的蒂凡尼项链，被袁丽丽识破身份。

袁丽丽质问他们的真实身份，并威胁要报警。

情急中，马一路脱口说出了"松岛先生"。

而袁丽丽当时的反应，显示她也知道"松岛先生"的存在，并了解"松岛先生"与高桥俊男之间的关系。

这一点，在"松岛先生"的第二次出现时得到了证实。

三人在河西被袁丽丽赶出家门，回到酒店后，从各种信息推断，卢继平很可能让弟弟卢继安替死骗保，于是拨打卢继安的手机。

事实证明，卢继安的手机在袁丽丽手里。而袁丽丽至少有一刻误以为打电话的人正是卢继平，因此主动提及有一位“松岛先生”到家里找他。

江小流结束对松岛先生两次出现的回放。不仅普克，连马一路都有了新的收获。

“感觉这个松岛身上好像有些名堂……”马一路说，“卢继平、李雪和袁丽丽都挺把他当回事儿！”

普克对马一路说：“先纠正你一个说法，正好你们也帮我记住。松岛先生就是松岛先生，不要简称为松岛。”

“为什么？”

“我不懂日语，但有一位日本朋友，也是同行。”那位朋友也是刑警，普克认识他时还不认识米朵，因此仍留在普克的记忆里，“他对我说过，在日本，先生不是一种普遍的称呼，只有某些特定身份的人才能称为先生……”

普克纠正马一路的时候，江小流已经拿出手机开始搜索，结果印证了普克的说法。

“度娘说，在日本，有这几种人可以称为先生：老师、医生、律师和政治家，”江小流说，“总之就是德高望重的人。”

“在袁丽丽家马一路提到松岛先生，是应急反应，暂且不论，”普克详细说明他纠正马一路的原因，“但六年前江小流第一次见到卢继平时，卢继平就是说的松岛先生。后来袁丽丽回接江小流电话，也是说松岛先生，说明平时卢继平很可能就是这样称呼的。卢继平和李雪都是日本公民，在日本生活多年，他们应该了解这里的特定含义。”

“原来信息里还可能藏着信息！”马一路恍然大悟，“我明白了，再也不乱叫了，松岛先生就是松岛先生。”

江小流看着普克，“你是不是又觉得，咱们该去趟日本了？”

“你用了‘又’字，”普克问江小流，“这个问题咱们讨论过了？”

马一路叹气道：“从达州回宁江那天，你俩就心有灵犀过了。”

江小流盯着马一路看，“说这话你为什么先叹气？”

马一路不知道怎么准确表达“自己很可能去不了日本”的意思，还能保住自尊，普克却替他解决了这个难题。

普克拿起江小流送他的新手机，用江小流为他设置的人脸识别密码开锁，直拨江小流为他设置的彭大勇的号码。

电话很快通了，是普克熟悉的彭大勇的声音。

“大勇，编外神探三人组向你报到。”普克平时不太喜欢开玩笑，只有在彭大勇面前，才会用他的方式偶尔调侃一下，“今天到目前为止一切正常。”

“今天是神经病的神还是精神病的神？”彭大勇也照例对普克的调侃相当配合。

“要看接下来我们的申请领导批不批了。”

“什么申请？”

“我们三个打算去一趟日本，”说到案子，普克自然而然就恢复了平日的严肃，连个过渡都不需要，“唯一的嫌疑人卢继平下落不明，专案组正集中各种力量找他，我们暂时插不上手，想去日本找找线索。”

彭大勇在电话那头没有马上回答。江小流凑到普克身边，像和普克闲聊，但又正好能让电话里的彭大勇听见。

“估计彭所又会担心报销问题，其实咱们可以自己解决差旅费。”

“是啊，花自己的钱，办公家的事，我要是领导，肯定好好奖励这样的下属，最起码也得给他休个年假啥的。”马一路趁机敲边鼓。

彭大勇在电话里清清嗓子，马一路担心过火，不敢继续发挥了。

“普克，这事儿你说了算，”彭大勇把皮球踢给了普克，“你认为有必要去，咱们就克服一切困难去。”

“我有种预感，眼前这团乱麻，可能线头就在日本，能去一趟最好。”普克说。

“那就抓紧办手续吧，有什么需要配合的关节，我负责打通。”彭大勇拍板了。

普克正要挂电话，马一路在旁边急了，又是比画又是摆口形，就是不敢出声音。

彭大勇隔着电话却像是看见了马一路的各种肢体语言，假装刚想起来似的补充了一句。

“对了普克，告诉马一路，年假可就五天啊，珍惜着用！”

不等普克挂断电话，马一路已经来了个旱地拔葱，一跃而起。

“可以去日本看樱花了！”

江小流看着喜形于色的马一路，平静地给他泼冷水。

“前几天我查过了，今年日本气温高，等咱们去了，今年的樱花就谢了。”

马一路脸上有种“我就是樱花”的表情，咧着嘴笑个没完。

他不会告诉江小流，看不看樱花其实不要紧，宁江的樱花已经足够美了。

只要想想，能够陪伴喜欢的人一起去天涯，去海角，那种美才是不可超越的。

一路上有你。这感觉真好。

2

普克和马一路申请日本签证的过程中，专案组对卢继平的寻找仍无下文。

袁丽丽于 3 月 19 日晚间被害。当天她在快捷酒店送走李雪后，午餐时间叫过一次外卖，之后只在当晚九点二十一接到过一个电话，通话时间不到一分钟，然后袁丽丽于晚上九点半离开酒店。

专案组推测正是那个九点二十一打来的电话，将袁丽丽“调出”酒店，之后杀害。

经查，那个电话是通过快捷酒店不远处一个路边无人值守的公用 IC 卡电话打来的。图侦部门调取了当晚附近的监控记录，发现的确有人在晚上九点二十一走到公用电话前，使用了电话，使用时间不到一分钟，与袁丽丽的手机通话时间相符。

问题是，虽然监控记录了这个不到一分钟的过程，但却无法据此找到那个打电话的人。

一是因为当时是晚上，光线昏暗；二是打电话的人似乎有意回避监控，始终低着头，穿的外套上有帽子，帽子将头裹得很严实；三是由于监控视角问题，几乎是垂直俯视的角度，连此人的性别、身形、身高都难以判断。

另外，此人是从旁边一个街拐角走出来的。从走到公用电话前，到打完电话离开，又走回那个街拐角，这一段有监控记录，但街拐角另一侧的摄像头却有一个盲区。不知是刻意设计还是巧合，总之此人进入公共电话监控范围之前，以及离开公共电话监控范围之后，均找不到对应的图像。

而袁丽丽离开快捷酒店后，也是直接转到一个监控盲区，之后消失。

从大量周边监控数据推断，应该是有一辆车将袁丽丽从临近盲区接走，但盲区之外的区域是车辆行驶密集地段，很难判断接走袁丽丽的究竟是哪辆车。

袁丽丽的尸体是在离城区五公里左右的东山脚下被发现的。法医鉴定结果，确定袁丽丽是被勒死的，死亡时间约在 3 月 19 日晚间十一点左右，上下浮动半小时。从袁丽丽住的酒店到尸体被发现的地点，有大约七公里的距离。结合宁江当晚的城市交通状况，估测即使从酒店直接开车到达案发地点也需要至少 20 分钟。

也就是说，袁丽丽活着离开酒店，到以尸体状态躺在东山，之间最多只有两个小时，最短可能只有一小时。

不得不说，时间如此短暂。

法医鉴定结果显示，勒死袁丽丽的应该是类似电话线的紧实光滑细绳。现场没找到作案工具，也没看到袁丽丽挣扎的痕迹，说明较大可能是在别处勒死袁丽丽，然后抛尸案发地点。如果是在别处作案，又要在最多两小时中减去相应的作案时间。

尸检报告提供了一个细节，袁丽丽颈部致命勒痕相当干净利索，意味着勒死袁丽丽的人下手又快又狠，毫不犹豫，并且极有力量，致使正当壮年的袁丽丽没有任何挣扎的余地。

报告中还有另一个细节，引起了很多人的注意。

袁丽丽的右手中指及无名指指缝中发现少量血迹。经检测，血迹不属于袁丽丽本人，在袁丽丽身上也没有发现任何伤痕。这很容易令人联想，此血迹是否来自于凶手。但一位法医提出了他的疑问。

“很奇怪的是，虽然有血迹，但没有组织。”这位细心的法医说，“如果是被害人抓伤了凶手，不清楚为什么只留下血迹但没有附着的组织。”

无论如何，此血迹的血样还是进入了待查 DNA 库，等待进一步匹配筛查。

卢继平是本案中到目前为止最重要的嫌疑人，自然会将这些信息与他进行比对。

但卢继平早已在中国销户，日本护照也已经作废。如同普克和江小流担心的那样，除了一些旧日家庭合照，以及周围熟人的口头描述，没有任何可以作为实证的具体信息。

普克第一次旁听专案组的案情讨论会时，曾为现在各种刑侦技术的飞速发展感到惊喜和兴奋，但随着调查的推进，卢继平的下落始终没有进展，普克意识到，技术的进步固然重要，但不能解决所有的刑侦难题。

“比如江小流，”在三人小组的“办公室”，明月花园9栋704室，普克以近在眼前的江小流作为实例，“你的大脑就像一台最精密的全息记录仪，你能记住一切细节，你有几乎无限容量的记忆库，你也可以随时随地提取记忆库中的信息，但你却面临一个至关重要的问题。”

江小流立刻说：“信息筛选。”

看来江小流自己也发现了问题所在。不经筛选的信息，其实等于没有信息。

“所以我想提醒大家，”普克说话的对象是江小流和马一路，同时也是他自己，“不要只关注表面的数据，更要关注数据之下那些无法归类的细枝末节，哪怕是看起来无法归类于现代科学的部分。”

马一路不太自信地问：“包不包括……感觉？”

“当然包括。”普克不是第一次这样表态，早在去河西卢继安家时，普克就鼓励马一路尽可能发挥他的感觉功能，事实上也因此有所收获，“就我的个人观点，感觉的重要性不亚于实证，在无法直接得到实证时，敏锐的感觉能够把我们引向实证的方向。”

“那我能不能说个一直藏在我心里的感觉？”马一路瞥了江小流一眼，似乎有所顾忌，“但江小流最好能回避一下。”

“为什么？”江小流果然问。

“你在场，我……不大好意思说。”马一路有些扭捏。

“为什么？”马一路的回答显然没过关，江小流原地不动，继续问。

普克却从马一路的微表情中获得了信息。

“马一路不好意思当着江小流的面直说，可能并不是直接涉及江小流本人，”普克试探地分析，“但涉及江小流的性别。”

马一路瞪着普克，“你怎么看出来的？”

普克微微一笑，“我再往前一步。你想说的感觉，是不是和袁丽丽的尸体有关？”

马一路下意识地又扫了江小流一眼，随即微微侧过身体，回避江小流的视线，没注意到自己原本放在体侧的手，情不自禁地前移，两手相握放在了腹部的位置。

普克对江小流说：“注意马一路的动作细节，告诉我你看到了什么。”

江小流用了最省事的办法，直接“回放”了马一路的所有动作，但并没有得出结论。

反而是马一路，从江小流的“回放”中发现了自己下意识中的小动作，脸腾地红到了脖子根。

“不好意思，不好意思……”马一路一个劲儿向江小流道歉，还背过身去，“真不是故意的。”

江小流疑惑不解，问普克：“马一路为什么要不好意思？”

普克笑了。

“马一路的表面数据说明他是个莽汉，但数据之下其实藏着一颗温柔敏感又多情的心。”

“求你了，别分析我了，分析我关心的问题行吗？”马一路面红耳赤地求饶。

普克回到了严肃的状态，尤其是面对接下来这个无法不严肃的话题。

“如果我说得不对，请直接纠正我。”普克对马一路说完，特地转向江小流，此时他的神情变得格外肃穆，流露出一丝对亡者的尊重和怜悯，“从马一路问我能不能说个一直藏在他心里的感觉开始，他的目光就开始回避你，尤其是避开你的下体，所以我猜测他的感觉与性别有关。我说出这个猜测后，他问我是怎么看出来的，说明他认可了我的猜测。联想到此前咱们正进行的关于表现数据的话题，我把我的猜测往前推了一步，问马一路他的感觉是否和袁丽丽的尸体有关，并提醒你注意马一路的动作细节。你没有任何遗漏地重新呈现了所有细节，但没有进行有效的信息筛选，所以你不知道马一路的注意力再次刻意地避开了你的眼睛和你的下腹部，这意味着马一路不打算将你和他关注的对象进行对等连接，但他本能的避让本身就是一种连接。从这些信息综合推断，马一路想说的感觉，可能和案发现场看到的袁丽丽肚子上的那条内裤有关。”

普克说完，江小流看了一眼旁边的马一路，发现马一路正在目瞪口呆。

显然普克说对了。

“你说的信息我都看到了，但我不知道怎么把它们单独拎出来。”江小流说。

“只要掌握方法，这种训练并不难，尤其是对你而言。”普克鼓励地说。

马一路看着普克，忽然明白，为什么彭大勇费那么大周折，努力想把普克“唤醒”。

因为他太了解普克潜藏的巨大价值，作为刑警的价值。

能和普克这样的刑警成为搭档，令马一路感到自豪。

同时也令他产生了强烈的紧迫感，想加快步伐，追上普克的脚步。

“普克已经说得大差不差了，我就直说了。”马一路听完普克的分析，发现对待这样的敏感问题，回避其实才是一种暴露，索性大大方方地面对江小流，“当时在案发现场，我一看见袁丽丽的尸体就隐隐觉得奇怪。当时还没意识到究竟哪儿奇怪，想了好几个晚上才想出来：为什么袁丽丽全身的衣服都脱了，就剩一条小内裤盖在她的肚子上？”

江小流想了想，顺手从旁边纸巾盒里抽出一张纸巾，走到地毯前，往地上一躺，把纸巾盖在自己的下腹部，吓了马一路一跳，但马一路努力使自己保持专业化的镇定。

“对，就这样，”马一路尽量不让江小流和普克听出自己语气中的那丝羞赧，“不一样的是袁丽丽身上没穿衣服。”

普克走到江小流面前，低头看着躺在地毯上的江小流，如同看着袁丽丽的尸体。

江小流以袁丽丽尸体的造型闭着眼睛说：“需要我脱也没问题。”

“不用、不用、不用……这个真不用！”马一路一迭声地嚷，“意思我们都明白就行了。”

普克盯着江小流看，若有所思。“法医鉴定，袁丽丽生前或死后并没有性行为。如果脱掉袁丽丽的衣服是为了清除尸体的身份标志，为什么又留下了这条内裤？”

“还把内裤盖在尸体肚子上！”马一路加强语气。

江小流尽职尽责地躺着扮尸体，仍闭着眼睛，但分别“回放”了刚才普克和马一路的原话。

“如果脱掉袁丽丽的衣服是为了清除尸体的身份标志，为什么又留下了这条内裤？”

“为什么袁丽丽全身的衣服都脱了，就剩一条小内裤盖在她肚子上？”

“普克用了‘留’这个字，马一路用的是‘盖’，而且前后用了两次。这算不算信息筛选？”江小流问。

“当然算！”普克眼睛一亮，“认真想想，马一路，为什么你会用‘盖’这个动词？”

马一路一愣，“你们不说我还真没意识到……这俩字有区别？”

“有区别。”普克解释道，“留，有可能是无意识的动作，比较被动。盖，一定是有意识的动作，明显主动。”

马一路绞尽脑汁思考了一会儿。

“这就是一种感觉，我也不知道这感觉对不对，”马一路也从纸巾盒中抓起一张纸巾，随手一团，扔在地上的江小流肚子上，纸巾团从江小流肚子上滚落。马一路又抽出一张纸巾，俯下身，轻轻地将纸巾盖在江小流肚子上，“好像这条内裤是想遮住什么似的。”

“江小流，袁丽丽肚子上是不是有刀疤之类的痕迹？”普克问江小流。

江小流仍以袁丽丽的姿态躺着，用手拿掉刚才放在小腹部的纸巾，在下腹部非常具体地比画了一下，“就在这位置，有条刀疤。”

马一路犹豫了一下，“会不会是剖腹产的刀疤？我……我妈生我就是剖腹产，小时候我见过，就是这个位置。”

一直闭着眼睛躺着装尸体的江小流忽然坐起来，吓了马一路一跳。

“旁听案情分析会的时候，我问过法医，那条刀疤是不是新鲜的，法医像看鬼一样看我，然后说，那是剖腹产留下的刀疤，应该有四五年了，还说刀口挺漂亮。”江小流说。

“我不记得袁丽丽的孩子几岁了。”普克说。

“五岁。”江小流和马一路异口同声告诉普克。

“不是我抢你的话，主要是那个孩子……”马一路对江小流歉意地解释，“我想起来心里还是挺难受的。"

江小流明白马一路在说什么，她特地对已经忘记此事的普克做了简单的解释说明。

普克这才又一次知道，袁丽丽的儿子可能患有孤独症。

马一路的心情一下子变得低落。他无法不回忆那个名叫跳跳的男孩儿，同时忆起那天在卢继安家，正是因为跳跳扑在他背上不肯离开，江小流试图用项链引开跳跳，才导致他们被袁丽丽识破身份。

江小流显然也想到了这一段，"跳跳会不会把你当成爸爸了？"

"有可能……"

"如果卢继平以卢继安的身份住在卢继安家，跳跳能不能分清楚真爸爸假爸爸？"

"不知道。不管能不能，跳跳才五岁，连话都不会说……"

"就算会说也没用，"江小流自己又否掉了这个思路，"卢继平的父母会说话，也没见他们说什么。"

普克从江小流"回放"关于跳跳的那个片段开始，一直低着头没说话。马一路和江小流的讨论他都听见了，脑子里却总是往另一个方向跑。

裸体……没有性行为……内裤……盖……刀疤……剖腹产……孩子……

普克忽然抬头看着马一路和江小流。

"会不会是凶手的一种……一种……"普克也有些拿不准这种感觉，他仔细揣摩，最后选择了一个相对准确的说法，"会不会是凶手的一种致歉？"

"致歉？凶手？"马一路愣了。

江小流明白了普克的意思。

"凶手杀了袁丽丽，把她的衣服脱光，扔在灌木丛边。这时凶手看到了袁丽丽肚子上的剖腹产刀疤，忽然觉得不好受，于是又单独拿起脱掉的内裤，盖在袁丽丽的刀疤上，然后才离开现场。"江小流尝试着像普克一样分析。

"听上去像那么一回事儿，"马一路说，"可凶手为什么会觉得不好受？"

"如果凶手就是卢继平，袁丽丽又不是他老婆，他用得着不好受吗？"江小流说，"卢继平要是有这觉悟，他就不是人渣了。"

“卢继平要不是人渣，世界上就没有人渣了！”马一路愤愤地说。

江小流很少有地用追加的方式强调自己的观点。

“我也算见识过渣男的，”说这话时，江小流看了马一路一眼，马一路不由想起河西酒店那个晚上，江小流靠着他的肩沉沉睡去，“但和卢继平这种级别的渣男比，想想真不算什么。”

“为什么你们都认定卢继平是个人渣？”普克有些困惑。

江小流已经习惯每天根据需要为普克补习之前获得的信息。

“第一，我第一次见到卢继平时，卢继平借松岛先生的名头找李雪要钱，而且完全是当着我们的面公然撒谎，拿了钱就走了；第二，卢继平的父母长年由经济状况很差的弟弟卢继安照顾，卢继平从不承担赡养责任；第三，卢继平得知双胞胎弟弟卢继安患病后，利用弟弟的生命为自己骗保；第四，为了骗保还睡自己的弟媳妇，睡了人不算又骗感情，把袁丽丽耍得团团转；第五，保险公司的所有赔偿款都被他拿走了，还欺骗被他睡了人骗了情的袁丽丽说总共只拿到5万；第六，自己花光了钱一走了之，扔下一个烂摊子不管不问……”江小流语气平静但滔滔不绝地历数了卢继平的“渣”证据，“刚才说的是有实证的，我必须要再补充一条虽然没实证但我亲眼所见的，就是2018年3月10日我亲眼看见李雪在云中漫步骂卢继平，让他滚。总有一天我能证明，李雪骂的就是卢继平这个人渣。”

“普克可能不记得了，咱们在卢继安家，卢继安瘫痪在床的父亲都骂卢继平是白眼狼！”马一路补充了一点。

“我确实不记得了，但不影响我认同你们对卢继平的看法。江小流刚才说的已经足以证明卢继平的人品，只是……”普克脸上掠过一丝迷茫，迟疑着，“这和我们所说的数据下的信息形成了矛盾。”

江小流说：“凶手的致歉？”

普克点头。

马一路说：“致歉这个感觉会不会太……”

马一路找不到合适的词，普克替他找到了，“太主观？太抽象？”

马一路心里有些不踏实，“我真怕我的感觉会不会影响了你们的判断。要是让周到听见，肯定要骂我搞唯心主义。”

"周到？"普克同样不记得这个只是偶尔被别人提过的人。

"是所里的刑警，老瞧不起马一路。"江小流及时补充信息。

普克一下子就明白了。

"每个刑警都有自己的方法，不必拘泥于别人对你的态度，重要的是坚持真实，包括自己的真实感觉。"普克看着马一路的眼睛，马一路清楚地感受到普克目光中传递过来一种力量，那力量平和但绵绵不断，"感觉也是有逻辑的。你感觉内裤盖在刀疤上，我感觉这意味着致歉，这符合逻辑。但通过卢继平的所有信息，可知卢继平是人渣，人渣杀了袁丽丽符合逻辑，杀了人之后还致歉则不符合逻辑。"

"说明杀袁丽丽的人不是卢继平？"江小流问。

"现在还不能得出这样的最终结论，但我们要重视逻辑中出现的这个矛盾，通过更多的证据去证明或推翻现在的论点。"普克说。

"那我想再说说我的另一个感觉？"马一路说。

普克说："洗耳恭听！"

江小流说："快说。"

虽然他们的表达方式不同，但对马一路的鼓励效果却是一样的。

"凶手杀了袁丽丽，脱光了衣服扔在东山脚下那条小路旁的灌木丛边，猛看上去像是不想让人发现袁丽丽的尸体，也不想让人查出尸体的身份，可我怎么感觉事实好像正好相反呢？"马一路大胆提出猜测。

"你是说，你感觉凶手其实想让人发现袁丽丽的尸体，也想让人查出尸体的真实身份？"普克听懂了马一路的问题。

江小流的眼神游离了一秒钟，从她的记忆库里提取到了相关的数据。

"我明白马一路的意思了。"

江小流走到茶几旁，又一次躺在地毯上，然后拍拍身边的茶几。

"假设这是灌木丛，袁丽丽被扔在我现在的位置，上山晨练的人很容易看见我。"

江小流在地毯上翻滚了两圈，整个人滚到了茶几下，站在普克和马一路的位置，只能看见茶几但看不到江小流。

江小流的声音从茶几下传来。

“不想让人发现我，就该把我扔到这个位置才对。”

“不想让人知道我就是袁丽丽，只脱掉我衣服太草率了……”江小流又从茶几下爬出来，伸手从茶几上拿起果盘上的水果刀，面无表情地用刀在自己脸上比画，“起码先划烂我的脸，或者像 704 的保姆一样割下我的头，用绞肉机绞烂我的手指……”

“打住！打住！”马一路忍不住制止江小流，同时下意识地往通向主卧的过道看了一眼，“现在这里可是咱们的办公室，我和普克的宿舍……您的意思我们已经领悟了，行吗？”

江小流把刀放回了果盘。

“袁丽丽的包被沉在案发地三公里外的水塘，为什么不把袁丽丽也沉在那儿？比扔在小路边可靠，还节约时间。”

马一路有些兴奋，转脸看着普克，“江小流说得比较极端，但就是我想表达的意思。你觉得靠谱吗？”

普克没有直接回答马一路的问题。

“我又发现了一个逻辑上的矛盾，你们一定要帮我记住！”普克说，“袁丽丽从离开酒店到被抛尸，最多只有两小时，最少可能只有一小时。说明凶手将她带离酒店时，目标明确，就是以最快的速度杀人抛尸。法医鉴定袁丽丽是先被杀死再抛在灌木丛边，从时间地点考虑，凶手很可能就在带走袁丽丽的车上杀人，之后将尸体从车上搬运到抛尸地。即使是在晚上，凶手也不太可能将袁丽丽的衣服在车上脱光再转移，应该是先转移尸体再脱衣服。抛尸点没有灯，凶手将尸体抛弃后，摸黑脱掉尸体的衣物。此时有两个可能，一是凶手已经带着袁丽丽所有脱下的衣物离开现场，之后又带着内裤返回现场，将内裤盖在袁丽丽的腹部，再次离开。二是凶手在原地脱掉袁丽丽的衣物后，打灯看见了袁丽丽腹部的刀疤，然后将内裤盖住刀疤以表内心歉意，这才带着其他衣服离开现场。无论哪一种情况，都多了一道程序，而且是逻辑上的不必要程序，但这程序明显会浪费时间，这与凶手以最快速度杀人抛尸的初衷形成了矛盾。”

普克转向马一路，这才回答马一路刚才提出的问题。

“你问我觉得你和江小流的想法及表达是否靠谱，这就是我的回答，我认为相当靠谱。”

马一路又高兴又迷茫，“但我已经有些晕了……”

江小流也说：“凶手到底想怎么样？为什么自相矛盾？”

“因为凶手内心确实充满矛盾，而且自己并没有意识到。”

“意识到什么？”马一路还是没太跟上节奏。

“凶手没意识到，自己正在做的事情与原计划做的事情之间，隔着真实的情感。”普克回答道，“这进一步说明，凶手不是人渣，而是人。”

马一路和江小流都沉默了一会儿。

“这算好消息还是坏消息？”江小流像是在自言自语。

“不好说。”马一路也像是自言自语，“我感觉，凶手是人，咱们也是人。人与人之间，总算距离近一点儿吧？人渣的思路，我反正是不太懂。”

江小流说：“那就是好消息。”

马一路却高兴不起来。

“可……唯一的嫌疑人就是人渣卢继平，现在把卢继平否了，连唯一的嫌疑人都没了。”

“就算否掉卢继平杀袁丽丽的嫌疑，也不代表卢继平就和袁丽丽的被害无关。”普克说。

“你是说……”

“人是社会关系的总和。”江小流接话道，“我听普克说的。”

“这是马克思说的。实践证明，无一例外。”普克微笑地总结道，“所以我们要去日本，那里会有卢继平更多更深的社会关系。”

江小流犹豫了一下，还是说了出来。

“李雪也是。”

3

很多人第一次看到“云中漫步”的招牌，都会误以为这是一间咖啡馆或婚纱摄影店的名字。

后来知道这其实是一家健身馆，难免会幻想在这里健身，会像在云中漫步一样浪漫、轻松，不必费什么力气，就可以甩掉身上的赘肉或多余的脂肪。

再后来才会回归理性，发现在这里健身，同样会挥汗如雨、筋疲力尽，但回报你的是美女老板温暖亲切的笑容、温柔大方的话语、火辣身材的诱惑……即使身上的赘肉仍在、多余的脂肪未消，也会觉得来到云中漫步物有所值。

竞争激烈的健身市场，云中漫步的生意一直很好，这大概就是原因所在。

除此之外，云中漫步那些无论面孔还是身材都如同秀台模特的健身教练也功不可没。

和业内很多健身馆有所区别，云中漫步的健身教练虽然身材很好，但绝非健身比赛中那种肌肉过度发达的类型。

无论男教练还是女教练，身高、体型、肌肉，相比普通人，只好一点点。而这一点点，恰好区分“美”与“不美”，恰好给人以“希望”而不会令人“破罐子破摔”。

每次李雪亲自给新来的健身教练上课时，都会特别解释这个“恰好”。

“不必太美，太美会让来健身的人心中生畏，然后放弃办卡，放弃坚持，放弃训练，”李雪对她亲自挑选的教练们这样解释，“只比他们的现在美一点点，让他们相信，他们坚持下去，也会像我们一样，又美又好，恰到好处。”

因此在云中漫步，最多的就是怀着“恰好”渴望的普通人。

他们选择各自心仪的、与他们心目中的目标最接近的健身教练，信任教练，跟随教练，并在长期的私教课中，与教练成为朋友，甚至成为家人。

可以想象，这样的教学关系中，就经济效益而言，健身教练当然受益匪浅。

云中漫步的健身教练收入好，有尊严，在宁江健身界已颇有声名。

与此同时，云中漫步对健身教练规矩多、管理严，也是众所周知。

其中一条是：不允许与健身馆的会员发生恋爱关系。

恋爱，是情感，禁不了。发生恋爱关系，是肉体，必须禁。

李雪是这样注释她的这条规定的：“在云中漫步，教练只卖身材不卖身。”

言简意赅，不留余地。

所以那天，李雪被一位熟识的女顾客拉到角落，在“闲聊”中听到小段的最新八卦时，可想而知她的心情。

“李总，和您打听个事儿。”

“闲聊”是这样开始的。事实上，在不带课也不健身的时间里，李雪有意无意地制造这样的“闲聊”，以此掌握健身馆的各种信息。

“您请讲。”李雪对所有的客人都一视同仁地采用尊重的态度。很少有人明白，尊重其实是赢得尊重并保持距离的最佳途径。

“小段教练最近是不是被那个姓陈的职业外围包了？”

对方一说“姓陈的职业外围”，李雪立刻明白她指的是谁。

其实姓陈的并非“外围”，但曾有过一段被人包养的经历，并借那次包养所得的“第一桶金”，开了一家西餐厅。

“您是指开西餐厅的陈总吗？”李雪必须时刻把握好与任何人交流的分寸，尤其是女人与女人之间貌似亲密的“私房话”，随时有可能使闺密变成“塑料姐妹花”。

“就是她！包了小段。”

“这不可能，您一定是误会了。”

“您还不信我的话？消息绝对可靠！”

“且不说陈总不是那样的人，”李雪的态度相当坚决，“就说小段，虽然年轻，但云中漫步有严格的规定……”

“规定算个屁！”女人到了中年，松懈起来会比男人更油腻，不仅是身材．言谈举止更甚，“李总您管得再严，总不能拿把锁把小段的那个锁起来吧？”

李雪只能假装没听到这话的后半句，脸上保持着客气的微笑。

“如果没证据，我只能选择相信我的会员和我的教练……”李雪用一种婉转终止谈话的方式，尝试引出更多信息，“希望您理解。”

对方果然如李雪所愿，趴到李雪耳朵边，提供了证据。

李雪一听就愣住了。虽然她很快反应过来，又迅速找回了平日的淡定和得体，对方还是从她的第一反应中得到了某种满足。

“不信李总找小段核实一下，看看我说的是不是真的。”说这话时，对方脸上是中年油腻女的标准笑容，“李总把教练管得那么严，小段肯定不敢不让李总查吧。”

对方说完，带着心满意足的表情飘然而去，李雪甚至忽略了最后那句话中是否藏着更深的暗示。

因为李雪的脑子里已经轰隆隆地炸开了。

不用查。李雪当然清楚，那句趴在她耳边传递过来的私密信息，完全属实。

重要的是，这个信息应该只属于她李雪，而不属于其他任何人。不管是男人还是女人。

至少在小段口中，李雪得到的是这样的承诺，或者说是爱的宣言。

到了李雪这个年龄，经历了那么多人、那么多事之后，李雪已经不敢轻易使用“爱”这个字了，更不会轻易发表或相信什么“爱的宣言”。

也许正是因为如此，当李雪第一次听小段说出那三个字时，那种内心的震动和感动更令她感到意外。

是的，男人对李雪说“我爱你”时，李雪的内心如果是麻木不仁或嗤之以鼻，这才是正常的反应。为什么小段对李雪说“我爱你”时，李雪会觉得震动甚至是感动呢?

李雪自己也无法解释。

可以肯定，那绝非单纯的“性”可以解释的。

虽然和那样年轻美好的肉体发生性关系，真的是一件挺美好的事情。

和小段，要比性关系更深远，深远到李雪会在那么重要的事情上，选择信任小段，将小段拉入其中。

虽然在那个过程中，李雪仍小心地保守着秘密的核心，但对李雪来说，那并非出于怀疑，而是出于保护。

保护小段，即使在未来的某一天，李雪不幸遭受某种噩运时，还可以将小段置于事外。

因为这种“信”，李雪甚至还吃起了自己女儿的醋。

女儿豆豆九岁了，小学三年级。李雪没给豆豆申请日籍，而是将她的户口落在了中国，与外公外婆的户口在一起。事实上，李雪当初去了日本，也并没有将中国户口注销，仍留在父母家中，这让她始终觉得，自己还是一个有家的人。

豆豆跟李雪姓。李雪给她起了个好听的名字：李雨晴。

雨，是雪的一半。晴，是雨后的阳光，是希望，是未来。

李雪真的觉得，豆豆就是她的希望和未来。

可是某一天，这个可爱的九岁小女孩儿忽然对李雪说："妈妈，我爱上了一个人。"

"是吗？"李雪笑着说，"告诉妈妈，妈妈帮你追他。"

豆豆落落大方地说："不用妈妈帮，我已经向他表白了。"

"那他怎么说？"

"他说好呀，等我长大就娶我当老婆。"

一家人都哈哈大笑起来。

豆豆急了，"你们不相信吗？不信你们去问他！"

李雪忍着笑说："那你要先告诉妈妈，他到底是谁？"

"就是你们最帅的教练，小段哥哥呀。"

李雪愣了一下，试图婉转地阻止女儿："是小段叔叔。"

"小段哥哥！"

"不可以没礼貌，叫小段叔叔……"

"小段哥哥！小段哥哥！就是小段哥哥！"豆豆看出李雪的认真，急了，那是平日受尽宠爱的孩子才会有的真诚的任性，"是我的小段哥哥，他答应等我长大就娶我！"

李雪只好对女儿让步了。毕竟在场的不只她这个妈妈，还有豆豆的外公、外婆，以及舅舅一家，满满一大家子人。

如果说还有人缺席，那也只缺……

李雪再有勇气，也不敢在这样的情境下，对全家宣布，缺席的人就是"小段哥哥"。

不仅仅是因为"小段哥哥"和李雪之间隔着12岁的距离。

很少有人能看出李雪已经36岁，也很少有人会主动去猜测李雪的真实年龄。因为和李雪相处时，人们更容易被她那种特殊的气质所吸引，而忽略那些具体而俗气的数据。

李雪不敢将"小段哥哥"引入自己身边空缺的座席，是害怕那个好不容易"空"下来的位置上，仍残留着某个人的气息、符号或阴影。

这种阴影究竟有多难清除？

某一天，一次家庭聚餐时，李雪的弟媳忽然举杯对全家人说："来，让我们庆祝一下。”

“庆祝什么？”李雪笑着问。

“庆祝……”李雪的弟媳与李雪的弟弟神秘地交换了一个眼神，然后看看八岁的豆豆和豆豆五岁的表弟，含蓄地对庆祝的内容做出说明，“庆祝老天有眼，让咱家重见天日已经满 103 天。”

虽然弟媳说得很含蓄，但数学并不是长项的李雪立刻就明白了，103 天指的是什么。

是李雪的丈夫卢继平，或者说高桥俊男，因车祸“死”去 103 天。

听了李雪弟媳这个解释，李雪酒精过敏的母亲，从来不为任何事情端杯的母亲，立刻拿起旁边丈夫的酒杯，倒满酒说：“是要庆祝，值得庆祝！”

可想而知，那个阴影曾经如何笼罩这个家庭。

所幸那一切终于结束了，虽然并不是结束在所有人认为的那个时刻。

无论如何还是结束了。为了这结束，付出了那么久，那么深，那么多。

所以李雪确实不敢在这好不容易得到的安宁中，坦然地告诉家人，女儿的“小段哥哥”，其实是她的。

李雪只好在与小段零距离的时候，用女人的方式去磨他。

“你是不是答应豆豆，等她长大了要娶她？”

小段在下面笑了。他的笑容多干净啊，李雪觉得自己即使在童年也没有那么干净的笑容。

“是呀，不然怎么说？”

“就不会说，等她长大了再说？”

“对呀，当时我怎么没想到可以这样说？”小段从来不是聪明型的，可李雪喜欢的正是他有些憨，甚至有些傻，“可我已经说过了，要不我跟她说以前说过的不算？”

“不行！豆豆会伤心的。”

“那怎么办？”

“只好等她长大了，真把她娶了……”

“也是个办法哦……啊！救命！饶了我，姐姐姐姐，我只要姐姐，只爱姐姐一个……”

“以后不许你让她叫你小段哥哥。”李雪半开玩笑半认真地说，“要叫小段叔叔。”

“是豆豆要叫我哥哥……姐姐饶命，我是小段叔叔，不是小段哥哥……”

“你是我的小段。”

“小段教练？”

“不许勾搭女会员！”

“女会员勾搭我怎么办？”

“我就把你……”

“啊……姐姐！”

“女会员勾搭你怎么办？”

“我……我……冷若冰霜？”

“云中漫步绝不对贵宾冷若冰霜。”

“那……那怎么办？姐姐教教我，姐姐知道我笨……”

“就喜欢你笨。”

“为什么？”

“不为什么？”

“我知道为什么。”

“为什么？”

“因为姐姐已经太聪明了，不需要一个比她更聪明的男人，对不对？”

“哎呀，糟糕！”

“怎么了？”

“你怎么忽然变聪明起来了，这可不太妙……”

笑成一团。滚成一团。还好，这是李雪独自居住的房子，吵翻天也不会被人听见。

“姐姐，我爱你！”

“嗯。”

“信不信？”

“信。”

李雪毕竟不是18岁了，“信不信”的游戏，一次就够了。

“你爱我吗？”

“嗯。”

“嗯是什么意思？”

“就是你问的意思呀。”

“明白了，你不爱我。”

“谁说的？”

“那你说一次，哪怕就一次。你还来没对我说过呢。”

“真是小孩子……”

“让我出去。”

“傻瓜！姐姐喜欢你。”

“让我出去！”

“笨蛋，你是我的小段！”

“我要出去，我要走了……不然我算什么？不许和会员上床，但可以和老板上床？”

“听我说……”

“好，你说！”

“咱们的关系，比你想象得要……要……”

“要什么？”

“你知道，我的情况比较复杂……”

“有什么复杂的？不就是比我大12岁吗？我都不怕别人说我吃软饭，你有什么好怕的？”

“我说的不是年龄……”

“那更没什么好怕的了。那个人渣不是已经死了吗？说实话，就算他不死，我都想替你把他……”

“不许瞎说！”

“好在老天有眼，用车祸除掉一个人渣……你现在是自由的，我们也是自由的。”

“你还年轻，有些事情……你不会明白的。”

“我不明白，你可以告诉我呀，你可以教我呀。”

“可我就喜欢你天然呆的样子，不想让你太聪明，不想让你看到人心有多黑暗，这个世界有多脏。”

“可我不想这样偷偷摸摸地和你在一起，让我觉得自己很……很脏。”

“傻瓜，你以为姐姐发愁找不到一个男人上床？”

“当然不愁，所以我才觉得姐姐应该是爱我才和我上床的。”笨人往往有他们的笨思路，终于又把李雪想避开的话题绕回来了，“但姐姐就是不肯说。”

言犹在耳。

可这才几天，就等不下去了？

那个心形的胎迹，长在男人特殊的位置，只会在男人特定的状态，才可能被人看到。

李雪第一次看到时，觉得那么有趣，却又那么遗憾，因为这样有趣的秘密，永远不能和外人分享。

这简直像一个女人买了全世界独一份的钻石，却只能当成石头戴在手上一样。

但今天，李雪却从另一个女人口中，分享了这个秘密。

而这个秘密，还是从另一个女人口中流传出来的。

谁知道究竟有多少人参与了这种分享。

李雪忽然发现今天是 4 月 1 日，愚人节。

真希望这是愚人节里一个愚蠢的玩笑。

但李雪知道，这并不是玩笑，而是现实。

没办法，绕了那么大一圈，世界仍和李雪脑海中的那个世界一样，从来没发生过改变。

4

飞往东京的飞机上，马一路看着舷窗外的大海，恍惚地产生了一种错觉：他正作为一名国际刑警，带领三人小组，飞往日本执行一项国际刑警任务。

但江小流及时地纠正了马一路这个错觉。

“都怪你，不让我订商务舱，”马一路和普克拿到日本旅游签证后，在马一路的强烈要求下，江小流不得不给三人买了经济舱的票，“就为了你那点儿虚荣心。”

“那不叫虚荣，”马一路轻声为自己辩解，“那叫一个警察的尊严。”

马一路是以休年假出境旅游的方式，跟江小流和普克到日本的。这是彭大勇的原话。

“用年假跟江小流和普克出去玩玩也好，”彭大勇说，“也算到发达国家一趟，长长见识，开开眼界。”

马一路对彭大勇的用词有些小小的不满。

“谢谢彭所给我年假，”马一路婉转地抗议，“批准我带他们去日本，就不知道五天够不够用。万一不够用……”

“不够用你也得给我回来！他俩留在日本爱怎么玩怎么玩。”

话是这么说，彭大勇心里当然不会真这么想。那天普克特地把他找到704，将三人小组的最新分析告诉了他。彭大勇听完，心里直打鼓。

“卢继平是专案组目前唯一的嫌疑人，”彭大勇问普克，“你们这思路挺特别。”

“所以我们决定先不和专案组通气，只向我们的直接领导汇报。”

所谓直接领导就是彭大勇。彭大勇对上面拍过胸脯的，他对三人小组的一切行动负全责。

“直接领导有点儿懵，”在普克面前，彭大勇从不掩饰自己的弱项，“心理分析是你的长项，但我必须说，你们的最新研究成果，我听着不太靠谱。就凭一条小内裤，直接把唯一的嫌疑人给否了？”

“听着不靠谱是因为我们现在还缺少某些环节，”普克看上去很有耐心，“等补上那些环节，你看到的就是环环相扣，情理之中了。”

“那些环节在日本？”

“也许在，也许不在。但要等我们去找过了才知道。”

“到了日本，我可帮不上什么忙了。”

“没关系，我在日本有个朋友，也是咱们以前的同行，我已经让江小流给他发邮件联系了。”

“那你特地找我来是……”

彭大勇隐隐猜到，普克除了要向他“汇报”最新分析，肯定还有别的事情。

果然，普克确实有事情托付彭大勇。说出来之前，普克特意去关上了房门。

然后普克才回到彭大勇面前，压低声音。

“大勇，有一件事情我思来想去，觉得必须跟你说，而且只能跟你说。”

“哟，这么多年，好基友终于要对我表白啦。”彭大勇笑道。

普克一愣，没明白彭大勇的玩笑。彭大勇忽然想起来，“好基友”这种近些年来流行的玩笑，对普克来说没有意义。

彭大勇赶紧找回严肃，“说吧，我认真听着。”

“李雪的健身馆就在你们辖区，你能不能安排个可靠的人选，注意盯一盯。”

这次轮到彭大勇一愣，“盯李雪？”

“对。”

“李雪不是早洗清嫌疑了吗？ 3・20专案组找的第一个人就是她。”

“咱们干刑侦的，谁没放跑过嫌疑人？”普克看出彭大勇的惊讶，“我不是说李雪现在一定有嫌疑，但至少在我眼里，她还没能证明她是无辜的。

彭大勇认真想了一会儿。

“普克，这我得替李雪说句公道话了。你见过李雪吗？”

普克摇头。

“那你当然也没亲自找她问过话？”

“专案组的侦查员找她问过，详情我们都了解。”

“李雪有没有向侦查员证明她是无辜的？”

“按侦查员的说法，他们相信李雪是无辜的。”

“你从侦查员的说法里发现漏洞了？”

“完全没有。”普克承认道。

“那你为什么要说在你眼里，李雪还没能证明她是无辜的？”彭大勇真有些替李雪抱不平了，“这对李雪太不公平了。”

“你见过李雪吗？”普克反问彭大勇。

“见过……”彭大勇犹豫了一下，似乎随即有些心虚，赶紧补充解释，“但我摸着良心说，我绝对没有被美色迷惑的可能！”

“为什么？”普克没有较劲的意思，但看上去就像在较劲，“你不是男人？”

要不是彭大勇实在太了解普克，知道他是在和自己认真讨论工作，没准儿就急眼了。

“我当然是男人，但不一定是男人就得被李雪迷住是不是？”

“你看，我提到李雪，没有一次谈论过她的美貌或气质，”普克心平气和，毫无嘲讽的意味，“但你连着两次用了描述男人感受的词，第一次说你绝对没有被美色迷惑的可能，第二次说不一定是男人就得被李雪迷住……要是江小流在，你就能看到自己说这话时，所有下意识的微动作和微表情。”

彭大勇咽了两口唾沫，脸不可遏制地红了。

“妈的！”彭大勇真想把刚才那段对话倒带抹掉，“真见鬼了，让你这么一说，我感觉自己像个老色狼。”

“千万别这么想，你应该为自己还年轻感到欣慰。”

“但这仍然不能说明李雪就是有嫌疑的。”

“刚才咱俩这段对话，就是我说至少在我眼里李雪还没能证明她没有嫌疑的原因。”普克这才明确解释，“两位侦查员的走访询问并没有问题，他们情不自禁地对李雪产生理解、信任和同情，这都是人的正常反应，就像你一听我要你盯李雪，就下意识地调动男人对美好女人的保护心理，这就是人的本能。”

“你的意思是，李雪错在人见人爱、花见花开？”

“李雪的表现太完美，确实引起我的不安。”

“让你这么一说，只能派女人去找李雪谈了？”

“男人有男人的弱点，女人有女人的弱点，”普克摇头道，“只要把握了人的弱点，不管男女，都可以掌控和把握。”

“要这么说，只能你亲自出马了？”

“你忘了，我也是男人……”

“可你这个男人其实已经……”彭大勇不假思索脱口而出，说到一半，忽然后悔了，急忙把后半句咽了回去。

“已经什么？”普克好奇地问。

彭大勇怎么能告诉普克，他差点儿说出的后半句是“已经废了”。

“反正你情况特殊，人又冷静又理性，还擅长逻辑推理，你亲自见她，说不定反倒能帮她彻底洗清嫌疑。”

“我会见她的，但不是现在。”

“你真打算去见她？什么时候？”彭大勇不知怎么有些担心。

“该见的时候自然会见。”普克说，“话说回来，托你的事情到底能不能办？就当帮我忙了。”

彭大勇万般为难，想了半天。

“你说的盯……盯到什么程度？”彭大勇小小地狡猾了一下，“我现在的职权范围可就派出所那一亩三分地……”

“其实很简单，不会让你太为难。”普克说，“只要李雪打算离开时，咱们能及时知道就行。”

“离开？”彭大勇皱眉道，“你是说离开宁江还是……”

“李雪是日本公民，她可以轻松地离开中国回到日本。”普克说，“没有确凿的证据，谁也不能阻止她。所以我们要尽快去找，以免到时眼睁睁地看着她走掉却束手无策。”

彭大勇沉默了一会儿，豁出去了。

“普克，你能不能直接告诉我，你到底为什么怀疑李雪？”

“我说了，你可能更觉得我武断。”

“那我更得听你说了。”

“李雪到目前为止排除了她身上所有的嫌疑，只有一个例外。”

“你是不是指……江小流说她在云中漫步看见卢继平那事儿？”

“看来你也并没有忽略这一点，但你下意识地选择相信李雪，而不相信江小流。”

“咱们是警察，咱们只相信证据……”

“事实上，在双方都没有证据的时候，你还是得在内心做出一个选择。在这件事情上，我选择相信江小流。”

“为什么？完全凭个人感情？”

“恰好相反。江小流没有个人感情，李雪的感情则太丰富、太充沛。”

“你还是说服不了我。”

“我知道。我只想提醒你注意到这个事实：李雪对警察澄清了所有她必须澄清的事实，表现堪称完美。但追求完美的她，却在这个细节上无所作为。原因很简单，这是到目前为止她唯一没能控制住的意外。”普克看着彭大勇的眼睛说，“江小流就是个意外。”

“这说明？”彭大勇没有找到普克的点。

“这说明，完美是不存在的。完美如李雪，还是会遇到江小流这样的意外。”

彭大勇还想做最后一次努力，替李雪找回公平。

“普克，法医已经有结论，杀死袁丽丽的人得是个壮汉……”

“纠正一下你的说法，杀死袁丽丽的人必须有足够的力量。”

“还得有作案时间！就这一点李雪就该脱身了。”

“你忘了有时候杀人不必自己动手，可以有合作伙伴。”

“李雪凭什么要杀袁丽丽？她俩根本不是同一世界的人，”彭大勇没注意到自己为李雪谋公平时，完全没想到袁丽丽也是女人，“层次差得太远！”

“层次差得再远，他们也共享了同一个男人。”这还不够，普克想了想又补充道，“用江小流和马一路的说法，是同一个渣男。”

“李雪真他妈倒霉，碰到你们三个‘神’探……神经病的‘神’！”彭大勇简直在替李雪气急败坏、撒泼打滚了。

“也可以说是‘聚精会神’的‘神’，或者‘全神贯注’的‘神’。”普克仍然气定神闲。

彭大勇叹了口气，对普克举起双手。

“我投降了。”彭大勇说，“在我能吵过你之前，我向你保证，安排一个可靠的人选，找一个可靠的借口，去盯李雪。”

普克笑了，“你看，感情用事随时随地都会发生，不限于男女之间。”

“说你胖你还喘上了！”彭大勇没好气，是真没好气。

“大勇，谢谢你的信任，也谢谢你……”普克有一点淡淡的忧伤，“对我的包容。”

彭大勇站起身，走到普克面前，拍拍普克的肩膀。

想说什么，到底还是找不到足够分量的语言，足以表达这种特殊的情感。

“到了日本，一切当心。”于是彭大勇选择了最家常的方式，“早去早回。”

5

森田浩是普克刚当上刑警不久，在一次欧洲自由行中结识的朋友。

当时两人都住在布拉格的一家国际青年旅馆，虽然彼此看上去都是亚洲面孔，但在欧洲旅游，语种太多，用起来还是英语最方便，偶尔碰面打招呼，也是用英语问候，因此并不具体了解对方来自哪个国家。

普克将离开那家旅馆的前夜，旅馆发生了一起盗窃案。报警后警察虽然来了，但明显无能为力。这和当地良好的治安状况有关，案件少，警察缺少实战经验。

普克和森田浩两个人通过对案发现场的分析、推理和证据采集，当场锁定了那个旅馆内部的窃贼，并帮警察找到了被盗赃物，顺利结案。

普克和森田浩在正式成为朋友前，进行了一个小小的“竞赛”：互猜对方国籍。

结果普克胜出。他猜出森田浩是地道日本人，森田浩猜他是华裔“香蕉人”。他们都猜出对方曾有英语国家读书的经历，普克是在美国，森田浩是在英国。

两人的英语都很流利，在报出各自国籍前又从未说过母语，森田浩不明白自己败在何处。

普克告诉森田浩：“只有地道的日本人才会用眼神向人鞠躬。”

森田浩输得心服口服。

此后两人一直通过电子邮件保持联络，直到普克住进康复中心。

虽然普克仍记得自己的邮箱用户名和密码，但每次进入邮箱，就会非常困惑，不记得自己曾回复过对方邮件，也不明白对方的新邮件里在说什么。

后来别的联络人都渐渐断了联络，只有森田浩，每隔一阵子都会继续写来邮件。

这次三人小组要以私人名义到日本调查，普克立刻想到曾经的朋友森田浩是再自然不过的事情。

江小流用了半天时间帮普克整理邮箱，然后把森田浩近些年来的状况统一告诉普克。

“森田浩破了个杀人案。”

“森田浩泡了个美妞。”

“森田浩结婚了。”

“森田浩当爹了。”

“森田浩又破了个杀人案，但被降职了。”

“森田浩离了。儿子归前妻，一个月见一次。”

“又恋爱了。”

“……又吹了。”

“森田浩提拔了，坐办公室了。”

“森田浩又回刑警队了。”

普克听得眼花缭乱，“他的生活也太丰富了。”

“主要是你的生活太单调了。”江小流一语道破，“那我就替你给他回邮件了？”

普克颇为踌躇，“我的生活虽然单调，但状况比较复杂……怎么才能说清？”

“一个视频就够了，”江小流调出他们给普克录制的那个身份确认专用视频更新版，“只要这个森田浩有你记忆里那么聪明，一看就能明白。”

果然，在机场一见面，森田浩就用英语对普克说：“很幸运我是 2006 年之前遇到你的。”

普克打量森田浩，笑着说：“你胖了，最少 20 斤。”

森田浩也打量普克，撇着嘴说：“你居然没变！难道你冬眠了 12 年？”

“Bug 警报：我认识你可不止 12 年了。”普克挑森田浩的刺。

“只有中国人的数学才会好到不必要的程度！”森田浩反击道。

大家都笑了。

江小流手里拿着即时翻译功能的快译通，转脸看看两手空空咧着嘴笑的马一路。

“没想到你英文没障碍。”

“只听懂了 bug 这个词。有一次打游戏，一个队友说我就是个天生的 bug，我听着这词耳熟，后来一查才知道原来不是夸我。”马一路坦白地说。

“那你笑什么？”江小流问，“我以为你听懂他俩的对话了。”

“我看你笑，我就笑了。”马一路如实坦白，“比翻译软件管用。”

江小流关掉了快译通。

“我不知道他俩到底说了什么，肯定不是我看到的内容。要不然就说明他俩是一对！”

“真那样我就放心了！”马一路顺嘴把心里话说出来了。

“为什么？”江小流没听明白。

马一路只能顾左右而言其他，“既然咱俩都听不懂，就别装了，直接跟普克说，聊到有用的记得给咱们翻译一下。”

“别担心，待会儿普克记得的事情就聊完了，剩下的内容必须求咱们了。”

果然，普克和森田浩叙了十分钟的旧，森田浩提及三人小组此行正事时，普克回头看着江小流。

“这是我们的全息移动记忆库，”普克向森田浩引见江小流，“是我见过的最神奇的人。”

森田浩仍用标准的英式英语说：“一个小姑娘，能有多神奇？”

“听你俩说话，只知道一个是 CNN，一个是 BBC，但 little girl 这个词我是能听懂的。”江小流说。

接下来，江小流也不管森田浩有没有听懂她这句话，就在森田浩面前，如同演独角戏似的，把普克和森田浩见面的寒暄来了一次快速“回放”。

重点是，两个人截然不同的英语口音也被忠实再现。

江小流说完，森田浩已经听呆了。

普克对森田浩做了补充说明：“而且她并不懂咱们说的那些英文的意思。”

森田浩的眼珠子已经快掉出来了。

马一路实在忍不住，“她，大大的厉害，小瞧她，只好撒由那拉了。”

江小流瞥了一眼马一路，“谢谢你没说花姑娘和米西、米西。”

普克把这两句话翻译给森田浩听，森田浩哈哈大笑，上前一步，左手搂住马一路，右手搂住江小流。

这一次森田浩用了蹩脚的中文："走，老朋友，花姑娘，一起米西、米西！"

马一路有些紧张地看一眼江小流，轻声说："强龙压不过地头蛇，别乱发脾气。"

江小流很听话，什么也没说。

森田浩开车将他们接到江小流预订的酒店。

来日本前，应马一路强烈要求，江小流放弃了五星级酒店，订了一家小而精的日本民宿，还是每人一间房，房间里是日式榻榻米。

之后森田浩坚持请三人吃饭，并将他们请到了自己的家中。

一眼可见，所谓家，其实就是森田浩目前的单身宿舍。

所谓吃饭，其实森田浩只准备了方便面。

森田浩解释了这样做的原因，普克负责翻译。

"很抱歉请三位远道而来的贵客到我的猪窝来吃猪食。"森田浩用区别于一般日本人的标准英式英语说，"并不是因为我穷，虽然我确实很穷。更重要的原因是，我在收到刚才那位全息移动记忆库发来的邮件后，根据各位的需求，提前做了一些准备。由于在准备过程中发现了一个恕我不能直言的要案的信息，所以只能用这样的方式来解决信息安全问题。"

简而言之，森田浩不是小气不请三人小组到外面吃大餐，而是为了保密。

普克很负责地直到翻译完这一段内容，才表达了他的惊讶。

"要案？和我们要查的内容有关？"

"对。我发现这一点时也很意外，甚至想过是否发邮件劝你们暂时不要来。但我发现我不能直接这样说，因为那样我就不得不对你们强调我需要你们避开的信息，那样一来，你们就会知道这是什么信息。"

江小流和马一路听完普克对森田浩的翻译，互相看看对方。

马一路说："日本人也会绕口令？"

江小流说："我只想知道他这段话真是针对我发的邮件内容吗？"

"你给森田浩发了什么内容？"普克问江小流。

"除了那段视频，"江小流说，"基本上就一句话：2016年11月11日，有一位日本公民高桥俊男在中国去世，我们想去了解一下他在日本的生活。然后提供了高桥俊男的日本护照复印件，就这些。”

普克想了想，“那只能说明，高桥俊男就是涉及森田浩不能谈的要案的因素。”

马一路急了，“咱们就是为了高桥俊男来的！”

江小流说：“难道高桥俊男在日本也是嫌疑人？”

马一路催普克：“你问问森田浩是不是这样？”

“如果直接问，刚才森田浩的话已经把咱们挡回来了。”普克不同意。

“那怎么办？”马一路说，“我一年可就这么五天年假！”

普克思索片刻。

“先别急，我和森田浩交流一下再说。交流过程就不翻译给你们听了，直接告诉你们结果。”

三个人用中文商量的时候，森田浩在一旁自得其乐地吃方便面，吃得滋溜响，一脸的享受。看普克准备和他说话了，立刻一抹嘴停下，恢复了严肃，频道转换得飞快。

普克问森田浩：“森田君，你现在是个警察，对吗？”

森田浩一愣，随即挺直腰身：“绝对。”

“我是你的朋友，同时也是拿到日本政府给予了合法签证、合法进入日本的中国公民，对吗？”

“对，”森田浩说完立刻补充道，“但你也是警察，应该明白朋友与工作要区别对待。”

“这我完全理解，也完全同意。朋友是朋友，工作是工作……”

“那太好了，咱们就没有分歧了，今天晚上就不必在我这里吃方便面了，我们可以去居酒屋……”

“对不起，我要打断一下，”普克一脸歉意，“我刚才的话还没说完。我完全同意森田君的观点，朋友和工作必须分开。但我还想向森田君核实另一个观点。”

“什么观点？”森田浩稍显警惕。

“森田君作为一名日本警察，对于我这样的中国公民，在不涉及森田君工作内容的范畴，森田君应该会用诚实的态度对待我，对吗？”

“确定不涉及我的工作？”

“现在的问题是，我们并不知道哪些内容涉及，哪些内容不涉及，而森田君又不能亲自告诉我们这个范围，”普克不紧不慢地说，“我们可不可以用这样的方法，森田君以我刚才期望的方式，诚实对待我，但只要我所说的内容涉及森田君的工作，森田君立刻提示我这是禁忌的内容。”

森田浩犹豫了一下。

“我也不能说什么是禁忌……”

“但至少可以告诉我，接下来的部分你不能谈，或者你不能保证你所说内容的真实性，对不对？”

“这样……”森田浩想了一会儿，“似乎不违背我的职业道德。”

“那我们就试试？”

“好。”

“森田君的方便面好吃吗？”

森田浩笑了，“其实……并不好吃。”

普克也笑了，“所以森田君刚才吃得那么香，只是为了缓解拒绝朋友造成的尴尬气氛。”

森田浩大笑，“被你猜出来了！”

“现在我放心了，”普克说，“不涉及工作的内容时，森田君对我相当诚实。”

“接下来我就不能保证了。”

“前提是涉及工作内容。”

“我会非常警惕的。”森田浩收起笑容，严阵以待。

“我坚信不疑。”普克仍然是他那幅不紧不慢、不慌不忙的模样，“高桥俊男的确是日本公民，对吗？”

“对。”森田浩想了想，补充道，“在他生前，曾经是。”

“森田君没有回避我这个问题，说明高桥俊男本身并不是森田君所说的工作内容。”

“这个事实，不可否认。”

“我们之前的邮件里，除了高桥俊男的公民身份，别的一概没提，但森田君刚才却指出，在为我们的要求做准备的过程中，发现涉及要案。这说明高桥俊男本身不涉案，涉案的是与高桥俊男有关的人。”

“有这个可能。”

“按咱们的约定，你没有否认，其实等于承认。”普克严肃起来，“高桥俊男有一个同样是日本籍的妻子叫高桥美雪，曾经是我们中国公民，对吗？”

“对。”

“森田君回答得很痛快，说明高桥美雪本身并不涉案。”普克继续向前推，“同时也说明，森田君在做准备时，也了解到有关高桥美雪的信息并回答了我的提问。这是否说明高桥美雪也不涉案？”

“我只是回答你刚才的问题，你问的是：高桥俊男有一个同样是日本籍的妻子叫高桥美雪，曾经是你们中国公民。”

“明白了，结合森田君的补充，我调整一下我的说法，”普克说，“高桥美雪是日本公民这个事实本身并没有问题，但高桥美雪的其他信息可能涉案。”

“我不知道。”

“这个回答意味着，和高桥俊男一样，高桥美雪同样与另一个涉案人相关，所以既可以说，又不可以说。考虑到高桥俊男和高桥美雪是夫妻，我是不是可以认为那个涉案人同时与高桥夫妻俩都有关系？”

森田浩下意识地咽了一口唾沫。

江小流和马一路同时在普克身后轻轻戳了他一下。

两人听不懂普克和森田浩的对话，却没放弃观察森田浩的一举一动。

普克伸手在背后对两人示意，他注意到了森田浩的微表情。

咽完唾沫，森田浩说：“也许是，也许不是。”

普克明白了，“确实是。”

普克凝神思索片刻，寻找新的入口。

“森田君在准备资料的过程中，有没有注意到高桥夫妇一位共同的熟人松岛先生？”

普克这话一出，森田浩的面部肌肉微微一紧。

普克再次感受到后背两根不同方向的手指头不同力道的“按摩”。不知是哪根手指头戳到了普克的痒痒肉，弄得他很想笑。

对普克这个问题，变了脸色的森田浩没有回答，也许是没想好如何回答。

普克抓住这个时机。

“看来确实有这么一位松岛先生。以前我听森田君说过，在日本，先生这个词仅限于特定行业，比如说，老师、医生、律师、政治家……”

历数那几个职业名称时，普克说得格外慢，每说一个词都注意观察森田浩的即时反应。

听到“律师”两个字，森田浩眼睛下的肌肉轻轻跳动着。

等“政治家”说出来，森田浩直接打断了普克。

“对不起，”森田浩坐在榻榻米上对普克弯腰鞠躬，以示歉意，“确实不可以再说了。”

普克立刻说：“好，这个话题停止。”

森田浩直起腰，轻轻舒了一口气。

普克不动声色，换个角度继续提问。

“高桥俊男在中国遇车祸去世，他生前在日本买了保险，这件事情森田君知道吗？”

“这件事情是有的。”

“森田君知道是哪家保险公司吗？”

“很可惜，这家保险公司在去年年底因经营不善倒闭了。”

“不会是因为赔付了高桥俊男的保险金才倒闭的吧？”普克半开玩笑地问，“难道高桥俊男买了天价的保险？”

森田浩先思索了两秒钟，确认安全，这才谨慎地做出回答。

“这倒不是。”

“据我了解，保险公司对高桥俊男的死因产生了疑问，并不愿意按保单赔付保险金，”普克一边说一边注意观察森田浩的反应，意识到这个话题内有令森田浩警惕的内容，“但最后保单受益人还是拿到了一笔赔偿金，这应该是借助了法律手段？或者利用了舆论压力……”

森田浩再次不容置疑地打断了普克。

“我们结束这个话题吧。”

“好，那我再换一个问题，是我们之前验证过的安全问题。高桥俊男生前在日本应该有一个登记住址，这个住址森田君是否了解？”

森田浩对这个问题回答得很坦率。

“这个登记住址我可以告诉你们，毕竟高桥俊男已经去世，过去的住址不再是公民的个人隐私。”

“高桥俊男的妻子高桥美雪是否和丈夫同一住址？”

“如你们所知，高桥美雪目前虽然居留中国，但仍是我们日本的公民，所以她的信息我不能随便透露。”

“森田君的职业道德堪称典范。我放弃这个问题，但想再请教一下，森田君所说的要案，森田君本人参与调查了吗？”

森田浩犹豫了一下，似乎有一丝不甘心，但还是下意识地挺胸收腹，回答了普克。

“很遗憾，我没有机会参与该案的调查。”

“既然森田君没有参与案件调查……”普克故意停顿了一会儿，然后才抛出问题，“又如何知道此案涉及哪些不可说的内容？是森田君自己猜测臆想还是……”

“当然不是！”森田浩有些急了，“是我在提前准备的过程中，发现一些有趣的信息，想去追踪这些信息，结果遭到了警告……”

森田浩说到这里，忽然意识到什么，不再往下说。

“谁在警告森田君？”

森田浩摇头，不肯说话。

普克有意露出理解的笑容，“能让森田君害怕的，当然不是一般的黑暗力量。”

森田浩本不想回应普克这话，但普克此话对他造成了明显的贬低，森田浩无法不回应。

“害怕？”森田浩一脸的傲气，“除了害怕前妻不让我看儿子，这世上没有别的事情能让我害怕。”

“抱歉我误解了森田君，那我就明白了。”

森田浩忍了一下，还是没忍住那丝好奇。

“明白什么？”

“当然是比森田君所在部门更高的部门警告了森田君，不要去碰这个超出森田君职责范围的要案。”

森田浩看着普克，沉默。显然是默认了普克的推测。

普克回头看看马一路和江小流，“你们饿不饿？”

“不挖出点儿有用的，我可以一直坚持！”马一路本能地捂住空空如也的胃，表明态度。

“饿也不吃方便面。”江小流说。

“那我就准备敲竹杠了，”普克笑了，“当年他到中国我可请他吃过真正的大餐。”

“弄到咱们想要的情报了吗？”马一路问。

“你的感觉因为饿失灵了？我都看出来了，你还不放心。”江小流用她的方式安慰马一路。

普克转回脸，看见森田浩也正在努力研读他们三人交谈的表情，笑了起来。

“森田君可以关闭雷达系统了。”普克此时完全回到了轻松的状态，“有朋自远方来，我还有最后两个小小的请求。”

“什么请求？”

“第一个请求，森田君刚才也说了，方便面不好吃。我们想吃真正的日本大餐。”

“还好，这个月刚进中旬，薪水还没被我花光。”

“第二个请求，森田君也有日常工作，不能整天陪我们游玩，我们又都不会日语，能否请森田君帮我们安排或介绍一位中文翻译？”

“坦白地说，翻译可以安排，但是费用……”

“费用当然我们自己承担！”

“那就没有问题了。”

“太好了，那我们可以去吃大餐了吗？”

森田浩终于熬到了头，如释重负，“立刻就去！”

普克撑着膝盖想站起来，腿一麻，又跌坐回榻榻米。

森田浩第一反应是想伸手搀扶普克，随即又改了主意，故意当着普克的面，轻快地从榻榻米上一跃而起。

普克马上读懂了森田浩的用意，微微一笑，坐在榻榻米上，回身对马一路伸出手。

马一路愣了一下，随即反应过来，伸手拉住普克，普克借力站了起来，然后顺势伸手拉了一把江小流，三人都站了起来，与森田浩面对面。

“森田君还很年轻，我自叹不如。”普克说。

“哪里，哪里，毕竟胖了 20 斤。”森田浩故作谦虚。

“好在我虽然又老又病，但老朋友还在，又多了两位年轻的小伙伴，感觉比过去更有力量了。”

这确实是普克此时的心声。

6

日本的清酒入口绵软，后劲儿却足，普克差点儿就被放倒了。

马一路和江小流带普克回酒店，森田浩亲自把他们送上出租车，他再三拉着普克的手，用英语道晚安，简直没完没了。

司机用日语不耐烦地说了句什么，森田浩才放开普克，挥手用日语道别。

车一开，江小流马上查看和她同坐后排座的普克是否睡着，普克忽然打起了呼噜。

江小流说：“糟了！”

马一路吓一跳：“怎么了？”

“普克被森田浩灌醉了！”

“谁说森田浩要灌醉普克？”

“刚才森田浩送咱们上车，拉着普克的手不放……”江小流迅速对马一路回放了森田浩送别时的原话，“good night 说个没完，然后司机催他，他才放开普克，还对普克说撒由那拉。”

“这俩句子我懂，前面是英语里的晚安，后面是什么中国人都知道……怎么不对？”

“森田浩知道普克晚上一睡着就会忘了今天所有的事情，咱们还不知道普克有没有从森田浩那儿套来情报。”江小流说，“前面他用英语测试普克是不是清醒，最后那句说明他比较放心了。”

马一路还没来得及想明白，刚才打着呼噜的普克忽然停下了呼噜声。

“廉颇老矣……”普克坐直身子，显然并没真的睡着，“幸亏还有点儿酒量，不然真被森田浩灌倒了。”

“原来你是装的。”江小流醒悟，“白让我操半天心。”

普克搓搓脸，深呼吸，使自己保持清醒。

“虽然略夸张，但确实快醉了。你们盯着我，看我要睡着了，掐也要把我掐醒，无论如何坚持到酒店，把今天的收获告诉你们才能睡。”

马一路看看驾驶座上的司机。

“没关系，他是日本人，听不懂咱们说什么。”

“你怎么能确定他就是日本人？会说日语的中国人也很多。何况咱们都不懂日语。”江小流说。

“也是，看长相也认不出来。可……”马一路说，“至于那么紧张吗？难道森田浩还要费尽心机安排个假司机来窃听咱们？”

“等你们知道今天我们聊了些什么，就不会怪我小题大做了，”普克打开车窗，让冷风吹进来，使自己保持清醒，“一切回酒店细说。”

总算坚持到了酒店，普克的眼睛已经红得像兔子，走起路来两腿直打绊。马一路连搀带架，好不容易把普克弄回了房间，江小流立刻做好了记录的准备。

普克在榻榻米上半靠半坐，神色已有些恍惚。

他用最后一丝控制力，努力捕捉脑海中那些即将逝去的记忆。

“记住最重要的部分，”普克说，“高桥俊男和高桥美雪确实与松岛先生有密切的关联，而松岛先生很可能是一名律师或政客，也可能就是国会议员。在网上搜索以下关键词：律师，松岛，国会议员，丑闻，警方，案件，调查……并把这些关键词以各种方式组合，所有相关的日本新闻都需要。在网上搜索日本本土新闻关键词：保险公司，破产，2017 年，财产清算，理赔，善后工作……”

普克的声音越来越小，口齿也不太清楚，江小流索性爬到普克面前，耳朵贴近普克的嘴，不漏过他所说的每一个字。

最后，普克伸手到口袋里摸，不知在摸什么，喃喃低语道：

“住……址……”

普克的头垂在江小流的肩上，睡着了。

看呆了的马一路急忙上前，从江小流肩头接过“重担”，将普克小心地安置在榻榻米上，普克已经睡得很沉了。

江小流伸手到普克刚才摸了半天的口袋里摸了摸，摸出一张居酒屋里的餐巾纸，上面写着一行夹杂着汉字和假名的日文。

“这写的什么？”马一路问江小流。

“普克最后说到的是‘住址’，”江小流说，“但不知道是谁的住址，之前也没看见这张餐巾纸是哪儿来的。”

“会不会是森田浩写给普克的？”马一路指着餐巾纸上印的字，“晚上咱们就是在那里吃大餐的。什么大餐？我根本没吃饱，每个菜就一口，森田浩还感动得泪流满面的样子……我现在只想来碗方便面！”

“我陪你去找点儿吃的。”

“那多不好意思……我自己去买包方便面得了。刚才出租车快到酒店的时候，我看见有一家 24 小时便利店。”

“你会迷路的。”江小流平静地说。

“不可能！”江小流越是平静，马一路越是想争口气，“我记着呢，没几步路，再说我手机上有导航，出国前特地开通了国际流量套餐，不用白不用！”

说到开通国际流量套餐时，马一路本来想用“重金”形容一下，忍了。

一小时后，马一路饿着肚子、拿着手机迷失在东京四通八达的小巷口。

每一条巷子看上去都像回家的路。

马一路庆幸自己没对江小流说“重金”这个词，否则丢脸丢得更彻底。

国际流量套餐还是有用的。绝望之际，马一路收到江小流的微信，问他吃饱没有，何时回酒店，是否需要她接，周围有什么标志物……江小流惯有的冷淡大大减轻了马一路的羞愧感。

江小流找到马一路前，还顺便帮他在附近便利店里买了快餐，并请便利店帮忙加热。

马一路出门时只穿了件单衣，早被 4 月东京夜晚的冷风吹透了，此时江小流递上那盒热腾腾的快餐，压倒了他此生记忆中所有的美食，成为永远的 NO.1。

江小流陪马一路蹲在东京小巷的路边，看着他吃完了那份盒饭，一粒米都没剩。

吃完，马一路想找垃圾箱扔快餐盒。

“东京街头没有垃圾箱的，”江小流说，“日本就是这么有序，看森田浩就知道了。”

结果江小流和马一路还是将快餐盒带回那家便利店，把餐盒按分类指示扔进了便利店门外专用的分类垃圾箱。

回到酒店，江小流径直往自己房间走，马一路跟着江小流走了两步，醒悟过来，停下。

“Good night.”马一路模仿森田浩的夸张语气。

江小流回头看了马一路一眼。

“还没到时间。”

“什么时间？”

“睡觉时间。”江小流没停脚步，“到我房间来，要干活了。”

马一路的脸腾地红了，站在原地愣了两秒钟。

正如江小流所说的，他不是真笨，只是想法很多，反应略慢。

两秒钟之后，马一路想明白了，江小流所说的“干活”，是真的干活。

虽然是晚上，虽然是在江小流的房间，仍然只是干活。

马一路的脸又一次红到了脖子根，暗自庆幸江小流正在玄关处弯腰换上酒店准备的拖鞋，没有看到他的这个心理变化过程。

到了江小流的房间，江小流的笔记本电脑已经准备好了。

江小流光脚在榻榻米上坐下，笔记本电脑放在腿上，看马一路还站在房间门口发愣，拍拍自己身边的位置。

“来干活。”江小流说，“开工了。”

所谓“干活”，其实就是江小流忙活，马一路在旁边傻坐着看江小流忙活。

刚反应过来，马一路很过意不去，一会儿要给江小流倒水，一会儿又问江小流饿不饿。

直到江小流盯着电脑屏幕说："你在旁边，我就不孤单了。"

说这话时，江小流仍是淡淡的没什么表情。

但对马一路来说，这简直就是世间最热烈的告白。

马一路努力使自己像块雕塑似的，坐在江小流身边的榻榻米上保持不动。

一夜就这样过去了。

马一路做了一个梦，梦见了前女友。

谁让这是马一路这辈子唯一有过肌肤之亲的异性。

在梦里，马一路想洗刷曾经的耻辱，因此不顾前女友的真真假假、半推半就，勇猛地行动。

即将抵达前，马一路忽然醒了，感觉身体如同一只饱胀的气球，眼前却是一种平静的、陌生的质地和纹路。

马一路盯着那纹路看了好几秒钟，头顶一个声音将他唤醒。

"醒了吗？"是江小流略显疲倦的声音，"你挤死我了。"

马一路这才发现，他侧卧在榻榻米上，像他平时在家习惯的睡姿一样，身体蜷曲……在家时他习惯夹着那个从小抱大的玩偶熊，现在则夹着席地而坐的江小流的腿。

江小流的那句"你挤死我了"就是这样来的。

然后马一路不可控制地抵达了终点。

短暂的空白后，第一个进入马一路大脑的念头就是：删除这一刻，彻底删除这一刻。

7

江小流将一夜未眠的成果交给了普克。

普克已经完成了新一天的身份确认，但江小流特地留下了昨天新增的内容没说。

所有江小流认为有用的内容，一早已经到酒店商务中心打印出来了。如果说还有缺陷，就是翻译软件的翻译效果不太令人满意，但也足够应付了。

普克看了几页打印出来的各种网页链接资料。

“这位松岛洋介就是我们的老熟人松岛先生吧？”

“反正我是按你昨晚睡着之前的要求搜索的，”江小流说，“关键词是律师，松岛，国会议员，丑闻，警方，案件，调查……然后把它们随意组合，最后得到这些，内容重复的我就过滤了。”

普克看完这几百条相关链接内容，思索片刻。

“我忘了昨晚为什么让你做这样的搜索，但从这些内容看，关于松岛先生我们已经有所收获。”

江小流说：“你先告诉我们是什么收获，我再给你回放昨天的经过。”

普克所看的这些网页内容，有的来自新闻媒体，有的源自BBS，还有些直接来自自媒体或个人社交账号。所有的内容都和一个名叫松岛洋介的律师相关。

“据可靠消息，大律师松岛洋介卷入性交易丑闻……”

“……据传，松岛洋介的性癖好并非个人需求，而是应一个地下团体‘人妻俱乐部’的要求，为团体成员寻觅对象，该地下团体人数极少，但所涉范围极大，包括政界、商界。爆料者甚至称其中还有国会议员……”

“……其律师松岛洋介为其办理了保释手续，警方称该嫌疑人被控与未成年少女发生性关系，松岛洋介的律师坚决否认对其当事人的一切指控……”

“近年松岛洋介律师屡屡被传与‘人妻俱乐部’及‘朝露俱乐部’有关。据称，所谓‘人妻俱乐部’意指需求对象必须是他人的合法妻子，而‘朝露俱乐部’的受害者均为不满14岁的未成年少女或少男……”

“……记者采访到当事人的律师松岛洋介，松岛洋介律师称所有指控均为造谣污蔑，他将代表当事人对传播谣言者提起法律诉讼……”

“……作为一个‘人妻俱乐部’的受害者，我想让全世界认识这个魔鬼的代言人，大律师松岛洋介，他们利用非法手段对我进行了性侵，还拍摄了视频，以此威胁我顺从，否则就将把视频上传互联网……”

“有外国女性向移民局投诉，因未接受松岛洋介律师所提的条件，松岛洋介律师利用背后权力网络，使其移民日本的程序遭到干扰，最终申请被拒……”

“警方回应记者有关松岛洋介律师及传闻中的‘人妻俱乐部’的相关新闻，

称目前无可奉告，但并未否认记者的求证。记者有充分理由怀疑警方已展开秘密调查……”

“……记者多次试图联系松岛洋介律师，均无法取得联络。与松岛洋介律师同为合伙人的主任律师称松岛洋介律师最近休假，但不知其休假地点及时间。记者怀疑松岛洋介律师已成为警方的污点证人与外界隔离……”

普克根据这些网页内容做了一个总结。

“这位松岛洋介律师麻烦不小，很可能已经被警方控制。如果各种不同来源的爆料属实，松岛洋介涉及为非法团体提供法律服务，估计日本警方已经展开调查程序了。”普克显出几分担忧，“如果是这种情况，找森田浩可能也帮不上忙了。”

马一路和江小流互相看了一眼，普克意识到了什么。

“难道咱们已经找过森田浩了？”

普克已经完全忘了与森田浩斗智斗勇的全过程。

“我英语不好，只能大概照葫芦画瓢让你看个意思，你俩一个 CNN 一个 BBC 的风采，肯定表现不出来了。”

江小流把昨天普克与森田浩的交流过程重现给普克看。虽然发音不能完全保证，但森田浩每次的神情变化，江小流绝不遗漏。

普克像看电影一样，全神贯注地看完，长舒了一口气。

“江小流，成为你的敌人太可怕了，”普克说，“我永远不想变成你的敌人。”

马一路在旁边轻声说：“不是敌人也挺可怕的。”

“为什么？”江小流是真的不理解，“不在我面前撒谎，有那么难吗？”

“除了圣人和傻子，世人谁能不撒谎？”普克说。

“反正我当不了圣人。”马一路说。

江小流看了他一眼，马一路心头一震。

希望彻底删除的那个片段在脑海中闪过，就是那么顽固地不肯走。

江小流仍是若无其事的样子，转回正题。

“昨天你和森田浩并不是在说相声，是在打仗对不对？”

“至少算是刀光剑影吧，”普克说，“结合刚才那些资料，基本能得出一个结论：不管松岛洋介有多重要，这次咱们别想从他身上挖到内幕了。”

“不一定。”江小流说着，把另外几张打印好的网页资料递给普克，“再看看这些，昨晚你让我用另外几个关键词搜索的内容。”

普克快速翻看了几页，面露惊喜。

“那几个关键词是……”

“保险公司，破产，2017年，财产清算，理赔，善后工作……”

“虽然挖不到松岛洋介，但能挖到高桥俊男和高桥美雪了。”普克说，“保险公司倒闭了，应该还是能找到他们的善后部门。”

江小流根据这些关键词搜到的主要内容，就是隐去了真实姓名的高桥美雪为亡夫理赔，大律师松岛洋介亲自出面，保险公司不寒而栗之类的相关新闻报道。

如森田浩所说，保险公司已于2017年年底倒闭，但后续理赔工作仍在进行中。

“所以，人是社会关系的总和。”江小流说，“说这话的人太厉害了。”

“那当然，这可是马……”普克说。

“我们老马家、马克思说的，能不厉害？”马一路抢过话头。

普克面露尴尬，江小流看看普克，学他的样子面露尴尬。

马一路看着他俩的表情，也有些尴尬了。

江小流对普克说：“马一路没想抢功，就想提醒你，马克思这话你对我们说过好多遍了，我们已经开始学以致用了。”

马一路感激地看一眼江小流，心里很想唱一首“感恩的心”。

从认识江小流开始，这个号称没有感情的女孩儿，就用她的方式维护着马一路的尊严。

“原来我对你们说过了。谢谢马一路的提醒。”

马一路趁势拿出那张普克临睡前交给他们的餐巾纸给普克看。

“这个你没提示是什么情况。”马一路说，“不过餐巾纸是昨晚森田浩把你灌醉的那家居酒屋的，会不会是他写给你的？”

“我记不得了，但刚才江小流回放我和森田浩的对话，他答应过要把高桥俊男生前护照的登记住址告诉我。”

江小流说：“就在浅草，离咱们只有两站路，去看看就知道了。”

马一路转脸看了看江小流，江小流的两个黑眼圈衬得脸色更为苍白。

“你一晚上没睡……”那个立志要删除的画面又冒出来了，“好歹先打个盹儿，正好等等森田浩帮咱们找的翻译……”

正说到这儿，马一路的手机响了，马一路以为是翻译提前到了。

“存心捣乱，这么早就到了……还打我电话，我这可是国际长途！”

“不可能是翻译，这么不守时就不是日本了。”江小流提醒道，“再说也不是电话，提示音是微信的视频通话。”

马一路一看手机，果然，是彭大勇的视频通话请求。

马一路接通视频，看见手机屏幕上彭大勇的脸，马一路忽然有种分别已久的亲切感，平时面对彭大勇的紧张情绪减轻了不少。

“彭所早！”

“花重金开通的国际漫游挺管用啊。”彭大勇只用了一句话，就成功地让马一路又紧张起来，“付钱的时候牙都快咬碎了吧？别心疼，回头我给你发个888的红包。”

“那也太多了，我开国际漫游才100多……再说红包最大只能发200。”

“一大早发美梦啊？”彭大勇敲醒马一路，“我说的是八块八毛八！”

马一路尴尬地把手机调整一下位置，让彭大勇能看见普克和江小流。

“彭所，普克和江小流都在呢。”

“哟，不好意思，不知道你们仨在一起……”彭大勇看上去心情很不错，笑容可掬，玩笑不断，“你俩别误会，马一路没那么小气，只不过比较听妈妈的话，每月工资卡上交，归他分派的钱不多罢了。不过马妈妈亲口跟我说过，她是暂时替儿子管钱，结婚的时候一分不少全还给马一路！再说小气有什么不好？我老婆就表扬我，小气男人都是‘妻管严’，好丈夫！”

马一路窘得要命，普克在旁边笑了。

“看出来了，大勇今天心情不错，”普克一句话就解救了马一路，“是不是有什么好消息要告诉我们？”

“对我呢，肯定是好消息。对普克你呢……”彭大勇想卖个关子，但没忍住，直接说了，“直说吧，卢继平找到了！”

彭大勇这句话如同平地一声雷，三人反应各不相同。

“现在你们相信 3 月 10 号那天我真的看见卢继平了吧。”这当然是江小流。

“对我当然也是好消息！”普克大方地表态。

“为什么说找到？难道不该说抓到那个人渣了？”这来自于马一路的心声。

彭大勇耐心地等他们各自平复，其实也是有意延续一下心里那点儿小得意。

“马一路难得一针见血，”彭大勇说，“我说的确实是找到，不是抓到。”

“是不是查到了卢继平的新身份？”普克反应过来了。

“你就不能让我多得瑟几秒钟？那你再猜猜，卢继平的新身份是个什么人？”

“容我放开猜的话，我想……”普克稍加思索，“是个死人。”

彭大勇的眼珠子一下子占满了手机屏幕，可见他的惊讶。

“专案组有人跟你通风报信了吧？”

“没有，没有，我们跟普克寸步不离，我发誓绝对没接到任何消息！”马一路证明。

“马一路说得不准确，我们从今天早晨普克醒了之后，一直寸步不离。”江小流补充。

彭大勇对着镜头竖了一下大拇指，满屏就只能看到他的指纹。

“你怎么猜到的？”彭大勇不得不向普克虚心请教，“其实我知道你靠的是分析，不是猜，也让我们学学思路。”

“很简单，”普克确实很轻松，“一个人的行为经过重复会形成模式。卢继平‘杀’了高桥俊男，‘杀’了卢继安，接下来最安全的方式就是再利用一次死人。冒充一个死人远比冒充活人更安全。”

“我还以为真的很简单呢。”马一路叹气，“其实就是难者不会，会者不难。”

彭大勇告诉他们，专案组以卢继平最后一次使用卢继安身份证的落脚地新河为起点，配合图侦、技侦、电信、网络等综合手段，进行全方位搜索，对海量信息进行分类归纳过滤。

按彭大勇的说法，至少“看瞎了图侦兄弟好几双眼睛”后，终于锁定了目标。

卢继平离家出走后，之所以弃用弟弟卢继安的身份证，是因为从一个身份证黄牛手中，用最后的 10 万元买到了一个真实的身份，那人名叫陈军，比卢继平大几岁，刚刚因病在家中去世。

黄牛贩子如同闻到腐肉的秃鹫，闻风而至。陈军家境拮据（否则也不会抬回家中等死），3 万元出卖一个死人的身份，对他们而言算是双赢的好事。

“之后这位陈军，也就是卢继平，是不是用新身份直奔宁江了？”普克问。

彭大勇又愣了。

“你刚才说了，卢继平用最后的 10 万元买到这个身份，结合他已经挥霍掉几百万的前史，加上高桥俊男和卢继安的身份都已经弃用，接下来他应该故伎重施，去找前妻李雪寻找经济援助。”

“妈的，不好玩！还让不让人好好聊天了？想卖个关子都卖不成！”

彭大勇是真有些郁闷。普克笑了。

“接下来就是你卖关子的机会了。”

“那我可得好好珍惜。”

“专案组仍然认定卢继平是 3·20 案件唯一的嫌疑人吗？”

“那是！已经准备收网了。”

“专案组找到卢继平和 3·20 案件相关的直接证据了吗？”

“还没有，太多信息数据需要时间处理……”彭大勇生怕又被普克占了上风，赶紧补充，“但很快就能找着！今年 3 月 9 日卢继平用新买来的身份坐火车到了宁江，在酒店预交了三天的房费，说明他至少 3 月 12 日还在宁江……”

“为什么？”普克打断彭大勇。

“他的房费交到 12 日呀。”

普克回头问江小流：“袁丽丽具体哪天到宁江的？订了几天房？”

“袁丽丽是 3 月 18 日到的宁江，预交了三天的房费。”

“结果袁丽丽只在酒店住了一个晚上，3 月 19 日就被杀了。”普克又回头对彭大勇说，“我不是说卢继平也和袁丽丽一样一定被杀了，只想说明，交了三天房费不代表他一定在宁江住满三天。即使住满三天也只说明 3 月 12 日他还在宁江，但袁丽丽被杀是在 3 月 19 日。”

“不管怎么说，既然知道卢继平的新身份了，他就没有隐身衣了。”彭大勇说，“我代表宁江公安吹个牛，只要卢继平还在宁江，哪怕他是个鬼，宁江公安也能把他的鬼影子薅出来！”

“听说鬼没有影子……”马一路插话。

“听说你去日本没带脑子！世上根本没有鬼好不好？我一个老刑侦连这常识还要你教！”彭大勇有些没好气。

马一路不敢多说了。江小流在一旁想替马一路打抱不平，被普克阻止了。

“大勇别急，无论如何，如果能找到卢继平，对所有人都是好事。”

彭大勇也有些讪讪的，不明白自己怎么会冲马一路发这种无名火，显得挺没底气。

“马一路，好好陪普克江小流玩几天，服务到位，这次年假算白送你的，回头再补你五天。”彭大勇找补道。

结束与彭大勇的视频通话，三个人都沉默了一会儿。

普克有些困惑。

“我是不是和你们彭所打过什么赌？感觉今天大勇处处不服气的样子。”

江小流看一眼马一路，“你自己说还是我说？”

马一路的脸腾地红了，“不是我故意偷听啊，主要是……我耳朵比较好使……”

“翻译快来了，我替马一路说吧。”江小流对普克说，“那天咱们分析案发现场，得出结论，杀袁丽丽的凶手应该不是卢继平，因为凶手明显不是人渣。当天你把彭所找到704，关门聊了半天，马一路……不小心听见了，让我别告诉你。”

马一路无可奈何地说：“彭所认为咱们的分析不靠谱，不过他还是没吵过你，答应安排人盯着李雪。”

普克恍然大悟，“我和大勇居然吵起来了？难怪！”

马一路的手机又响了，这一次真是翻译来了。

马一路盯着手机，正想狠下心接听国际长途，江小流抱起厚厚一摞打印资料，拿起外套往外走。

“直接出去吧，给你省点儿话费，”江小流说，“又没人给你报销。”

江小流走出了房间，马一路目瞪口呆地看看普克，普克对马一路笑着摇头。

“现在提醒你是不是有点儿晚？”普克说，“爱上这种女孩子，你要做好思想准备。”

马一路彻底呆了。

8

森田浩请来的翻译兼司机是个中国小伙子。性格爽朗，虽然有日本名字，但为了彼此方便，还是让大家叫他原来的名字大宝。

“对，就是那个‘大宝，明天见！大宝，天天见’的大宝，”大宝一边开车一边自我介绍，“你们可以想象从小到大，我被多少人用这句话问候过了吧？”

大宝是在国内读完了本科，又到日本读完了研，正准备读博。为了减轻国内女朋友的负担，在日本打工挣学费。

因为日语流利，对日本文化也比较熟悉，可以不必去超市、居酒屋那些靠体力挣钱的地方打工，平时主要给日本人教中文，以及时不时给来日华人提供随行翻译及司机服务。

大宝三言两语介绍了自己的背景后，特别问了一句，森田浩是否告诉过他们他的价格。

“没说过，但不要紧，按你的价格给。”江小流说。

这种爽快显然令大宝也比较愉快，再三请他们放心，在日本，一切都按规矩来，很少有人为了利益冒险破坏规则。

“说句不好听的，真喜欢那么干的，往往不是日本人。”大宝说这话时，一脸讳莫如深的表情，“但你们就别问我到底是哪儿的人了。”

江小流说：“你这句话其实已经说明白了，喜欢破坏规则的就是中国人，对吧？”

“这可不是我的原话，我也不会再多说一句了。”

“看得出来你挺喜欢日本的，”马一路到底年轻，听了这话心里多少有点儿酸溜溜的，“我第一次来，感觉日本挺干净……但有一点肯定没咱们中国好！”

“哪点？”

“日本料理哪比得上咱们大中华美食？”马一路发自肺腑地说，“让我在这儿待一个月，估计我就得饿成木乃伊了。”

大家都笑了，只有江小流没笑。

“我喜欢日本料理，”江小流说，“一个饭团子都做得那么用心，只看不吃都可以。”

大宝笑着说：“实事求是，只有在这个问题上，我绝对站在小粉红一边！”

“小粉红？”普克听不懂这个新兴词汇，有些困惑。

江小流简明扼要地借“度娘”之力给普克扫了一下盲，各种热词都解释了一遍。

江小流给普克扫盲的时候，大宝一直礼貌地没说话。但他几次从后视镜里观察江小流，发现江小流最多只扫一眼手机，然后大段转述给普克时就不再看手机了。

等江小流说完，普克叹气道：“还好每天晚上我就能把这些都忘了。”

大宝好奇地问：“为什么？”

“你是问为什么我说还好，”普克仔细区分了语句的侧重点，“还是为什么每天我都会忘？”

大宝立刻理解了普克的意思，“前者我有同感，主要是后者。”

普克想了想，说：“我也不知道。”

坐在副驾驶座的马一路看了一眼普克，感觉普克并不想对大宝透露太多，及时将话题转开。

“请你这样的学霸给我们当翻译当司机，挺过意不去的，”马一路笑着对大宝说，“等以后你回国了，别的我回报不了，给你当司机肯定没问题，免费！”

“混不好回国了，肯定没脸去见你。混好了就不回国了，也占不着这便宜。”

“为什么混好了就不回国了？你女朋友还在国内等你。”江小流问。

“我女朋友？我刚才跟你们说了？我都忘了……”

江小流把刚才大宝自我介绍时的一大段话给大宝重播了一遍。

女朋友为了供他读书，每个月薪水只给自己留一些基本生活费的细节也原样呈现。

大宝听了，在驾驶座上如坐针毡。

“挺奇怪的，”最后江小流说，“男人为什么这么容易忘记自己说过的话？”

车内一片静默，只有每晚都会遗忘的普克没感受到那种尴尬，颇认真地思考了一下。

“从动物学角度看，雄性动物以进攻为主，记忆会成为进攻的负担。”

“也就是说，男人说到底就是动物？”

“女人也是动物，”普克认真地与江小流探讨，“只是属性与男人不同，因此……”

“不好意思……”大宝忽然打断了他们，并且流露出很高兴能打断他们的轻松，“不好意思，你们要找的地方到了。”

出发前，三人经过商议，决定先去找高桥俊男投保的那家保险公司。根据江小流搜索的结果，保险公司虽然破产倒闭，但留有一个部门专门处理破产善后事宜。

令人失望的是，所谓的“破产善后事宜”显然并不包括马一路他们想要了解的事宜。

一个西装革履的日本职员客气地聆听了经大宝翻译过的内容后，同样客气地对几位“贵宾”鞠躬，表示“无可奉告”，因为按“贵宾们”的说法，高桥俊男的保单已经处理完毕，不再属于该部门的工作范畴。

然后就是鞠躬道别、恕不远送的程序了。

三位“贵宾”被稀里糊涂送到门口，马一路先醒过来了，停下。

“就这么走啦？”马一路显然不甘心，“这也太……不行！”

马一路掉头往回走，大宝犹豫了一下，试图阻止。

“工作人员已经说得很清楚了，再回去好像不太合适……”大宝小声劝马一路，一边回头想从普克和江小流那里得到支持，“毕竟这是日本，不是中国。”

这话不说还好，一说出来，马一路那颗敏感而脆弱的小心脏顿时变成粉红色的。

“日本怎么了？日本人不是会用眼神鞠躬的吗？我好好和他讲道理，他更得以礼相待。”马一路固执起来，有几头牛也拉不回的气势，“至于你，就做好你的翻译工作，当好你的‘理客中’就行了。”

大宝还没说话，看见普克和江小流也回来了。不知怎么，自从江小流对大宝“回放”了那段他说的话后，大宝就有些情不自禁地回避江小流的视线。

大宝只好对普克说：“要不您劝劝他？”

“马一路说得有道理，为什么要劝他？”江小流问。

“我们远道而来，这样回去确实不甘心，再努力一下是应该的。”普克也说。

马一路看伙伴们都支持自己，心中一暖，憋气的感觉倒是消失了。

“麻烦你了，大宝，你放心，我们大老远来，又不是为了无理取闹，”马一路也下意识地用日本人的礼貌对待大宝，除了用眼神鞠躬实在做不到，“就请你再帮我们和日本人沟通一下。”

大宝除了妥协没有别的选择了。

几个人回到刚才那个西装革履的桌前，那人看他们又回来了，有些惊讶。

大宝用日语轻声和对方交流了几句，马一路他们听不懂，但身体语言是能看懂的。

对方显然拒绝了大宝的请求。

大宝回头看看马一路他们，马一路也用身体语言表达了他的坚持。

大宝左右为难，只得又回头求日本职员，态度越来越谦恭，没想到对方的态度却变得越来越强硬。

大宝看工作人员几乎发火了，再次退缩，几乎是点头哈腰地退回马一路他们身边。

“真不行。”大宝压低声音，“人家说了，再骚扰就找保安了……咱们还是赶紧走人吧。这可是日本，不是中国。”

马一路正想说话，却被普克抢了先。普克不是对大宝说的，而是对身边的江小流说的。

“那些资料都带着呢吧？”

“都在车上，我去拿。”

普克点点头。江小流转脸看着大宝，大宝愣了一下，下意识地躲开江小流的目光。

“好吧，我陪你回车上拿。”大宝主动表态。

说着话，人已经往外走了。江小流也不客气，跟着大宝走了出去。几分钟后，她带着那些资料回来了。

普克从那些资料中翻出几页，回到刚才那个日本职员桌前，用英语和他问好。

日本职员听见英语，回头一看是普克，愣了一下。普克不卑不亢，又对他点头微笑，然后直接把那几张纸放在日本职员面前的桌上。

日本职员低头看了两眼，脸色忽然变得凝重，下意识地从椅子上站了起来。

普克用英语对他说："如果方便的话，能否请你帮忙查一下？在你的职责范围内，能查到多少我们都很感谢。"

普克从日本职员的表情看出，他并没听懂普克所说的英语内容。普克又把这句话用中文告诉大宝，请大宝翻译成日语，说给日本职员听。

这回日本职员听懂了。不仅懂了，对普克他们的态度也明显发生了变化，又有些"用眼神鞠躬"的味道。他对大宝说了几句日语后，走向大办公室的另一张桌前，与同事交谈。

马一路趁机问大宝："现在啥情况？"

"这回话软了，说先去了解一下，请咱们稍等，马上回复……来了。"

日本职员已经带着另一位女同事回来了。

日本女性的温柔气质在这位女同事身上得到了充分的体现。经过大宝的翻译，女职员先向三位贵宾道歉，然后解释了之前同事的冷漠是因为业务不熟，之后谦恭地请他们在办公室一角的小会客间落座，奉上茶水，在得到高桥俊男的护照信息后，去电脑前查询。

半小时后，女职员回到小会客间，又是一番日本式的客套，然后才入正题。

大宝直接把女职员的日语翻译成了中文。

"高桥俊男的确在这个公司办过高额人身意外保险，并于 2016 年 11 月 11 日在中国发生车祸后，由保单受益人申请过理赔。当时公司对事故认定有些疑问，还派了公司相关人员前去中国核实，仍没达成一致。后来保单受益人在律师松岛洋介的协助下，与公司达成了庭外和解，最终公司给保单受益人给付了约 400 万人民币的保险金。"

这些信息与国内已经获知的信息一致。

普克听完大宝的翻译，想了想，对大宝说："能不能问她一下，当时和公司交涉的是不是高桥俊男的妻子高桥美雪？"

对方犹豫了一下，通过大宝的翻译回答普克。

“因为不是具体经办人，所以不是很了解，但从现有记录来看，高桥美雪的名字确实出现在记录上。”

普克又问能否告知当时去中国处理理赔手续的公司工作人员，如果有可能，他们想与那位工作人员谈谈。

女职员流露出很难过的神情说，早在公司倒闭前，那位工作人员就被解职了，她与那位同事碰巧是朋友，她可以试着帮忙联系一下，看对方是否愿意帮这个忙。

普克再三道谢，然后又问了一个问题。

“既然公司认为高桥俊男的保单有疑问，为什么松岛洋介出面后，就与保单受益人达成了调解协议？”

对这个问题，女职员低头犹豫了足足一分钟。等她抬起头时，眼里含着泪水。

“那时候公司已经濒临破产，经不起任何舆论的风波，”女职员带着明显厌憎的表情说，“松岛洋介是一个出卖了灵魂的人，和他沾边就等于向魔鬼报到，公司只能妥协。这是我对此事的个人观点。反正处理完破产善后事宜，我也要另找工作了，所以不在乎说出这些话。”

最后女职员留下了大宝的名片，承诺联系她说的那位前职员后，无论结果如何都会给予一个回复。

马一路他们离开时，不知为什么，心情都有些复杂。

只有江小流，仍用那种仿佛事不关己的冷淡语气问普克：“为什么那个日本人听不懂你的英语，却忽然愿意帮忙了？”

“应该是你那些资料帮的忙。”

“那些都是网上下载下来的，又不是秘密文件。”江小流摇头。

“只能说明那个松岛洋介确实臭名远扬。”马一路说。

大宝听到这话，悄悄看了马一路一眼，不幸被江小流看见了。

江小流又转脸盯着大宝，“什么？”

大宝赶紧说：“没什么，没什么，我就想问问……接下来去哪儿？”

接下来他们去了那个写在居酒屋餐巾纸上的地址。

在车上时，马一路忽然问了大宝一个他从早晨憋到现在的问题。

“大宝，你对日本挺熟的，请教一下，”马一路问，“什么叫‘人妻俱乐部’？”

大宝一愣，用眼角余光瞥了一眼旁边副驾驶座上的马一路，又从后视镜瞥了一眼后排坐的普克和江小流，他的目光正好和江小流相遇。

大宝立刻收回目光，斟酌片刻。

“就是专泡别人老婆的一帮人。”

“别人的老婆，为什么要泡？还专门泡？”

大宝隐约看出来了，马一路是真心不懂，不是装纯。

“这个我真没体会。不过日本的性文化确实比较……比较那个。”

“从心理学角度说，这大概算是一种双重的进攻，双重的掠夺。占有别人妻子的同时，也掠夺了妻子的丈夫。”普克替大宝回答了马一路的问题，“至于朝露俱乐部，就真的很变态了。”

马一路被狠狠地恶心了一下。

“妈的，这世界怎么乱七八糟的？”马一路愤愤不平道，“有时候想想真是来气！”

普克平静地说：“所以才有警察这个职业。”

江小流忽然说：“警察也认识苍井空吧？”

马一路的脸腾地一下子就红了，怎么在心里呵斥自己也没用。

江小流看着马一路的后脖颈说：“我没说你。”

马一路恨不得立刻从车上跳下去，根本不敢回头，在旁边开车的大宝此时恍然大悟。

“你们是警察？”

普克意味深长地反问：“森田浩没告诉你？”

“他只说……”大宝迟疑了一下，“他没说你们是警察。”

江小流把大宝这句话原样重复了一遍：“他只说……他没说你们是警察。”

这次脸红到了脖子根的人变成了大宝，所幸他又一次被目的地解救了。

“不好意思，咱们到了。”

东京的每一寸空间都很金贵。大宝先让马一路他们在路边下车，他去找停车场。

马一路从下车后就回避江小流的目光，但江小流关注的重点显然和马一路不一样。

江小流问普克："大宝是森田浩派来的间谍吧？"

"有可能。"

马一路顾不上羞愧，只顾震惊了。

"间谍？难道这案子……"

"只是个比喻。"江小流似乎在对马一路说，别大惊小怪、一惊一乍的，"给你几秒钟，好好想一想。"

如同江小流所说，马一路并不笨，就是反应慢了一些。

想了几秒钟，反应过来了。

"森田浩为什么要派大宝来刺探消息？"马一路还是有些困惑。

"我只想知道森田浩为什么不派个更有经验的人，比如警察。"江小流也有她的困惑。

"你俩的问题我一并回答了吧，"普克说，"因为森田浩是个刑警。他既要恪守警察的规则，又无法克制一个好刑警对案件的好奇，只好选择了大宝。"

9

这是浅草寺附近一个寻常的日本街区。

干净整洁的小巷，并不齐整。因为空间的珍贵，所有的房子都小小的，也没什么高楼。

整个地方透着无比的安静。阳光落在纤尘不染的地上，很容易让人想到"岁月静好"。

但谁也没想到，他们将在这里听到一个与"岁月静好"截然相反的故事。

森田浩写在餐巾纸上的只有一个住址，没写任何人的名字。大宝找到了对应的一栋老式小楼，看上去已经有些陈旧。按响门铃后，一个中年日本女人从门厅里出来应门。

之所以一眼可知她是"日本女人"，归功于普克的描述：会用眼神鞠躬。

温婉的笑容，客气的寒暄。大宝按普克之前的要求，询问这栋房子是否曾住过一个名叫高桥俊男的房客，因为这里是高桥俊男最初申请日本护照时所留的住址。

这句话一出，刚才还温宛如糯米团子的日本女人，瞬间变成了“会用眼神飞刀”的女武士。即使听不懂日语，马一路他们也从那眼神和语气中读出了她的警惕和愤怒。

大宝也吓了一跳。用比之前更客气的态度，与对方交流了几句，对方不为所动，冷着脸准备关门。

马一路急忙在后面问大宝：“她是不是在问我们是什么人？如果是，请告诉她我们是中国警察。”

大宝来不及反应，直接按马一路所说的做了。

简单一句话，那个已经关了一半门的日本女人又停下了，站在半掩的门内，狐疑地打量大宝背后的三个人。

三个人严肃地迎视她的目光。

片刻，女主人对大宝说了一句日语，大宝立刻紧张地回头看着马一路他们。

“她问，高桥俊男是不是真的死了？”

这下马一路不知如何应对了，转脸看普克。

“请告诉她，我们也在寻找这个答案。”普克说。

女主人听完大宝的翻译，站在门口，低头思索了几秒钟。

再抬起头时，脸上的刀光剑影已经褪去，又回到了一个日本女人的寻常姿态，重新拉开门，微微躬身，伸手请来客入室的身体语言，不用大宝翻译，三个人也立刻就懂了。

从始至终，女主人没对来客介绍过自己的名字，只告诉他们，她的姐姐是高桥俊男的受害者。

过后大宝说，这是女主人的原话。如果不是隔着一层语言的障碍，想必她连高桥俊男这个名字也不愿意提。

如此厌憎，因此不愿意说出姐姐的名字，似乎也可以理解了。

这种情绪使得女主人的讲述稍显繁复，但故事其实很简单，一下子就懂了。

女主人的姐姐，就是高桥俊男的前妻。

与高桥俊男相识那年，高桥俊男 22 岁，姐姐 32 岁，仍是单身。

两人“一见钟情”，姐姐不顾妹妹和家人的强烈反对，与高桥俊男结婚。

婚后第二年，姐姐生下了一个儿子。

婚后三年，高桥俊男申请归化日本，变成日本公民。此后一直用各种方式羞辱大他十岁的妻子，强迫其同意离婚。

妻子百般忍受却始终不同意，直到高桥俊男发现妻子的软肋，那就是儿子。

讲述这一段时，女主人辅之以厚厚一摞照片作为证据。

那是女主人年幼的外甥和早早衰老的姐姐每次受虐后，女主人流泪拍下的照片，其惨状如同案发现场。

婚后第四年，高桥俊男欠下赌债，妻子拿出所有的积蓄替他还债。

也是这一年，高桥俊男在赌桌上认识了一个恶棍律师，回家拍了很多儿子的裸照卖给律师，被妻子发现。

这一次妻子主动提出离婚。高桥俊男的条件是，房子和儿子归他。

妻子终于疯了，对高桥俊男动了刀。

“那是什么刀？”女主人眼睛里冒着火，对几位中国警察说，“是高桥俊男递给我姐姐的一把修眉刀……却把姐姐送进了监狱。”

妻子成了前妻，在监狱里住了五年。

女主人在姐姐入狱第二年去看姐姐，告诉姐姐，她的人渣前夫又结婚了。还好，“这次他娶的是一个中国来的年轻女孩儿。”

“对不起，”女主人在榻榻米上对来客们躬身道歉，“但我真的希望他不要再来害我们日本女人了。就是这样简单的心情。”

唯一庆幸的是，因为房子是女主人家的祖屋，高桥俊男无法弄到手，法院考虑到儿子的成长，将儿子判给了妈妈，由女主人暂代行使监控权，直至孩子妈妈出狱。

大宝忍不住替三位客人问女主人：“孩子妈妈现在还好吗？”

女主人含泪微笑，“很好。”

“我们有没有可能见见她？”

“没有可能。”女主人的眼泪流下来，“因为她已经去了一个美好的世界，那里没有高桥俊男。”

姐姐是自杀的。

姐姐自杀前一天，她去浅草寺求签，求中一根“大吉”签。

浅草寺以“神签”闻名，又是出了名的“凶”签多，能抽中大吉签，女主人很为姐姐感到高兴，觉得姐姐也许真的要苦尽甘来了。

那天晚上，姐妹俩聊了很多，但妹妹不知道其中一句正是姐姐的遗言。

“如果真有机会杀了他，这一次，不会再用修眉刀。”

姐姐是用修眉刀割开动脉的。费了很多力气，用了很长时间，血才流尽。

女主人用了整个下午讲完了姐姐的故事。自始至终，她一句都没问她的中国客人，为什么要找高桥俊男，或者高桥俊男触犯了什么法律。

送客人出门时，天已经黑了。

大宝陪着马一路他们默默走出十几米，忽然听到身后急促的脚步声。

女主人忘了换下家中穿的木屐，直接追了出来，对大宝说了很长一串日语。

大宝顾不上客套，立刻翻译给马一路他们听。

“她说，前年年底，冬天的时候，保险公司来找过她，希望作为外甥监护人的她能够同意采集外甥的 DNA 与高桥俊男做一个亲子鉴定，保险公司愿意支付相当高的报酬，她拒绝了。差不多的时候，又有一个陌生人来找她，却是希望她拒绝保险公司的要求，不要同意采集外甥的 DNA 样本，愿意支付更高的报酬，她也同样拒绝了，并且没告诉对方她已经拒绝了保险公司。”大宝一口气译完这段话。

普克听完立刻问：“请问她，后来那个陌生人有没有说出是谁委托的？”

大宝如实译给女主人听，女主人摇头，然后又对大宝说了一句话。

大宝转述给三人听。

“她不明白这些人到底是怎么回事，但她把外甥藏到一个安全的地方了。她永远也不想让这个孩子再经历姐姐所经历过的苦难。”

听完这话，普克什么也没说，对女主人鞠了一躬。

马一路和普克也跟着向女主人鞠躬，女主人深深地鞠躬回礼，然后说了那句日语中用来表达“永远不见了”的“再见”。

撒由那拉。

10

和女主人告别之后，三个人不约而同地对大宝提出一个要求。

“你先回去吧……”

异口同声说了一半，发现撞车，又都停下来，互相看了看。

大宝惊了一下，然后笑起来，“我至于这么惹人讨厌吗？用得着三个人一起说……”

也说到一半，看见马一路他们三个都很严肃，自己也笑不出来了。

“那好吧，反正这里是浅草，离你们酒店很近，”大宝说，“我想你们可能想安静一下，说真的，我也一样……那我就先告辞了。”

三个人晃晃悠悠，步行到了浅草寺。

令马一路惊喜的是，原以为已经错过了樱花季，这里的樱花却仍然盛开。

夜晚的浅草寺人潮退去，像是从举国若狂的樱花季偷来了一丝宁静。

他们在一株垂枝樱下找到一条长椅，江小流居中坐下，普克在左，马一路在右。

灯光照着垂枝樱，粉红色的樱花映成了血红。一阵风吹过，花瓣纷纷扬扬，如同血色的雪花飘落。

江小流看着地上的花瓣问：“为什么你会告诉她，咱们是中国来的警察？”

马一路愣了一下，随即反应过来，江小流问的是他。

马一路想了想，摇头道：“不知道，就是一种感觉。”

普克说：“你的感觉成了今天开门的钥匙。”

江小流沉默了一会儿，身子有些摇摇晃晃。从飞机落地到现在，一天多过去了，她连一分钟都没睡过。

江小流口齿不清地说：“我想睡一会儿。”

普克看一眼马一路，然后对江小流拍拍自己的腿，“来，躺下。”

江小流听话地立刻躺下，头枕着普克的腿，几乎立刻就睡着了。

马一路脱下自己的外套，盖在江小流身上。看江小流歪着身子不舒服，犹豫了一下，还是学着普克的坦然态度，轻轻搬起江小流的腿，放在自己腿上。

沉默地坐了一会儿，又一阵樱花雪飘落。

马一路轻声说："今天坐在那人家里，不知怎么，觉得特别羞愧。"

"我明白那感受。"

又是沉默，又一阵樱花雪。

他们忽然听见江小流轻微的、深长的鼻息，那是熟睡的标志。一片柔嫩的樱花瓣正巧落在江小流的鼻尖，睡梦中的她皱皱眉、耸耸鼻子，花瓣摇曳坠落，江小流继续睡。

普克低头看看江小流，又转脸看看马一路，微笑起来。

"这个世界其实很平衡，"普克对马一路轻声说，"有高桥俊男这样的人渣，也有你这样的好警察。"

马一路有一丝惊喜，又有些不自信："你真觉得我是个……好警察？"

"毫无疑问！而且……"普克又看了一眼睡在他们之间的江小流，意味深长地说，"你不仅是个好警察，还是个好男人。"

"这你也能看出来？"

"别忘了，就算我记性差、情商低，但我会推理。"

"感情也能推理？"马一路这话一出，立刻意识到，等于承认了普克的推理。索性豁出去了，反正明天普克就会忘掉，"那你能不能推一下……我有没有希望？"

普克认真看了看马一路，又低头看看江小流，摇头。

马一路的心一沉。

"没指望？"

"不是没指望，"普克说，"是……"

普克说了一半的话，被一个突如其来的声音打断了，像一阵由远而近滚滚而来的雷声。

江小流一下子被惊醒，猛地坐起来。

马一路恨自己恨得牙痒痒——那"雷声"是他饥肠辘辘的肠胃在抗议。

"对不起，对不起，"马一路忙不迭地对江小流道歉，"你睡你的，我保证再不发出声音了！"

江小流揉揉眼睛，看了一下表。

"居然睡了半小时。够了。"

“才半小时哪儿够？再睡会儿，有我俩守着你呢，放心！”马一路像在哄孩子。

江小流却因这半小时的睡眠缓过来了，眼睛像充了电似的，光彩熠熠。

“该吃饭了，”江小流说，“不过你们先告诉我，刚才你俩聊了什么？我好记下来。”

“这个话题不用……”

说了一半，普克看见马一路拼命给他使眼色，忽然回过味来，得保护马一路的隐私。

“不用我说，”普克改口，“让马一路说吧。”

江小流转脸盯着马一路，马一路这次总算反应不慢，支吾了两秒钟，舌头就顺了。

“瞧我这记性，说话不能打断，一打断就……想起来了！”马一路找到了一个适时的话题，保住了自己的自尊，又不算对江小流撒谎，“我正想问普克，高桥俊男的日本前妻的妹妹知道咱们是中国警察才让咱们进门的，可后来她为什么一句都没问咱们，高桥俊男是不是在中国犯了啥事儿？”

“这个问题问得好！”

只有马一路听出了普克这句表扬中的双重含义，其实普克是在夸他“这个球踢得漂亮”。

江小流想了想说：“是不是因为她信佛？”

马一路和普克都是一愣。

江小流先对马一路和普克简单描述了一下进入那个家之后，她所见的房屋格局以及各种装饰。

“玄关正面贴着观音画像。我坐的位置可以看见里面一个房间柜子上有一个小小的佛龛，还闻到供香的味道，听见循环播放的大悲咒，只是声音很小，你们可能没注意。”

“让你一说，我也听见了，像庙里念经似的，不知道那是大悲咒……”马一路也回忆起当时没注意的细节，“可就算她信佛，我还是没明白这跟我问的有啥关系。”

普克却已经理解了江小流的意思。

“她对高桥俊男的憎恨一目了然，听说咱们是中国警察，联想到高桥俊男有违法犯罪的嫌疑，这是很自然的事情。”普克解释给马一路听，“但作为修佛之人，追求的是原谅和释怀，如果知道得太具体，内心的感情难免不好处理……”

“不知道幸灾乐祸好，还是慈悲为怀好！”马一路恍然大悟。

“幸灾乐祸这个词，分量太轻了。”江小流说。

“索性避而不谈。我觉得江小流的思路很清晰，而且……”普克赞许地看着江小流，“不经选择的信息相当于没有信息，你脑子里装着一切，但你准确地选择了有用的部分。”

“那我就不告诉你这是你训练的成果了。”

“那我就不问，我还有多少唠叨是你们不得不一听再听的。”

“不多不多，”马一路说，“每天也就重复几百句。”

这小小的调侃，使他们之前过于沉重的心情稍微得到了一点缓解，但稍纵即逝，因为接下来江小流提了一个问题。

“刚才太困了，有个问题都来不及问，”江小流说，“女主人追出来对咱们说……”

江小流将女主人从家中追出来的那一个片段原样回放给马一路和普克，包括她听不懂意思的日文。他们像是又重回了小巷里那一刻。

女主人穿着忘记换下的木屐追上来，对大宝说了很长一串日语。

大宝立刻翻译给三个人听。江小流重点再现了这一段内容。

“她说，前年年底，冬天的时候，保险公司来找过她，希望作为外甥监护人的她能够同意采集外甥的DNA与高桥俊男做一个亲子鉴定，保险公司愿意支付相当高的报酬，她拒绝了。差不多的时候，又有一个陌生人来找她，却是希望她拒绝保险公司的要求，不要同意采集外甥的DNA样本，愿意支付更高的报酬，她也同样拒绝了，并且没告诉对方她已经拒绝了保险公司。”

“我不明白这一段意味着什么，但我知道普克当时就明白了。”江小流说。

马一路有些晕乎，“为什么你没明白但你知道普克明白了？”

普克替江小流回答：“因为我想让大宝问她，那个陌生人有没有说出是谁委托的。”

马一路更晕了。

“我连保险公司为什么找她外甥做亲子鉴定还没想清楚呢。”

普克忽然竖起食指，做凝神思考状，眼里像有火花闪过。

马一路和江小流猜到，普克也许想到了某个需要仔细捕捉的念头，两人都不敢出声。

足足有一分钟之久，普克眼里的火花熄灭了。他有些遗憾，轻轻叹了口气。

“隐约觉得有个很重要的线索，可惜没抓住。”普克放下那个错失的念头，回到刚才马一路的问题，“没关系，说明条件还不足，等条件充分了自然还会出现。说回刚才的问题。在保险公司，他们承认对高桥俊男的理赔有疑问，并为此进行了调查，只是后来松岛洋介的出现——我认为可以理解为一种威胁——终止了他们的调查。那么保险公司会进行什么样的调查？按逻辑推测，他们去中国处理事故，发现意外证据不充分，人生地不熟，又无法得到中国警方的积极配合，但看到出面处理理赔事宜的卢继安，是和高桥俊男长得一模一样的同卵双胞胎……”

“我明白了！咱们讨论过这个问题，关于卢继平的身份确认。”江小流插话。

“普克肯定不记得了，你再给他回放一下。”马一路提醒江小流。

于是普克又看到了那天他们三个人关于这个问题的有趣讨论。

江小流的“回放”还没结束，普克和马一路互相看了一眼，都明白，对方已经明白了。

“所以保险公司想用高桥俊男和前妻的儿子来鉴定那个所谓卢继安其实就是高桥俊男本人！”马一路说。

“但我更关心的是，那个试图阻止保险公司的陌生人，到底是受谁的委托，”普克接过马一路的话，“这个问题对咱们而言可能至关重要。”

“可能是松岛洋介，”江小流说，“也可能是李雪。”

“如果是松岛洋介，应该可以等同于就是李雪。”

“那不就是李雪啦！”马一路大声说，“除了他俩，还有谁关心那个人渣的死活？”

普克听了马一路这句明显带有情绪的话，心中一动。

马一路发现普克的细微表情，意识到自己的情绪化，有些不好意思。

“我现在确实不太理智，只要一提到那个人渣就想发火……”

“没关系，尽管发。”普克的态度非常认真，又说了一次他多次说过但已不记得的话，“感觉也是一种能力，我们需要你的各种感觉。”

马一路心里踏实了一些。

“那我就继续感觉一下？”马一路索性借机宣泄一下积攒了一整天的无名火，“来日本前就知道卢继平是个渣男，可来了之后才知道他真是渣到无极限！说真的，他前妻临死前说的那话，我作为一个男人都特别理解。我觉得吧，专案组盯着卢继平是杀袁丽丽的嫌疑人，一点儿都没道理，应该是袁丽丽杀了卢继平才对！”

“死的人是袁丽丽，可不是卢继平。”江小流说。

“反正我要是被卢继平祸害过的女人，能把他亲手干掉，绝对算是为民除害！”马一路愤愤不平地说完，还算是没彻底忘了自己的警察身份，犹豫一下，找补了一句，“当然了，这话不是警察马一路说的，是……”

普克忽然腾地从长椅上站起来，吓了马一路一跳，也跟着站了起来。

“刚才的感觉有点儿过是吧？”马一路以为普克的关注点在这里，“我也就在咱们自己人面前才这么口无遮拦……”

江小流轻轻地拉了拉马一路，马一路这才发现，普克凝视着随风摇曳的垂枝樱那柔软曼妙的枝条，看着花瓣片片飘落，显然，他又在努力捕捉脑海中那些倏然飘过的念头。

这一次，普克成功了。

普克转过身来，面对江小流和马一路，眼神中充满了自信。

“我要你们帮我记住这些话，”普克说，“明天我可能就忘了，也有可能还会再次捕捉到，但现在你们一定要帮我记住！”

“没问题。”江小流和马一路同时说。

“卢继平，或者高桥俊男，或者他后来的新身份……”

“陈军。”江小流和马一路又同时说。

普克接着说：“不管他叫什么，总之，我们所知道的那个人渣，很可能已经死了。”

马一路一愣，“你是说……”

“这一次是真的。彻彻底底，再没有起死回生的可能。”

“证据呢？”江小流问。

听到最不关心证据的江小流说出这话，足以令普克产生欣慰的感觉。

“你在李雪的健身房见到卢继平是哪一天？”

“2018 年 3 月 10 日。”

“早上大勇在电话里说专案组查到了卢继平用新身份出现在宁江，最近一次是哪天？”

“2018 年 3 月 9 日卢继平用新买来的身份坐火车到了宁江，在酒店预交了三天的房费，说明他至少 3 月 12 日还在宁江……”江小流说完补充道，“这是彭所的原话。”

“不过你马上把彭所的话否了。”马一路提醒江小流，“用袁丽丽开了三天房只住了一天就被杀的事情做的例子，弄得彭所挺尴尬。”

江小流想了想，又对普克说：“早上你就对彭所说‘我不是说卢继平也和袁丽丽一样一定被杀了’……看来早上你就这样想了。”

“早上我只是想证明彭所的逻辑是错误的才那样说，现在不一样了。从目前的证据看，卢继平 3 月 9 日到了宁江，10 日见了李雪，但李雪否认当天见过卢继平，而专案组实际从 9 日之后就失去了卢继平的行踪……”

“因为 10 日之后卢继平已经死了！”马一路嚷了出来。

“至少有这个可能性，”普克神情严肃，“除非专案组找到卢继平在 10 日之后仍在宁江活动的充分证据。但从行为模式分析，卢继平用陈军的身份证大摇大摆坐火车到宁江，又用同一个身份证入住酒店，说明他对这个身份是有信心的，并没有故意隐藏……”

“那么他的行踪应该非常好找，现在是电子时代，一部手机就是一个跟踪器，一个支付宝就能出卖行踪。”江小流说。

马一路拿出手机，有些按捺不住的兴奋。

“要不要现在就给彭所打电话？”

“别着急，再等等。”普克阻止了马一路，“专案组一定比咱们还急于找到卢继平的新行踪，找不到的时候，他们会考虑咱们的观点。”

“也是。彭所虽然嘴上不服气，但还是答应安排人盯着李雪。”

马一路说完这话，三个人忽然都沉默了下来。

目前所知与卢继平有紧密关联的三个女人，前妻已经自杀，袁丽丽被杀，剩下的只有见过卢继平却否认见过卢继平的李雪。

如果卢继平之所以失去行踪是因为他死了，那么杀死他的人就有可能是李雪。

这还是第一次如此认真地将李雪与杀人嫌疑挂钩。

不知为什么，这让三个人都有种说不出的复杂滋味。

又一阵风吹过，江小流情不自禁地抱住两臂。东京4月的夜晚，风仍然很凉。

马一路意识到江小流冷了，将之前盖在江小流身上的外套拿起来，披在江小流肩上。

江小流也不客气，披着马一路宽大的外套，轻声说："从开始我就认定李雪撒谎了，但从没想过，她撒谎可能是因为杀了人。"

"或者正打算杀人。"普克说。

"可惜森田浩不肯帮忙，只给了高桥俊男以前的地址，现在该怎么去查李雪在日本的社会关系呢？"

普克脸上忽然露出一丝神秘的微笑。

"你们再帮我记一件事情。"这次普克的语气显得颇为轻松，"我预感到，森田浩会给咱们送一个小礼物。"

"什么礼物？"

"等礼物来了，自然就会知道。"

11

无论人间悲与欢，太阳每天照常升起。

马一路被微信提示音惊醒，打开消息一看，是江小流发来的信息。

"开门。"

马一路从榻榻米上一跃而起。日本酒店的房间很迷你，马一路一个箭步就到了门口。

下腹部的胀痛提醒了马一路。他低头一看，发现自己只穿着内裤……

马一路弯腰捂着肚子，龇牙咧嘴对外面说：“等一分钟，就一分钟！”

外面没有回音。马一路从猫眼里一看，视野中并没有人。

马一路小心翼翼地拉开房门，看见门口地毯上放着一个纸盒，纸盒里食物的香味热腾腾地飘出来。

那一刻，马一路觉得自己恋爱了。

他没用“又”字。

只有真切体验过爱，才知道爱就是爱。爱不会迷惑，不会因为初次接吻、亲热，不会因为责任、无奈，才不得不定义为爱。

爱是即使那个人不在眼前，也会让你产生升腾感，而且与性无关。

吃着早餐的马一路，变身为恋爱大师，晕晕乎乎地总结着爱情哲理时，手机又响了。

一看，还是江小流。

“来我房间。”

爱就是无论何时何地，对方任何一句召唤，都愿意赴汤蹈火。

马一路敲江小流的门时，一边懊悔自己没提前上个厕所，肚子实在憋得慌，一边自责这算不算假工作之名谈私人的恋爱……门一开，马一路立刻就清醒了。

江小流穿戴齐整，一脸神清气爽的样子，一手抱着昨天那摞材料，一手捧着纸盒——和放在马一路房间门口的一模一样。

不知道是不是心理作用，马一路甚至觉得这个盒子里飘出来的热腾腾的气味，比他那盒闻着更香。

“吃完了？”江小流看马一路盯着她手里那个盒子看，“这是给普克的。”

马一路那颗升腾到云端的心，又落回到坚实的大地。

“没吃饱？”江小流误会了，“我再去给你买一份，你先把这个带给普克。”

“不用了，不用了……”马一路忙把自己从恋爱大师拉回三人小组的一员，暗自提醒自己，“路漫漫其修远兮，吾将上下而求索。”

“嗯？”江小流一脸困惑，“什么意思？”

马一路才发现，自己情不自禁把心声变成了外放模式。

马一路努力让自己显得不要那么尴尬。

“我是说……幸亏你这么体贴，帮我和普克买了早餐，免得我一大早出去，又要迷路。”

Perfect！马一路在心里忍不住为自己这个随机应变打了一个 Call。

江小流盯着马一路看了一秒钟，“想不通一个人的表情怎么可以像你这样丰富。”

马一路在心里无声地回答江小流：“因为我的感情在你面前必须深藏不露。”

这次马一路小心地没让心声又变成外放模式，从江小流手中接过东西，问：“不知道普克醒没醒。”

“我听见他房间有动静了。咱们过去吧，今天咱俩一起给他洗脑。”

马一路有些意外。

“今天你不承包了？”

“信息量越来越大，虽然都在我的脑子里，但我怕筛选乱了，”江小流不知有意无意，瞥了马一路一眼，“你知道，很多事情我不是很分得清轻重。”

这句话，每个字都很清楚，但对马一路来说，组合在一起，似乎又都有了双重含义。

江小流没给马一路足够的时间来求证。她径直走到普克的房间外，一边拿出手机一边敲门，并用眼神示意马一路跟上，马一路急忙走到江小流身边，看江小流已经把手机调整成了拍摄模式。

“又要录视频？”马一路问，“为什么？”

江小流还没回答，门已经开了，普克手里拿着他的手机，看见门外的江小流和马一路，先是愣了一下，随即看看自己的手机，然后又抬头，看见江小流正用手机对着他拍摄。

“早上好，普克，你已经看过你手机里的视频了吧？那你应该能认出来，我是江小流……”江小流又将手机镜头对准身边的马一路，“这是马一路。”

马一路有些晕镜头，每次上镜都显得很拘谨，这次也不例外。为了配合江小流，他夸张地对普克“微笑”摆手。

“早，我是马一路，咱们又见面了。”

普克略一迟疑，也对两人微笑，开门请他们进入房间。

普克指指江小流手中对着他继续拍摄的手机问：“咱们是在拍警匪片吗？”

“不是，”江小流说，“一会儿你就知道我为什么要拍视频了。”

“按刚才我看到的视频中的说法，今天是……”

“2018 年 4 月 12 日，坐标日本东京。”马一路接话道。

“我们……为什么会在这儿？”

“我们来寻找一个人的社会关系，因为你一再告诉我们，马克思说，人是社会关系的总和。”江小流说，“这人以前是中国人，后来入了日本籍。原来叫卢继平，日本名叫高桥俊男。他还有一个同卵双胞胎的弟弟叫卢继安。卢继安的妻子叫袁丽丽，上个月袁丽丽在宁江被杀，专案组根据现有证据认为卢继平是唯一的嫌疑人，但你不认同这个观点……”

“其实现在咱们三个意见一致，只有彭所不同意咱们的看法。”马一路说。

“所以咱们就来日本寻找高桥俊男的社会关系，今天是第三天，已经有了一些收获。”

“我觉得是很大的收获！原来各种证据已经证明卢继平是个人渣，到了日本发现，高桥俊男更是人渣！当然高桥俊男就是卢继平，也就是说……”

“别把简单的内容说得太复杂。”江小流提醒马一路。

“那就统一说成卢继平好了。”马一路立刻接受。

“总之这两天的调查收获进一步印证了之前咱们的怀疑……”

普克打断了江小流。

“之前咱们为什么怀疑卢继平不是杀死袁丽丽的唯一嫌疑人？”

“综合案发现场的各种细节，杀死袁丽丽的人不应该是一个灭绝人性的人渣，”江小流说，“等我们讲完案件的整体轮廓后，我会为你补充你需要的任何细节……”

“对不起，再打断一下，”普克实在忍不住了，指着仍对他拍摄的手机，“这个到底是在拍什么？”

江小流看了一下手机，“差不多了。”

江小流关掉了手机拍摄功能，然后从普克开门的那一刻起，开始“回放”，一直放到普克指着手机问“……这个到底是在拍什么？”

普克惊讶地看完江小流回放的全程。江小流把刚才拍摄的内容又播放给普克看。

普克亲眼印证了江小流的神奇记忆功能，看完他思索了两秒钟。

“你是用这种方式告诉我，你的记忆力有多么惊人。”普克说，“这确实是一个很有效率的办法。”

“那我就不用再拍了。”江小流收起手机，继续对普克介绍现有的案情，“咱们三人是从袁丽丽被杀前就介入案件的……”

“这里面似乎有逻辑上的矛盾……”普克插话道。

“我补充一下，”马一路及时跟上，“袁丽丽被杀前，江小流找我报警。卢继平的老婆叫李雪，江小流以前就认识他们夫妻俩。袁丽丽被杀前几天，江小流看见卢继平和李雪吵架，但过后李雪却对江小流否认她看到的是卢继平，而且说卢继平已经死了……”

“明白了，江小流不会认错人，所以认为李雪在对她撒谎。”

听到这里，马一路情不自禁地对江小流竖了一下大拇指。直到现在他才真正明白，江小流是用那么长的一段视频，向普克证明自己“不会认错人”。

这个方式直接而有力。

江小流继续说：“彭所查到卢继平确实在老家达州因车祸意外死亡，我们就去了达州，结果在卢继安家见到了袁丽丽。袁丽丽对我们产生了怀疑，而我们也对袁丽丽产生了怀疑……”

“怀疑什么？”普克问。

“卢继平在日本买了保险，车祸后主要是他弟弟卢继安处理事故及保险公司理赔，当时李雪也露了面。之后由于日本的保险公司对事故认定有疑问，李雪曾到日本处理此事，最后与保险公司达成协议，拿到约 400 万人民币的保险金。但这笔钱李雪全都给了卢继安，而所有的证据都证明，这个所谓的卢继安就是卢继平本人。”

“所以卢继平是用弟弟的生命在骗保，弟弟死后他以弟弟的身份生活。”普克边听边做出判断，“距离最近的袁丽丽应该是知情人。”

马一路又适时地插进来，顺便锻炼一下自己的能力。

“从目前证据看，袁丽丽不光知情，估计还真爱上了那个人渣！”马一路说，“卢继平是个赌徒，除了那 400 万，还从李雪那儿要了 100 万，总共只给了袁丽丽 3 万，袁丽丽还对他死心塌地的。后来卢继平可能嫌烦，离家出走再也没露过面，袁丽丽一直留着卢继平的手机等他回家。”

“咱们假冒保险公司业务员被袁丽丽识破后，不知道她是不是受了这个刺激，比咱们早一天飞到了宁江，”江小流继续对案情的回顾，“到宁江后先给李雪打电话，李雪到酒店和她见面，晚上袁丽丽被人从酒店接走，第二天一早尸体就被扔在东山脚下一条小路边。”

“专案组为什么没把李雪纳入嫌疑人的范围？”普克直接问。

“专案组找过李雪，凡是有证据的部分，李雪句句是真话，”马一路对普克特别强调了一句，“你没见过李雪，她真是个特别……特别的女人。”

“我认识她的时候 16 岁，那时候我就知道她胸大腰细脸又美，我爸对她很着迷。男人见了很少不着迷。”江小流解释道。

“而且非常聪明！”马一路忍不住又赞了一句。

“你们是在暗示她会影响警察的判断力？”

“我没这么说。”江小流说，她看了一眼马一路。

“我也没这么说。”马一路说，他没敢看江小流。

“有证据的部分，李雪句句是真话，”普克看着马一路和江小流，“那么关于李雪撒谎说江小流看见的不是卢继平这件事儿，李雪怎么解释？”

“那事儿早黄了。”马一路说，“彭所之前就安排人，想私下查查健身馆的监控……对了，李雪开了家健身馆，生意特好，江小流就是在那儿见到李雪和卢继平吵架的……”

“结果监控莫名其妙被删了。”江小流说，“所以我根本就没再把这个当证据告诉专案组，李雪绝对不会承认。”

普克听完思索了片刻。

“先放下李雪不说，回到卢继平。他离家出走再没露面，应该是放弃了弟弟的身份，有了新的身份吧？”

“你反应真快！”马一路不由地赞叹，“卢继平确实买了新身份，身份是真的，原来的人已经死了……”

“就是说卢继平已经‘死’了两次了。”普克意味深长地说。

“不止两次，很可能是三次。”江小流说，“专案组找到了卢继平新身份的行踪，但到目前为止，只有我在健身馆见到他之前一天的记录……”

江小流说到这里故意停顿了一下，普克果然已经明白了她想说什么。

“所以我们怀疑，卢继平又‘死’了？”普克问。

“这一次是真死。”江小流干脆地说。

“再不可能起死回生的那种死。”马一路说到最后那个“死”时，有些咬牙切齿。

“刚才你们提到咱们是因为对案发现场的某些细节产生疑问……”

普克说了一半，马一路的手机响了，是彭大勇的视频请求。

马一路接通彭大勇。

“彭所，我和江小流正在普克房间聊案子。”

马一路将手机镜头转向普克和江小流，普克看见手机屏幕上彭大勇的脸，感觉很亲切，虽然这一幕每天都会发生，但每一次对他而言都新鲜如初。

“大勇，现在技术这么进步了？”普克笑着对彭大勇说，“以前觉得随时随地视频通话，那是科幻电影里的世界。”

“看来今天洗过脑了，那我就直接说了，”彭大勇今天少有的严肃，并没接普克的话寒暄几句，而是直入主题，“有几个新情况，要及时和你们通报一下。第一个新情况，专案组查到卢继平用新身份开的银行账号，发现卢继平从去年换身份后，到今年过年前，用这个银行账号走账五六百万，出账先不管，进账有些蹊跷……”

“是不是李雪给他打的钱？”江小流直接问。

彭大勇犹豫了一下。

“不是，但……也差不多，一个叫李方正的，是李雪的父亲。”

马一路看看江小流，两人脸上都写着“意料之中”四个字。

“为什么你要用蹊跷这个词？”普克问彭大勇。

彭大勇一愣，眨巴几下眼睛。还没想好怎么说，马一路替他说了。

“肯定是因为这种之前没查到的事情，李雪要么一概不提，要么全盘否认呀。”马一路带着一丝幸灾乐祸，“已经查到的事情，李雪一个字也不会撒谎。”

江小流没有马一路那么情绪化。

“又不是李雪的账户，她可以推给她父亲。”

彭大勇看看江小流，没吭声。普克明白了。

“看来李雪确实是这样解释的。”普克问，“李雪的父亲又怎么解释？”

“她父亲说，卢继平假死换了新身份后，一直找他要钱，威胁说如果不给钱，就让李雪不得安生。李雪的父亲只好花钱买平安，还不敢让女儿知道。”

“五六百万可不是小数字，”对记忆停留在2006年的普克来说，这数字和普通人的生活无关，“李雪的父亲是什么职业？这么有钱。”

“李方正退休了，以前是医生，骨科医生。”彭大勇皱眉，显然他对此也感觉困惑，“按说不该这么有钱。他自己的解释是，以前当医生有些灰色收入，再加上女儿特别孝顺，这些年挣的钱一半都给父母了，他想着反正钱是替女儿存的，每次女儿给钱也就收下了。碰到卢继平那王八蛋找麻烦，他觉得拿女儿的钱给女儿消灾，也是为了女儿的未来……听他这么说，也能说得通。”

“逻辑上虽然能说通，但情理上……你也觉得有点儿疑问，对吗？”普克问。

彭大勇没直接回答普克这个问题。

“我先把另一个新情况也说了吧。上次咱俩在704谈过之后……你想不起来没关系，回头让他俩给你解释，那天我看见马一路听墙根了……你让我盯李雪，我说到做到，安排所里一个可靠的兄弟……”

马一路忍不住轻声插话：“又是周到吧？”

“别麻雀翻身就当自己是鹞子了！周到挺靠谱的，上次查监控那事儿怪不着他，这次人家办得就挺好！盯了两天，一点儿痕迹都没露，真查出些我没想到的情况。”

“什么情况？”普克问。

“健身馆有个私教，小伙子，舌头比女人还长，周到还没来得及忽悠，就把健身馆各种八卦说了个遍，简直比电视剧还复杂！”彭大勇说这话时直摇头，“我算小瞧李雪了，虽说长得漂亮，挣钱又多，可到底三十好几了……”

“36，今年是她的本命年。”江小流及时补充信息。

“36岁的女人，找了个小她12岁的男人，而且还是个健身教练！”彭大勇的语气足以暴露他对此事的态度，“姓段，就是李雪健身馆里的私教，平时两人的关系深藏不露，结果前两天不知怎么闹出来了，弄得沸沸扬扬，各种版本满天飞……”

“你们所描述的李雪不应该是这样的风格。”普克说。

“要不然我说我走眼了？”彭大勇有些沮丧，“也许真像那句话说的，‘女人一恋爱，智商就变零’……”

江小流问：“都有什么版本？”

彭大勇一愣。

江小流只好回放彭大勇那句“弄得沸沸扬扬，各种版本满天飞”。

然后再问一次：“都有什么版本？”

“我可没你那本事，每个版本给你们演一遍，那我不当警察去当电影明星了！”彭大勇如此“任性”还很少见，好在发完牢骚，还是愁眉苦脸地想了一会儿，“有说小教练一身二许，被李雪发现了，李雪直接把小教练开掉的；有说李雪本来就是找个年轻药渣，玩腻了主动甩掉的；有说小教练得寸进尺，故意放出消息来逼宫的；有说……对了，居然还有人说，小教练和李雪合伙杀了李雪的老公，现在分赃不均才翻脸的！你说现在这些人，都哪儿来的想象力？下回直接请他们来破案，省得咱们警察满世界跑了！”

彭大勇一口气说完，发现马一路、普克和江小流都陷入了沉默。

彭大勇倒吸一口凉气。

“什么意思？哪个版本刺激到你们三位了？”

“也许真是李雪杀了卢继平。”普克说。

“什么？什么？什么？有没有搞错？李雪杀了卢继平？”

马一路和江小流都没顾上安慰彭大勇，互相看了一眼，然后齐刷刷转脸看普克。

“刚才我们还没帮你回忆到这儿，”江小流对普克说，“但你居然又推出来了。”

“咱们已经有过这样的推测了？”

“就是昨晚，你特地叮嘱我们帮你记住。”

彭大勇在屏幕里急了。

“江小流，马上给我回放一遍！一个字都别落！”

于是江小流重现了前一夜，浅草寺的樱花树下，普克那特别的叮嘱。

江小流结束回放时，马一路没敢看手机屏幕里彭大勇是什么表情。

但彭大勇的声音却确凿地进入了马一路的耳朵。

“我都被你们弄晕了……”彭大勇的声音困惑而茫然，“3·20专案组调查的难道不是谁杀了袁丽丽？你们去了趟日本，被杀的怎么变成卢继平了？”

“我还有些信息没补全，不过也能理出个大概了。3·20案件的受害人确实是袁丽丽，但你们有极大可能永远也找不到之前的嫌疑人卢继平了，因为他在3月20日之前就被李雪或她的同伙杀了。”普克说。

“我觉得李雪她爸就有可能是同伙！”马一路补充道。

彭大勇差点儿又想冲马一路发火，硬是忍了。

“她爸对自己给卢继平汇钱的事情已经做了解释……”

“解释不代表就是事实。”普克说。

“好，那我就再告诉你们一个最新情况，这个肯定是事实。专案组已经又找过李雪，明确告知卢继平可能没死，希望李雪帮忙配合寻找卢继平的下落。李雪的态度相当积极，表示愿意配合。”

“怎么配合？”普克问。

“法医报告你可能忘了，回头让江小流详细告诉你。”彭大勇说，“法医在袁丽丽右手两个指甲缝里曾找到过血迹，很可能来自凶手……”

江小流脱口而出：“亲子鉴定！”

马一路一愣，“又一个亲子鉴定？”

“我明白了，全明白了。”江小流转身面对普克，“你之前让我们记住的事情，都连起来了！”

普克自己还没补齐信息，有些茫然，“还有什么事情？”

江小流顾不上回答普克，转脸看着手机里的彭大勇。

“彭所，李雪一定会积极配合，用亲子鉴定来确定凶手的身份就是卢继平，因为这已经不是她第一次利用亲子鉴定了。”

“李雪是答应让她女儿做亲子鉴定了，可……”

“我们都领教过李雪的语言能力，她有本事把话说得像是她积极配合，其实这就是她想让你们做的事情。”江小流说得越来越快，因为那些储存在她记忆库里的信息，经过筛选已经自动地连接在一起，“普克早就对案发现场提出过质疑，他让我们帮他记住，案发现场的信息充满逻辑上的矛盾……”

江小流习惯成自然地“回放”了那一段他们三个人的讨论。

第一段回放，普克通过对案发现场的信息分析，认为凶手的情感和行为之间存在矛盾。

“凶手没意识到，自己正在做的事情与原计划做的事情之间，隔着真实的情感。”当时普克这样说，“这进一步说明，凶手不是人渣，而是人。”

正是这个判断，使三人开始怀疑，杀死袁丽丽的凶手很可能不是卢继平。

第二段回放，高桥俊男日本前妻的妹妹从家中追出来，告诉三人小组一段关于亲子鉴定的往事。

普克在那时就预见到，李雪会利用亲子鉴定让警察确认卢继平的身份，锁定卢继平就是杀死袁丽丽的凶手。

“而这个‘凶手’警察永远也找不到，因为他已经被李雪杀了！”江小流说。

马一路也终于连上了所有剧情，又兴奋又激动。

“袁丽丽指甲缝里的血迹很可能就是李雪故意留下的，当时法医也提出过疑问，不明白为什么袁丽丽毫无挣扎的迹象却在指甲缝里留下血迹，而且只有血迹但没有组织。”马一路说，“我不知道李雪是怎么做到的，但她能兜那么大一个圈子做出这么完美的设计，这对她来说就是小菜一碟！”

马一路说完，忽然发现自己不知什么时候抓住了江小流的手，江小流的手几乎被他攥成了鸡爪子。

马一路急忙撒开手，“对不起，对不起，不是故意的……”

普克终于可以插上话了。他指指马一路的手机。

“断线了。”

马一路和江小流一看，原来马一路的手机没电了。

“早上刚充满的，怎么一下就没电了？”马一路忘了，他和彭大勇这个视频不知不觉通了一个小时，“也不知道啥时候掉线的，咱们后来说的彭所听没听见？”

江小流凝神回忆了一下，有些不敢相信的表情。

“我居然没找到画面……”

“你们太专注了，我几次想插话插不进来，”普克说，“说到保险公司那一段就断线了，后来的内容大勇肯定没听到，但我想这足以引起他的重视了，晚上我再和他通个电话……”

这时敲门声打断了普克。

马一路走过去开门，大宝一手拎着食品袋，一手拿着手机站在门外。

“我打你手机打不通，就直接过来找你们了。”大宝笑容可掬，热情洋溢，“各位昨晚睡得怎么样？我给你们准备了早餐，等你们充完电，我就陪你们再次出发！”

也许是在日本待久了，大宝身上已有了明显的二次元人物特征，略有些夸张，但还算可爱。

江小流对普克简单介绍：“这是你在日本的老朋友森田浩给咱们派来的……”

马一路及时插进来：“翻译！”

江小流瞥一眼马一路，明白了他的提醒，“还有司机。”

马一路忽然想起来，今天他们并没有目的地。

“今天去哪儿？”

大宝不太敢直接和江小流对视，目光在普克和马一路之间逡巡。

“我听你们的，你们想去哪儿，我保证安全送到。”

“对了，”马一路问大宝，“昨天保险公司的人有没有给你打电话？”

“昨天咱们去过高桥俊男买保险的那家公司，已经倒闭了，但工作人员答应会联系当时处理高桥俊男理赔事务的人，我们在等消息。”江小流几乎是同步地对普克解释。

“我还没接到他们的电话。”大宝说。

“咱们是不是已经去了解过高桥俊男的关系人了？”普克问江小流。

“只去过他前妻家，但我觉得已经够了。”

“可惜没有李雪在日本的信息，总觉得还缺这一块。”马一路说。

“要是你们今天实在没处可去，”大宝说话时的神情和语气都有些微妙，“我给你们推荐一个地方，可以去看看。”

“什么地方？”江小流直白地说，“游山玩水就算了。”

“不是游山玩水……”大宝闪烁其词，“就是个小超市……”

“我们去个小超市干吗？又没打算买马桶盖。”刚说完，马一路又有些动心了，“说心里话，卫生间的马桶真的太舒服了，我能在上面坐一整天……真买一个带回去也行。”

“那小超市也不卖马桶盖……”大宝仍不说，但又不像在卖关子。

江小流忽然反应过来了，碰碰马一路。

“礼物。”

“什么礼物？”

江小流看一眼面前的大宝，当着他的面回放昨晚睡前的那个片段，普克请他们帮忙记住，他预感到森田浩会送他们一个小礼物。

马一路恍然大悟，江小流又盯着大宝看。

大宝明明看了江小流回放的内容，却只是微笑着不说话，那意思很明显了。

“以前森田浩到中国，我请他喝过茅台，还教他唱过‘朋友来了有美酒’，看来他还记得。”普克笑了。

“希望这次主人比你还大方，礼物别太小。”江小流说。

马一路有点儿跃跃欲试的兴奋感。

“出发！”

他们跟着大宝出发时，并没想到，即将收到的礼物不大不小，却又那么恰到好处。

12

李雪每天的例行有氧训练被打断了。

打断李雪的是她的父亲，退休医生李方正。

李方正径直来到李雪骑行的动感单车前，看上去很平静，但他一开口，李雪就知道，天要塌了。

事实上，在父亲开口前，李雪就意识到了这一点。但她还是和往常一样进行她的有氧训练。她喜欢有氧，不仅为了健康，为了体形，更是为了那无可替代的多巴胺。

多巴胺带来的喜悦和快感，那么美妙，却又那么安全。

远胜于小段。

何况多巴胺之后还有内啡呔和血清素，可以令你沉醉在宁静满足的海洋，而不会将你卷入危险的风暴。这是运动给人的报答。正是为了这份报答，让李雪即使意识到风暴即将来临，仍愿让自己在动感单车上挥汗如雨。

但李方正对疯狂骑行的李雪说："今天不练了。到你办公室说。"

说完，李方正直接转身走向李雪的办公室，甚至没回头核实，女儿是否听从了他的命令。

李雪明白了，这一次连父亲都顶不住了，可见局面有多糟糕。

父亲从来不会惊惶失措。

父亲是个医生，骨科医生。小时候李雪只知道父亲每天都要去手术室，给病人做手术。在李雪想象中，那是无影灯下的针线活。直到有一次，她在电视上看到一台骨科手术的直播，才明白父亲为什么一直说，他干的是无影灯下的体力活。

小学三年级，有一次李雪摔断了腿，当时父亲在外地出差。

等父亲赶回来时，李雪的腿骨已经被别的医生接上，接完拍片才发现，接得很失败。

母亲听说女儿长大了腿有可能会瘸，又慌又怕，自责地抱着李雪哭。

已经吃够了苦头的李雪害怕又要受一次苦，哭闹着说宁可腿瘸了也不再开刀。

而父亲，最疼李雪的父亲，没有任何抱怨，没有一丝惊慌，像平时一样对女儿笑笑。

"别害怕，"他对李雪说，"交给爸爸。"

在李雪和母亲都没反应过来的时候，他把李雪刚刚接上的断骨从原处掰断了。

李雪并没觉得疼。

她在巨大的疼痛中休克了。

父亲亲自给李雪做了手术。很少有医生敢给自己至爱的亲人做手术。父亲不一样。

长大后的李雪，走路和从前一样优雅好看，跳起舞来像一只天鹅。

李雪从动感单车上沮丧地下来，地面已经洒了一地的汗水，但她的身体并没有等来期盼中的宁静。

那感觉就像最后一次和小段在一起，因为知道是最后一次，她非常努力、非常专注，却一次次走神分心，还是以失败告终。

一个奋力冲刺的运动员在红线前摔倒，就是那一刻的真切感受。

因此，之后的分手不像她预期得那么平静，也完全不是意外了。

父亲已经头也不回地走进了她的办公室，李雪只得汗淋淋地穿过很多目光，跟在后面。速干衣已经湿透了，贴在身上，像另一层皮肤，在那些目光的灼烤之下，滋滋地冒油。

李雪明白那些目光里夹杂了什么作料。人们从来不会厌倦八卦带来的快乐。

但是后悔已经晚了，世界从来不给人后悔的机会。

走进办公室，关上门，李雪不敢抬头看父亲，怕看见他的失望。

"对不起，爸，"李雪甚至不知道这是她心里的声音，但还是说出来了，"我知道我搞砸了。"

父亲早就知道李雪和小段的关系。

他曾经暗示过一次，李雪装作没听懂，父亲就再没提过。

是什么时候？如何暗示的？

父亲一边戴胶皮手套，一边用闲闲的语气说："看过这个人，就该知道天下的男人都不可信。爸爸除外。"

"这个人"指的是横在地上的卢继平。

然后父亲又捡起旁边已经准备好的工具——那些工具看上去和他平时上手术台时用的差不多——侧过脸，并没有回头。

"你出去吧，脏。"他对李雪说，"交给爸爸。"

然后李雪就把一切都交给了父亲，直到此刻。

李方正走到女儿面前，停下。

他沉默了很久。李雪不得不抬起头来，面对父亲。

李方正轻声说："回家去，拿上护照，今晚就走。"

李雪愣住了。

李方正又说："这次把豆豆带上吧。以后……不知道还能不能回来了。"

"爸，用得着这么……"李雪知道局面不太好，警察越来越近，但……她看着玻璃窗外的那些健身器械，忽然觉得如此不舍。这是她亲手创建的事业，是她用青春、婚姻、尊严换来的唯一的回报。她压低声音，"我觉得还不至于，一切都在计划中。等 DNA 鉴定出来，他们就会去找那个……"

"你听不听爸爸的话！"李方正罕见地对女儿发火，"听也好，不听也好，必须按爸爸说的办。现在就回家，拿护照，买机票，收拾行李，我去学校接豆豆，到你家汇合，我送你们去机场。"

说完，李方正像刚才打断李雪骑动感单车一样，打开办公室的门，头也不回地走了。

李雪在办公室坐了十分钟。刚才的一身汗渐渐凉了下来，李雪打了个寒战。

这个寒战终于让李雪清醒了。

李雪人生中与父亲意见相左的时候不多，仅有的几次，李雪都任性地选择了自我。

结果是一次次的惨败。

父亲从来没批评过她，甚至从来不愿让她为自己的选择感到后悔。

"世界上没有一台绝对完美的手术，"父亲用自己做医生的经验举例，"更何况人生。"

李雪决定这次听父亲的。

想通这一点时，李雪忽然发现，那些所有深藏心底的恐惧一下子全冒了出来，几乎要把她淹没。

那一刻，李雪恨不得立刻逃走。逃回那个她曾经逃离的国家也好，逃到其他陌生的国家也好，只要能逃走，并且带着她深爱的豆豆。

开车回家取护照的路上，李雪一直在心里痛骂那个已经死无葬身之地的男人。

如果不是他最后那句威胁，她何至于走到现在这一步？

"臭婊子，信不信以后我把小婊子送到'朝露俱乐部'？"卢继平，或者高桥俊男，恶狠狠地叫自己的亲生女儿"小婊子"。李雪的心就是在那一刻变成了冰山。之后所有的决定都变得那么容易，那么自然。"说不定她能超越她妈，卖个更好的价！”

说这话时，卢继平心里究竟知不知道，他是在故意找死？

这个问题大概永远也不会得到答案了。

一路上想着这些问题，李雪的情绪彻底恢复了冷静。

冷静，是父亲一直对她强调的人生态度。即使遭遇噩运，也不要失去冷静。即使内心有岩浆翻滚，也不要让人看到你的火苗。

所以，当李雪回到自己的家，收拾好行李，推开书房的门去拿护照，却看见小段坐在书房的转椅上，手里拿着她的护照时，李雪看起来就像父亲要求的那样，内心有岩浆翻滚，但小段看不到她的火苗。

李雪甚至还对小段笑了笑。

“是来还我钥匙的吗？其实留着也无所谓，算个纪念。”

钥匙是李雪亲手交给小段的，在她昏了头的日子里。

小段没回答李雪的问题，探头往外看了看，看见了李雪放在客厅里的旅行箱。

“要出门啊？”小段问，“去哪儿？”

李雪微笑着说：“以前我会告诉你，现在不会了。”

说完，李雪上前一步，想从小段手里拿回自己的护照，小段站起来，把护照举高，李雪差点儿扑到小段鼓鼓的胸上。

李雪怀疑小段是故意把胸挺起来突出胸肌的。和其他健身教练比，他一直稍显瘦弱，胸肌不够发达。但他显然没明白，肌肉从来不是李雪喜欢他的真正理由。

李雪及时刹住，使自己距离小段的胸肌保持最后的距离，以此划清与小段的界限。

“这就没意思了吧？”李雪仍然微笑，语气不重，但相处了两年的小段，一定能够察觉她的严重不快，“请把护照还给我。”

小段果然看出来了，或者是听出来了。

“姐姐生气了。”小段低头看着李雪，因为距离太近，他只能看见李雪的乌黑的发顶和白皙的额头，“我好害怕。”

李雪凝神思索。“我好害怕”听上去可不像“我好害怕”的意思。他到底想怎样？

几秒钟，有时候真比几百个日夜还要长，足以令李雪在脑海中闪回无数的画面。

李雪仰起脸，和低头看她的小段目光相遇。小段的眼神说明，他果然并不害怕。相反，他用研究的眼神凝视李雪，似乎在等待她的害怕。

李雪举起手，小段本能地又将拿着护照的手高高扬起。

李雪笑了，她举起的手温柔地落在小段的头发上，轻轻地帮小段理了理头发。

“你呀，说你幼稚吧，有时候又很成熟。说你成熟吧，有时候又那么幼稚……”李雪柔声对小段说，“可是怎么办呢？姐姐爱的就是你这个样子。”

小段逼了李雪那么多次，希望她用“爱”字替代“喜欢”，她从没让步，即使在最难以自拔的时候。

现在李雪说了。

小段注意到了这个变化。平时不太喜欢思考的他，微微皱眉，歪着头，认真地思考了一会儿。李雪第一次发现，没有思想的思考，看上去有一股子滑稽的蠢相。以前为什么没这个感觉？真是太不可思议了。

思考完的小段把高举的护照放下来，用护照轻轻敲了敲李雪的脑门。

“你终于说那个字了。”

“哪个字？”以前李雪就喜欢故意这样逗他，故意让他把那个字没完没了地说上无数遍。

“你刚才说，你爱的就是我这个样子。”小段果然又上当了，“没想到，咱们分手了，你终于说了。”

李雪笑得更温柔了。在日本那些年，这是必不可少的收获。

“谁说咱们分手了？”

小段一愣。

“结束工作上的关系，那不是分手，”李雪循循善诱，“那是为了更好地在一起，像你一直希望的那样，光明正大地在一起……我还以为你能明白呢。”

“明白……什么？”

“还记得姐姐对你说过的话吗？关于未来。”

“是不是……咱们的未来？”

“对呀，咱们的未来。未来不是嘴上说说就行了，两个人的未来，要用行动去实现的。”

“当时我问你……你真的想过咱们的未来？”

“我告诉过你，我一直在想，也一直在准备……”

李雪的眼睛像一潭春水，那么清澈温柔，小段几乎要被那春水融化了……

忽然李雪的手机响了，打破了她好不容易营造出的宁静和信任的氛围。

李雪看了一眼手机，是父亲的号码。算算时间，父亲应该接到豆豆赶过来了，也许就在楼下，准备和李雪汇合。李雪按掉电话。现在不是接听的时候。

就这么两秒钟，刚才的氛围一下子就变了。

“你爸的电话，你怎么不接？”

“没关系，现在你比任何人都重要……”李雪试图找回刚才的宁静和信任，只要再维持一会儿就行，“我正想问问你，你愿不愿意和我一起去日本？”

听到这句话的小段，完全没有吃惊，而是看了一眼手中李雪的日本护照。这充分说明，虽然他追问李雪要去哪儿，其实他心里知道答案。

小段忽然笑了笑。

“你又不是不知道，我连中国护照都没办过，现在你问我愿不愿意和你一起去日本……”

“办护照是分分钟的事情，”李雪极力保持着耐心，但想到父亲可能带着豆豆在楼下等她，心里难免泛起一起焦灼，“别说中国护照，就是日本护照，只要你想要，我也一样可以给你。”

“你是说……”

“我早就说过，等一切准备好了，不用姐姐说，你就能亲眼看见。”李雪用最后的耐心使自己保持温柔的笑容，“为了你，我已经决定放弃健身馆，放弃现在的事业，因为……我想拥有一个有你的未来。”

小段凝视李雪，李雪咬牙顶住那目光的检视。

“好感动哦，”小段说，嗲嗲的语气不像一个直男，也因此很容易给人一个信号，那就是，李雪关于“有你的未来”的努力，失败了。“可惜……我又不会说日语，我对日本一点儿兴趣都没有。”

“不会日语我可以教你……”李雪明知希望已经相当渺茫，却仍不放弃，“我去日本的时候，也什么都不会……”

“其实你是害怕我不让你去日本才说那个字的，对不对？”小段忽然有些粗鲁地打断了李雪，他低下头，不再与李雪的目光对视，声音也因此变得冷而硬，“不兜圈子了，我不会拦你的，除非……”

小段像是故意停下来不说，李雪屏住呼吸，指甲深深地掐进自己掌心的肉里。

“除非……什么？”她用极轻的声音问，像怕惊动了谁似的。

“除非你把钱看得比命还重。”小段说。

李雪几乎窒息了。好一会儿，她才勉强调匀呼吸，使自己的问话别显得太失措。

“你是在……跟我要钱吗？”

“也可以说是……沉默费。”

“沉默费？”

“别逼我，毕竟……我是真爱你的……”

“逼你……什么？”

小段迟疑片刻，从裤兜里拿出手机，熟门熟路地找到一个视频文件，点开，拿着手机给李雪看。

整个过程中，小段始终不看李雪。

是一段画面不断大幅度晃动、大部分时间是黑屏的视频。

但李雪只看了三秒钟就明白是什么了。她脑子嗡的一下，眼前一片空白。

小段关掉了视频。

“我跟你说过，我是真爱你的，你让我做什么我就做什么，可……我也不是三岁小孩子，总得自我保护一下……”小段轻声说，“他就是你前夫吧？不对，如果他没死，你俩又没离婚，就不能说是前夫，只能说是你……”

“别说了！”小火苗终于冒了出来，怎么忍也忍不住。

“你别以为我想害你，要说害，那也是你害我……”说到这里小段有些理直气壮了，“你当时可没跟我说你想干掉那个人渣，你只说……”

“别说了！求你……别说了！”

“你只说有人找你麻烦，你想教训教训他，让我帮你把人控制一下……”

那个人借女儿生日之名再次出现时，李雪脑子里就闪过了那个念头。

危险的念头就像火药，一旦点燃就难以阻止。

一个人的欲望为什么那么难以满足？一次又一次，每一次都说是最后一次。

然后又来了。

还打着为女儿过生日的旗号，真让人恶心。

必须结束这个噩梦，否则生活永远无法重新开始。

父亲完全赞同这个观点。事实上，父亲早就婉转地建议过，李雪假装没听懂。

也许是害怕，也许是……

不，就是害怕。

害怕那一步迈出去，就再也回不了头。

果然如此。

李雪需要做的只是计划的第一步：不引人注目地将那人带回别墅。

剩下的事情都交由父亲处理。

看上去很简单，李雪却发现，她没有自信能独立完成这一步。

骗上车没问题。上车之后呢？直接开车带到别墅，监控必定会留下他进入别墅的影像。

骗上车后，必须将他控制住。可以塞到座椅下，无论监控还是大门的保安都看不见。

她要开车。需要另一个人来做这件事情。一个能够信任的人，而且有足够的力量。

不能是父亲。翁婿俩的关系，早就恶劣到无法共处一个空间。

还能是谁呢？这世界上，李雪唯一能够信任、愿意信任的，只剩一个人。

她的小段。

可小段却拍下了视频，让她付“沉默费”，还指责她想害他，因为她没说出实情。

火山终于爆发了。

“那是因为我不想害你！我想保护你！最好的保护就是你什么都不知道！”爆发的火山谁能挡得住？“你这个笨蛋！你连姐姐怎么爱你都不懂！还天天问我爱不爱！你知不知道那个人渣有多坏？有多狠？你知不知道……”

门铃忽然响了起来。李雪猛地停住。她不敢相信，自己就这样被小段打败了。

小段看着李雪说：“现在我知道了，人渣确实死了，但不是车祸，就是那次你干掉的。”

说这话时，小段不由地往后退了一步。

仿佛眼前这个他口口声声爱过的姐姐，比他矮大半头的姐姐，也会把他“干掉”。

门铃声停了，响起了急促的敲门声，伴随着豆豆清脆天真的声音。

“妈妈！妈妈开门！”豆豆的声音仍是那么活泼，无忧无虑，那是被爱包围的孩子才会有的无忧无虑，“我们看见你的车啦，别想和我们躲猫猫……”

李方正的声音也在门外响起来。

“小雪！你在不在里面？在就说一声！”

只有李雪能听出父亲平静的声音中暗藏的焦灼。

李雪低声对小段说：“我爸和豆豆来了，咱们以后再谈好吗？求你了！”

“以后？”小段笑了，“你现在就要飞了，以后我找谁去？”

李雪的手机又响了起来，还是父亲。

父亲显然感到不安了。他总是这样，总能预见到危机的存在。

外面的敲门声还在继续，父亲和女儿都在叫她。

李雪只得大声应门：“来啦，来啦，稍等一下……”

隐隐听到豆豆在门外笑着对外公说：“我就说妈妈肯定在嘛……”

李雪上前一步，想拉小段的手，小段却把李雪的手一拨，同时将李雪的护照藏在背后。

不得不感谢小段，那轻轻一拨，帮李雪找回了刚才丢失的冷静。

李雪轻声说：“你要多少？”

这句话，李雪曾一次又一次地问过另一个人。已经轻车熟路，简直成了一种问候。

“50 万。”

“好。”

小段一愣。也许没想到李雪回答得这么痛快，他想了一秒钟，又更新了数目。

“说错了。100 万。”

“好。”

小段还想说什么，李雪在他又一次提价前抢先开口。

“再加一分钱，咱们就鱼死网破。你可以试试。”

小段看着李雪，李雪也看着她。

“100 万就 100 万。”小段说，停了停，有些不放心地补充，“可不是日元哦，是人民币哦。”

“人民币，100 万。”李雪面无表情地重复。

“我现在就要。”小段又说，“而且要现金，不要转账。”

李雪看了小段一眼，转身往外走，小段犹豫了一下，跟在她身后。

“听见了吗？我现在就要！”小段加强了语气。

“路上取给你。”

“路上？”小段急着问，“去哪儿的路上？”

李雪已经走到客厅门口，打开房门，面带微笑地迎接父亲和女儿。

“妈妈你在干什么呀？我和外公敲了半天门……”豆豆撒娇，说了一半，一眼看见书房里出来的小段，“小段哥哥！”

豆豆奔向小段，被外公一把拉住。

李方正看了一眼小段，又看李雪，没开口，但李雪很清楚父亲在用眼神对她说什么。

李雪提高声音：“小段挺客气的，要送我们去机场……都是自己人，就让他送一下吧。”

小段走到他们面前，多少有一丝尴尬，“是啊，我来……送送李总。”

豆豆又高兴又有些害羞。九岁的女孩儿，也知道在喜欢的人面前害羞了。

李雪对豆豆笑着说：“那就请小段哥哥帮我们拎一下行李吧，小段哥哥力气大。”

小段只得拎起李雪的行李箱，豆豆也在一旁帮着使劲儿，小孩子的爱就是这样的。

他们先出门了，借这个机会，李雪轻声对特地留在后面的父亲说明情况。

“他有我的钥匙，拿了我的护照。”李雪不敢抬头看父亲的表情，“他还录了视频，跟我要100万。”

“什么视频？”

“当时得把人弄到别墅去，我有点儿怕……怕一个人应付不了，”李雪为自己当初的恐惧而羞愧，“我就找了个帮手，当然没说实情，可……没想到他悄悄录下来了。”

“手机录的？”

“嗯。刚才给我看了……看了几秒钟。”

“手机在他身上？”

“嗯。”

“爸……”

“先下楼。”

“我答应路上给他钱。100万，现金人民币。”

拎着行李箱的小段不放心地探头看他们，李雪急忙对小段挤出一个笑，顾不上这笑容已全然不似平日那样令人如沐春风。

“爸，怎么办？”

“一会儿我开车，你给他取钱。”

“就怕他拿了钱也……”

“别害怕，”李方正轻声对女儿说，“交给爸爸。”

13

小超市是一对日本老夫妇开的，店长是位中国人。

看上去30多岁，穿着朴素，和日本女人习惯的那样，化着几乎看不出的淡妆。

说是店长，其实除了她和那对行动已经有些迟缓的老夫妇，也只有一个干粗活的小伙子了。小伙子也是中国人，日语还没说溜，否则也不会来这样的小超市打工了。当下这个时代，这种家庭式的小店已经快被电商赶尽杀绝了。

大宝带着马一路他们找到小超市，没怎么绕弯，双方就把话说开了。

“请问有什么可以帮你们的？”看他们在小店转悠的店长热情地用日语问。

“请问你认不认识一个叫李雪的中国女孩儿？”马一路没听懂问话，直接用中文说。

店长愣了一下，日语换成了中文。

“中国人？”

“对，”马一路掏出了警官证，给店长看了一下，“中国警察。”

店长又愣了一下，“是李雪出事儿了，还是那个人渣出事儿了？”

不等马一路回答，店长又补了一句：“最好别是李雪。”

马一路一时真不知道怎么回答这个问题。

不过接下来的交流就像水到渠成，基本是店长一个人说，他们所有人听。

“你们真不能告诉我到底谁出事儿了？”店长问。

“抱歉，现在还不能。”马一路说，“但我保证迟早会告诉你，如果你真想知道。”

店长叹了口气。

“说实话，我觉得我宁可不知道。如果什么都不知道，我会假装李雪只是搬走了，我们不再联系了，但我们各自都过得很好……也许不那么富裕，至少都很踏实，就像我现在的生活一样。

“李雪是我的室友。刚到日本的时候，我们合租一个小房间。东京房租太贵了，不合租简直没法活。

“李雪比我早到两年，我来的时候她的日语已经说得很好了，就在这个超市当店长。我是拿研修生签证来的，因为太笨，一连丢了几个工作，李雪说服老板夫妇雇了我……李雪很擅长说服别人，如果你们认识她就会知道了。

“我到超市没多久，李雪就离开了。她结婚了，嫁给了一个人渣，以前是中国人，后来是日本人，算是个国际人渣吧。

“不是我背后说话刻薄，见了他我也会这么说。其实和那个人渣并不熟，那我怎么知道的？是李雪亲口告诉我的。

“当然不是在她和人渣结婚前。

“结婚前，李雪被迷得够呛，以为遇到了真爱。李雪特别聪明，可那时候她好像真是晕了。你们想知道她晕到什么程度？

“有一天上班她给我看她脖子上的项链，我一看，吓了一跳。那项链上挂的就是个真空小瓶子，里面装着那个人渣的血。

“她说有一个电影叫《天生杀人狂》，里面一对男女天生很坏，但他们很相爱，于是把自己的手掌割开，让他们的血流在一起……李雪觉得这是世界上最浪漫的事情，虽然我觉得特别傻。

“李雪结婚没两个月，我又见到她。她被打得鼻青脸肿，第一眼我都没认出来。

“那天我给李雪处理伤口，因为太疼，她喝了一整瓶梅子酒，跟我说了好多话。她说她最想的是爸爸。

“她爸爸是个骨科医生，从小不管遇到什么麻烦，爸爸总是对她说：别害怕，交给爸爸……可是她嫁给了一个人渣，却不敢让爸爸知道。

“我问她为什么，她说，如果爸爸看见女儿被打成这样，一定会亲手杀了那个人渣。她还说，结婚后她才知道，一个人居然可以渣到那个程度。

“李雪平时待人特别友善温和，从来不轻易说别人坏话。能让她那样说自己的老公，可想而知那人有多渣了。

“那次是人渣把李雪抓回去的。不夸张，真是抓。我都要报警了，李雪不让。

“要说李雪有什么缺点？我觉得她就是太聪明。她把付出和回报看得很清楚，她会计算‘成本’，会计算‘性价比’，我说的不是商品的成本和性价比，是人生。

“这不是我说的，我这人头脑比较简单，想不到那么高深，是她的意思。原话我记不清了，总之我劝她和人渣分手，她说如果立刻分，她的人生性价比太低了，就算要止损，也得等收回‘成本’再说。

“不过后来我还是报警了。但不是那一次，是另一次。

“她来找我，脸肿得像猪头，肚子也鼓鼓的……我才知道她怀孕好几个月了，就那样，人渣照样虐待她。

“我问她，她那么聪明，那么优秀，为什么要跟这样的人渣生活下去？难道就为了‘收回成本’？其实以她的智商和条件，就算和人渣离婚了，至少得到了教训，以后还可以找更合适的男人生活。

“她说，她已经付出了那么多，要离也得等拿到日本护照，要不然就太吃亏了……

“我真的报警了，可我日语不好，警察来了问我，我也说不清，李雪日语好，她把警察哄走了，还怪我不该报警，会影响她申请移民，我听她这样说，就不好再说什么了。

“那次以后我们很久没有联系。

“后来我的签证快到期了，也没什么出路，就准备回国了。李雪忽然来找我，这次没有鼻青脸肿，而且非常……非常漂亮，非常时尚，用的都是名牌，一看就是生活很好的样子。

“她居然记得我的签证快到期了，来问我计划，我实话告诉她了，她说就这样回去岂不是白苦了三年。然后她说她认识了一个很有本事的律师，让我交给她办。

“没过几天，真的帮我办成了，我当然很高兴，请她吃饭。她告诉我她已经拿到日本护照了，我问她现在总可以和那个人渣离婚了吧，她犹豫了一下说，现在也无所谓了，反正她不用靠他，大家各过各的。过两年她挣够钱了，还是要回中国。

“我很奇怪，她那么想留在日本，为什么等挣到钱了反而要回国？她说，日本人太守规则，更适合小富即安的人，她喜欢冒险，更适合回国发展。我又问她，那她在日本是怎么挣到钱的？

“可能我这人太直了吧，我这样问她，等于问她在日本是怎么冒险的，因为太守规则的人，肯定不会那么快就挣很多钱……李雪应该是不太高兴，虽然她没表现出来。

“她比以前更聪明、更得体、更克制了，就像以前电视上看到的世界小姐大赛上，那些经过训练的美女一样，看着那么美，却让人觉得不太真实……也许只是因为我比较了解以前的她，才会这样想吧。

“我更喜欢以前的那个李雪。

“李雪肯定是感觉到了。那天分别的时候我们都有些伤感。

“隔了一阵子，我看见报纸上有条新闻，觉得上面有个名字挺熟的，忽然想起来，就是李雪说的那个大律师，好像是卷到什么性丑闻里……我就知道，李雪大概真是喜欢冒险的人，我们的友谊估计到头了。

“没想到又过了一阵子，具体多久想不起来了，那个人渣居然来找我，而且这次轮到他鼻青脸肿的。

“他问我把李雪藏到哪儿了，说他有急事找李雪，还说是生死攸关的急事……我直接打电话报警，这次警察来，我的日语能应付了。警察帮我把人渣赶走了，我不知道他到底有什么生死攸关的急事，也根本不关心。

“你们是怎么找到我的？是不是因为我报过警？日本是个很安全的国家，我在日本12年了，总共只报过那两次警，都和李雪有关，和那个人渣有关……所以你们一找我，而且提到李雪，我当然会觉得，不是李雪出事儿，就是人渣出事儿。

“我还是那么说，如果真有人出事儿，我希望是那个人渣。

“你们可能会奇怪，为什么我并不真的熟悉人渣，却一口咬死了他是人渣？

“李雪喝多了梅子酒的那次，就是第一次被打伤那次，对我说过一个秘密，我想也许她自己都忘了，否则以她的要强，后来根本不会再来找我。我也不知道她说的是不是真的，我想世上应该不会有哪个女人会拿这种事情撒谎……

“李雪说她刚刚嫁的那个男人，把她‘卖’给一个什么俱乐部，不是真的卖，是那种‘卖’……你们懂不懂？

“她就是这么跟我说的，我也不知道她说的到底是哪种‘卖’，反正当时李雪说完这事儿，又说了一句话，我记得特别清楚。

“李雪说，迟早有一天，她会杀了那个人渣。

“从那以后，我就再没见过李雪。

“我觉得这样挺好的。我心里的李雪，还是以前那个聪明善良、善解人意的室友。

“可能李雪说的是对的，日本挺适合我这样小富即安、没有野心的人，你们看，这么多年过去了，我还在这个小超市打工，还住着租来的房子，吃得饱，穿得暖，但也就这么多。

“我觉得这样挺好，什么都简简单单，不用想太多过去，也不用想太多未来。”

几个人刚从小超市出来，大宝的手机响了，他和马一路他们打了个招呼，走到一边去接电话。

三个人站在原地沉默了一会儿。阳光洒在地上，空气透明而干净，风中混着淡淡的花香。

马一路先开的口：“我觉得……”

“咱们改签今天的机票回去吧。”江小流说。

“我同意。”普克赞同。

三个人意见达成一致，都显得如释重负，准备等大宝过来就告诉他这个突然的决定。大宝拿着手机走过来，手机并没有挂断。用日语对电话里的人说了句什么，然后捂住手机话筒，和马一路他们说话。

“保险公司那个人打来的电话，他被保险公司解雇后，找到一个开出租车的工作，”大宝说，“他说在不耽误他工作的前提下，可以和你们谈一谈你们想了解的那件事情。”

马一路他们回酒店取了行李，退了房，前往机场时，坐的是那位保险公司前职员的出租车。大宝代表森田浩将他们送到机场，顺路又当了一次翻译。

保险公司前职员所说的内容，对马一路他们来说，大部分都不算新鲜事了。

高桥俊男前妻的妹妹所说的内容得到了确认。

保险公司确实怀疑那个出面办理理赔事宜的所谓“卢继安”，很可能就是高桥俊男本人。查知高桥俊男与前妻还有一个儿子后，由于前妻已经去世，前职员曾去找过孩子的监护人，即高桥俊男前妻的妹妹，希望对方能够配合保险公司对高桥俊男与儿子做一个亲子鉴定，但遭到了对方的拒绝。

除此之外，这位前职员还贡献了一个“新鲜”内容。

前职员称，因为看到公司风雨飘摇的局面，担心自己被裁，他热切希望把这件事情解决好，以保住自己在公司的未来。

寻找高桥俊男前妻的妹妹的过程中，高桥俊男的妻子高桥美雪曾找过他。

得知前职员正在进行的努力，高桥美雪暗示前职员，如果他可以不动声色地“搅黄”此事，等她以受益人之一的名义拿到巨额保险金时，可以将自己那一份让给前职员。

“是让给，不是分给。”前职员回顾这个细节时特别强调，“真是好大的诱惑啊。”

前职员甚至暗示出租车上的几位听众，除了这笔保险金的诱惑之外，高桥美雪还以别的“美物”来诱惑过他。

几位听众都没追问前职员，别的“美物”究竟是什么，这让前职员多少有一丝遗憾。

事情最终没办成，前职员坦陈主要是因为遭到了高桥俊男前妻妹妹的严词拒绝。

同时他也强调，他以一个忠诚员工的良心，同样严词拒绝了高桥美雪的诱惑。

时过境迁，前职员还是不得不承认，高桥美雪是个极有魅力和感染力的女人。可想而知，当他在此事后被公司解雇时，那种受伤的感觉有多强烈和复杂。

前职员用一句话总结了他对高桥美雪的印象。

“感觉高桥美雪根本不在意自己是不是能拿到保险金，”前职员站在一个近距离旁观者的立场说，“她在意的是她的丈夫必须死，她愿意为此付出一切代价。”

14

飞机落地宁江国际机场，马一路想开机给彭大勇打电话，发现手机没电，才想起早上和彭大勇通视频电话已把电耗光，后来一直没机会给手机充电。

没想到普克和江小流的手机一开机，各自接到一连串的信息提示。

“速开机！”

“你们在哪儿？”

“有急事，请回电！”

普克立刻拨通彭大勇的手机，彭大勇几乎第一秒就接通了电话。

“普克？”

“是我，大勇，出什么……”

“出大事儿了！让你说中了！”普克并没把手机调到外放，但彭大勇的声音之大，旁边的马一路和江小流都听到了，“李雪要跑，我们正在想办法拦，她父亲和那个小教练开车冲进江里，我们正在组织救援打捞！”

三个人面面相觑。

江小流先反应过来。

“彭所，我们在机场，飞机刚落地。”

“哪个机场？”

“宁江机场。我们提前改签回来了。”

“我们也在宁江机场，我刚到出发层，22 号门。”

马一路终于缓过神了。

“彭所，我们马上到出发层，等我们五分钟！”

没用五分钟，马一路他们就见到了彭大勇。彭大勇不是一个人，所里的刑警周到也在。

顾不上寒暄，彭大勇开门见山，让周到把情况简要说一下。

周到下意识地看一眼马一路，然后才开口。

“最近彭所让我在云中漫步盯李雪，主要注意她有没有离开宁江的动向。今天上午李雪的父亲匆匆忙忙来找她，两人在办公室待了一会儿就分头离开了。我开车跟着李雪，她回了自己住的小区家里。我在楼下等了大概一小时，李雪的父亲带李雪的女儿来了。又过了一会儿，他们一起下楼，带着行李箱，跟他们一起的还有那个姓段的健身教练，我没看见他什么时候来的。他们上了李雪的车，李雪父亲开车。我远远跟着。跟到离大桥很近的地段，车在路边停了一下，李雪和女儿下了车，车又往前开了。当时我就一个人，没法分身，想想彭所让我盯的是李雪，我还是接着跟李雪。她带女儿在路边拦了辆出租车，然后就直奔机场。我一边跟一边给彭所打电话，彭所给交警队打电话，刚告诉他们李雪的车牌号，交警队就接到报警，说李雪的车直接冲下大桥，冲进江里了。我只能继续跟李雪，一直跟到机场，也是五分钟前刚跟彭所汇合。”

周到一口气说完。马一路狠狠地砸了一下自己的脑门。

“真他妈的气人！”

普克问：“李雪现在已经飞了吗？”

“还没有。刚才我远远看见她带着女儿在办登机手续，她是头等舱，很快就办好进去了，我去看了航班信息，还有两小时才飞。”周到说。

普克想了想，问彭大勇：“现在肯定没办法强行扣她吧？”

“本来就证据不足，再加上她又是日本公民，用日本护照出境，没理由拦她。”

正说着，彭大勇手机响了，他看一眼手机，对普克他们说：“交警队电话，我接一下。”

彭大勇接听了交警队的电话，原本就阴沉的脸色更是要滴下雨来。

挂断手机，彭大勇说：“车里两个人，一死一重伤，重伤的送医院抢救了。车还在继续打捞。”

江小流问：“谁死了？”

彭大勇一愣，想了想说：“好像是……副驾驶死了，驾驶员重伤。”

马一路和周到同时说：“李雪父亲……”

他们又同时停下来，互相看了对方一眼。周到对马一路做了一个“你说”的表情。

马一路对周到点点头，示意领情，然后说：“李雪的父亲应该还活着。”

普克说：“就是超市店长说的那位骨科医生。”

“我知道那条内裤是什么意思了，”江小流语气平静，说内裤就像说手帕一样自然，“凶手用内裤盖住袁丽丽剖腹产的伤疤时，确实在致歉，那时候他既是一个医生，也是一个父亲。”

他们都沉默了一会儿。

马一路看着彭大勇，“怎么办？彭所，不能让她走！”

彭大勇看看周到，“去找一下机场警务室，让他们广播通知李雪，说她父亲生命垂危……”

“换个说法可能更好！”普克插话。

彭大勇转脸看普克，“怎么说合适？”

“就说教练重伤，去世的是她父亲。”

彭大勇和周到互相看了看对方，脸上都有些没把握。

“为什么这样说更好？”周到问。

普克看了一眼马一路，回答周到：“就是一种……感觉。”

周到又看彭大勇，显然他并不是很赞同普克的说法，决定听彭大勇的。彭大勇也很难抉择，想了一会儿，目光投向马一路和江小流。

“你俩什么意见？”彭大勇问。

江小流说：“这个我不懂。”

马一路伸手指指普克，“我站普克一边。我也说不清为什么。”

彭大勇又思索了两秒钟，下了决心。

“就按普克的说法办。我马上联系专案组，看看有没有什么紧急手段能用上，能拖一会儿是一会儿！”

十分钟后，机场候机厅响起了一条紧急通知。女播音员声音甜美，更衬出内容的残酷。

“前往日本东京的旅客请注意，护照名为高桥美雪的女士，您的父亲和朋友刚刚遭遇车祸，您的父亲在车祸中去世，您的朋友伤势严重，被送往人民医院急救。前往日本东京的旅客请注意，护照名为高桥美雪的女士，您的父亲和朋友刚刚遭遇车祸，您的父亲在车祸中去世，您的朋友伤势严重，被送往人民医院急救……”

紧急通知播出五分钟后，机场海关处发生了一场小小的骚动。

一位已经出关安检过的九岁中国小女孩，挣脱同行的母亲，哭泣着强行闯关返回候机厅。女孩持日本护照的母亲不得已，跟随返回候机厅，并在机场公安民警的配合下，暂时取消飞往日本的航班，乘车前往医院探望亲人和朋友。

几天前普克曾对彭大勇说过，他会见到传说中的李雪，但要等到该见的时候。

这话普克已经忘了。彭大勇还记得。

只是没想到，这个“该见的时候”，这么快就来了。

15

市局刑侦支队的一间会客室里，李雪安静地等着。

等待那个短兵相接的时刻到来。

是的，无需粉饰，无需自我安慰。李雪很清楚，即将到来的就是最后的肉搏。

胜者生。

就是这么直接，就是这么残酷。

从机场到市局的路上，将近40分钟的车程，李雪制订了这场肉搏战的作战计划。

关键词只有一个：冷静。

即使遭遇噩运，也不要失去冷静。即使内心有岩浆翻滚，也不要让人看到你的火苗。

广播里已经说了：父亲死了，小段重伤。这个信息应该是准确的。

因为父亲对李雪说的最后一句话是："别害怕，交给爸爸。"

和以前每一次一样，交给爸爸。

把恐惧、无措、惊慌交给爸爸，把命运交给爸爸。

父亲从来没对李雪说过诸如"相信我，我会保护你，因为我爱你……"这一类煽情的语言。那不是父亲的风格。

发现女儿的腿骨没接好，一边对女儿微笑，一边下手把刚接上的断骨重新掰断，然后亲自为女儿接好腿骨，这是父亲的风格。

发现女儿嫁了一个人渣，又无法摆脱这个人渣，精心设计了方案，亲自下手彻底清除了那个人渣，甚至连女儿都不知道人渣葬身何处，这是父亲的风格。

发现人渣阴魂不散，又从地狱里冒出来制造新的危机，仍是不急不乱，在最短的时间内，以最高的效率，再次亲手解决了新的危机，这是父亲的风格。

只要父亲对李雪说"别害怕，交给爸爸"，那就意味着，父亲会为李雪顶住即将坍塌的天空，哪怕付出生命的代价。

逃往机场的路上，父亲没再和李雪说话，但父女间曾有一次眼神的交汇。

是在离大桥很近的时候。父亲忽然将车靠边停下。

“豆豆，你和妈妈下车，陪妈妈去一下银行。”父亲用温和但不容置疑的口吻对李雪的女儿说，“外公和小段叔叔在机场等你们。”

豆豆有些惊讶，“去银行干什么？”

小段当然明白去银行干什么。他不明白的是，为什么李雪的父亲要让李雪和女儿去银行。难道不应该是他和李雪一起去才对？

小段想解开安全带，挤出一个讪讪的笑，“还是我陪李总去吧。”

父亲看了小段一眼，淡淡一笑，“小伙子，人质有一个就差不多了。再说宁江就这么一个机场，她俩没翅膀，不去机场飞不了。”

听到“人质”这个词，小段多少还是有些尴尬，尤其是当着豆豆的面。

豆豆果然第一时间捕捉到了这个特殊的词汇。其实从上车开始，豆豆就凭一个九岁女孩的敏感，察觉了车上那种微妙的气氛。

“谁是人质呀？”豆豆看看外公，又看看小段叔叔，天真而不安。

父亲没理豆豆，盯着小段说：“护照给她。”

小段愣了一下，准备去解安全带的手急忙缩了回去，本能地捂住裤兜。

那里装着李雪的护照，也装着将属于小段的100万，小段无法不戒备。

豆豆看自己提出的问题没得到回答，从后排座位向前探身，拉了拉小段的袖子，继续追问：“小段哥哥，谁是人质呀？”

小段吓得一甩手，豆豆的手重重撞到椅背上，听上去都疼。

李雪急忙拉过豆豆的手查看，豆豆的脸因为疼痛涨红了，却强忍疼痛，使劲儿从李雪手中抽回自己的手，藏到背后。

“是我自己撞的！”豆豆笑着说，“一点儿都不疼。”

这种孩子气的维护，连小段都无法漠视了。

小段结结巴巴地说：“对、对不起……”

一个贪婪的敲诈者，面对孩子的纯真，产生了片刻的软弱。这无疑是一个时机。

父亲准确地抓住了这个稍纵即逝的时机。

他探身靠近副驾驶座，迅速从小段裤兜里掏出李雪的护照，没回头，直接扔到后排座。

“没护照怎么到银行给你取钱？”

父亲对小段笑笑，眼睛却从后视镜里焦灼地搜索李雪的目光，直到与李雪的目光相遇。

李雪看着后视镜中父亲的眼神从焦灼变得轻松，然后又变成依依不舍。

虽然只是短短的一两秒，但李雪相当确信，父亲的眼中明确写着依依不舍。

那意味着，父亲在用眼神和她告别。

李雪没有太多时间思索，迅速将父亲扔过来的护照牢牢抓在手中。几乎与此同时，父亲打开了车锁控制键。

李雪听到自动锁跳起的声音，立刻一手推开车门，一手拉起豆豆的胳膊，连拖带拽，拉着女儿下了车，并立刻关上了车门。

几乎在车门关上的那一刻，车辆快速启动。

隔着车窗，李雪能看见小段回头往外看，能看见小段在试图打开车门，能看见小段和父亲开始厮打……

事实上，都是李雪的想象。

父亲在一瞬间就将车开远了。李雪只看到她的车迅速汇入车流，很快消失在大桥上。

之后车上发生了什么？李雪不知道。

也许永远都不会知道了。

“前往日本东京的旅客请注意，护照名为高桥美雪的女士，您的父亲和朋友刚刚遭遇车祸，您的父亲在车祸中去世，您的朋友伤势严重，被送往人民医院急救……”

机场广播里响起这个通知时，李雪眼前浮现的是她下车前，从后视镜里看到的父亲那个眼神。

依依不舍的眼神。告别的眼神。

那一刻，父亲已经在脑海中设计好结局了吧？

就像他做过的每一台手术，无论时间宽裕还是匆忙，他一定会有条不紊地做好手术预案。有些写在纸上，有些刻在心里。

如此冰冷的消息，却暗藏着如此炽热的信息。

“别害怕，交给爸爸。”

父亲用生命为李雪创造了离开的机会。李雪必须克制悲痛，珍惜这个机会。

这才是对父亲最大的尊重，最深沉的回报。

可惜，父亲没料到，李雪也没料到，他们同样深爱的豆豆，带给他们这样一个意外。

谁能想到，一个九岁小女孩会有这样一份感情？

李雪无法确定，女儿挣脱她的控制冲回安检口，究竟是为了外公还是她的“小段哥哥”。

但这并不重要了。

重要的是，李雪经过短暂的迟疑后，仍然冒险追随女儿返回安检。

这意味着什么？

“这意味着什么？”市局刑侦支队的一间办公室内，普克对着一屋子人自问自答，“意味着我们的机会。”

办公室就在李雪所待的会客室隔壁。除了三人小组、彭大勇和周到，还有3·20专案组的几位成员。相邻的另一个房间，两位女警正陪着伤心欲绝的九岁小女孩豆豆，其中一位女警恰好也有一个与豆豆同龄的女儿，那种折磨可想而知。

市局协调了一辆依维柯将李雪和女儿从机场带回市区。

应普克要求，三人小组和周到都在同一辆车上。对李雪的说法，是陪同她们母女前往医院。但很显然，相信这个说法的只有豆豆。李雪只在认出周到时，和身着警服的周到打了个招呼。

“你好，周警官，”李雪客气地对周到点点头，“穿上警服更帅了。”

周到简直不知如何应答。

之后李雪再没开口。她全程搂着女儿，眼睛望向车窗外，甚至并不安慰哭泣的豆豆。只在下车时，低头亲吻了一下女儿的脸颊，在豆豆耳边轻声说了一句什么。

马一路距离她们最近，听见了李雪对女儿的这句悄悄话，并无玄机。

“宝贝不怕，”李雪对女儿轻声说，“妈妈在。”

这句话，是在安慰女儿，也在提醒自己吧？

因为自此后，李雪的状态明显发生了变化。

仍然很安静，很沉着，有礼有节……但每个人都能看出，如同一只面临强敌的刺猬，竖起全身利刺，不留任何死角，李雪从内到外做好了全面防范的准备。

没问警察为什么不带她们去医院，却到了公安局刑侦支队。

没问为什么把她带到会客室，女儿却带到另一间办公室。

甚至没问一句那个刚刚发生的、牵涉到两条生命的车祸。

李雪对于警察的一切安排都显得非常顺从。只是在会客室坐下后，才对带她进来的警察客客气气地说："我是日本公民，麻烦你们通知日本驻华使领馆我在这里，而且我需要一位律师。"

说完这个合理合法的要求，李雪没忘了向警察道谢，然后看了看表，开始安静地等待。

"看得出来，律师没来之前，她是不打算说话了，"那位安顿李雪的警察如实讲述了李雪的所有反应，"也不打算投降。"

办公室陷入了沉默。一屋子老刑侦，都很清楚，必须满足李雪提出的要求。

只有刚从外行变成临时工协警的江小流还不太明白，悄悄问身边的马一路是什么意思。

"说白了，既不能审她，也不能扣她。"马一路轻声解释道。

"为什么？"

"她是外国人。"

"外国人在中国犯罪就能逍遥法外？"

彭大勇替马一路回答江小流："当然不能。问题是，现在咱们手头拿不出任何能证明她涉嫌犯罪的证据，拘都不能拘，只能留置盘查和传唤，最多12小时。"

"案情特别重大复杂的，需要采取拘留逮捕措施的，应该可以到24小时吧？"马一路有些不甘心。

"没用！"专案组有人接话，"等通知了使领馆，律师一来，说不定立马就得放。"

彭大勇加强了语气说："关键咱们只有怀疑，没有证据，一切都白搭！"

"能不能打个擦边球，趁律师还没来，和她打个心理战？"周到问。

彭大勇瞟他一眼，周到立刻读懂了彭大勇没说出的话，有些讪讪的。

“不过她那心理素质，刚才居然还若无其事地跟我搭讪……估计够呛！”

江小流转脸看普克。普克仍在低头思索。

“真没办法了？”江小流轻声说，“证据链明明在那儿，可我想了半天，真没一个能锁死她的证据。”

普克抬头看看江小流，又转脸看马一路，忽然开口，却有些答非所问。

“在机场时你为什么支持我？”普克说，“我是说，车祸里死的明明是教练，我建议在通知里对李雪撒谎，说死的是她父亲。”

马一路一愣，不明白普克为什么此时问这个问题。

“排除你对我的信任，一定还有某个原因，你再想想为什么？”

马一路努力想了想，果然找到了自己支持普克的原因。他指指旁边的周到。

“当时听周师傅说了那些情况，我就感觉车祸肯定和健身教练有关系。”马一路说，“毕竟前两天李雪刚和教练翻了脸。”

“也就是说，你认为李雪和她父亲的关系是亲密无间的？”普克继续问。

“我没来得及多想，但……应该是这样。”

“肯定是这样。不管是按之前的线索和推断，还是后来从日本了解的情况，都说明了这一点。”普克说，“但如果真是这样，李雪听到广播说父亲死了，教练没死，她应该不敢回来才对。根据周到的描述，车祸发生的最大可能性是，李雪父亲为让女儿离开清除障碍，故意带教练一起冲下大桥。由此反推，教练活着，会成为李雪的危机。”

“就算是这样，现在讨论这个……有用吗？”周到忍不住插话。

马一路还没完全跟上普克的思路，努力思索。江小流调动了自己的记忆并做出判断。

“当时在机场，广播了好多次，李雪根本没打算出来。”江小流说，“是她女儿闯关回来了，她没办法才追出来的。”

普克顾不上回应周到的担忧，继续他的思路。

“也就是说，本来不管是父亲死了，还是教练死了，李雪都不会回来……”

“但她确实回来了。”江小流说，“因为她……”

“她女儿！我明白了！我明白了！”马一路嚷起来。

“李雪是为女儿回来的。”江小流说。

“我明白普克的思路了！咱们带李雪回来，李雪一句多余的话都没说，可下车的时候，她对女儿悄悄说，宝贝不怕，妈妈在……”马一路表现出少有的自信，“咱们想跟李雪打心理战，必须从她女儿入手！”

普克对马一路赞许地点头，从椅子上站起来。

“在机场时情况紧急，其实任何一个选择可能都改变不了结果。但我们运气不错。李雪已经下决心离开，却还是回来了。这意味着什么？”普克从容笃定地说出了他的方案，“意味着我们的机会。我同意小马的观点。”

攻破李雪，唯一的入口就是她女儿。

16

时间一分一秒地过去。

处在极度煎熬的心境中，才能真正理解“一分一秒”的含义。

李雪第三次“心平气和”地询问警察，是否与日本驻华使领馆取得联系时，得到了令她暗松一口气的回答。

“已经联系上了，”警察对李雪的态度无可挑剔，算是给予“国际友人”的以礼相待，“领馆人员表示将尽快为你安排律师。”

李雪报以真诚的微笑，“谢谢。真不好意思，给你们添麻烦了。”

三人小组在这样的氛围中走进会客室，迎着李雪真诚的笑容。

除了江小流，普克和马一路也对李雪点头微笑，仿佛这是一次再寻常不过的宾主相见。

那位陪同李雪的警察离开了会客室，只留下李雪和普克他们三人。

普克对李雪伸出右手，面带笑容，“你好，我叫普克，是个生病的警察，刚从精神康复中心出来。”

李雪微微一愣，无论如何也没想到会有这样一个开场。她盯着普克伸出的右手，迟疑片刻，还是伸手和普克握手，随即迅速返回她的御敌状态。

“他们告诉我，领馆正为我安排律师。”李雪看上去不卑不亢，语气不紧不松，“很抱歉，律师到场之前，我只能不礼貌地保持沉默了。”

普克笑笑说：“完全理解。”

接着普克对马一路、江小流示意，三人按之前的安排，以李雪为中心，各自找位置错落有致地就座。

这样的“阵型”，令李雪一时有些摸不着头脑，目光下意识地追随三个人的动作，直到与江小流的目光相遇。

江小流目不转睛地看着李雪。她的表情冷淡，却又有种隐隐的熟悉。

李雪情不自禁地盯着江小流看。

马一路和普克交换一个眼神，明白李雪已注意到江小流的存在。普克用眼神示意江小流可以开始了。

毫无预兆，李雪面前的江小流忽然变成一个惊慌哭泣的孩子。

“小段哥哥，小段哥哥在哪儿？”

“外公，我要去看外公！”

“叔叔，带我去医院吧，求求你了，叔叔……”

“让我走！我要去医院！我要去找小段哥哥！”

“妈妈！妈妈！你在哪儿？妈妈，快来救我……”

江小流还原豆豆的第一声哭泣时，李雪就认出女儿的语气和神态了。

那种震惊和迷惑可想而知。

江小流仿佛一个长大版的豆豆，绕着李雪，向每一个在场的人哭泣、求告，那种孩子气的悲切和绝望，像一把螺丝刀，将李雪的五脏六腑扎扎实实绞成一团。

江小流绕了一圈来到李雪面前，看着李雪，哭叫“妈妈快来救我”时，李雪听见的是自己的心碎裂的声音。

李雪猛地站起来，伸手抓住江小流的肩膀，“不许碰我女儿！”

声音之尖锐，令会客室门外的彭大勇、周到都浑身一紧。

这是他们从未听过的李雪的声音，像一头母兽的嘶吼，穿透耳膜，令人心惊。

江小流挣脱李雪的手，往后退了一步，瞬间就脱离了豆豆的状态，回到了她自己。

普克和马一路交换一个眼神。马一路明白了，什么叫“关心则乱”。

就像湖面的冰层，看上去都一样冷硬结实，总有那么一些地方，一碰就碎。

开场顺利。

普克再次用眼神示意江小流继续。

李雪意识到自己的失态。正想收复失地，江小流又开始另一段记忆的回放。

头两句李雪还没反应过来。

“你丈夫叫卢继平，我见过他。”

“你是……不好意思，卢……我丈夫……已经去世了。”

“可我两个小时前还见过他，就在楼梯过道。”

听到这一句，李雪脑子里轰的一声。那个一直困扰她的谜团瞬间解开。

卢继平借女儿生日之名再次出现在李雪面前的那一天，另一个人也注意到卢继平的存在，并在淋浴间对李雪指出了这个事实。糟糕的是，事后无论李雪如何努力，也想不出那个年轻的声音究竟来自哪位熟人。

看上去像一个不起眼的偶然，曾令李雪深陷不安。

李雪瞒着自己的员工，悄悄删除了馆内所有的临近监控记录，又经过数日的风平浪静，不安才逐渐退去，被李雪真正认定为一个无关紧要的偶然。

直到现在。

李雪看着面前的江小流，终于发现她们并非第一次见面。

李雪慢慢坐回原位，凝神思索。记忆的发条开始疯狂转动。

“怎么可能呢？他去世一年多了。你肯定认错人了。”

“我不会认错人的，我……”

“你慢慢洗，我洗好了，我先走了。”

记忆是件很奇怪的事情。有时以为已经彻底遗忘的记忆，会被某些看上去并不相关的细节触发，重新浮现。

比如此刻，这段淋浴间里发生的片段，就触发了李雪更早的记忆，甚至抢先江小流一步，回忆起好几年前的那一天。

“我是她老公。卢继平，继续的继，平安的平……”

只听到这一句，哪怕声音并不相同，也足以令李雪浑身冒汗，胃开始痉挛。

太像了。几乎就是！到底是怎么回事？

为什么眼前这个小姑娘，会重现那么多年前发生的事情，甚至具体到每一个细节？

“我和朋友一起谈点儿事情……”

如果李雪闭上眼睛听，会以为自己灵魂出窍，在听另一个自己说话。

“你看我这记性，正好和朋友在这里吃饭，偏偏忘了带卡……”

哪怕知道那个人已经死了，碎了，彻底消失了……仍然为他那些下作的伎俩感到恶心和不耻。

“是我和雪儿在日本的老朋友松岛先生，当初雪儿入日本籍多亏他帮忙……”

停！停下！别再继续了，再往下，又要重新经历面对那人时生理和心理的双重不适……赤裸裸的敲诈，不得已的退让，为了生活能够重新开始，委曲求全，向那个人渣交出自己的尊严，因为……就因为他手里握着自己的底牌？

李雪根本没意识到，激烈的思绪中，她情不自禁地从座位上站了起来。

脑海中自动补齐了江小流因为距离而遗漏的那些细节。

“你过来一下。”

他像一个体贴温顺的丈夫一样，跟随她走出那对父女的视线。

她尽量克制自己的羞耻和愤怒，压低了声音，简明扼要地问：“要多少？”

他咧开嘴笑的样子，真令她有种随便抓起什么锐器扎向他的冲动。

“你现在是大老板了，给多少看你心情喽。”

她在心里拼命提醒自己，花钱消灾吧，就当生病吃药好了。掏出钱包，还没来得及留下这顿饭的预算，就被他伸手抢过钱包，以迅雷不及掩耳之势，拿走了里面所有的现金。

“人家是我的客户！我没你那么不要脸，我得请人家吃饭！”她试图给自己留一寸焦土。新生活刚刚开始，需要她付出努力，“你让我拿什么买单？”

他却连这一寸焦土都不肯还她，嬉皮笑脸地说：“当我傻呀？好几张银行卡呢……”

似乎被自己提醒了，他收回正准备还她的钱包，又翻看了一下，敏锐地找到一张现金购物卡，喜笑颜开地抽出来，这才把钱包往她怀里一塞，转身就走。

她往前追了一步。其实她并不指望追回他拿走的钱，只想狠狠地冲他的后脑勺来一下。

他似乎用后脑勺读懂了她的心理活动，回头撇撇嘴，用下巴指着那对父女的方向，笑着提醒她："小姑娘盯着看呢，还想表演一个打情骂俏？"

他太了解她了。知道这句话一出，足以令她停止冲动，恢复冷静。

忍一忍，忍一忍。

等生活真正重建后，等自己积蓄足够的力量后，等……总有一天，会抹去过去所有的错误，清除未来所有的障碍。

事实证明，她做到了。与父亲一起，完成了那个几乎不可能完成的任务。

但……眼前这个女孩儿，到底是怎么回事？

"江小流，不要管大人的闲事……李总别介意，这孩子从小记忆力太好，过耳不忘，说话又没遮拦，不用理她……"

明白了。这是一个记忆的天才。看样子，这女孩儿似乎能记住经历过的一切。

可是，这和我有什么关系？和我女儿有什么关系？和刚才那些警察有什么关系？和这房间里另外两个没穿警服的警察有什么关系？

李雪感觉头脑中一团乱麻，理不清头绪。她努力深呼吸，试图用以往有效的方式唤醒自己，找回理智，强迫自己慢慢坐回座位。

深呼吸，深呼吸，深呼吸……

不要紧张，不要开口，耐心等候律师的到来。

他们没证据的。如果有，早在机场就直接给她戴上手铐了。

只要咬牙熬过这一刻，只要等来律师，就能立刻带着女儿登上飞往日本的飞机，永远离开这个国家，离开这个曾经的祖国，飞往她现在的"祖国"。

虽然现在的"祖国"也没想象中那么美好，同样藏污纳垢……至少她还有女儿，还有自由，还有未来。

但这个名叫江小流的记忆天才，似乎并没有停下来的打算。

她居然开始说起日语了？

那么长一段日语，一口气说完，然后又换成另一个人，用中文翻译了一遍。

"她说，前年年底，冬天的时候，保险公司来找过她，希望作为外甥监护人的她能够同意采集外甥的 DNA 与高桥俊男做一个亲子鉴定，保险公司愿意支付相当高的报酬，她拒绝了。差不多的时候，又有一个陌生人来找她，却是希望她拒绝保险公司的要求，不要同意采集外甥的DNA样本，愿意支付更高的报酬，她也同样拒绝了，并且没告诉对方她已经拒绝了保险公司。”

“请问她，后来那个陌生人有没有说出是谁委托的？”

“她不明白这些人到底是怎么回事，但她把外甥藏到一个安全的地方了。她永远也不想让这个孩子再经历姐姐所经历过的苦难。”

坐在椅子上的李雪，早就忘了深呼吸。

事实上，她的呼吸越来越急促，并且根本没意识到这一点。

这些人……去过日本了？

去日本调查我？

调查我的过去？

他们查到了什么？查到了多少？

难道……

像是为了回答李雪内心这些狂乱奔涌的问题，江小流又变成了另一个人。

一个李雪曾经非常熟悉、非常亲近的朋友。李雪在孤独异乡时唯一的“闺蜜”

“是李雪出事儿了，还是那个人渣出事儿了？”

“最好别是李雪。”

“你们真不能告诉我到底谁出事儿了？”

“说实话，我觉得我宁可不知道……”

李雪再次从座位上站起来，完全忘了仪态，往前走了两步，直勾勾地瞪着江小流。

江小流就像舞台上一个全情投入的演员，根本不为台下的观众所动，继续她的演出。

“结婚前，李雪被迷得够呛，以为遇到了真爱。

“李雪特别聪明，可那时候她好像真是晕了。

“你们想知道她晕到什么程度？有一天上班她给我看她脖子上的项链，我一看，吓了一跳。那项链上挂的就是个真空小瓶子，里面装着那个人渣的血。

“她说有一个电影叫《天生杀人狂》，里面一对男女天生很坏，但他们很相爱，于是把自己的手掌割开，让他们的血流在一起……”

“白痴！”李雪终于忘了周遭，忘了一切，对江小流嚷起来，“她是个白痴！”

江小流充耳不闻。

“……那天我给李雪处理伤口，因为太疼，她喝了一整瓶梅子酒，跟我说了好多话。她说她最想的是爸爸，她爸爸是个骨科医生，从小不管遇到什么麻烦，爸爸总是对她说：别害怕，交给爸爸……”

李雪的心被重重锤了一下，一阵剧痛，疼得她捂住胸口，缩着身子，直不起腰来。

别害怕，交给爸爸……连这句话，他们都知道了。

眼前这三个人，还有什么是他们不知道的？

马一路看着李雪，那种由内而外透出的痛苦，连他这个旁观者也不好受。他又悄悄看一眼普克。按普克的计划，第一步，关心则乱，第二步，四面楚歌，第三步……

“停下……请你停下……”李雪有气无力地恳求江小流，“我不想看了……停下好吗？求你了……”

任何人面对这样的恳求，都会心软吧？

可江小流？她可是成功隔离了所有情感的人，没有喜怒悲欢的人。

江小流冷漠地置李雪的恳求于不顾，继续她的回放。

“李雪喝多了梅子酒的那次，就是第一次被打伤那次，对我说过一个秘密，我想也许她自己都忘了，否则以她的要强，后来根本不会再来找我。我也不知道她说的是不是真的，我想世上应该不会有哪个女人会拿这种事情撒谎……”

李雪意识到江小流接下来要说的是什么了，她的脸色一下子变得惨白，比冬天里第一场薄雪落在枯萎的草地上还要白。

“别说了……”

“李雪说她刚刚嫁的那个男人，把她‘卖’给一个什么俱乐部……”

“别说了！”

“不是真的卖，是那种‘卖’……”

“别说了！别说了！我让你别说了！”李雪一声比一声高。

“我也不知道她说的到底是哪种‘卖’，反正当时李雪说完这事儿，又说了一句话，我记得特别清楚……”

马一路在李雪冲到江小流面前试图伸手捂住江小流的嘴之前，抓住了李雪的手腕。

“李雪说，迟早有一天，她会杀了那个人渣。”

江小流终于结束了她的回放，这才转向李雪，面无表情地看着李雪已经迷乱的眼睛。

江小流说：“你终于成功了。”

李雪张口结舌，火山就要爆发了。但……仍有一丝残存的理性，把守最后的关口。

江小流等了两秒钟，看见李雪眼中的火苗并没有就此喷发，看来还需要一滴助燃剂。

江小流瞬间又变身为另一个“小姑娘”。悲伤、迷茫、绝望，清清楚楚写在她脸上。可怜兮兮的声音，让人一听就想把她搂进怀里，安慰她，保护她，满足她的一切渴望。

“警察叔叔，能不能带我去医院？”小姑娘豆豆恳求办公室里那些她不认识的警察，最初的激动已经退去，找回了平时的良好教养，真诚而恳切，“我想去看我外公，还有小段叔叔……我听见机场广播里说，他们在医院，让我去医院好不好？”

李雪刚才惨白的脸，腾地一下涨红了，似乎全身的血液都涌到了头上。

连她身边的马一路都担忧起来，感觉李雪紧绷的皮肤下，那些热血随时可能冲破束缚，喷薄而出；又感觉李雪如同一头愤怒的母豹，准备扑倒江小流，咬破江小流的喉咙，因为江小流可能会伤害她的豆豆。

而江小流仍然无动于衷，继续重现半小时前隔壁办公室里发生的那一幕。

“好的，叔叔可以带你去医院，但你要告诉叔叔，你们去机场的路上，外公和小段叔叔都说了些什么？做了些什么？”

当时说这话的，是专案组一位穿着警服的年轻警察。豆豆恳求他，也许正因为他穿着警服。而他能够冷静地回答豆豆，也许正因为他还年轻，没尝过当父亲的滋味，不明白那种心痛。

为了尽快赶去医院，豆豆尽了一个九岁女孩的最大能力，忍住哭泣，努力回忆。

“外公要送我和妈妈去机场，小段哥哥也要送我们……可大家都不高兴，谁也不说话……外公停车，让我跟妈妈去银行，小段哥哥也要下车，外公不让……外公说有一个人质就可以了，让小段哥哥把护照给妈妈……”

助燃剂终于起效了，它成功点燃了李雪身体里的火苗。

李雪甩开马一路，冲到江小流面前，并没有把她扑倒，咬破她的喉咙，而是张开手臂，紧紧地抱住江小流，紧紧抱在怀里。

“宝贝不怕，宝贝不怕，妈妈在……”李雪抚摸着江小流的头发，轻声安慰她，“妈妈在，谁也别想伤害你……”

普克直到此时才走上前，在李雪和“豆豆”面前停下。

“高桥俊男曾拍下他和前妻的儿子的裸照，卖给松岛洋介，”普克轻声问李雪，“他是不是也曾试图这样伤害你们的女儿？”

李雪的身子狠狠地抽搐了一下，以一种惊人的力量尽可能张开身体，用尽全力包裹住江小流，仿佛一只面临鹰隼进攻的母鸡，将她的孩子深藏在翅膀下。江小流被李雪死死地抱着，几乎透不过气，下意识地挣扎。

马一路眼疾手快，使劲儿把江小流从李雪的怀抱中强行拉出来。

这一拉，抽走了李雪最后一丝理智。

所有的记忆一齐翻涌，所有的恐惧、痛苦、悲伤，模糊了眼前的现实。

“你们什么都知道！那你们知不知道他是个人渣？不！他根本就不是人，是魔鬼！他连自己的老婆都要卖！连自己的亲生女儿都要卖！这样的魔鬼应该待在地狱！十八层地狱！”李雪愤怒无比，迷乱的眼神却透出一丝笑意，有种说不出的诡异，“是的，我办到了！我把他送回地狱了！这个世界安全了！我的豆豆安全了！就算死我也甘心！”

马一路觉得胸腔无比憋闷。他低头看看，才发现江小流在他怀里，他死死地搂着江小流，而江小流则靠在他胸前。马一路只能看见她头顶的发丝，根根发丝微微颤抖，不知是因为空气的流动，还是身体的传导。

马一路晕头涨脑地看向普克。

普克看上去仍是那么心平气和，令马一路怀疑，他也和江小流一样，失去了感知人类情绪的能力。否则，面对李雪如此真切的悲痛，他怎么还能再上前一步，靠近李雪，轻声提出下一个问题。

“你爸爸也和你一样，为了保护心爱的女儿，愿意付出自己的生命吧？”

有一刻，马一路以为李雪真的变成了雪人，凝固在原地。隔着两米远，也能感受到她身体里透出的森森寒气。

接着，雪人化了。眼睁睁地融化成水，融化成泪。

李雪失去了所有的支撑，软软地跪倒在地。

她低下头，身体一动不动，像是不能呼吸，也不再需要呼吸。

她面前的地砖上，忽然一颗一颗地落下很多水滴。

隔了很久，他们才听到李雪的声音。

“是啊，爸爸为我付出了一切，可你们……”李雪开始哭泣，“你们为什么要毁了他的付出？而且是为了那样一个魔鬼……”

“袁丽丽呢？她和你一样，也是卢继平的受害者，”普克轻声说，“还是一个母亲。”

会客室的门被推开，彭大勇从外面进来，径直走到普克面前，对他轻声耳语几句。

普克听完，在李雪面前蹲下，与跪在地上哭泣的李雪保持在同一水平线。

不是一个警察面对嫌疑人，而是对李雪的痛苦感同身受的普通人。

“日本领事馆为你安排的律师已经到了。”普克对李雪说，“另外要和你道个歉，机场广播我们撒了谎，你父亲还活着，但……刚接到医院电话，他剩下的时间可能不多了。”

沉默。

马一路屏住呼吸，看见李雪摇摇晃晃地站起来。

普克也站起来，和李雪面对面。李雪站在原地，惨白的脸，像个游魂，空洞地思索。

普克耐心地等着。

“我要见他。”

“律师还是你父亲？”

李雪闭上眼睛，泪水汩汩而下。

“爸爸。我要见……我爸爸。”

17

李雪见到了父亲。

到达急诊室的时候，她的父亲刚刚在一分钟前停止呼吸。

李雪握着父亲的手，感受着那只手逐渐冷去，最后冷得像冰。

再也不会听到那句话了。

“别害怕，交给爸爸。”

爸爸走了，带走所有的爱和恨，以及那些只有他一个人知道的秘密。

18

从日本回来之后，马一路主动回家住了几天。

这几天里，马一路对父母可以用千依百顺来形容，让干什么就干什么，指东绝不打西。

母亲给他新买的一条奇丑（在他眼里）的裤子，他二话没说就穿上了，还任由母亲给他拍照发朋友圈，获取众多亲朋点赞。

开始父母很高兴。很快母亲先感觉不对，接着父亲也开始不安。

马一路一直算是个听话的儿子，某些人口中的“妈宝”。但他工作以后，时不时总有些试图争取独立自由的小动作，如此依顺父母，到了任凭揉捏的程度，显然也很反常。

吃饭不停地给父母夹菜，再难吃的菜也赞不绝口。吃过饭，主动拉父母一同散步。过马路时左手拉父亲、右手拉母亲，像带着两个幼儿园的小朋友。

母亲背后和父亲嘀咕，猜测导致儿子巨变的原因。

不外乎：失恋了，单位挨领导批了，前女友又找麻烦了，单身久了思春了……

向马一路求证，马一路一概否认但态度极好，对父母的无端猜疑毫无不耐烦的意思。

父母更担忧了。

在家住到第四天，马一路所里加班回得迟，没能陪父母吃饭散步，到家时父母已经准备睡了。

马一路烧了一大壶热水，提出给父母泡脚，说泡脚是最好的养生保健。

泡脚还不算，发现母亲脚趾甲长了，居然找来指甲刀给母亲剪脚趾甲。

他把母亲的脚抱在怀里，低着头开始剪，眼泪就下来了。

母亲的眼泪也下来了，抽回脚，差点儿把泡脚桶打翻。

母亲不管，光脚站地上，抱住马一路哭。

“不怕，不怕，有爸妈呢……”

马一路本来只是悄悄淌泪，一下子憋不住，呜呜咽咽哭出了声。

这一来，别说母亲，连父亲都觉得大事不妙。

但到底是男人，就算灾祸临头，也得有一家之长的样子。

“哭什么哭？有病治病，现在医学这么发达，什么病治不好？你别怕，就算砸锅卖铁卖房子，爸妈也能帮你把病治好！”父亲的呵斥其实就是安慰。

本来哭得上气不接下气的马一路一愣，抽噎着问：“病？什么病？”

原来这些天马一路“没由来”的千依百顺，最终被父母认定了“原因”。

这孩子肯定是得了绝症，自认为时日无多，所以一下子对父母变得如此依恋。

话说穿了，自然是悲喜交加，马一路凭空挨了父母好一顿教训。

总归是喜剧收尾。

无论父母如何追问，马一路也没给出一个合情合理的解释——到底是什么让他一下子回到了珍惜并需要父母的童年？

马一路并不是有意隐瞒，实在是自己也没想明白。

马一路也尝试分析过，觉得这个怪现象肯定不是基因突变，应该和李雪的案子有关。

李雪的父亲、退休骨科医生李方正为了女儿的未来（其实也包括女儿的过去），一手策划并成功实施了干掉人渣女婿卢继平的计划。

卢继平与弟弟卢继安及弟妹袁丽丽合谋制造车祸骗保，卢继安死后，袁丽丽为情为钱想找回卢继平，成为新的威胁，李方正再次策划并实施了对袁丽丽的谋杀。

健身教练小段是李雪生命中最后一个威胁，按李方正的观点，也算一个人渣，新生代的人渣，必须干掉。

最终李方正用生命的代价，为女儿和外孙女清除了奔向新生活的所有障碍。

可惜……

医院急诊室里，李雪没能和临终的父亲道一声永别。

对他们父女来说，也许都是一件好事吧。

但马一路看着医院那一幕时，心里真是百感交集。

哪怕是作为一名警察。

哪怕在这起系列凶杀案中，马一路从始至终参与其中，“起到了至关重要的作用”。

这句评语，是省厅赵政委的原话。

李雪什么都说了。当然这是她对警方的说法。

李雪承认，是她在小段教练的协助下，将死而复生的卢继平带上她的车，控制并运送到她的别墅，拘押在地下室中；

是她清理了地下室的不知名血迹；

是她删除了健身馆的监控纪录；

是她给了父亲那条装有卢继平血液的项链；

是她欺骗了袁丽丽，说卢继平仍然活着。

李雪还特别补充，是她杀了那只擅闯地下室、名叫警花的猫，并为此再三忏悔。

其余所有的环节，李雪称，她都不清楚，因为都是父亲李方正计划、安排并实现的。

“别害怕，”每一次父亲都这样对李雪说，“交给爸爸。”

所以李雪把命运交给了父亲。

3 · 20 专案组预感到，未来对李雪的检控和审判将面临巨大的难题，结果暂时不可知。

调查过程中，专案组意外得知了一个插曲。

李方正并非李雪的生父。

李雪的母亲年轻时遭遇一场失败的恋爱，初恋男友在她怀孕后劈腿，被揭穿后从人间蒸发。

李雪母亲怀着悲愤跳楼，人没死，摔断了椎骨。

刚当上骨科医生的李方正路过现场，冷静救援，不仅治好了李雪母亲的椎骨，还竭尽全力保住了她腹中的胎儿。

李雪母亲康复后，与李方正结婚，很快生下了李雪，过了几年才为李方王生下属于他的儿子。

之所以翻出这段往事，李雪母亲是想以此证明，李方正这样的人，根本不可能杀人。

“当年我想打掉那个人渣的种他都不让，说那是一条命，生命是无辜的……”李雪母亲哭着对警察说，“这辈子他做了无数的手术，救了那么多人……这样的人，怎么可能动手杀人？”

这个问题，没人能回答。

也许将和李方正带走的那些秘密一样，彻底消失在了另一个世界。

尾声

马一路回家享受天伦之乐的那几天，心里仍然惦记着江小流和普克（必须承认，更多的是前者），但精力有限，实在顾不上。

还是彭大勇一记棒喝唤醒了马一路。

“差不多就行了，再往回该抱个奶瓶咂奶了！”彭大勇对马一路的心理异动比马一路还清楚，“别忘了你的本职工作，普克我替你照应着呢，江小流可好几天没动静了。”

吓得马一路赶紧给江小流发信息。

“这几天我回家陪我爸妈了。”

“知道。”

“不好意思啊，没顾上请安。”

“不用。”

“你还好吧？”

“还行。”

“彭所说他好几天没见你了……你在哪儿？”

“604。”

“704 楼下？”

最后一句，是马一路试图幽默一下，就再没收到江小流的回复了。

于是马一路径直到 604 敲门，敲了很久也没反应。

马一路不由想起一个多月前 704 的惨案。

明知这联想太离谱，还是心慌得厉害，敲门改成用拳头砸门，心想如果再没动静，只能从 704 翻窗到楼下强行进入……

这时门开了，马一路的拳头差点儿落在江小流脸上，赶紧急刹车。

结果好不到哪儿去，拳头收在江小流脸部下方一尺左右的位置。

“对不起，对不起，对不起，我真的不是故意的！”马一路急着解释，

“我就是……”

江小流根本没听马一路解释完，已经转身往里走了，脚步摇摇晃晃的。

马一路站在门口犹豫了一会儿，发现江小流家所有的窗帘都拉着，大白天也像是黑夜。

再看江小流，已经回到她住的房间去了。马一路之所以熟悉，因为他在 704 选了同样的房间。

门开着，看上去也是黑洞洞的。

马一路来到江小流的房间，更担心了。

江小流和衣躺在床上，借着窗帘缝里一丝微光，马一路看见床头柜上有一个水杯，还胡乱扔着几个药盒。拿起来一看，各种精神类药物，不止一种安眠药。

马一路慌了。

“你吃药了？”

“吃了。”

“我送你去医院！”

作为社区民警，马一路曾接到过辖区一户人家的报警。那家人的女儿因感情变故，在家吃药自杀，是马一路抱上 120 送医院的。

可惜发现晚了，最终没救过来。

今天一进江小流家，马一路就有类似的不安，冲上前准备上前“抢救”江小流。

江小流一句话打消了马一路的念头。

“我才不想死。”

“那你为什么吃这么多安眠药？”

“就想好好睡一觉。”

马一路仍不放心，凑近江小流研究了一会儿，江小流也不躲他。

昏暗的光线中，马一路看出江小流是他熟悉的冷淡表情。马一路松了口气。

“真没事儿？”

“没事儿。”

“那……你接着睡，我走了？”

“你真笨。”

从前江小流总是说马一路其实不笨。别人说他笨，她一定会反击。

马一路坐回原处。

如江小流所说，给他时间，他总会想明白。

两人在黯淡的光线中默默坐了一会儿。

马一路在这种静默中，梳理自己这些天的心情，隐约想明白了一些事情。

“其实我的心情也不好。”马一路诚实地说，“挺奇怪的，本以为破了这么个案子，总该找到些刑警的成就感了吧？”

江小流沉默了一会儿。

“当初我就想证明李雪撒谎了。早知道现在这样，就不该找你报案。”

马一路转脸看江小流，昏暗中，只能看见江小流侧面的线条。

“你后悔了？”

“后悔也没用。”

马一路心中微微一动。他试图克制，但那个问题还是没忍住，从他嘴里冒了出来。

“江小流，能不能告诉我，那年你们家在海上，到底出了什么事？”

“不能。”

江小流回答得很快，快得令马一路感觉，她早就准备好了这样回答。

“为什么？”

“我忘了。”

“可你明明什么都不会忘……”

江小流转过脸，凝视马一路。炭晶般的黑眸，幽幽地燃烧，如荒野中飘移的磷火。

“你是警察，”江小流说，“请证明我在撒谎。”

FONGHONG
凤凰联动出品